チューリングの妄想

EL DELIRIO DE TURING

エドゥムンド・パス・ソルダン

服部綾乃＋石川隆介＝訳

現代企画室

EL DELIRIO DE TURING
by Edmundo Paz Soldán

Traducido por Ayano HATTORI and Juan Ryusuke ISHIKAWA

本書は、スペイン文化省書籍図書館総局の助成金を得て、出版されるものです。

GOBIERNO DE ESPAÑA
MINISTERIO DE EDUCACIÓN, CULTURA Y DEPORTE
SECRETARÍA DE ESTADO DE CULTURA

タミーとガブリエルへ　奪われしこのとき、いま、ついに戻る。
我が兄弟のマルセロへ　与えることのみ知るマルセロ

わざわざ言うまでもないことだが、私が監督しているいくつもの六角形のなかに収められている書物の中で最良の本は『髪を整えた雷』という題名のものであり、もう一冊は『石膏の痙攣』、別な一冊は『アクサクサクサス・ムレー』だ。これらの三冊を並べてみると、いっけんそれぞれがなんのつながりもない独立したもののように思われるかもしれないが、三冊の組み合わせ自体が暗号になっている、あるいはなにかを暗示しているという観点からみると、三冊が並ぶのには必然性があるのだ。そういった、いっけん脈絡なく見える組み合わせの裏に隠された必然性というものはまた、文字の組み合わせについてもいえることであり、*ex hypothesi*（仮説によると）、それについてはすでにこの図書館のなかにその証拠を見ることができる。例えば *dhcmrlchtdj* と適当な文字の組み合わせを作ってみる。だがそれも、この神聖な図書館においては決して新しいものではない。図書館のなかにあるまだ世に知られていない言語を片端からあたっていけばそのどこかで、必ずや、この文字の組み合わせからなる単語を、しかも恐ろしい意味を内包する単語を見つけることができるはずだ。いや、単語どころかたった数文字の音節でも、そうなのだ。たとえ誰であろうとも、ある音節を、それ自体が優しさと恐怖に満ちてはいない文字の組み合わせとして、あるいは、いかなる秘密の言語においてさえも神を意味する力強い言葉である可能性のない文字の組み合わせとして口にすることなどできはしないのだ。

ホルヘ・ルイス・ボルヘス　『バベルの図書館』

王はあの者たちのたくらみのすべてを知っている、
やつらが想像もしない傍受のおかげで

ウイリアム・シェークスピア　『ヘンリー5世』

暗号を解読するまではすべての情報は雑音のようなものだ。

ニール・スティーヴンスン　『スノウ・クラッシュ』

目次

第一部

†1†

夜の明けきらない街に背を向け職場のビルに足を踏み入れると、お前はもうミゲル・サーエンスではない。しわのよったグレーのスーツに身を包み細い縁の丸メガネの奥から臆病そうな視線をのぞかせている典型的役人サーエンスからチューリングへと変わる。暗号解読者、暗号メッセージの容赦ない追跡者、ブラック・チェンバーの誇りの中の誇り。

電子IDカードをスロットに差し込んだ。機械が暗証番号を聞いてくるとお前はruth1と打ち込む。金属の扉が開く。そこに待っているのは……、お前を惹きつけてやまない世界。だが子どものころのお前はまだ、自分がその世界に惹かれていると気づいてはいなかった。

お前はゆっくりと慎重な足取りで、ガラス製のアーチ型天井で覆われた建物の中に入っていった。ゆっくりと慎重にというのは、お前のすべての動作にあてはまる。だが、頭の動きだけは別だ。いつも頭の中は目まぐるしく回転している。

警察官が二人、お前に向かって礼儀正しく頭を下げた。目の端でお前のカードの色をチェックする。グリーン。〈極秘の一つ上〉を意味する色だ。

〝……アルベルトの時代はなにもかもがもっと容易だったがな。カードの色もたった二色、〈秘密〉

の黄色と、それ以外のグリーンだけだった。それがあの傲慢なラミレス・グラハムがやってきて……、そうだ、俺がいつかラミレスさんと呼びかけたら、あいつは眉を吊り上げ俺に言いやがった。——いえ、ラミレスではなく、ラミレス・グラハムとお呼びいただきたい——。とにかくあいつがブラック・チェンバーの責任者になってからカードの色は一気に増えた。一年も経たないというのにいまでは、〈極秘〉の赤、なんでもない白、〈ウルトラ〉のブルー、おまけに〈ウルトラ優先〉のオレンジまである〟

カードの色は、カード所有者がどの部屋に入室できるかを示すものとなっている。そしてラミレス・グラハムは、ブラック・チェンバー内にたった一枚しかない紫色のカードを持っていた。紫色、〈超ウルトラ優先〉。当然ながら、その一枚しかないカードを入室の際に必要とする部屋というのも、ブラック・チェンバーの七階建てビルの中でたった一つだけだ。それは資料庫の中の特別記録保管庫、資料庫の書庫の真ん中にある小さな区域。

〝こんなにカードの色ばかり増えるとは、とんだお笑い草だ〟

だが、お前の顔は笑ってはいない。なぜなら、同僚の何人かはウルトラや超ウルトラのカードを持っていてお前には禁止されている場所にも入ることができるというその事実に、屈辱感を拭い去れないでいるからだ。

「いつもながらに早いご出勤ですね、先生」

「体がもつうちは、ですよ、大尉」

〝この警察官は俺が誰なのか知っている。俺の伝説も聞いたことがあるはずだ。でも実際に俺がなにをやっているのか、どうやってここまでになったのかは知らない。それでもこうして敬意を払ってくれている。いや、もしかしたら、実際に俺がなにをやっているのか、どうやってここまでになったのかを知らないからこそ敬意を払ってくれているのかもしれない〟

お前は、でかでかと壁に掛けられたブラック・チェンバーのシンボルマーク、〈アルミの光り輝く輪の中で机に向かって暗号を解く一人の男と、〝論理と直感〟とモールス信号で書かれたテープを両方の鉤爪で挟んでいる一羽のコンドル〉、を横に見ながら通路を進んでいく。

〝確かに、暗号の暗い穴に入り込むためには論理と直感の二つともが必要だ。だが両方が同じ割合で使われるというのは嘘だ。少なくとも俺の場合は、直観は進む方向を示してくれるものではあるが、いったん作業に取り掛かると頼るべきはやはり論理だ。

おっと、俺はさっき、〈実際に俺がなにをやっているのか、どうやってここまでになったのかは知らないにしても、いつも敬意を払ってくれている〉と現在形を使ってしまったが、本当にそれでいいのか？　俺が栄光に輝いた日々は……、俺だってわかっているさ、そんなものはとっくに広大な過去のなかに埋もれてしまっている。俺の栄光の日々。たとえば一九七四年の十二月六日、俺は、チェの日記の中の言葉を使ってメッセージを暗号化していた左翼組織の細胞を見つけ出した。一九七六年九月十七日、コチャバンバとサンタ・クルスの連隊で反乱計画が固まったという情報をつかんでモンテネグロ大統領に伝えた。一九八一年十二月二十五日、国境沿いの川の流れを迂回させてしまうという計画についてチリ政府から代理公使に送られた暗号を解読した。ほかにもある、まだまだある。だがそのころを最後に、後はもう、手柄を立てることの方がむしろ珍しいぐらいの毎日が続いていた。だから俺はときどき、自分が解雇されずに済んでいるのは上層部から憐れまれているからではないかと感じることがある。いや、たしかに解雇はされていないが、ラミレス・グラハムは俺に移動を命じやがった。最初は俺も、これを昇進だと信じて疑わなかった。でもすぐに気づいた。俺は現場から遠ざけられたのだ。ブラック・チェンバーの資料室長に任命されて、俺は、暗号を解読することのない暗号解読者となってしまった〟

ブラック・チェンバーの廊下にお前の足音が響いていた。お前は少しでも暖まろうと、手をこすり合わせた。

一九八〇年代初頭にボリビアに民主主義が戻ったとき、ブラック・チェンバーで行われていた作業自体が中止に追い込まれるようなことはなかったものの、その量も内容も確実に落ちた。民主化を境にブラック・チェンバーがまず手掛けるようになったのは、労働組合活動家らの会話の傍受だ。しばらくすると、傍受の対象は麻薬密売人へと変わった。この麻薬密売に関わる者たちというのは警戒心が足りないと言うべきか、つねに無線の周波数の中でも傍受されやすい周波数で、しかも暗号化もせずに会話を交わしていた。そして九〇年代に入ってからは、仕事といえば盗聴電話を使ってときおり野党政治家や企業家らの話を盗み聞くぐらいがせいぜい、という状況になっていった。

モンテネグロが民主的な方法で再び権力の座に着いたとき、お前は喜んだ。これですべてが変わる、再び自分の出番が来る、そう思ったからだ。だがとんだ見込み違いだった。実際には、かつてのモンテネグロ独裁政権時代とは違い、国家の安全を脅かすほどの大きな危険などもはや存在しなくなっていた。けっきょくお前も、時代は変わったと認めるしかなかった。そしてさらにお前にとって由々しき事態が起きた。モンテネグロの任期も終わりに近づいたころ、副大統領がとつじょ、ブラック・チェンバーを再編成してサイバーテロとの戦いの軸にするという計画をぶちあげたのだ。ひときわ大きな目と頬の笑窪がトレードマークの副大統領は、テクノクラートにはめずらしくカリスマ性のある人物だ。その副大統領が計画発表の日、ブラック・チェンバーを訪れ演説を行なった。

「これは間違いなく二十一世紀の主要な挑戦の一つとなるはずです。我々は来るべき時のために備えておかなければならないのです」

それからすぐに副大統領は、新たなブラック・チェンバーの責任者、ラミレス・グラハムの紹介へと移った。

「こちらは、外国で成功を収めた我が同胞のお一人であられるが、アメリカ合衆国での約束された将来を捨てて我が国を助けるためにおいでくださった」

拍手が沸き起こった。だがお前は一目見た瞬間から、ラミレス・グラハムを虫が好かないやつだと感じていた。銀行の役員らがよく着ているようなピシッとした黒の三つ揃いのスーツに磨き上げられたモカシンシューズ、几帳面に切りそろえられた髪の毛。口を開くと印象はさらに悪くなった。肌は浅黒く顔もどことなく先住民の面影を漂わせてはいたが、スペイン語のアクセントはまぎれもなくアメリカ人のそれだった。さらにラミレス・グラハムがボリビア生まれですらなくバージニア州のアーリントンの生まれだと知ると、お前はいよいよ絶望的な気分になっていた……。

お前の視線が救いを求めて、廊下の壁を隅から隅まで舐めまわす。だがどこを見ても、お前と話をしてくれそうなものはなにもない。職員に気晴らしの機会を与えないのが賢明なことだと信じる上司の分別によって、すべてのものが沈黙を強いられていた。

ブラック・チェンバーの中には、入口に掛けられた〝アルミニウムの輪〟のほかには看板も掲示板も標識もない。あらゆる言葉についてその背後に潜むもう一つの意味を探るという終わりのない作業からお前の気を逸らすようなものは、なにもない。だがそれでもお前は、その気になりさえすれば、まっさらな壁にすらメッセージを見つけることができるのだ。

お前のメガネのフレームは歪み、レンズは指紋とコーヒーの滴で汚れていた。左側の目の軽い痛みもおそらくはレンズが正しい角度に収まっていないせいだ。数週間前から、お前は眼科医に予約を入れなくてはと思い続けているのに、まだ電話もしていなかった。

ラミレス・グラハムがトップの地位についてからもうすぐ一年になろうとしていた。すでにお前の仲間の多くが解雇され職場を去り、かわりに若手の情報処理専門家がその穴を埋めていた。

〝俺は……、世代交代計画の中には入っていない。それは間違いない。でも、なぜだ？　なぜ俺をクビにしないのだ。俺があのラミレス・グラハムだとして……、いや、俺をクビになどできるわけがない。俺はここの生き字引だ。専門知識の巨大貯蔵庫だ。俺がここを去るということは、連綿と受け継がれてきた知識が、尽きることのない暗号の百科事典がともに去るということだ。だが三十歳にもならない同僚たちは、俺に助けを求めては来ない。そばに寄ってきてもそれは、三年ものあいだルイ十四世の暗号、あの、二世紀以上もの間、誰も解読には成功しなかったほどに難しい暗号の解読に取り組んだフランスの暗号解読者エティエンヌ・バズリや、第二次世界大戦下でエニグマの解読に成功したポーランドの暗号解読者マリアン・レイェフスキーの話を聞かせほしいからだ。あいつらは、暗号を解読するのにコンピュータソフトを使っている。俺のことは、この仕事がまだ完全には機械化されていなかった過去の時代の遺物ぐらいにしか考えていない。たしかにエニグマ暗号機の誕生以降、世界の歴史はガラッと変わった。でもこのリオ・フヒティーボでは、時代の波に乗り遅れるなど少しも珍しいことではない。算盤の隣に計算機があるのも、ここでは当たり前のことなのだ〟

お前はブレッチリー・ルームの前で足を止めた。その部屋では常に、スリムなコンピュータが複雑な数学的プロセスを用いて暗号メッセージを解読しようと奮闘していたが、たいていの場合、負けるのはコンピュータの方だ。一つの文章を解読するのに数年かかることさえある。それは、公開鍵暗号方式の発達、ことに一九七七年にＲＳＡ暗号方式が開発されたことによって、暗号の解読能力を備えたすべてのコンピュータを使ったとしても読み解くためには宇宙年齢以上の歳月を要さなければならないほど高度に暗号化されたメッセージの作成が、可能になったためだ。

〝……皮肉といったらこれ以上に皮肉なことはないな。コンピュータを手に入れたことで暗号作成者は暗号解読者との戦いに勝つようになって、おかげで俺のような、コンピュータにそれほど依存していない人間がまだ必要とされている。

ここの若いやつら。コンピュータサイエンスには強くても、コンピュータの威力そのものの前では使い物にもならない。たしかにあいつらのやっていることは俺がやっていることに比べれば現代的だ。少なくとも、映画にするならコンピュータ画面の前で暗号を解読している若いプログラマーの方がいいというのは確かだが、役に立たないという点では俺と似たようなものだ。時代遅れもいいところだ。暗号の解読など、普通で考えれば、もはや無用の作業だろう。だがそれでも、誰かがやらなければならない。その誰か、になるためにいまブラック・チェンバーに求められているのは、この組織がいまだ政権にとって必要なものだと周囲に思わせること、そして、暗号を使っての謀略に対抗する俺たちの能力を実際よりも高く見せることだ〟

ブレッチリー・ルームに人影はなく、中からは物音一つ聞こえてこない。お前がブラック・チェンバーで働き始めたころ、コンピュータといえば巨大で音もうるさく、金属製の箱の裏側に膨大な数のケーブルがくっついたような代物だった。だが機械のダウンサイズ化が進み音も小さくなり、いっぽう、それにつれて冷たい印象が勝るようになってきてもいた。バベッジ・ルームには、時代遅れのスーパーコンピュータのクレイが一台、置かれたままになっていたが、それはアメリカ政府からのもらいものだ。

〝いつだったか俺も、ブレッチリー・ルームで膨大な数のアルゴリズムを基に作業を行なっている者より自分の方が劣っているのではないかと不安に襲われたことがあった。そのときは、同僚たちを師としてアルゴリズムを勉強し、いつもの俺の部屋から時代の先端を行くこの部屋に移ってやろうとまで考えた。だが、できなかった、すぐに諦めてしまった。けっきょく俺は、数学について興味は抱いていても、人生のもっともよい時間をそのために費やすほどに惹かれていたわけではなかったのだ。俺は、情報科学についても基礎的なことならすでにわかっている。俺ぐらいの年にしては珍しくコンピュータを使いこなすこともできるし、数字を使って多くのことができる。でもその技術を日常的な仕事の道具として使えるまでに高め、コンサートで不協和音を出さないために常に磨きをかけておくような努力はしてこなかった。俺は、コンピュータに対して機能性という点では敬意を感じていても、情熱を感じることはできずにいた。それに都合のいいことに、この国で陰謀をたくらむ者の多くは小者だ。そうしたやつらはコンピュータだって、基本操作以上のことはできやしない〟

お前は廊下を歩きながら、手を上着のポケットに突っ込んだ。鉛筆、シャーペン、小銭が少々。娘のフラービアの姿が脳裏に浮かんできた。ふと、やさしい気持ちになる。家を出る前にお前はフラービアの部屋に入り、行ってくるね、と額にキスをした。そしてそんなお前を、フラービアがネットサーフィンのために造ったキャラクターのデュアンヌ２０１９が、二台あるコンピュータの一台のスクリーンセーバからじっと見つめていた。フラービアの机の上は名の知られたハッカー、たとえばケビン・ミトニックやエフド・タンネンバームらの写真で溢れかえっていた。

〝いやいや、ハッカーではなくクラッカーだったな〟

フラービアはよく言っていた。

「パパ、ハッカーとクラッカーを一緒にしてはダメよ。クラッカーは、違法な目的のために技術を悪用する人のことなの」

「じゃあ、なぜお前のサイトに『トド・ハケル』［TodoHacker オール・ハッカーの意］と名づけたのだ？『トド・クラケル』［TodoCracker オール・クラッカーの意］とすべきじゃないのかね？」

「いい質問ね。それはね、ハッカーとクラッカーは違うということをたいていの人は知らないからよ。それがわかっているのは、よほどコンピュータに詳しい人たちだけ。もし私のサイトが『トド・クラケル』という名前だったら、アクセス数はいまの百分の一にもなっていなかったかも」

〝ハッカーにクラッカー？ 俺にはどっちも同じだ。いや、俺としてはどちらのことも情報海賊と呼ぶべきじゃないのか？ 俺にはその呼び方の方が似合っている。たしかになんとなく耳慣れない感じはするが、それは、英語での呼び名が最初に入ってきて、それが習慣になっているというだけの話だ。いまや誰もが添付ファイルとは言わずにアタッチメントと言うし、電子メールのかわりにeメールだ。いや、どこかの国ではスクリーンセーバのことを画面保護と呼んでいるみたいだが、本音を言えば、まあ、やっぱり画面保護というのは変だな。しかし人は、自分から負けを認めるわけにはいかない。流れに逆らうというのは、やる価値のあることだ。いまこの国の言葉は、新しい世紀の言語として生き残れるかどうかの瀬戸際にある。情報海賊、情報海賊……〟

お前がフラービアの部屋に入っていったとき、フラービアは低い寝息を立てていた。お前は、ナイトスタンドから円錐状に放たれた光の下で娘の寝顔をじっと見つめていた。絡み合いべとついた栗色の髪がふっくらと湿った唇の端にかかり、シャツからは右の胸がこぼれ出てピンクのとがった乳首があらわになっていた。お前はどぎまぎしながら娘のはだけたシャツを直してやった……。

〝ああ、俺の大事な悪戯っ子のポニーテールももう十八か、一人前の女となって俺をやきもきさせている。娘が花の盛りを迎えたというのに、長いこと俺は、それに気づかずにいたのだ〟

お前の娘、フラービアは幼いころからコンピュータに夢中で、十三歳になったときにはすでにコンピュータのプログラミングができるようになっていた。ネットに、その内実がほとんど知られていないハッカー界についての情報を発信するサイトを開いたのも、そのころのことだ。

〝あのころのフラービアは、一日にそれこそ何時間も、IBM社のクローンPCの前に座ったまま動こうともしなかった。女の子らしいことはたいてい、後回しにしていた。まあ、男に関心を示さなかったのは俺としてはよかったが。なにしろ、あの子の儚げで冷たい感じのする美貌に惹かれて家の周りをうろつく男たちがちらほら出始めていたからな〟

ヴィジュネル・ルームにはまだ誰も来ていなかった。壁に掛けられた時計の針が、六時二十五分を指していた。

〝ラミレス・グラハムともあろうものが不注意にも、この建物の中に機械時計を残したままにしている。でもこれもすぐに、交換されるのだろう。時計の針はクォーツの赤い数字に取って代わられ、アナログからデジタルへと変わっていく。まったく……、こんな近代化などいったいなんの役に立つというのだ。何秒進んでいようが遅れていようが、時計の針が正確だろうが不正確だろうが、時は進み続けて、人間はその網にからめ捕られていく。まだ肌の衰えなど知らない者も、すでに骨がなにかの動作をするたびに砕けるようになってしまった者も、人間は誰も時の網から逃れることはできないというのに〟

お前は頬にあたる空気の冷たさに、顔をしかめた。だがお前にとっては寒さなどたいしたことではない。お前の望みは誰よりも先に職場に入ることだ。

そうしろとお前に教えたのはアルベルトだ。二十五年以上もお前のボスだったアルベルトの教えを守り一番乗りの習慣を続けるのは、リオ・フヒティーボでの暗号解読作業にもっとも貢献してきた人物に敬意を表するお前なりのやり方なのだ。しかしそのアルベルトは、しばらく前からアカシア通りの民家の一室、医薬品の臭いの立ち込める部屋に閉じ込められたままだ。妄想状態に陥り、問いかけに答える能力ももはや失っていた。

〝けっきょく、脳に過剰な労働をさせるのはよくないということだな。脳というのはいつショートを起こすかわからないのだから〟

お前は誰もいない廊下を歩きながら、パーテーションで仕切られたデスクを覗き込んではその上に積まれた書類の山に目をやる。いつものことだ。しんとした空気の中、お前の視線が、慈悲深い神の冷ややかな傲慢さを漂わせながらファイルのフォルダーを、幽霊のように並んでいる機械を、一つ一つ捉えていく。慈悲深い神。そう、それは、第一原因らしきなにかに命じられるままに、己の運命に逆らうような愚かな真似などせず黙って自分の仕事を行なっている者のことだ。

お前はエレベーターのボタンを押した。金属で覆われた空間に身を入れると、決まってお前はもっとも最悪なことを考える。もしこのまま機械が壊れたら俺はあっという間にお陀仏だ、と。お前が向かう先は地下の資料室。地の底の、お前しか住む者のいない遺体安置所。そこは地上よりさらに寒い。お前は太いロープで空中に吊り下げられ、自分は動かないままで地下へと向かっていく。音も立てずに。

お前を覆っているそのエレベーターは、お前にとっては特別な一台だ。壁の色はグリーン、あくまで効率優先、安定して動く強固な箱。

〝このエレベーターがなければ俺はどうする？　いや、人間たちはいったいどうする？　Ｏｔｉｓ、定員六人、重量四八〇キログラム〟

Ｏ、Ｔ、Ｉ、Ｓ、とお前は声に出して言ってみる。

〝ひっくり返せばＳ、Ｉ、Ｔ、Ｏ。メッセージが姿を表そうともがいている。俺だけに向けられたメッセージ。Ｓ、Ｔ、Ｏ、Ｉ。つまり、Soy（俺は）Tu（お前の）Oscuro（闇の）Individuo（自身）か。闇のお前自身？　いったい誰のことだ？〟

地下につくと、そこはもう資料室だ。なにしろお前は、現在と歴史とを結びつける大事な存在なのだ。コートを、一つだけぶら下がっているハンガーにかけた。薄汚れたハンカチでメガネのレンズをふき、もういちどメガネをかけ、メンソールのガムを口に放り込んだ。一日中のべつまくなしに噛み続けることになるガムの、最初の一枚。しかしお前はいつもメンソールの味を搾り取ったらすぐに吐き出しごみ箱に捨ててしまう。その間、わずか二分。

お前は急に尿意に襲われた。したいと感じた途端に膀胱がすぐにも溢れそうで我慢ができなくなる。若いころからいつもそうだった。頻尿は、お前の不安感の表れとしてはもっとも厄介な現象の一つだ。だがそうして体が、お前が感情とは無縁な風を装っているその埋め合わせをしてくれている。お前のパンツはどれも、日の光に焼かれた牧草色の、アンモニア臭のする染みがこびりついている。そして地下室で仕事をするようになってからのお前は、ますます頻尿に苦しめられるようになっていた。それは、ビルの設計をした者の頭には地下にトイレを設置するという考えがなかったからだ。

〝たぶんここの設計者は、資料室で働く者はエレベーターであるいは階段で一階のトイレに行けばいいぐらいに考えていたのだろう。たしかに、普通の人は日に一度か二度トイレに行けば済むのだから、一階に用を足しに行くのも別に苦痛とは思わないのかもしれない。だがおしっこを我慢できない人間はいったいどうしろというのだ？　なんという無神経なやつだ〟

お前は机の右側の下の引き出しを開け、ニコニコ顔のロードランナーが描かれたプラスティック製のコップを取り出した。マクドナルドのなにかのフェアでもらったものだ。部屋の隅に行き、壁に向いてズボンのチャックを下ろしコップに用を足す。琥珀色の液が六、七、八滴。

〝……だから俺は一階のトイレまでは行きたくないのだ。たいていの場合は、すごくおしっこがしたいからといってたくさん出るわけではない。やっぱりこれが一番いい、コップに溜めておいて、お昼休みにトイレの前を通りかかったときにその大事なやつを捨てるというのが〟

再びコップを引き出しに戻した。

と、机の上に書類が散らかり放題に散らかっているさまに目が行き、お前は、胸の高鳴りを覚える。乱雑な机を整理し少しだけきれいにして再び書類の山が築かれるのに備えるのは、お前にとってゲームのようなものだ。お前はそれを一日中、一月中、一年中、繰り返している。

しかしたいていの暗号解読者の机といえばふつうは、一部のすきもなくきちんと片づけられているものだ。机の両側には書類が塔のごとくに積まれ、鉛筆と参考文献が隣り合うように置かれ、コンピュータのモニターが監視の目を光らせ、キーボードは、机の下のスライド式テーブルに姿を隠している。それはまさに、論理を最大限に大事にして作業を行う暗号解読者の頭の中身そのものだ。

コンピュータのスイッチを入れた。通常のアドレスと非公開アドレスの両方のメールをチェックする。ガムを吐き出し、新しいのを口に入れる。

不意に、お前の視線が止まった。非公開アドレスに一通のメールが来ていた。

FXJXNRTYNJRJXPFXQFRTXQFRHMFIFXIJXFRLWJ。たった一行、それだけしか書かれていない。

XQFRTとXQFRHというシークエンスにじっと目をやる。

〝もし頻度分析がこれに有効だとすれば、二分とかからずに解くことができるはずだ。文字はどれも、固有の性格をもっている。たとえその文字が文章の中で本来自分がいるべき場所ではないところに置かれていたとしても、文字は無意識のうちに自分の姿を見せてしまう、そしてささやき、話しかけ、声を挙げ、自分の物語を語り、地上の、いや紙上の自分のいるべき場所に帰ろうとする。それにしてもいったい誰が暗号を送ってきたのだ？　いったいどこから？　この送信者のアドレスには覚えがない。俺の非公開アドレスを知っている人間は十人もいない。つまり誰かがブラック・チェンバーの壁を破ったということだ、お粗末な暗号で俺の心を弄ぶために〟

ブラック・チェンバーからのメッセージに関しては、暗号化されて非公開アドレスに届けられそれをコンピュータが自動的に解読する仕組みになっている。お前はコンピュータのキーをいくつか叩き、その一文が解読されるかどうか試してみた。解読プログラムになんらかのミスがあったのかもしれないと考えたからだ。反応がない。ブラック・チェンバーで使われているプログラムで暗号化されたものではなかった。もはや、疑う余地はない。メッセージは間違いなく、お前の知らない誰かが送りつけてきたものだ。

〝これは俺への挑発だ。まず、俺としてはもっとも得意な頻度分析で受けて立つべきだろう。F、これは母音であるはずだからaかeか、それともo？　俺の直観からすればaだ〟

その瞬間、お前は気づいた。それは単一換式暗号、スエトニウスの書によればジュリアス・シーザーが使用していたというシフト暗号の一種で、各文字とも、アルファベットの並び順で五文字ぶんを右にずらした文字に置き換えられている。つまりFはa、Gはb、というように読み替えていけばいい。それでいくと、QFRHMFIFX は manchadas（汚れている）となる。

ASESINOTIENESLASMANOSMANCHADASDESANGRE（人殺しお前の手は血で汚れている）

〝誰が人殺しなのだ？　俺がか？……なぜ俺の手が血で汚れているのだ？〟

† 2 †

地平線に湧き出た大きな黒雲が、雨が来ると告げている。「また明日ね」フラービアは友人たちに手を振り、自宅に向かう青色のバスに乗り込んだ。本と雑誌を詰め込んだ黒い革の鞄と、ポケットには銀色のノキアの携帯。そのノキアをフラービアは、数秒ごとにせわしなくチェックする。着信なし。時刻は午後の一時をまわり、フラービアの腹の虫が鳴っていた。

バスの中は満杯だった。フラービアは金属製の手すりにつかまり、でっぷりした禿げ頭の男と、口の周りに産毛をはやした中年女との間に体を滑り込ませた。男は自分の携帯にじっと目をやったままだ。

〝この人も、プレイグラウンドに取りつかれている〟

安物の香水と汗のにおいが鼻をつく。運転手がその日の楽しみに選んだトロピカルミュージックがかん高く鳴り響き、バスの中の雑音に華を添えている。

〝ノキアで音楽でも聞く？　そうすれば少なくとも、耳に痛いこの騒音を音楽のバリアで遮ることができる。でも最近は、新しい曲はひとつもダウンロードしていないし、メモリーに保存してある曲はもう聞き飽きた。じゃあ、プレイグラウンド？　このバスの中にも、プレイグラウンドで遊んでいる人たちがいるけれど。ううん、やっぱり、だめ。プレイグラウンドなら携帯電話よりも大きな画面でやる方がいいもの〟

フラービアは落ち着かない気分のまま視線を上に向け、窓ガラスに張られた広告の文字を目で追った。サイバーカフェ、格安のインターネット接続サービス、弁護士事務所……。

〝どこを見ても、誰かがなにかを売り込むための宣伝ばかり。これからはますますそうなるわね。だけれど、世の中はもう人間だらけ、物だらけよ。そこから逃げ出そうと思うなら自分自身の中へと入り込むか、どこかの仮想空間に自分の身を置くしかないのかも……〟

切符〜、切符〜、と車掌が声を張り上げた。車掌といってもまだ子どもで、内気そうな目をして青洟を垂らしている。

〝時代遅れもいいところ。世界には、スロットにカードをくぐらせるだけで運賃を支払うことができる国もあれば、なかには、携帯電話の認証コードだけでなんでも用が足りる国だってあるのに。でもそれって、携帯電話っていえるのかしら？　電話機能、個人手帳、コンピュータ、カメラやウォークマン、スキャナー、人が欲しいと思う機能をすべて兼ね備えた小さなマシーンじゃない？　ある電話会社の広告ではたしか、iPhoneと呼んでいた。初めて見たとき、iPhoneのiはてっきりinternetのiだと思ったけれど、正しくはinformación（情報）のiだったのね〟

フラービアは幼い車掌に小銭を数枚やった。

〝子どもが働くなんて……、許されていいわけはない。ねえ、その眼はいったいどんな身の上を語っているの？　街外れに暮らしていて兄弟は五人、母親は市場で働き父親はもぐりの行商人、一日の食事はカップ麺だけって、そう訴えているの？〟

リオ・フヒティーボはたしかに発展を続けてきていた。しかし所詮は、ひどく立ち遅れた国の中にある一つの島にすぎない。しかも離れ小島というわけでもないのだ。リオ・フヒティーボ市の通りには全システムがコンピュータによって管理されているインテリジェントビルが立ち並んでいるが、それらの建物の入口には決まって物乞いの姿があった。

〝それにしても歳月って、不思議な仕掛けに満ちているものね。絶対に消えないと思っていたものでも時が経つと消えてしまう。これってすごいマジックじゃない。そうよ、私だって子どものころは学校を逃げ場にしていたくせに、いまでは、学校に飽き飽きしているもの。先生たちが口にする情報なんて遅れていてぜんぜん面白くないし、友だちだって、みんな、パーティーのことやニキビ面の男の子たちの話ばかりしている。踊っているときにアソコを押しつけてきて、その晩、二人で空地やモーテルで一晩を過ごしたとか、そんなことばかり。でも……、とにかくいまは早く家に帰りたい。コンピュータのスイッチを入れて〈トド・ハケル〉のアップデートをしなければ〟

フラービアは、ハッカー、いや、クラッカー界の伝手を通じて、数週間前に二人のハッカーが不自然な死を遂げた件についてのスクープを掴んでいた。ハッカー集団〈抵抗運動〉に関連する出来事については、そのスクープも然り、国内の有力なマスメディアよりもフラービアの方がよほど詳しい情報をもっていた。『エル・ポスモ』、『ラ・ラソン』の両紙も〈トド・ハケル〉の情報をもとに〈抵抗運動〉関連のニュースを読者に提供していたのだが、ただ、それらの記事にフラービアのサイトが情報源として明記されることはほとんどなかった。

窓の外を街が流れていく。景色は一日ごとに死と再生を繰り返し、とどまることなく移ろってゆく。やせぎすの女の子がピンクのスニーカーを履きペキニーズを連れている。男が二人、こっそり手をつなぎながら歩いている。警察官がタクシー運転手に袖の下をせびり、酔っ払いが一人、歩道に転がっている。黄色いヘルメットをかぶった労働者の一団が、光ファイバー・ケーブル敷設のためにコンクリートを掘っている。だがその工事は、完了したとたんに再び繰り返されることになるだろう。なぜなら敷設作業が完了するよりも早く、さらに大容量のケーブルが出現するはずだからだ。そして壁という壁には、「多国籍企業の犬となった政権にノーを！」と、市民たちに抵抗運動への参加を呼び掛ける〈連合〉のビラが貼られていた。

〝いまは、悪いことの責任はすべてグローバリゼーション。どこかのマクドナルドをダイナマイトで爆破することが祖国への貢献。だから当然よ、マクドナルドの人たちがこの国を出て行こうとするのも〟

バスが街の西側、マンションや住宅が立ち並ぶニュータウンへと近づくにつれ車内に空間が生まれ、呼吸もしやすくなっていた。フラービアは『ヴァニダーデス』誌を夢中で読んでいる老婦人の隣に腰かけた。記事のタイトルは「雑誌のページをいまだに飾っているジャクリーヌ・ケネディー・オナシス」。ヒロインなんてそんなところにはいないわよ、フラービアは思わず、そう、口にしそうになる。

〝受け身の消費者でいるのは前世紀までのこと。いまの時代に大事なのは自分だけのヒロインをもつことよ。たとえそれが、ほかの誰も知らないようなヒロインだったとしても〟

ノキアの携帯には、いくつかのメール、ビデオメッセージ、SMSが届いていた。SMSあるいはテキスト・メッセージとは短縮された単語と絵文字からなる文章のことで、新しい言語といってもいい。その言語においては、単語は単語としての体をなさなくなっているか、さもなくば画像にとってかわられてしまっている。フラービアはそうしたメッセージすべてに素早く目を通した。

一週間ほど前にフラービアのもとに、名前に見覚えのない差出人から一通のメールが送られてきていた。それは、不審な死に方をした二人のハッカー、ネルソン・ビバスとフレディー・パディージャが〈抵抗運動〉の構成員で、両人の暗殺を指示したのは運動の指導者カンディンスキーだと示唆する内容のもので、こう締めくくられていた。「ではなぜカンディンスキーは二人を殺したのか？　カンディンスキーは誇大妄想狂で、グループ内に自分と異なる意見が存在することを認めようとしない。ところがビバスとパディージャはあえて、運動の方針についてカンディンスキーの誤りを指摘した。それゆえに二人は殺されたのだ」

通常であれば信頼できる者から提供されたニュースでなければ載せるべきではないのだが、その情報はまさに特ダネというにふさわしく、もし事実だとすれば読者の関心を掻き立てる爆弾ニュースになることは間違いなかった。フラービアは考えた末に、カンディンスキーを直接に名指しするのではなく、カンディンスキーのグループが事件に関与しているとそれとなく匂わせるような短い文章を出すことにした。すると、予測していたことではあったが、フラービアを侮辱し脅迫するメールが次々に送りつけられてきた。ハッカーの世界ではカンディンスキーといえばもはや神も同然。新自由主義的政策やグローバリゼーションに対する戦いの一形態として政府や多国籍企業のウェブサイトを攻撃するという明確な目的のもとにハッカー集団〈抵抗運動〉を作りあげ、かつサイバーハックティビズムを実践に移しているというそのことが支持を得て、カンディンスキーはハッカーたちにとって神のごとき存在となっていたのだ。フラービアも、カンディンスキーを崇拝する気持ちはもっていた。しかし反面、ことカンディンスキーの問題となると客観性を失いこぞってカンディンスキーを擁護するマスコミに危うさを感じてもいた。

ビバスとパディージャは、『エル・ポスモ』紙の電子版で働いていた。二人は同じ週の週末に相次いで襲われ、ビバスは土曜の明け方に社のビルを出たところをナイフで刺され、パディージャは日曜の夜、自宅の玄関で後頭部に銃弾を撃ち込まれ殺害された。マスコミは二つの事件をそれぞれ、偶然にも時を同じくして起こった単独事件として報じていた。

〝でも……、あの殺人事件は、絶対におかしいわよ。二人とも明らかな敵がいたわけでもトラブルを抱えていたわけでもないし、おまけに犯人は、足がつきそうな証拠はなにも残していない。あのメール、二人とも〈抵抗運動〉のメンバーだったと言ってはいるけれど、気になる。だって、もしそれが本当だとすると、二つの殺人事件には関連があるということになるもの。たしかに、世の中にまったくの偶然なんてそうあるものじゃない。さも偶然の一致のように見えるものこそ疑ってかからなくては〟

フラービアはイヤホンを耳に当て、携帯の画面でニュースのチャンネルを探し当てる。ラナ・ノバが出てきた。フラービアのお気に入りのキャスターだ。仮想の女性ラナは黒髪を高く結いあげ、それがいっそう、ラナの東洋的な容貌をきわ立たせていた。

イヤホンの向こうからラナの金属質な、それでいて相手を包み込むような声が聞こえてきた。ただ天気予報を伝えるだけでも視聴者の胸をときめかせてしまうラナの声。それは当然のように若い世代を惹きつけ、若者たちは夢中でラナのニュースを聴き、部屋の壁いっぱいにラナのポスターを貼っていた。

「大勢の市民たちが、昨日に引き続き今日も電気料金の値上げに反対する抗議行動を行なっています。いっぽう、わずか一年前にリオ・フヒティーボ市の電力需給を請け負う権利を落札したばかりのイタリアとアメリカの合弁企業グローバラックス社は、電力危機に際して値上はやむをえない措置であり、値上によって新たな電力発電所の建設資金を賄うことができると、自らを弁護する主張を繰り返しています」

「〈連合〉は、今週の木曜日にすべての道路を封鎖する構えで市民に呼びかけを行なっています。リオ・フヒティーボで始まった抗議行動は、いまではほかの都市にまで広がりを見せています。ラ・パスやコチャバンバでは労働者や学生が警察官ともみあいになる騒ぎが起きています。スクレ市では鉄塔がダイナマイトで爆破され、サンタ・クルスでは、企業家組合が全市民による一斉ストライキを呼びかけています。野党政治家、先住民のリーダーらが、モンテネグロが大統領の職にとどまるなら残りの任期中に間違いなくこの国は亡ぶと断言し、モンテネグロに辞任要求を突きつけました」

〝……だってもう十一月よ。来年の六月には選挙で、黙っていたって八月には新しい大統領になるじゃないの。

それにしても信じられない。いくら私がまだサイトに新しい情報をアップしていないからといって、〈抵抗運動〉についてのニュースがなにもないなんて。ビバスとパディージャのことにも触れていなかった。だけど、これくらい情報競争に遅れてくれていて、むしろよかったのかも〟

フラービアはノキアを閉じた。ようやくバスの中が空いてきて見通しがよくなっていた。

〝うん？　いちばん後ろの席に座って、ナイフで切り裂かれた背もたれに寄りかかっているあの人、昨日も確かいたわよね。年は十七、八？　背は高い、チリチリの髪に、あの太い眉毛。黄色の携帯に夢中で周りのことが目に入っていないように見える。この喧しいトロピカルミュージックから逃れるためにどんな音楽を聞いているのだろう？　それともニュース？　イタリアかアルゼンチンで行われているサッカーの試合？〟

突然フラービアは、その少年の視線を受けて体ごと座席に押しつけられる感覚に襲われた。前の日と一緒だ。いつもならぶしつけな男たちのことなど気にも留めないフラービアだが、少年の視線にはなぜか、どぎまぎせずにはいられなかった。

フラービアは髪に手をやり、かっこよくボサボサになっているのを確かめた。髪型はいわゆるラスタファリ風。まるで寝起きの頭のようだ。舌の先で唇を湿らせる。しかし身につけているのが制服では、せっかくのラスタファリがかわいそうというものだ。シスターたちがあくまで着用を強制する制服は、膝までのブルーのスカートに白のブラウス、ブルーのベスト。そして極めつけは悪夢としか言いようのない柄の三色のネクタイ。

〝どう？　私ってほかの子たちとは違うでしょ？　でもこの制服じゃあ、そう違うようには見えないかも〟

バスを降りると霧雨が降っていた。雨粒がクモの足のように、フラービアの顔をそっと撫でる。バスに背を向けたままフラービアは、振り向きたい衝動をこらえる。

〝あの人は、私が最後に振り向くものと信じ切って、窓に顔を貼りつけにやにやしながら待っているに違いない〟

そう思うとフラービアは、少しだけ誇らしげな気分になった。

バス停のごみ箱には、食べ物の残りかすに惹かれて大きな青緑色の蚊が大量に群がり、痩せ細った犬が通り過ぎる人間たちに、いかにも億劫そうに唸り声をあげていた。

フラービアは思わず、クランシーの姿を思い浮かべた。目の見えないドーベルマンのクランシーは、フラービアの帰りを待ちかねて家の中をうろうろと壁にぶち当たりながら歩き回っているに違いなかった。明け方になるとクランシーはよく遠吠えをして、近所の人たちからも苦情が出ていた。母親はフラービアに言った。「クランシーはもうおじいちゃんよ、十一歳だもの。そろそろ楽にしてあげてもいいときじゃないかしら」

自宅のある住宅街まではまだ五ブロックほど距離があった。そのあたりはさほど車の量は多くない。両脇の歩道には土埃をかぶったビワの木が並んでいる。フラービアは、穴だらけのアスファルト道路のど真ん中を、通りを独り占めしているような気分に浸って歩くのが好きだった。

歩きながら、地面に丸く円を描いたつもりでケンケンパとしてみる。いまごろパパはブラック・チェンバーでなにをしているのだろう、そう呟いたとたん、フラービアは、自分が一人でないことに気づいた。腹立たしさと恥ずかしさとで、顔がかっと熱くなった。

「アルファからオメガへ、無から無限へ」

しわがれ年寄りじみた声。先ほどの少年の、若い肉体にはおよそ不釣り合いなその声が言った。

「ケンケンパというのは、抽象的で難解な神学上の意味をいくつも含んだ遊びだ」

〝いったいいつの間にバスを降りたのだろう。後ろを歩く足音がまったく聞こえなかった〟

一瞬、フラービアの背中を冷たいものが走った。

〝街の中には、子どもに性的暴力を加えたり、変な目で見られたというだけで相手を殺したりするような気の触れた者たちがうようよしている。家まではあと四ブロック。そこまで行けば入口のところに警官が二人いるはず〟

「ケンケンパになにかの意味を求める必要なんてないわ」フラービアは、できるかぎりの冷静さを装いながら言った。

「人は物事の奥に入り込もうとはせずに、表面に見えたものだけを楽しもうとする」

少年が言った。

「でも、それは無理だ。どんなことにもなにか別な意味が込められていて、そしてたぶん、そのなにかというのがとても重要なものなんだ。人間が追い求めている曼荼羅、なのかもしれない」

雨は、風情ある霧雨から本降りへと変わり、二人を容赦なく濡らしていた。

フラービアは再び歩き始めた。

〝走って逃げたい。ううん、だめ、平気なふりをしなくては。そうでなかったら、なにをされるかわからないもの。でもなに？　この気持ち。怖くて駆け出したいのに、私ったら、名前も知らないこの人の傍から離れたくないとも思っている〟

「俺はラファエル。君はフラービアだね？　どうやって名前を知ったかなんて、くだらない質問はやめといてくれよ。ほかの名前は？　別のアイデンティティーは？　だって君が、別の、をもっていないなんてありえないだろ。俺は少なくともネット上では、八個のアイデンティティーをもっている」

「いま、そんな話はしないでよ」

「どうってことないじゃないか、どうせそのうちわかることさ」

フラービアはまっすぐ前を向いたまま歩きながら、ラファエルの存在をたしかに感じていた。

ラファエルは黙り込んだきりなにもしゃべろうとはせず、しかたなくフラービアは口を開いた。

「あなたは私がどこの学校に通っているのか知っているけれど、私の方は、あなたがどこに行っているのか知らないわ」

「ずいぶん前に学校はやめたよ、フラービア。あ、俺には君の苗字まではわからないからね。もし興味があるのなら、どうやって俺が稼いでいるのか、そのうち教えてやるよ。情報を扱う仕事だ」

「記者？」

「時代遅れなことを言うなよ。世の中には、特別な情報を、大金を払って買っている者もいる。そして一方じゃ、うまいことやって情報をこっそり手に入れている者もいるんだ。いま俺が喋っていることはすべて、いつか君の役に立つはずだ。でもそんなことより俺がいま君に言いたいのは、とことん用心深くなれってことだ。君はときどき、それを忘れる。ときどき君は、その内容が正確だと確信しているわけでもないのに情報を流してしまうことがあるじゃないか。それで迷惑をこうむるものだっているはずだ。きわどいテーマをいいかげんに扱うなんて、とんでもないことだ」

　フラービアは足を止め、ラファエルの顔を見た。

〝ハッカー？　だとしたらどこのグループ？〈抵抗運動〉？　ラット［情報屋］？　それとも両方？　私を脅しているのだろうか？　この人も興奮している。だって、下唇が震えているし、視線もバスの中のときとくらべて落ち着きがないもの。おまけに縮髪と頬っぺたが雨に濡れて、身だしなみもなにもあったものではない。でも、なにか大きな秘密を抱えているみたい。そのせいで誰かに追われているのだろうか。もしラファエルがハッカーであるとしても、〈抵抗運動〉のハッカーなら怖がる必要はないけれど、ラットだとしたら……。ラットのハッカーは必要だと思えば相手の命を奪うことさえするから〟

　情報を売ることを商売にするラット。その数は、数年間で飛躍的に増えていた。もはや、ラットをめぐるスキャンダルは日常茶飯事で、市民のプライバシーはラットに脅かされっぱなしだ。ラットはすでに法律によって違法な存在と定められている。ラットの中には情報を得るために、ハッカー行為をしている者もいれば、昔からのやり方を好む者もいる。たとえば、ごみ箱をあさるとか、使用人を買収するとか、あるいは職場の同僚に賄賂を贈るとか、方法はいろいろだ。

「もう行かなきゃ」

フラービアは言った。

「次の機会、ってこともあるわ。言いたいことがあるなら、今度こそはっきり言いなさいよね」

「次がいつもあるとは限らないさ」

「宿命論者なの？」

「そう、ぼくは宿命論者だ」

ラファエルは手を伸ばして、それじゃ、と言った。

フラービアは、激しく降りしきる雨の中にラファエルの背中が遠ざかっていくのを見送ると、家に向かって駆け出した。

† 3 †

私の名はアルベルト。私の名はアルベルトではない。

生まれたのは……、いまからほんの少し……、前。

いや、私は誰かに生んでもらったことなど一度もない……。幼年期があったという記憶もない。私は……、いま存在しているもの。いつも存在し続けているもの……、永遠に存在していくもの。

私は男。やせ衰え……、肌は土色。灰色の目……、髭も……、灰色。顔立ちは……、とにかく目立たない。私は……、いろいろな……、ことばを……、流暢に……、なぜかは解らないが……、操ることができる。フランス語、英語、ドイツ語、スペイン語、マカオのポルトガル語。

私はたくさんの管につながれ、それらの管によって生かされている。部屋の窓から通りの一日の移ろいを眺める。庭と歩道にもハカランダ……。安直だ……、アカシア通りと……、名づけるとは。

どこにアカシアの木があるのかだって？　いい質問だ。

遠くに見えているのはリオ・フヒティーボの山々。芥子色の山。ほかの山とは違う。思い出す。谷間の……、村。青々と木が茂る山。市場。中世風の塔。廃墟となった要塞。川。どこの村かは思い出せない……。だが風景だけは覚えている……。小さな子どもがひとり、走り回っている。

あれは私ではない。私であるはずはない……。私は幼い子どもであったことはない。子ども時代を経験したことがない。

言葉を発することはできるからときどきそうしてみる。だができればそれもしたくない。単語をいくつか口にするだけでぐったりとなる。そういうときは、この私ですらさすがに、自分が弱っていると感じることができる。死ぬかもしれない……。だがそんなはずはない。絶対に違う。私には、死は訪れない。

私は電気蟻。この地上につながれている。そして同時にすべてのものを超越した霊的な存在……。私は暗号解読の霊。暗号作成の霊。どちらも同じものなのか?

耳鳴りがする。部屋の中で誰かがしゃべっている。私には隔離と安静が必要だと言っている。この静けさ……、最高だ。考えをまとめるには。思考の道筋……、なんにせよ思考とはある道筋をたどっていくものだ。思考は……、混乱しながらも……、思考になっていく。バラバラな考えが連なっているように見えても……、そこには隠された理屈があるはず。たとえばシスターの姿からピアノを思い浮かべたとしても、理屈はあるのだ。私たちが同じ人間を相手にその命を助けてやるか否かを決めるときも……、思考がその決断に至るには必ず理屈がある。

妄想する者の理屈。

私の行動を決めてきたもの。いま私がこうしてこのベッドに横たわっているというのも、原因はすべてその理屈にある。

感情がなかったわけじゃない。直観的になにかを感じることだってあった。だが最終的な決断を下してきたのは、私の中の理屈だった。

なぜいまこうした事態になっているのかを知りたい。この静けさには助かる。

とはいえ、人の足音が絶えることはない。私にも聞こえる。ここは物音がよく響く。このアンプ機、すなわち私の頭の中で……、私の言葉が出番を待っている。待っている。待っている。

私の名はアルベルト。私の名はアルベルトではない。

私は……、一匹の蟻。電気の。

思い返せば……、私の仕事は……、紀元前一九〇〇年から始まっていた。私は……、カーヌムホテップ二世の墓に……、ヒエログリフはヒエログリフでも変形文字を使って、碑文を書く係をしていた。私が手掛けたのは……、二百二十行の文章のうちの最後の二十行。まだまだ暗号とよべるようなものではなかった。だが意図的に別な文字に置き替えて書かれた初めての例だというのは間違いない。少なくとも、世に知られている文章の中では……。

ああ……、疲れた。私はかつていろいろな人物だった。その全部を思い出すのは……、無理だ。

市場。中世風の塔。廃墟となった要塞。

紀元前四八〇年……、そのときの私はデマラトスという名前だった。古代ペルシアの都市スーサに暮らすギリシア人。私は……、クセルクセスがスパルタの侵略に向けてどんな計画をたてているのかを、この目で見ていた。クセルクセスは……、五年かけて、傍若無人なアテネとスパルタを倒せるだけの力のある軍隊を作り上げていた。私は木版の蝋を削りとればいいと思いついた。そこにクセルクセスの計画を書きしるし……、そのあと再び蝋を流し込めばいい、と。木版はスパルタに送られた。クセルクセスの守備兵には見つからなかった……。スパルタにいたゴルゴという名の女。クレオメネスの娘、レオニダスの妻。ゴルゴは木版にメッセージが隠されていると見ぬき……、蝋を削らせた。そのときクセルクセスは奇襲作戦という一手を失った。ギリシア人はこれからなにが起ころうとしているかを知り戦いの準備を始めた。ペルシア人とギリシア人との戦いが勃発したのは九月二十三日。サラミス湾の近く。クセルクセスは勝利を手にするのは自分だと信じていた。ギリシア人を追い詰めたものと信じ切っていた。ギリシア人が仕掛けた罠にはまるそのときまでは。

私の名はデマラトス。速記術の生みの親。速記術はもともとメッセージを隠すための技術だった……。もう一人の私の名はヒスティアイオス。ミレトスの長だ。ペルシア王ダレイオスに反旗を翻すようアリスタゴラスに促すために……、私は伝令の頭を刈らせた。地肌にメッセージを彫った。再び髪の毛が伸びるのを待った。私は伝令をアリスタゴラスのもとへ遣わした……。伝令は疑われることなくペルシアの領内に入った。アリスタゴラスのもとにたどり着いた……。伝令は自分の頭を刈ってくれるよう頼んだ。そうしてアリスタゴラスは私のメッセージを読むことができた。

速記術。私は……、電気……、蟻。声が聞こえる……。

暗号を作成する方法を初めて考えたのも私だ。メッセージの意味を隠すための技術。スパルタのリュサンドロス将軍に一通のメッセージを送ったのも私。リュサンドロスはスパルタから遠く離れた地にいて……、新たな同盟相手ペルシアの支援を受けていた。リュサンドロスのもとに私の伝令が到着したとき……、伝令はリュサンドロスあてのメッセージを持ってはいなかった。私は伝令に、リュサンドロスに会いに行けと命じただけだった。リュサンドロスは伝令を見た……。すぐに理解した。革の分厚いベルトを外し自分に渡すよう伝令に命じた。そして見つけた……。ベルトには、ふちに沿うように文字が記されてあった。意味をなさない文字の連なり。リュサンドロスは、木製の細長い棒の上から下へと向かってベルトを注意深く巻きつけていった。ベルトが一回りするたびに文字と文字がつながり一つの文章が浮かびがっていく。「同盟相手のペルシアは……、将軍の留守に乗じて、将軍を裏切りスパルタを手に入れるつもりです」このメッセージのおかげで……、リュサンドロスは手遅れになる前に国へ引き返し……、それまでの同盟相手であったペルシアを倒すことができた。

右足が痛い。ずいぶん……、長いこと……、ベッドに……、横たわったままだ。背中が……。もう起き上がることはできないだろう。いや、できるかも……。この肺は使い物にならない……。煙草の吸いすぎだ……。ときどき、自分でも気づかないうちにおしっこをしてしまう。看護師が下着を替えに来てくれる。大きい方をするのはいつも、身が縮むおもいだ。看護師がそばにいないときは……、ほとんどいたためしがないが……、呼び鈴で警備のものを呼ばなければならない。私の肌の臭いは老人特有のもの。魚の鱗のように固くなった皮膚がぱらぱら床におちていく。頭の痛みが、ときどき耐えられないほどひどくなる。

どれほど多くの夜と昼とを、暗号に向き合うことに費やしてきたことか。何事もなく済むとは最初から思ってはいなかった。どんなことでもそれ相応の犠牲が伴うものだ。

私の頭の中でいったいなにが起きたというのだろう。とにかく、失ってしまった記憶を探しに行かなければ。

私が考えていたことについて、なぜそんな風に考えていたのかを知りたいと思う。

私には万能チューリングマシーンが必要だ。

アルベルトの万能マシーン。

アルベルト。デマラトス。ヒスティアイオス。私は、一つの名前を脱ぎ捨てては別の名前を身にまとうということを繰り返してきた。そう、蛇が脱皮を繰り返すように。私は、さまざまな歴史、さまざまな人格を生きてきた。私は人類がやってきたことのすべてと無縁ではない。人間の叡智の及ばない現象のすべてとも無縁ではない。

私は何世紀にもわたって生き、すべての事柄に関わってきた。私がいなければ……、戦争の結果は……、歴史は……、もっと違ったものになっていただろう。私は人間の体に巣食うもの。私は歴史に巣食うもの。

喉が渇いている。喉がからからで焼けつくようだ。瞼はとじたまま。目を開けることができない。いや、目は開けているのになにも見えない。見えないけれども見えている……。臭う。ひどく臭う。部屋は閉め切られたまま。おしっこの臭い。吐しゃ物の臭い。薬の臭い。この部屋に出入りする者。年を取った女たち。男たち。制服を着た男たち。だが私にはどの顔も同じように見える。ただチューリングの顔だけは別だが……。

私がそう名づけてやった。本物のチューリングだったこの私が。かつて私はアラン・チューリングだったことがある。だがそんなことより……、そうだった。いまの私はかつて、ＣＩＡの秘密工作員だったのだ。私がこの姿で世に現れたのは第二次世界大戦が終わった後のことだった……。私は諜報活動の顧問としてこの国に送り込まれた。一九七四年の霧のかかった寒い日に私はやってきた。私はラ・パスの空港で気を失った。高山病で……。空港ビルの……、汚い割れた窓越しに見えていた雪をかぶった山々を……、美しいと思うまもなく。

まる一日私はベッドにいた。やがて内務大臣が迎えにきた。一昔前の、モンテネグロがまだ独裁者だったころのこと。いまは内務大臣ではなく国務大臣という名称になっている。そして内務大臣と私はいつしか、真の友と呼び合う仲になっていった。どこでもパッとしなかった人間が、ここではなにものかになることができる。ここに来る前……、私は〈北〉の中でなにものでもなかった、ただの秘密工作員……。いくつかの時代にさまざまな場所で生きてきたが……、この国にきてようやく私は、一目置かれる存在になることができた。たんなる顧問ではない……、巨大な権力を握る者。

だから私はがっかりしたのだ。一年後の……、ことだった。アメリカに……、帰国しろという命令が下された。私は何者でもないかつての自分に逆戻りするのは嫌だった。この国が好きになっていたから、ここに残りたかった。私には、この〈南〉の地がすでに〈北〉も同然に思えるようになっていたのだ。私は軍の幹部らに対し……、反体制派の通信の傍受と解読とを専門に行う特殊機関を設置する必要があると強く主張した。ついでにチリのことと……、ブラック・チェンバーのことももち出した。

モンテネグロはチリには異常に執念を燃やしていた。私は思わず吹き出しそうになった。モンテネグロは、ボリビアに海を取り戻した男として自分の名を残したいのだと言った。だが私は言った。わかりました。もちろんですとも。ええ、閣下のおっしゃるとおりです。そして私は裏からこっそりとブラック・チェンバーの責任者に納まった。CIAは辞めた。この国は外国人に寛大だ。実際にチャコの戦いでは、ひとりのドイツ人が部隊を率いて戦ったことさえある。

中世風の塔。

顔、顔、顔。顔が私の前を通り過ぎていく。顔が席に座る。顔が待っている。私を待っている……。その仕草のことごとくがコード。身に着けている物もコード。すべてがコード……。すべてが暗号。すべてが、そこにはいない神によって書かれた言葉……。あるいは半身不随の神……、愚鈍なデミウルゴスか……。自制心のないデミウルゴス……。

どのようにして神がその暗号を始めたのかはわからない。わかっているのは、神にとってそれを終わらせるのは大変なことだということ。行を埋め尽くしていく。ページを。ノートを。図書館を。世界中を埋め尽くしていく。

誰かが入ってきて、私に触れようとする。しかし触れない。

私は存在してもいるし、存在していなくもある。私は存在していない方がいいのだろうか。

いや、どちらも同じことか……？

† 4 †

ブラック・チェンバーの最上階にある長官室でラミレス・グラハムは、渋い顔でバエスが持ってきた書類に目を落とした。コーヒーは、朝からもう三杯目だ。

〝熱いのをくれと頼んだはずなのに……。まあ、いい。そもそもろくでもないこの国でなにかまともなことを期待する方が間違いなのだ〟

数週間前から胃の具合がよくなかった。医者に行くと胃炎か初期の胃潰瘍だと診断され、アルコールや刺激物、コーヒーは二ヵ月間控えるよう命じられた。それから十日間、ラミレス・グラハムは腹立たしいと思いながらも、医者の言いつけを守り毎日を過ごしていた。十日間というのは、たいていの患者にとって、医者の言葉に敬意を払う期間の目安のようなものだ。そしてその十日間が過ぎたころ、ラミレス・グラハムが思い浮かべたのは父親のことだった。肺気腫を患っていながら、ラミレス・グラハムがどんなに頼んでも頑として煙草をやめようとはしなかった父。なぜかと問うと、父は言った。「煙草を吸おうが吸うまいが、いつかは死ななきゃならないのは同じだろ？　だったら、生きる楽しみをあきらめることになんの意味もないじゃないか」その一年後に、父親は亡くなった。

〝あのときは……、なんてバカなおやじだと、正直そう思っていた。もっと気をつけていればあと五年は生きられたはずだ、と。でも俺ももうすぐ三十五だ。少しは親父の気持ちもわかるようになった。俺もこの二年は、ナイトテーブルは薬でいっぱいで、あれもダメ、これもダメと、医者から禁じられることばかりの暮らしを送っている〟

コンピュータは起動中で、アクアマリン色の画面には数学の公式が浮かんでいる。緑色の水の入った水槽では四匹のエンゼルフィッシュが、自分で自分の退屈さにうっとりしているかのようにゆるゆる回遊し、机の上にはノキアの携帯が置かれていた。

机の後ろには、防犯ブザー付きのガラスケースに入れられた錆びたエニグマ暗号機が見えていた。ラミレス・グラハムは初めてそれを目にしたとき、パッと見は、じいさんたちが使っていたタイプライターにそっくりだと、そう思ったものだ。しかし実際のところエニグマの場合、同じ字を書く機械とはいえ、その能力は、人間の言葉を紙に書き写すというささやかなものにとどまってはいない。ローターとケーブルの存在によってエニグマは、さらに高度な能力を備えた機械となっている。

〝……それにしてもアルベルトは、いったいどうやってこのエニグマを手に入れたのだろう？　エニグマといえば、いまではもう世界ではほんの数台が残っているだけだというのに。しかも、博物館の陳列棚に飾られているか個人収集家の手にあるかのどちらかだ。おまけに価格は、目の玉が飛び出るほど高い。まあ、高いのも当然だが。エニグマのおかげでナチスは、暗号文の作成と送信を機械的に行うことができるようになって、大戦が始まって最初の何年間かは、一つにはエニグマの完璧なまでの通信システムのおかげでかなり有利に戦いを進めることができたのだからな。だが連合国側にとって幸いだったのは、難解なエニグマに立ち向かおうという気概あるポーランドの暗号解読者たちがいてくれたこと。そして、アラン・チューリングがいてくれたこと〟

アルベルトはブラック・チェンバーに着任したその日にエニグマを持ってやってきて、自分のオフィスに飾った。しかし保管用のガラスケースが設置されるまでの数週間は、毎晩のようにエニグマを自宅に持ち帰っていた。部下たちはかげでアルベルトをエニグマと呼び、アルベルトの秘密めいた過去についてあらぬうわさを流した。「あのエニグマはアルベルトがナチスの亡命者だというなによりの証拠だ」「政府はアルベルトのことをCIAから派遣されたアドバイザーだと言ったがそれは嘘だ」「アルベルトのスペイン語ときたら、rを喉でheと発音するし、wはvだ。アメリカ人のスペイン語ではない、間違いなくドイツ人のスペイン語だ」等々。しかしアルベルトはどんな噂にも、反論しようとはしなかった。

〝……たしかに俺だって、アルベルトのことは気になるさ。なにしろ、ブラック・チェンバー創設者の権威は絶対だからな。俺がなにをやったって周りは必ず、アルベルトと俺とを比べてああだこうだ言う。いや、言っているような気がする。

アルベルトを巡る噂はどこまで本当なのだろう？　死の臭いで満ちた部屋に横たわるアルベルトに会いたいと思いながらも、俺はずっと我慢をしてきた。たぶん、老いさらばえたアルベルトの体を自分の目で見れば、アルベルトには敵うわけがないというこの気持ちも克服できるはずだ。だいたいアルベルトにまとわりついている絶対的なイメージなど周りが勝手に作り上げたものでしかないのだ。

でも……、いまはだめだ。ブラック・チェンバーの歴史を調べるのが先だ。資料室の記録保管庫にはブラック・チェンバー創設の経緯を詳しく記した資料がそろっている。アルベルトがなにをやってきたのかもわかるに違いない。それにしても……疲れた〟

ラミレス・グラハムはそのところよく眠れずにいた。時には、ふと目を覚ますとベッドに入ってからまだ三時間しか経っておらず、しかも頭の中は相変わらずカンディンスキーの姿に占領されたままでそのあとはもういくら寝ようとしても眠れない、というようなこともあった。そんなときベッドの下ではたいてい、ロボット犬のスーパーソニックが金属的な鼾をたてていた。

〝今でこそこいつの鼾を聞いてもなんとも思わなくなったが、最初のうちは、窓の外に放り出してしまいたい、ドライバーで心臓を開けて黙らせてやりたいと何度思ったことか。カンディンスキーか。たしかにやつの写真はないが、それでも、俺の頭の中ではすっかりカンディンスキーのイメージができ上がっている。部屋に閉じこもって何時間でもパソコンの前で過ごしているとすれば当然、青白い顔をして栄養状態も悪いはずだ。それにおそらくは、女ときわどい会話の一つも交わすことができないタイプの男だ。

けっきょく……、俺の運もこれまでってことなのかもしれないな。大統領は俺のいまのやり方に十分満足しているわけじゃない。すぐにでも答えを出せとせっついてくる。副大統領の方は、ことをせくべきではないと俺を擁護してくれている。とはいえ副大統領だっていつ態度を翻さないともかぎらない。所詮、政治家などそんなものだ〟

ラミレス・グラハムは手にした書類の余白に数字とアルゴリズムの公式を書きつけた。〝腹が立つほど難しい暗号の迷宮だ。はじめは俺も、表には見えないなにかがそのうち現れてくるに違いないと考えていた。犯人が消し忘れた指紋が浮かび上がってきて、それが犯人逮捕につながるはずだ、と。でも、これまでの犯罪の場面を丹念に調べてみてもなに一つわからないままだ。〈抵抗運動〉の小僧たちは、仕事に関しては完全にプロだ。カンディンスキーが有能な子分を抱えているのは間違いない。なんという運命の皮肉だ。俺は一年前、NSA［アメリカ国家安全保障局］でその道のエキスパートとして活躍していたという栄えある過去をひっさげてリオ・フヒティーボに乗り込んできて、そのときは、たかがボリビアのブラック・チェンバーを救うような仕事に自分はもったいないとすら思っていた。それがどうだ、いまや第三世界のハッカー一人に振り回され窮地に立たされている。だが暗号に罪はない、悪いのはこの俺だ。官僚的な立場で仕事をするとなれば数論、暗号のアルゴリズムと日々格闘する現場から遠くなるのは当然だ。それが嫌なら、いまの職を引き受けるべきではなかったのだ〟

ラミレス・グラハムはバージニア州のアーリントンで生まれた。父親はコチャバンバの高地の村の生まれで、アメリカに移住し、公立学校の数学の教師をしているカンザス生まれの女性と結婚した。クレオール風料理のレストランを経営することでようやく落ち着いた生活を手に入れた父親は、ラミレス・グラハムが誕生したとき、ボリビア領事館に息子の出生届を提出しようとすらしなかった。その息子宛てに、誕生から六週間経つか経たないかというころ、巨大なアメリカンファミリーの一員であることを法的に保証する社会保障カードが郵送されてきた。だが父親は、居住権を手に入れるためにさんざん苦労をしてきた自分のことを考えると、アメリカ国内で生まれたというそれだけの理由で息子がアメリカ国民だと認められたことがにわかには信じられないでいた。

そうした家庭環境にあってラミレス・グラハムは、家で父親からスペイン語を学んだ。接続法の使い方がやや怪しいものの、かなり流暢にスペイン語を話すことができる。しかし英語を母語とする者特有のなまりは隠しようもなく、ことに〝l〟と〝r〟の発音では英語の癖がもろに出てしまう。

ブラック・チェンバーに来る前もラミレス・グラハムは、少年時代から大人になるまでの間に何度かボリビアを訪れたことがあった。そこでの日常そのものも、親戚が大勢いることも、パーティーが延々と続くことも、すべてが楽しくてたまらなかった。しかしボリビアはあくまで休暇を過ごす場所であって、住もうと思ったことは一度もなかった。そう、ワシントンのボリビア大使館で開催されたあるパーティーでボリビアの副大統領と出会ったあのときまでは。

パーティーは、ボリビア人移民社会の若きホープたちを称えるために大使館が開いたもので、ラミレス・グラハムも、NSAでの暗号解読システムの専門家としての活躍が認められ招待を受けたのだった。

だが一般的に言えば、ラミレス・グラハムの仕事は極秘事項であるはずだ。それなのになぜ大使館はその活躍ぶりを知っていたのか。たしかに最初の数年間は、ラミレス・グラハムのこともNSAそのものに関してもいっさい外部に知らされることはなかった。しかし新しい長官が就任すると、マスコミとの良好な関係を築くためにNSAの透明性を高めたいという長官の意向によって、NSAについてある程度のところまでは明らかにされるようになった。もっとも、長官の公開計画もけっきょく失敗に終わったのだが。NSAというのはもともと厚いベールに包まれた組織であり、国の総予算から毎年どのくらいの額が注ぎ込まれているのかさえ明らかにされていない。そんななかでNSAの透明性を高めるなど土台無理な話なのだ。

それはいきなりの申し出だった。パーティーの会場で副大統領は、ラミレス・グラハムに、ブラック・チェンバーの仕事をやってみる気はないかと尋ねてきた。ブラック・チェンバー？　ラミレス・グラハムは思わず吹き出しそうになった。ブラック・チェンバーとは、三、四世紀前のヨーロッパでひろく諜報機関に対して用いられていた名称だ。それがボリビア側の近代性を望む気持ちの表れだと理解はできてもラミレス・グラハムには、そうした名前をつけること自体がそもそも近代化の波に乗り遅れた組織を象徴しているように思われたのだ。

副大統領の申し出は十分に驚きに値するものだった。ボリビアのブラック・チェンバーについてはなに一つ、年間予算がどれくらいなのか、どんな機械を使っているのかも知らなかったが、NSAとはおそらく比べようもないほどお粗末だろうとは容易に想像がついた。

〝俺は鶏口となるべきか、牛後となるべきか？〟ラミレス・グラハムは心の中で考えていた。

副大統領は言った。

「ブラック・チェンバーは七〇年代、我が国の安全を脅かす者たちに対抗するために創られたものだ。

でもいまは、時代から取り残された存在になっている。モンテネグロ現大統領は七〇年代に組織の設立を命じられたご本人でもあるが、いま大統領は組織の非近代性を大変に憂慮されていて、来る新しい世紀にも通用する組織に変革する任務を私に与えられた。国家の安全保障にとって今後の最大の課題のひとつはサイバークライム対策だろうと私は考えている。ボリビアにおいてさえも、それは同じだ。いいかね、よく覚えておきなさい。こういうことを言うと世間は私のことをあまりにも進みすぎていると思うのだろうが、ボリビアでは、前近代的な問題にも近代的な問題にも同時に向き合わなければならないのだよ。そしてポストモダン的な問題とも。政府も民間企業もますますコンピュータに依存するようになっている。空港も銀行も電話システムも、なにもかもがコンピュータ頼みだ。それなのに、信じられない話だが、ボリビアではコンピュータシステムを守るために使われている金は国家予算の〇・〇一%にも満たない。このままいけば我々は破滅する」

副大統領の言葉の一つ一つが、ラミレス・グラハムの心を揺さぶっていた。とそのときだった。突然ラミレス・グラハムの脳裏に、国益に関わる重要なポストに就いている自分の姿が浮かんできたのだ。「お断りできない提案をなさってください」ラミレス・グラハムは自分でも気づかないうちにそう答えていた。それがいかに重大な意味をもつ言葉なのかも自覚しないままで。

副大統領が提示してきた条件は、最高、とまではいかなかったが十分に魅力的なものだった。ラミレス・グラハムは言った。「しかし私は、ボリビア国籍ではありません。国家の組織であれば責任者はボリビア人でなければいけないのでは?」「私が五分で君をボリビア人にしてあげるよ」副大統領は答えた。

十日後、ラミレス・グラハムのもとに速達で新しいパスポートと身分証明書、コチャバンバで生まれたことを証明する書類と戸籍謄本が届けられた。第二の祖国であるボリビアでも物事がこれほどスムーズに進むことがあるのだと、一連の書類を前にラミレス・グラハムは妙な感心を覚えていた。その同じ日に、副大統領が電話をかけてきた。もはや断ることなどできようはずもなかった……。

ラミレス・グラハムはコーヒーをすすった。思いが、ブラック・チェンバーに着任したての日々へと向かっていく。

〝想像していたよりもずっと過酷な現実にぶち当たって、俺がどれほど自分の決断を呪ったことか。それにしても無邪気なものだな、俺も。自分のパソコンに計算ソフトのMathematicaをインストールして持ってくるとは。プログラミングの時間ぐらいは取れるはずだと、信じて疑ってもいなかった。机の上で数字と格闘したいのにそれができないおかげで欲求不満もいいところだ。それにこのリオ・フヒティーボときたら……。スベトラーナならなんと言っただろう?〟

そのころ、いつも思い出していたのはスベトラーナのことばかりだった。机にはスベトラーナの写真を飾った。カールのかかった黒髪、濃い紅色に塗られたほっそりした頬。開き加減のその唇は、文句を言おうとしているようにも、熱い接吻を待っているようにも見える。日に一度は必ずメールを書き、一週間に一度は電話をした。だがスベトラーナは電話に出てはくれなかった。

二人がつき合い始めて十ヵ月ほど経ったある日のことだった。ラミレス・グラハムはスベトラーナから妊娠したと告げられ、思わず眉を吊り上げ言った。「子どもなんてまだ僕には早いよ」だがその言葉を後からどれほど悔いたことか。スベトラーナは怒って部屋を飛び出した。翌日、スベトラーナの姉の家に電話をかけスベトラーナが行っているかと尋ねると、「いま病院にいるわ、流産したの」と姉は言った。「でも、あなたのせいじゃない。スベトラーナはマンションを出た後、車を運転していてタクシーにぶつかったの。あの子の不注意よ」

しかしそうした慰めも役には立たなかった。病院に見舞っても退院後に自宅を訪ねても会うのを拒否されると、ラミレス・グラハムはますます罪の意識に苛まされるようになった。副大統領からの話があったのは、ちょうどそんなときだった。いや、このままここにいてスベトラーナを取り戻すべきだ、と、一瞬、心の声が聞こえた。しかし自尊心がそれを押し消した。そして二年間の契約でブラック・チェンバーの仕事を引き受けた。

ラミレス・グラハムは、水槽の中のエンゼルフィッシュの緩慢な動きにじっと目をやる。魚たちが行ったり来たりを繰り返し、そのたびに水面が上下に揺れていた。

ラミレス・グラハムはときどき考えることがあった。自分がNSAを辞めたのは、さまざまな事件でNSAの無能ぶりを見てしまったせいではないのか、と。

冷戦時代、NSAは間違いなくアメリカ政府の主要な機関の一つであった。だがそのNSAも、予算の削減と、難攻不落の新たなデータ暗号化システムの出現というダブルパンチを受け、その座から転落しようとしていた。NSAは相変わらず世界各国の通信を対象に一時間に平均二百万件にも上る傍受を行なってはいたが、もはや以前と同じようなスピードで解読作業を行うことができなくなっていた。とはいえ、それでラミレス・グラハムがひどく悩む必要はなかったはずだ。なぜなら、ラミレス・グラハムの役割は安全保障システムを開発することであり、少なくともラミレス・グラハムがいたときには、NSAの暗号作成部門は暗号解読部門よりも成果を挙げていたからだ。しかしラミレス・グラハムは心を痛めていた、それもひどく。ラミレス・グラハムにとってNSAの権威が失墜することはすなわち自分自身の権威が失墜することにほかならなかったのだ。

そんな鬱々とした日々を過ごしていたさなかの、副大統領からの申し出だった。

〝あれを承諾したのはたぶん……、サバティカルを取るようなものだったのだ、俺にとっては。もう一度、自分自身を重要な存在だと信じられるようになって気力も新たにNSAに戻りたいと、そう思ってここに来た。ところがどうだ。俺がボリビアで仕事について一年も経っていないというのにすべてのことがもっと悪くなっている。世界貿易センタービルが破壊される何日も前からNSAは、アルカイダによる前代未聞の規模の攻撃が間近に迫っていると匂わせるような不穏な通信を日に何本も傍受していたというじゃないか。それなのに暗号が解読もされず、当然ながら翻訳もされないまま事件が起きてしまった。まあそれだって、いつものことだといえばそれまでだが。二〇〇一年九月十一日の事件ほど重大な結果にならなかったとしても、似たようなことはしょっちゅう起こっていた。ああ、スベトラーナ、君はいまごろなにをしているのだろう？〟

やせっぽちのスベトラーナ。ラミレス・グラハムは、そのあばら骨にキスをするのが好きだった。

靴を数えきれないほど集めていたスベトラーナ。カタログ通販のオンラインショッピングに目がなかったスベトラーナ。「だって、家に戻ったときにVictoria's SecretやJ.Crewの包み紙がマンションのポストに入っているとつい嬉しくなるじゃない」とよく言っていた。夜、一緒に寝ているとベッドはしだいにスベトラーナに占領され、決まって気づくと右にも左にも寝返りをうてないほど隅に押しやられていた。二人で暮らしていたマンションが恋しかった。ジョージタウンの二十七通り、そこから十分も歩けばデュポン・サークル公園だ。スベトラーナの猫が恋しかった。ラミレス・グラハムがオレンジ色のふかふかした布団に寝そべってテレビを見ていると、猫たちはいつも股の間で背中を丸くしていた。

〝……こんな遠くの国で、生まれた国アメリカとはなにもかも勝手の違うこの国で、俺はいったいなにをやっているんだ〟

父親はあらゆる努力を払ってラミレス・グラハムに、祖国ボリビアの文化とラティーノとしてのアイデンティティーとを愛し敬う精神を叩きこもうとした。父の教育は功を奏し、ボリビアがなにか問題に見舞われるたびにラミレス・グラハムは、ボリビアのことが心配でたまらなかったものだが、ただそれはあくまで、ボリビアの外に住んでいたからこそ、の話なのだ。

ボリビアに着任したとき、ラミレス・グラハムはもう少しでシッポを巻いて逃げ帰るところだった。アルベルトは、ブラック・チェンバーを創ったアルベルトはたしかに、わずかな予算で賞賛に値する組織を作り上げた。それでも、なにもかもがクリプト・シティー［フォート・ミード内にあるNSAの建物が集まる広大な地区の名称］とは比較にならないほどお粗末なものだった。使われているコンピュータは五年以上も前の型で、容量や速度という点ではもはや時代に合わなくなっていた。通信システムも貧弱で、通話監視用機械も暗号解読機械も、さらには、国の大半の人々にとっての母語であるケチュア語やアイマラ語からスペイン語へ即時に翻訳するためのソフトでさえ数が足りていなかった。〝先住民は陰謀をたくらまないとでも言うのか？　スペイン語でなければ謀議は行えないとでもいうのか？　あげくにスーパーコンピュータも古いクレイ社のものが一台あるだけ……。自分のようなハイテクの世界の人間にロウテクのシステムなど使えるわけがない〟。ラミレス・グラハムは内心、そう思っていた。それでもボリビアにとどまることにしたのは、副大統領が、ブラック・チェンバー内のハードもソフトもアップグレードするだけの予算をつけてくれると約束してくれたからだ。

突然、目の前のコンピュータ画面が暗くなった。数秒後、再び明るさが戻る。数日前から電圧の低下が頻発するようになっていた。

〝The hell with Globalux!（グローバラックスのくそったれ）〟

通りでは、まるでそれで問題が解決するとでもいうように、しきりに道路封鎖への呼びかけが行われていた。

〝The hell with this country!（この国もついでにくそったれ）〟

ラミレス・グラハムは窓の方に寄っていった。

着任して四ヵ月が経ったころから、ラミレス・グラハムは気づくと、このブラック・チェンバーにこうしているのも満更ではないと思うようになっていた。本心を言えば、権力をもち、副大統領とすぐに面会できる立場にいる自分を心地よいとも感じていた。副大統領は頻繁にリオ・フヒティーボを訪れてきていたが、それはラミレス・グラハムがあらゆる手を使ってラ・パスに行くことを避けていたからだ。ラミレス・グラハムの体は高度にたいして拒絶反応を起こす体質だった。

ラミレス・グラハムはブラック・チェンバーに最新型のコンピュータを導入し、有能な若手を新たに職員に迎えた。そして、チューリングのようなベテランには別の部署への異動を命じた。初めは、なぜアルベルトが自分の周りに言語学者だけをそろえてコンピュータサイエンスのエキスパートを置こうとはしなかったのかが不思議でならなかったが、なぞはすぐに氷解した。ブラック・チェンバーが傍受する暗号の大半は高性能な機器などなくても解読できるものばかりだったのだ。

「この数年の目覚ましい技術の進歩にNSAの暗号解読システムは追いついていない」ある専門家がNSAのことをそう言って厳しく批判したことがあった。再び暗号解読に役立つ組織となるためには三つの〝b〟、bribery（賄賂）、blackmail（恐喝）、burglary（盗み）をやるしかないのではないか、と。しかしブラック・チェンバーに限っては、そうした問題とは無縁だ。なぜならボリビアでは、暗号を使ってのやり取りを行なっているうちの大半は、あらゆる最新の技術を使いこなせるほどの能力などもち合わせていない者たちだからだ。

それでもラミレス・グラハムは、いかなる予想外の出来事が起きようとも対処できるように、副大統領の提唱する近代化計画を進めることを決めた。そして結果的にそれは正しい判断だった。カンディンスキー、〈抵抗運動〉、まさに予想外のことが起こったのだ。

ドアをノックする音が聞こえた。入ってきたのは、腹心の部下のバエスだ。バエスの表情からはただ事ではない様子がうかがえる。

「ボス、なぜこんなことになったのか、さっぱりわけがわかりません。我々のセキュリティーシステムはこの国でもっとも優れているはずですが……、システムにウイルスが侵入しました。ファイルが片端からウイルスにやられています」

ラミレス・グラハムは、拳を机に叩きつけた。

〝誰が犯人かなんて聞くだけヤボだ。クソ！　で、やつの狙いはなんだ？〟

† 5 †

カルドナ判事は、パレスホテルの部屋のバルコニーから中央広場の様子を眺めていた。金属製の椅子に腰を掛けたまま、表紙の擦り切れた『タイム』誌で、昼の食べ残しに群がるハエたちを追い払う。皿には、フライドポテトとレタス、汁が出てクタッとなったトマトが乗っていた。

大きく息を吸ったとたん、街の埃っぽい空気に刺激されカルドナは思わずクション、とやった。真昼の太陽はカルドナの腰から下を照射し、いっぽう髭の生えたその顔のあたりはちょうど、ひさしが陰を作ってくれていた。きつく結び合わされた唇、落ち着きなくさまよう視線。ズボンのベルトも緩められ、靴も脱ぎ捨てられていた。ビールが二本、空になっていたが、三本目には手がつけられていない。

〝とりあえずいまはやめておこう〟

背後に、テレビの音が響いている。室内とベランダを仕切るドアが半開きで、音はそこから漏れてきていた。

パレスホテルはエンクラーべ地区の、中央広場の角に位置していた。建物自体は十九世紀末のもので、クラシックな雰囲気が漂っている。もとはリオ・フヒティーボの由緒ある家族のお屋敷だったというだけあって、大きな庭にはイチジクが植えられぶどう棚まで作られ、庭の真ん中の噴水には数羽の白鳥が泳いでいた。

〝噴水か……。帽子をかぶった男たちとコルセットで腰を締め上げ着飾った女たち。けだるい午後の時間に身を任せ、噴水の周りで意味ありげに微笑み視線を絡ませ合っていたのだろう。バルコニーから中央広場を見下ろせば、市役所の音楽隊が日曜恒例の野外コンサートを開き、人々が急ぐ風もなく行き交う光景を目にすることができたに違いない。いまのように騒がしくもなく、三十年前のあの暴力の時代とも無縁の光景。俺がここを出てからずいぶんと時が経ってしまった。二度と戻ってくることはないと思っていたのに。人間、生きていくなかでは思ってもみなかったことが起こるものだ、それも突然に。蝶つがいがギッと音を立てた瞬間、瞬きをした瞬間、それまでなかったはずの空間が目の前に現れたりもする。あるいは、不意になにかを悟ったりもする。そうだ、まるで、傷を負ってしまった神がとっさにはなにが起きたのかわからずに目を閉じその目を開けた瞬間に、ああ、自分は傷を負ったのだと気づくかのように〟

カルドナの体は、皮膚のほとんどが赤紫色の痣で覆われている。足、腕、胸にまで痣は広がっている。頬にもところどころ出てはいるが、髭を伸ばしているおかげでさほど目立たなくなっていた。

初めて痣が出たのは右の頬で、カルドナはその日のことをはっきりと覚えていた。十九歳、大学の二年生で、よりにもよって口述試験の当日だった。その前の晩、カルドナは徹夜で試験の準備をしていた。だが結果は……。カルドナは試験が終わって思ったのだった。〝人前でどもるは、壇上に立った途端に頭にカッと血が上るはじゃ、法律家としてはどうしようもないな〟と。

やがて二つ目の痣が出た。三つ目が出て、カルドナの体はしだいに砂漠のトカゲかあるいは汚い水に住むヒキガエルのように痣だらけになっていった。痣は形も大きさもまちまちで、それが体中に広がっているさまはさながら、世界地図から切り取った島や国や大陸があちこちに張りつけられているかのようだ。痛みはない。なにかの通告のようにただそこにある痣をカルドナ判事は、触れたりなぜさすったり、時にはその痣で遊んだりもする。

〝これまでいろいろな医者にかかったが、みんな同じように、ありとあらゆる塗り薬を勧め、太陽にあたるな、辛いものは食べない方がいいと言った。だがなんの効き目もなかった。いつごろからだろう、俺が自分の痣を受け入れることができるようになったのは。痣は俺の一部、いや、痣は俺そのものなのだ。それにいまでは、話をしている相手が俺の痣に気を取られて話がおろそかになることも許せるようになった。裁判所の秘書、顧客、同僚、俺と敵対する者たち。額、鼻、首にも、使い古された隠喩のようにいくつもの痣が出ている。街では、みんなが俺のことを見る、ことに子どもが。でもそれも、俺は受け入れている。まったく子どもというのは容赦のない生き物だ、思ったことや感じたことをなんでも口にする。もしこのリオ・フヒティーボの熱い太陽が痣を焼きつくし俺の肌がきれいになったとして、その姿を鏡で見たら俺は、自分で自分のことがわからないかもしれないな。もしかしたら、ショックのあまり地面に倒れ込むだろうか。いや、死なないまでも、現実の体からさまよい出た幽霊のように生きていくのかもしれない〟

カルドナ判事はポケットから時計を取り出し時刻を確かめた。そろそろだ。『タイム』誌の表紙には、「ゲノム」の文字と、四角い枠に囲まれた「ラテンアメリカにおける民主主義へのあくなき挑戦」という文句が踊っていた。

雑誌が床にすべり落ちた。

カルドナがその雑誌を購入したのは、モンテネグロの身柄引き渡しを請求しようとしているアルゼンチンの判事についての記事に興味を惹かれてのことだった。

〝遡れば、こうした流れに先鞭をつけたのはガルソン判事の起こしたピノチェトの引き渡し請求だ。いままでは多くの法律家たちが、ガルソンのような立派な法律家になりたいと口にする。だが、正義を勝ち取るにはそれこそいろいろなやり方がある。そしてそのなかでも、法に定められた手順に従うのはもっとも愚かな方法だ。いや……、あれほど法を盲信していたこの俺がこんな風に考えるようになるとはな。まったく、世の中、なにがあったっておかしくはないぞ。そうだ、豚のしっぽをもつ子どもが生まれてしまうというあの話も、どうしようもないこの国でなら本当のことになるかもしれない〟

カルドナ判事は椅子から立ち上がり、部屋の中へ入った。

ベッドは起きたときのままで、白いシーツとブルーのベッドカバーが一ヵ所に丸めておかれている。

ほんの数時間前まで、カルドナ判事はベッドの中で、いい気持ちで夢を見ていた。自転車に乗る従姉のミルタの後を幼い自分が追いかけている夢だ。

〝ミルタはまるで、少しでも休むと不安にかられると言わんばかりに、しょっちゅう俺の夢の中に現れる。しかもいろいろな仮面をかぶって。頭の禿げた大学教授の顔がミルタのものになっていたり、半身不随の隣人がメガネをはずすとミルタだったり、若い日のどぎまぎするほど清冽な姿のままで現れたりもする。そして時にその夢は悪夢へと変わる。穏やかさと衝撃とを隔てるあまりにも細い糸。意識を失うほどのすさまじい揺れに襲われ、俺は、どこが震源地かと考える間もなく、突如ぱっくり口を開けた活断層の中へと飲み込まれていく。だが俺にはわかっている。それこそが俺の運命なのだ〟

髭を剃る手がすべり、上唇が切れた。

〝これが俺の顔か。時というやつは一時も休まずにこの顔を蝕んでいく。いまの顔だってすぐに変わってしまう。なんて爺さんなのだ、俺は。いや、違う。爺さんに見えるだけだ。それでもやっぱり、自分の顔を写すなら鏡じゃなく、壁や天井の方がいい。するとそこに俺が心にイメージする通りの顔が映り、その像がそこらじゅうに反射し、それが頭に吸い込まれそして消えていく〟

ティッシュを傷口に当てた。アフターシェーブローションをつけると傷口がひりひりする。酒くささを消そうと、ミントのうがい薬で口中を洗う。

ヘアースプレーで髪を整え、レモンの香りのオーデコロンをつける。黒のスーツを着込む。モンテネグロがいつも使っている洋服屋で仕立ててもらったものだ。

〝いまでは、俺とモンテネグロとの共通点といえば洋服屋が同じということぐらいのものだ。それにしても節操がない店だ。政治家と見ればどんな者にも愛想のいい顔を見せる〟

カルドナは白いワイシャツに袖を通し、ブルーのネクタイをしめた。威厳にみちた品行方正な紳士の完成だ。

テレビを消した。

〝サムスンの携帯電話で『エクスクルシーボ』のニュースを見ようか。いや、ラナ・ノバにするか。まあ、どっちにしろ、新しい情報を知りたいときはテレビよりもネットのニュースサイトだからな〟

『エクスクルシーボ』がカルドナのお気に入りなのは、地味とは無縁の携帯メディアの中で珍しくその番組が堅実さを保っていたからだ。

〝ラナ・ノバは……、深みがない。MTV世代の若者にとってはあこがれのジャーナリストなのだろうが、あまりに薄っぺらで存在感がない。いや、もともとが架空の者に対して存在感がないというのも変だが。ただ、ラナ・ノバの色気に抗い難いものがあるのも事実だ。俺でさえもときどき、ネットでラナ・ノバを見ていて徹夜することがあるほどだ。ラナ・ノバはいつでも必ずネットの中にいてくれる。そしてとびきりの笑顔と挑発的な乳房で、エルサレムのショッピングセンターでパレスチナ人が自爆テロを遂げたと伝える。たしかにそうしたニュースの内容にラナの存在はいかにも不釣り合いだ。しかし逆に言えば、ラナのその現実味のなさこそが、毎日のように悲しいニュースを聞かされる身には救いなのだ。うーん、ラナを見たいが……、いや、やっぱり『エクスクルシーボ』だ〟

番組ではちょうど、エル・チャパレでの新たな対立のニュースが報じられていた。

すでにコカ生産者連合の農民たちは、リーダーの扇動にのる形で、アメリカの支援を受けコカ栽培を根絶しようとしている政権の動きには徹底的に抵抗していくとの方針を決定していた。いっぽう、コカ生産者らを率いるアイマラ出身のリーダーは、反帝国主義を前面に押し出す演説で全国に支持を広げつつあり、それに触発されるように、何十年ものあいだ砂漠をさ迷い続けていた左翼たちが再び結集し自らの存在意義を主張するようになっていた。

〝このアイマラのリーダーは、来年の大統領選挙に立候補するのだろうか？　もし立候補したとしても……、当選には遠く及ばんだろう。都市部ではそれほどの支持を得ていない〟

「〈抵抗運動〉と名乗るグループのハッカーが政府のサイトを妨害する行動を起こしています」ニュースが続く。

〝この国は、激動の周期に入って溺れかかっている。モンテネグロ政権がまた揺らいでいる。いったいこれで何度目だろう。そしていま、すべての党派が足並みをそろえてモンテネグロに辞任要求をつきつけている。こんなことが起こりうるとは、誰も想像すらしていなかったはずだ。街で顔を合わせれば互いに唾を吐きかけかねないほど反目し合っていた者たちが反モンテネグロで心を一つにするとはな。そのみんなに……、俺は、こう言っている。〈あと大統領選挙まで六ヵ月だ。俺は、モンテネグロが大統領でなくなるその日にやつの独裁政権下で起こった数々の残忍な出来事の責任を問うために、必要な資料を集めることに専念する。もう今度は、最初のときのような失敗はしない。あのときに犯した多くの過ちと俺のバカ正直さをしっかり反省して、必ず成功させる。どうせアルゼンチンの判事がモンテネグロの引き渡しを請求しても、上手く行くはずないのだから〉、と。〈俺の今度の裁判のことは黙って準備を進めるつもりだ〉とも言った。だがそれはすべて、俺の本心を隠すための嘘だ。とにかく秘密のうちにことを進めなければ。もしひとつでもミスを犯せば俺の計画はそこで終わる。死はいつも身近にあって、裏切りの芽はどんなところにも隠れている。ほんの少しの不注意や怠慢によって俺の計画が実行に移す前につぶされることだってありえる。そうなればこの俺も、その場で消される、いや、いまこの瞬間に消されるかもしれない。祖国の救世主になれるものなど一人もいやしない。だが俺は間違いなく必要とされている。ミルタは俺を必要としている。政治は個人的な問題、政治はその土地の問題、俺は存在している、多くのことが人々の記憶から消えていくが、俺が記憶になろう。誰かが覚えておかなければならない。ムネーモシュネ、ムネーモシュネ、誰か、過ちを犯しやすい人も、それなりにもろいところがある人も、あくどい取引ができる人も、確かにいる、良心、記憶、ああ、いやだ、いやだ……〟

カルドナ判事は、『エスクルシーボ』を消した。

ナイトテーブルの上には、数週間かけて集めたルス・サーエンスに関する資料一式がのっていた。ルスとは、ラ・パスの国立大学で行われた歴史学会の会場で顔を合わせていた。その日の学会ではルスが発表者となっていて、それを知ったカルドナが、ルスと直接言葉を交わすチャンスとばかりにわざわざ足を運んだのだ。

〝……ルスが、モンテネグロ独裁政権時代にブラック・チェンバーで働いていたというのは間違いない。資料にもそう記されている。一九七五年ごろか。旦那の方はいまだにあそこで働いている。チューリング。ああ、その名前……。いまはブラック・チェンバーの資料室長という閑職に回されているらしいが、ブラック・チェンバーとしてもクビにするわけにもいかず、というところだろう。だがそんなチューリングも、全盛期にはあのアルベルトの、独裁政権下でももっとも弾圧が厳しかった時代にブラック・チェンバーを取り仕切っていた伝説的暗号解読者アルベルトの右腕として活躍していたのだ。俺は、一九七六年のあのとき、ミルタが入っていた反政府組織がほかの組織とのやり取りのために使っていた暗号を破ったのはアルベルトかチューリングだと睨んでいる。軍の若手将校と市民グループが手を結び、秘かにモンテネグロ政権の転覆を企てていた。そしてその計画に加わった者たちが、二日の間に一人、また一人と消されていった。俺はいまでも、ミルタの遺体を確認しに安置所に行ったときのことを忘れることができない。遺体は橋の下のごみ捨て場で発見された。拷問の跡が背中にも、胸にも、顔にも。ミルタ。俺の手を引いてアニメ映画の午前の回に連れて行ってくれたミルタ。化粧っ気がなく、強情なほど固く長い黒髪を三つ編みにしていたミルタ。家に友だちを呼んでは朝までギターをかき鳴らしていたミルタ。尊敬する人はアジェンデだと言い、チェの日記を読んでいたミルタ。マルサ・ハーネッカーを慕い、人民のために新たな夜明けを、と歌っていたミルタ。

そういえば……、あのときルスは学会でどんな話をしたのだったか。内容がひどく専門的で、暗号学のわけのわからない用語がふんだんに使われていたことだけは覚えているが〃

その学会が終わったあとでカルドナはルスのもとに行き、自己紹介をした。初めて見るルスは冴えない顔立ちの中年女性で、化粧もしていなかった。臆病そうな視線、マニキュアなしの短い爪、いかにも小学校の教師が好みそうな男物仕立ての黒のスーツ、耳には唯一のアクセサリーのまがいものの真珠のイヤリングが揺れていた。

ルスはいっしゅんカルドナ判事があまりにも大げさに親愛の情を現すことに戸惑った様子を見せたが、すぐに、カルドナが以前からの知り合いであるかのように、「判事であるあなたが歴史学者の集まりになにをしにいらしたのですか？」と挨拶を返してきた。

学会の参加者は何人もいなかった。その者たちが、壁にいかめしい顔の有力者の肖像画が何枚も飾られている部屋から退出を始めていた。

「法律と歴史とは切っても切り離せないものですから」カルドナ判事は答えた。

「いまのような時代にはなおのこと、ですね」

「それにしてもなぜ、誠実な判事さんが不実な政権のために働いたりしたのでしょう？」

「たしか女性の歴史学者の方も同じだったと思いますが」

「ええ、でも女の歴史学者は年も若く経験も浅かったものですから。それに過ちはすぐに修正しました」

「ですが歴史学者のご主人の方は、そうはなさらなかった。それに、どちらもお若いといってもそう若くもなかったのでは？　ノーと言えるぐらいの経験は積んでいたのではありませんか？」

電気が一つずつ消されていった。部屋を出る時間だったが、二人は、ほとんど明かりが失われたなかでも話を続けていた。いかにも型通りのやり取り、しかしその裏でカルドナ判事とルスは、言葉には出さないもう一つの会話を交わしていた。

別れ際にカルドナは、ルスに名刺を渡した。

翌朝、ルスからの電話を受けたときもカルドナは驚かなかった。空港にいる、とルスは言った。その声からは緊張している様子がうかがえた。とっさにカルドナは、思い迷いながら浮かない顔つきで目をキョロキョロさせているルス、手にナプキンを握りしめ長い指をせわしくテーブルに滑らせているルスの姿を脳裡に思い浮かべていた。

「あなたにもう一度お会いできたらと思って。でも、ラ・パスではもう時間がありません。リオ・フヒティーボにいらしていただくわけにはいきませんか？」

「ええ、考えてみましょう」とカルドナは答えた。だがルスが電話を切ろうとしたそのとき、慌てて言いかえた。「それでは、二、三週間のうちに伺いましょう」そして心の中で呟いたのだ。こんなチャンスを逃してどうする、と。

カルドナは、ナイトテーブルの上に乗っているルス関連の資料を開いた。

〝聞くべきことはわかっている。準備はすべて整っている。問題は、いかに自然にふるまえるかだ。あくまでたまたまという風を装って肝心のところまで話をもっていかなければならない。もしも話が行き詰るようなことがあったとしても、そのための策も考えてある。ある事件の証人が、証言することを決意したものの、いざ証言台に立ったところで証言を拒むというのはよくあることだが、ルスに限ってその心配はない。ルスは明らかに話したがっている。あとはただルスの友だちになりきって、あなたの気持ちはよくわかる、かわいそうにと言えば間違いなく口を開くはずだ。

だが、なぜだ？　なぜ、ルスはこんなことをしようとしているのだろう。なぜ自分から奈落の底に飛び込み、破滅への道を進もうとしているのだろうか。いや、そんなことを考えても仕方がない。けっきょくのところルスは、俺にとっては敵方の人間だ。正直、ルスの気持ちを理解するつもりもない。俺にとって大事なのは、ルスの告白を、チューリングの罪を立証するルスの言葉を、テープレコーダーに録音することだけだ。独裁者の責任を問う裁判となると、たいていの法律家は全精力を注いで表に見えている首謀者や命令を下した軍人、実際に引き金をひいた民兵、軍人らの罪を暴こうとする。しかし独裁政権を支えその存続に貢献した巨大な機構のことは忘れている。官僚たちは確かに自分の手を血で汚してはいない。だがそもそも政権の一員になるということは、ある意味、政権の犯罪的行為を容認するということでもあるのだ。みんな忘れている、ブラック・チェンバーの建物の中にいて、反政府組織の暗号を解読し、あるいは、反乱拠点に向かうよう指示する秘密の無線通信を妨害した者たちがいたことを。あのとき、非合法活動をしていた政治家たちが遺体となって発見されたことも、理想に燃える学生たちがなにが起きたのかもわからないままどこかに連れ去られていったことも、だ。俺は、ミルタを拷問した者の名前を知ることにはさほど興味はない。そうした者たちはしょせん、将棋の駒にすぎない。それよりもっと俺にとって大事なのは、ひっそりと仕事に励みながら、拷問や殺害が行われるように仕向けていた者たちの首を切り落とすことだ。そうだ、俺の狙いはまずチューリングとアルベルトだ。二人を始末し、そして最後はモンテネグロだ〟

カルドナは、寝室の隣のリビング向かうと、小さな盗聴器を花瓶の中にセットした。

〝こうすればルスの目からは見えないはずだ。ルスもおそらく録音されることは覚悟しているだろうが、それでも機械が目に入らなければ緊張せずに話せるだろう。いや、そうあってほしい〟

カルドナは机の上にコップを二つ置き、壁の額を真っ直ぐに掛け直した。額の絵は印象派風に雄鶏たちの戦いの光景を描いたもので、その中の一羽は目をつぶされ血を流していた。

〝……膿をすべて出し切ってやる、大多数の凡人にはできないことをやる、いかに汚職がはびこっているか、いかに多くの者が罪もないのに失脚させられてきたかを暴く。やつらの手は血で穢れている。良心を悪魔に売り渡し、なにをやろうが後悔することなどない。すべては簡単なことだ、ひどく簡単なことだ。そうだ、過去など存在しないのだ。そんなものは一瞬で消すことができる。大げさに嘘をつき、空約束を重ねてきた。だが過去はもはや踏みつぶされた。いや、そうじゃない。過去は生きている、毎秒、毎分、過去は鼓動を響かせ、俺たちを酩酊させる。そして俺たちは過去から目を背けようとする。祭りの道化師、幻影に惑わされ己自身にも己の姿が見えなくなっている。人生が断ち切られてしまうというのに。立派な約束を口にしておきながら迷ってばかり。人間としては落第だ。自分という部屋の中を覗き込もうにもその窓は半ば閉じられてしまっている〟

ドアがノックされた。カルドナはリビングの真ん中の天井からぶら下がっているクモに目を向け汗ばんだ手をこすり合わせる。そして再び視線を下げ、ルスを迎え入れるために入口に向かった。

† 6 †

男の子は、葉を繁らせたパカイの木の下に座り込んでいた。場所は、キジャコジョ地区にある自分の家の庭。褐色の肌、コロコロとした体形、はねあがった前髪。靴は履いていない。身に着けているものといえば白いパンツだけ。利発そうな目はじっとなにかに向けられ、結び合わされた唇が真剣な表情を作っている。トンボが一匹、右の耳に止まった。錆びた浴槽の中では、茶色の猫が真昼の太陽にお腹をさらして寝ていた。

足の間には、壊れたラジオが置かれていた。橋の下のごみ捨て場でそれを見つけたとき、残飯やイワシの缶詰、桃の缶詰、トイレットペーパー、犬の死骸に埋もれるようにして、ラジオの銀色の本体がひときわ強い光を放っていた。

男の子は夏が始まってからずっとそうして、ラジオを分解しては組み立て、また分解しては組み立て、を繰り返していた。自分としては、父親の真似をしているつもりでいたのだ。父親は、車の修理で生計を立てていた。男の子は細い線を口に入れ、噛んでみる。音量ボタンを口にいれ、ひんやりとした金属の感触を舌で確かめる……。

そのときばかりはすべてを忘れ、男の子は幸せでいられた。しかしすぐに、両親の呼ぶ声が聞こえてきた。男の子は暗い家へと戻って行く。窓ガラスが割れたままの家、ミルクを欲しがって赤ん坊が泣き叫んでいる家に帰らなくてはならない。

ニコラス・テスラ校は、リオ・フヒティーボの中央広場の近くにあった。学校は、植民地時代に作られ、なかば壊れかかっている古い大きなお屋敷をそっくりそのまま使っていた。お屋敷の中庭だった長方形の空地はミニサッカーとバスケットボール両用のコートに、それを取り巻くいくつもの部屋は教室に姿を変え、その教室はどこも生徒たちでごった返していた。また壁という壁には政治スローガンや汚い絵が落書きされていた。

男の子は子どもから少年へと変わる年齢に差し掛かり、キジャコジョのこともめったに思い出すことはなくなっていた。ましてや生まれた街、オルーロについてはなにも覚えてはいない。少年が四歳のときにオルーロの鉱山は政府の決定により閉山となり、父親をふくめて鉱山で働いていた者の多くが職を失った。そのとき一家に救いの手を差し伸べてくれたのが、キジャコジョに住む母親の従兄だった。一家はキジャコジョで数年間を過ごし、リオ・フヒティーボに移ってきた。父親は最初、昔の仲間の多くがそうしたように、チャパレに行ってコカの栽培を始めるつもりでいた。ところが従兄の友人から、リオ・フヒティーボに持っている家を格安で、しかも担保なしの分割払いで買わないかともちかけられ、わずかな有り金をはたいて買い取ることにした。それからの父親は、サッカーボールを膨らませることと、車と自転車の修理を生業とするようになり、それでなんとか一家が食べる分ぐらいは稼ぎ出していた。

少年は、クラスでいちばんの成績だった。とくに数学では抜群の頭の切れを見せ、教師が黒板で複雑な例題を解いているときに少年が間違いを指摘するのも、珍しいことではなかった。それもバカにするわけでも偉ぶるわけでもなく、あまりに自然な態度でそうするものだから、周囲の者たちは秘かに思っていた。おそらくは、少年自身、自分が誰よりも物を知っているのは神の定めだからだとそう信じているに違いない、と。少年はまた、どの教科も勝手に先まで勉強を進め、教師に教わる前になんでもできるようになってしまうために、教師からよく叱られていた。それについては最初からそうで、そもそも、小学校に入学した時点ですでに、少年はサッカーを教えてもらっていた隣人のおかげで完璧に九九の掛け算を言えるようになっていたのだった。宿題のことでは、少年は実に気前がよかった。授業が始まる前になると決まって友人たちが、ノートを写させてもらおうと少年の前に長い行列を作っていた。口数は少なく、大抵の少女はそこに惹かれて少年に憧れを抱いていた。背は高く、それもまた人気の秘密だったが、もうひとつ、意志の強そうな茶色の瞳をいつもきらきらさせているところも少女たちの気持ちを引きつけていた。体つきはというと、低学年のころはまだぽっちゃりとしていたのがいつのまにか、ひょろりとした痩せ形に変わっていた。そして長くほっそりした首。その首のおかげで見る者には、まるで少年の頭と胴体とが別々の生きものであるかのような印象を与えていた。

少年が通っているニコラス・テスラ校は公立校だった。〝ここにも、サン・イグナシオ校のようにコンピュータ室があればいいのに〟。少年はいつもそう思っていた。サン・イグナシオ校は、少年の住んでいる場所から一ブロックのところにあり、近くには美しいハカランダが咲き乱れる公園があった。そこの生徒たちは、自転車のタイヤがパンクするかサッカーボールがペソペソになると、空気を入れてもらいに少年の家にやってきた。たがいに冗談を言い合い、さしておもしろくもなさそうに女の子たちの品定めをし、財布にはいつもお札を入れていた。少年はドアの隙間から、あるいはひび割れた窓越しに生徒たちの様子をのぞき見ていた。いい服を着て時には車で登校し、世界は自分たちのものと信じているかのような無礼な態度を取る生徒たち。その生徒たちにへいこらしているのが自分の父親だというのが、少年にはどうにも嫌でたまらなかった。

少年はまた、母親について行って、大きなお屋敷で洗濯や掃除をする母親を手伝うことがあった。母親はいつも、白髪交じりの髪を振り乱し色鮮やかな織り布で下の子を負ぶっていた。二人が行くのは、リビングが陶器の置物で溢れかえり中庭にはプールがあるような家ばかりだったが、そんな中でもある医者の家のことは、強烈な記憶となって少年の心に刻み込まれていた。贅沢なしつらえの子ども部屋にはマッキントッシュのコンピュータが置かれ、壁にはマラドーナ、ニルヴァーナ、シューシャのポスターが貼られていた。壁に掛けられた「良き仲間賞」を見たとき、少年は、その家の子どもたちがサン・イグナシオ校に通っているとわかった。世の中には上と下とがあるという現実、もちろん少年とて、そんなことを認めたくはなかった。しかし、すでに子ども時代を卒業する年齢にさしかかり、少年にも社会の不平等さが少しずつ理解できるようになっていた。

少年にとって遊びといえば幼いころからずっとビリヤードだった。だがそれは、あの日までのこと。時刻は午後だった。少年は街を歩いていてゲームセンターの看板を見つけた。ふと気になって扉を開けた。室内は耳をつんざくような音がひびきわたり、刺激的な色がちかちかしていた。それからというもの、週に何日か父親の手伝いをする代わりに貰うわずかな小遣いはすべて、テレビゲームにつぎ込むようになった。なかでも得意としたのはパチンコとスーパーマリオで、その腕前は群を抜いていた。寝ても覚めてもテレビゲームのことが頭から離れず、ゲームで新しい記録に挑戦し続けて気づくと日が暮れているということもしばしばだった。少年は十五歳になっていた。

しかし持ち金はすぐに尽きる。それで少年はどうしたか？

ある晴れた日の朝、少年は自分の学校には行かずに、サン・イグナシオ校に向かった。正門前に駐めてあった車の窓が半開きになっている。周囲を見渡す。誰もいない。窓から手を突っ込み車のドアを開ける。サイドブレーキの横のくぼみに二十ドル紙幣が置かれていた。

生まれて初めての盗み。そして、幾度となく繰り返すことになる盗みの始まり。初めのうちは少年も、盗む相手をサン・イグナシオ校の生徒だけにとどめていた。ところが盗みの範囲を広げるようになっていく。母親の仕事についていきがてら、母親にかくれて質屋で金に換えられそうなものをくすねてポケットに入れるというのは、造作もないことだった。少年は、なくなっても家の住人が気づきにくそうなもの、イヤリング、指輪、精巧な陶器の灰皿といったものばかりを狙った。

少年はしだいに、ゲームセンターで、パチンコの鉄人として知られるようになっていった。あるとき名前を聞かれ、少年は、カンディンスキーと呼んでくれと答えた。母親の仕事先の家でカンディンスキーの展覧会のポスターを見たときから少年はその名前に惹かれていた。カンディンスキーの最初のカンと三番目のスキーは力強く発音し、二番目のディンはアクセントをつけて尻上がりに言う。響きがよくてリズミカルで母音と子音の組み合わせが素晴らしいその名前を、少年は、リオ・フヒティーボの街を一人で歩きながらいつも口の中で繰り返していた。

それからほどなくして少年は、それまでのゲームセンターにかわって、街なかにぽつぽつでき始めていたインターネット・カフェに通うようになった。インターネット・カフェでは、一時間につき五十セント相当の料金を払えば、自由にコンピュータゲームを楽しむことができた。たとえば戦争ゲームやストラテジー（戦略）ゲーム。少年は同じ店で遊んでいる者だけでなく、市内、市外、はてはほかの大陸で、別なコンピュータを使ってゲームをしている者たちとも腕を競いあった。少年は、瞬く間にゲーム攻略術のすべてを会得し、周囲からは凄腕のプレイヤーとして一目置かれるようになっていった。手の操作も早いが、なんといっても早いのは頭のスピード。それはまるで、ゲームを理解するというよりプログラマーの頭の中を理解しているのではないかと思わせるほどの素早い反応ぶりだった。

なかでも得意としていたのはアシュロンズ・コール。それを始めるといつのまにか時間が過ぎていき、少年は、中世のファンタジーの世界に迷い込んだまま学校を欠席することが多くなっていった。

カンディンスキーが常連となっていた〈自殺橋〉近くのインターネット・カフェには、カンディンスキーのことを崇拝する同世代の若者たちのグループができていた。その中に、ファイバー・アウトカストと名乗る少年がいた。顔中そばかすだらけで唇が分厚く、いつも上等な服を身に着け、レイ・バンのサングラスを決して取ろうとしない。そのファイバーがある晩、インターネット・カフェを出たところでカンディンスキーを待っていた。そのままなにも言わずに家に戻るカンディンスキーの後についてきて、広場の街灯の明かりの下で足を止め、言った。

「君のその才能をゲームだけに使うのはもったいないよ。インターネットでなら大金が稼げるぜ」

カンディンスキーは黙ったままファイバーの方を向いた。虫が街灯の周りを飛び交っていた。

「それはどういう意味だ?」

「言ったまんまさ、ネットでなら儲かるってことだよ。ただそれには、きちんとした知識を一から身に着けることが必要だ。君のその才能に磨きをかけるために、僕の通うコンピュータ学院で勉強してみる気はないか?」

〝……それはもちろんありがたい話だけれど、俺としては断るべきだろう。俺は十七歳で、高校の最終学年だ。まずは高校を卒業するのが先じゃないか?

親父……、俺の親父はいつも油染みのついた洋服を着ている。これまで人生を生きてきて、これから先いい方に変わるという見込みもない。残りの日々だってたぶん、サッカーボールに空気を入れ、タイヤのパンクを直していくのだろう。そんな親父にとって家は、たった一つの慰めの場所。親父は家の台所にある祭壇の前で手を組み、ウルクピーニャのマリア様、どうかこの私に運をください、家族がもう少しだけ幸せになれますようにと、ろうそくに灯をともす。それでその晩サン・ホセ・クラブが試合に勝ちでもしようものなら、もう大満足だ。親父にとっちゃ、それは、マリア様が当然の救済を施してくれたというなによりの証拠なのだから。

お袋はお袋で、わずかな金を稼ぐために、いやったらしいほどに広大な屋敷で働いている。どんなに貧しい国であっても、アメリカ並みの暮らしをしている者はいるものだな。いや、アメリカ風に暮らしているといった方がいいか。アメリカ、物が溢れ物質主義が牙をむく国。

弟のエステバンだって……。あいつは学校にも行かずに、親父の仕事を手伝ってタイヤのパンクを直している。ときどきは、ブレバード通りのエンパナーダを売る店で、入口前に駐車する車の見張り番をやることもある。

それに、俺の家の窓ガラスはひび割れていて、夜になるときまってそこから寒い隙間風がはいってくる〟

「明日、もう一度話をしよう」

街灯の下でカンディンスキーが言うと、ファイバーはほっとしたように頷いた。ファイバーにはカンディンスキーのその言葉の意味がわかっていたのだ。

学院はエンクラーベ地区にあった。みすぼらしい三階建のビルで、むかしはそこにティエンポス・

モデルノス新聞社、後のエル・ポスモ新聞社が事務所を構えていた。壁には亀裂が走り、階段には瓦礫が積まれたまま。使用されているコンピュータは学内で組み立てが行われたもので、スピードも遅く、しかも自分専用の一台を確保するためには早い時間に登校しなければならず、コンピュータの争奪戦から喧嘩になるのは毎度のことだった。

そうした環境のなか、カンディンスキーは、教師からよりもむしろクラスの仲間たちから多くのことを学んでいった。たとえばコンピュータ言語やプログラミングの方法、マイクロソフトのプログラムを使いこなす技、ネットでゲームをするときのコツなどはすべて仲間たちが教えてくれた。カンディンスキーが通っていたのは夜間コースで、毎晩、授業が終わるとカンディンスキーは駆けるように家に戻っていった。授業料は、ファイバーが払ってくれていた。

クラスの仲間たちはみな、軽犯罪専門のハッカーだった。一ヵ月間の電話代を無料にする、ネットのポルノのサイトにお金を払わずに入り込む、プログラムを違法にコピーして販売する、クレジットカードを偽造するといった程度のことなら、難なくやってのけた。

最初のうち、周囲の者たちはカンディンスキーに自分の知っていることをなんでも教えてくれた。しかし、なにかの拍子にカンディンスキーが自分たちより物を知っていると気づくと、途端に、疑わしげな目をカンディンスキーに向けるようになった。

しかしカンディンスキーにはそんなことはたいした問題ではなかった。もともとカンディンスキーは、友だちを作りたいと思っていたわけでもなく、一学期が終わったところで学校を辞めようと心に決めていたからだ。

その学期の終わり、カンディンスキーは最終レポートとして、ネット上で使われている個人口座の暗証番号を不正に手に入れるためのプログラムを作成し提出した。そしてカンディンスキーは、次のような文章をしたため、その行為の正当性を主張してみせた。「ネットでは情報の流通は自由であるべきで、何事も秘密にしてはならない。暗証番号はそうした流れを妨害するものであり、ゆえに攻撃しなければならない」

カンディンスキーは学長室に呼び出された。学長はプログラムを返しながら言った。〝若造、ここはハッカーを養成するところではないぞ〟

次の日、カンディンスキーは学院を退学処分になった。しかしカンディンスキーは、慰めようとしたファイバーが拍子抜けするほど上機嫌な様子を見せていた。

ファイバーとカンディンスキーが組んでまず始めたのは、個人が所有するコンピュータに入り込んでその持ち主の暗証番号を盗み出すことだった。二人は、ファイバーの友人が働いているインターネット・カフェを仕事場に選んだ。店内の曇りガラスには情報処理講座の広告が貼られてあった。友人は、二人が代金として数ペソを払うとあとは黙って、店のいちばん隅にあるコンピュータを何時間でも使わせてくれた。

最初はプログラミングについてある程度の知識をもっているファイバーがやり方を示す。するとカンディンスキーはその通りにやったあとで、今度は自分で勝手に数式をつけたし遊び始める。数式を捻じ曲げ、もう少しで壊れそうなところまでもっていく。カンディンスキーは、画面上の記号をまるで金属の部品であるかのように扱った。

カンディンスキーは、初めて暗証番号を盗むことに成功すると、見も知らない相手の記録をまるで他人の家に盗みに入った泥棒のようにかたはしから漁り、さまざまな部屋に入り込んでは奪うものはないかと物色して回った。あまりの興奮で胸が痛いほどだった。だがそれをファイバーに悟らせるようなカンディンスキーではなかった。

〝俺はもう二度と他人の車や家から物を盗むようなことはしないぞ、この身を危険にさらすような真似はしない。これからはただ、コンピュータの画面に正確な記号を打ち込み、遠隔操作で暗証番号を盗み取り、一時間いくらで借りているコンピュータを使って相手の人生そのものともいえる番号に侵入しさえすればいいんだ。クレジットカードの番号、銀行口座の番号、生命保険の番号。番号、とにかく番号。しかも、だ。どんな番号を盗み出しても罪に問われる心配はないんだからな〟

ファイバーはカンディンスキーの背中を軽くたたき言った。

「この調子なら君は、自分で思っているよりもずっとはやく一流のハッカーになれるよ」

ハッカー。そのミステリアスな言葉はカンディンスキーの耳に心地よく響いた。

〝ハッカーの俺。危険で知的で法を犯す者、か。ハッカーはだれでも技術を悪用し、コンピュータを、もともとその使用目的として意図されてはいないことのために利用する。そして法律で禁じられている領域に入り込み、ひとたび侵入に成功したら今度は権力を愚弄する行動に出る。そうだ、ハッカーとはたぶん、俺の人生を象徴するものなのだ〟

お昼時だった。家に帰ると、戸口のところで父親がカンディンスキーに向かって、学校からの手紙をひらひらさせた。欠席が続いたため退学処分にする、という学校からの通告だった。

「ついこの間までお前は、クラスで一番の成績だったじゃないか」

父親は怒鳴り声を上げた。

「それなのに、高校を卒業することもできないってどういうことだ！　いったいなにがあったのだ？」

カンディンスキーはとっさに父親の怒りをかわすようなことを言おうとしたが、言葉が出てこない。

母親は台所で玉ねぎを刻んでいた。母親が顔を上げるとカンディンスキーは視線を逸らした。失望の色を滲ませているに違いない母親の目を見るのは耐えられそうになかったのだ。

自分の部屋、正確には弟のエステバンと一緒に使っている部屋に入って行った。エステバンは本を読んでいた。四〇年代に労働組合の最高指導者として活躍した人物の自叙伝で、市の図書館から借りてきたとエステバンは言った。賢い弟で、いつも本を読んでいる。

〝でもこれから先、弟は落ち着いて勉強を続けることができるのだろうか？　いや、無理だな。親父たちを手伝うために学校を辞めることになるのだろうか？　たぶん、そうなる可能性の方が大きい。俺がこれ以上、家族に嘘をつき続けることになんの意味があるのだろう？　親父もお袋も、自分たちのいまの暮らしの先に見えている老後を俺がもう少しだけましなものにしてくれるとはずだと信じている。やっぱり俺は出ていく、逃げる……〟

カンディンスキーはなにも言わずに荷物をまとめて玄関を出た。後ろでは父親が怒鳴り声をあげ母親がすすり泣いていた。ハトが騒ぎ立てている公園を横切り、学校の前のベンチに腰掛け大声で喋り合うサン・イグナシオ校の生徒たちのわきを通り抜ける。家が、公園が、学校が、カンディンスキーの後ろに遠ざかっていった。

† 7 †

長い一日が終わった夕暮れ、お前はいつものように、金色のカローラでベーコン通りを突っ切った。と不意にある人物の名が頭に浮かんできた、ウィリアム・フレデリック・フリードマン。アメリカの暗号解読者で、シェークスピアによって書かれたとされている作品のすべては実はフランシスコ・ベーコンによって書かれたものであり、そのことを示唆するアナグラムや暗号文が作中に隠されている、と主張した人物だ。また第二次世界大戦下で日本軍が開発した高度な暗号、パープル暗号を解読したことでも知られている。

〝このベーコン通りが俺の通り道になっているのもなにかの縁かもしれんな。おっと……〟

お前は慌ててブレーキを踏んだ。

〝もう少しで赤信号の交差点に突っ込むところだった。エル・ドラードまではあと四ブロックか〟

街中の通りという通りが濃い闇に沈んでいた。ただほんのたまにどこかのビルの窓が明るいことがある。するとそれが、まるで人の眼が光っているかのように見えた。ときおり、電飾の広告をチカチカさせたタクシーがすさまじい轟音とともに通りを横切っていく。もうずいぶん前から、リオ・フヒティーボでは電力不足が深刻な問題となっていた。

〝この街はでたらめに成長し続けるだけで、それに伴い増大する電力需要を賄うための発電所の建設については、誰も真剣に考えようとはしてこなかった。だからグローバラックス社がやってきたとき、俺たち市民は、これで発電所の建設も進むだろう、電力需要も安定するに違いないと喜んだものだ。だがそんな期待はすぐに吹っ飛んだ。予告なしに停電は起こるは、しょっちゅう電力は低下するは、そのくせ電気料金だけは何倍にも値上がりするものだから、いまやグローバラックス社の評判は最悪だ。それにしても、庶民ばかりか裕福な者たちまでもがいっしょになって抗議行動を起こすというのは、前代未聞の事態だぞ。けっきょく、この電力不足問題のおかげでモンテネグロは失脚するのだろうか？　だとしたら、なんという皮肉か。最悪な状況を何度も経験しながらもそのたびになんとかかわし、任期切れまであと少しというところまで来ているのに〟

お前はガムを口に放り込んだ。アダムスのミント味。

〝エル・ドラードまでもうあと四ブロック。俺がゆっくりとくつろげる場所。なにも身につけず闇に守られ、俺は、薄暗い部屋の中で一杯のウイスキーをすする。テレビをつける。時よ、もっとゆっくり過ぎてくれ、秒針よ、進まないでくれと、そう願いながら。カルラ、カルラ、カルラ。やがて壁に二人の影が映る。影は一つに交じり合う、でも心は交じり合うことがない。

……だがそれがなんだというのだ。俺たちがわかり合えないのはいまに始まったことじゃないし、どうせこれからだってそれは変わりっこないのだ〟

お前はアクセルを踏み込んだ。

〝だがやっぱり俺だって……、たまにでいいからなにも考えずにいられる瞬間が欲しいと思うよ。この頭を空っぽにしたい。が次から次へと襲いかかってきて、そのたびにまた新たな思考が俺の頭の中に積み重ねられていく。おかげで俺はいつも頭がいっぱいで、夜に眠ることさえできなくなっている。ああ、ときどきでいい、思考が頭の中でぐるぐる回るのを止めたい。ただ感情にだけ身を任せ、何事もない平凡な一日の心地よさにとっぷりと浸ることができたらどんなにいいか。なにを見てもそこから別なものを類推せずにはいられない俺、めったやたらに考えと考えとを結びつけてしまう俺、この目に映るものの裏側にある真実を追求することに取りつかれている俺から離れてしまいたい。なにごともほどほどに。かつてはこの言葉を座右の銘に人生を送りたいと思ったこともあったが、もう、そんな考えは捨てた。なにしろ、俺の思考自体がそもそも度を越しているのだから。

　カルラ、カルラ、カルラ。俺がこんな風だと言ったところで、いったい誰が信じてくれるのだろう〟

　お前はホテルのわきの空き地に車を駐めた。すでに四台の車が駐車していた。静かな夜だ。ガムを吐き捨てる。背後の薄汚れた壁に広告が貼られていた。

〝Camiones Ford（トラックはフォード）か。Camionesでアナグラムを作ると、Es camino（これは道だ）。うん? caminoのcaとinでcain（カイン）か。こりゃあ、不吉だ〟

　どこにいてもつねに周囲から語りかけられているような感覚は、はるか昔、お前が子どものころからのものだ。しかし数ヵ月前から、お前はそれをより強く感じるようになっていた。もはや、どんな記号や単語を見ても、コード、あるいは解読すべき暗号だと思わずにはいられないのだ。おかげで新聞を読もうとしても、紙面のあちこちからお前の名前を呼び、自分を仮の姿から解放してくれとせがむ暗号たちの声が聞こえるような気がして、一ページも進まないうちに眩暈を起こしてしまう。世の中では、書いてある文字を疑いもせずにそのまま受け取る者が大半だ。Camiones Ford と書かれていれば Camiones Ford だと素直に思う。だがお前の場合は正反対だ。そしてそのことで苦しみ続けている。お前は「文字通り」という言葉を失い、深い悲しみのなかで夜も眠れぬままにもがき続けている。

ホテル〝エル・ドラード〟のロビーの赤い色のネオンの下では、フロント係がコンピュータでブラックジャックをやっていた。画面にはカードが大写しになっている。場所はプレイグラウンドの中の仮想カジノだ。リオ・フヒティーボではすでに、ほぼすべての市民がプレイグラウンドの中毒症状を呈しているといっても過言ではないほどにプレイグラウンド熱が広がりを見せていた。誰もがその仮想都市で時間を浪費し、ボリビアでのプレイグラウンドの運営権を買った三人の若者に大金をもうけさせていた。そんななかでお前はたしかに、プレイグラウンド病に感染していない数少ないうちの一人ではあったが、それでも、三人の若者たちを儲けさせているという点ではみなと同じだ。ルスはもちろん反対していた。しかし、お前は、フラービアが画面に張りついたまま不健康に過ごすその大量な時間のために金を出してやっていたのだ。フラービアはいちど、お前に言ったことがある。「もうプレイグラウンドはやめる。広告ばかりでうんざりする。まるでステロイドの大安売りみたい……」しかし、あと一回、あと一回だけ、と、けっきょくはやめられずにいる。コンピュータの画面から漏れ出る淫らなエネルギーに抗うことができずにいた。

フロント係があいさつ代わりにほんのわずかに頭を下げた。お前は心の中で、瞼をもち上げるのも首の筋肉を動かすのもそんなに大変なのかと、悪態をつく。ワンクリックで、たちまち画面上から自由を奪われたハートと権力を失ったキングが消え、かわりに予定表が現れる。フロント係がキーを手渡してくれた。金色の金属製のキーに四九二という数字が刻まれている。

〝四、九、二。アルファベットならD・I・B。BIDか……〟

ありがとう、と、お前は口の中で言った。どうせなんの返事もないに決まっているからだ。フロント係と顔を合わせるようになってずいぶん経つが、お前はまだいちどもフロント係の声を聞いたことがなかった。

〝だが実際のところ、なんのために話す必要があるのだ？〟

部屋の支払いは事前に、カードによって、いや正確には、一二八ビットで暗号化された十六ケタの番号によって済ませてあった。互いに話すべきことはなにもない。フロント係はそれをわかっていて、それはお前も同じだ。ただ違うのは、お前が人の話す声を恋しいと感じている点だ。とはいえ、誰かと会話を交わすこと自体を求めているわけではないのだ。お前が求めているのは、その会話を、コミュニケーション手段としてはいよいよ脇役へ追いやられつつある方法によって行うこと。お前は、まぎれもなく、前世期の人間なのだ。

赤いじゅうたんは、あらゆる液体を吸い込んで変色していた。エレベーターはひとむかし前のもので、金属部分は錆びつきガラスにはひびが入っている。それでも、音も立てずに滑らかに動いていく。

〝天に昇って行くとは、こういうものなのだろうか〟

どうしようもないこの世界の一隅からなにもかもが完ぺきな場所へと向かっていく。だんだんこの世が遠ざかっていきやがてエレベーターが停止する。ドアが開くと、お前は素早い足の運びで、安らぎが待つその場所へと歩いていった。

若いころのお前は、エル・ドラードのようなところにしょっちゅう足を運んでいた。だが、安らぎと呼べるような感覚を抱いたことはない。耳に聞こえてくるものといえば大きな笑い声、コップの触れ合う音、ショータイムのけたたましい音楽、言い争う酔っ払いの怒声。奥の木製のカーテンレールに吊り下げられた布の向こうに部屋が並んでいて、ベッドが時には強く、時には弱く、狂おしい音を立てていた。たしかにお前も、数枚のお札と引き換えに幸せの時を手に入れてはいた。だが短ければ数分というその幸せは、いつも、あっという間に過ぎ去っていった。

カルラがドアを開けてくれた。色白の顔に、目の下の隈が妙に目立つ。胸に白くCと染め抜かれた黄色のTシャツとブルーのミニスカート、足にはテニスシューズ。カリフォルニア大学のチアガールの格好だ。

「さあ、入って。グッド・イブニング、ダーリン、グッド・イブニング」

ブロンドのショートヘアー、ふっくらとした唇、相手をたじろがせるほどに開放的な笑顔、柔らかそうな、それでいてぴんと張った乳房、ミニスカートからちらっとのぞく太もも。どこから見てもお前の思い描く、というより大方の人が思い描くカリフォルニアガールのイメージそのものだ。健康的でエネルギー溢れる姿。上手く見せかけてはいる。だが悲しいかな、美人は美人でもその顔にはどこか崩れた雰囲気が漂い、おまけに目は充血し、血の気のない頬に真っ青な静脈が浮かんでいる。人間誰にでも、どんなにしても隠しようがない部分というのが必ずあるものなのだ。

お前は丸いベッドに腰を掛け、天井の鏡に姿をさらす。室内は薄暗く、乏しい明かりが家具をくすんだグレーに見せていた。

〝やっとだ。寛ぐことのできる束の間の時間。いや、寛ぐことなどできるのか？〟

お前はカルラの顔にあらためて目をやった。思わず身震いをする。

〝これでカルラの髪の色が栗色で髪型もフラービアと同じだったとしたらフラービアの姉といっても通るかもしれない。そんな風に感じるのは……、唇の形が似ているせいだろうか？〟

いや、とお前は急いで首を振る。

〝俺の娘はカルラほどきつい顔立ちでもないし、不摂生で肌が荒れているということもない〟

お前は瞼を閉じる。

瞼を開ける。笑っていないカルラは、いよいよフラービアそっくりに見えた。

〝二人の年が近いせいだ〟お前は呟いた。〝それとも、娘に対する愛情がそう感じさせるのか？　娘がかわいくて仕方がないものだからどこにいても娘の面影を求めてしまうと、つまりはそういうことなのだろうか？〟

だがお前は、カルラを初めて見たときもやはり、フラービアに似ていると感じていた。

昼休みだった。お前はフライドポテトの袋を手に持ちマクドナルドを出ようとしていた。カルラは入口近くの席に、ハンバーガーの食べ残しと何枚もの紙ナプキンとで溢れかえらんばかりのトレーに肘をついて座っていた。お前が入口に近づくと、カルラが不意にお前に視線を向けてきた。目は涙で濡れていた。赤色の服に、まん丸のイヤリングとけばけばしい緑色の石の首飾り。しかしせっかくの服はマスタードが飛び散り汚れていた。お前は自分でも理由がわからないままに足を止め言った。「私でよければ力になろうか?」「パパとママに家を追い出されちゃったの」とカルラは鼻水をすすりながら床のボストンバッグを指差した。仕事に戻る時間なのはわかっていた。だが……、カルラはフラービアとほとんど同じ年ごろだった。そしてそのときお前は、カルラの顔を見ながら、なぜか父親としての本能が刺激されるのを感じてもいた。すると、そのときカルラが言ったのだ。「ねえ、その気があるのなら、今晩のホテル代、払ってくれない?」打って変った大人びた口調。「もちろん、お金では返せないけれどほかの方法で払うから」

エル・ドラードのその部屋の壁には、クリムトとシーレの作品がデジタル画像処理によって組み合わされた薄気味悪いリトグラフが二枚、かけられていた。金色の枠がはめられた鏡、一ヵ月以上も壊れたままのジャクジー、真っ赤な血の色をしたベッドカバー、部屋の隅に吊り下げられたテレビ。エル・ドラードの入口には看板もなく、なんの建物なのかわからないようになっていた。しかし部屋に一歩足を踏み入れれば、そこがラブホテルであり売春宿でもあることは一目瞭然だ。

お前とカルラとの関係はすでに娼婦と一介の客という以上のものになっていて、お前が望めばほかの場所でカルラと会うこともできた。それなのにお前が相変わらずエル・ドラードを使い続けていたのは、カルラがエル・ドラードに負っている借金を少しでも減らせるようにとの心遣いからだ。そのホテルは部屋を借りている女の子たちを大事にするところで、カルラも金がなくて困っていたときにエル・ドラードにはずいぶんと世話になっていた。

カルラは毎日、午後五時から夜の十時まで四九二号室を使えることになっていた。お前はそのうちの少なくとも二時間をカルラと過ごす。それ以外の時間に別の男と会っているのかと、カルラに尋ねたことはない。そんなことは知らない方がいいのだ。

「なにか気になることでもあるの？　ダーリン」

「いや、俺はもともとこんなものさ」

お前の頭にあったのは、朝がた受け取ったメッセージのことだ。

〝人殺し、お前の手は血で汚れている、の人殺しってなんのことだ？　手？　血だって？　いったい誰が送ってきたのだ？　ブラック・チェンバーの非公開ネットワークにどうやって侵入してきたのだろう。あのメッセージにはなにか重大な意味が込められているのだろうか？　俺としては無視すると決めたが、さて、それで本当によかったのかどうか。まあ、どうでもいいか。どうせなにかあったとしても、セキュリティーにばかり神経をとがらせている上司が困るだけだ〟

カルラが、ウイスキーのコップをお前に手渡し隣に腰をおろした。今日は絶対よ、と言わんばかりの視線、ねえ、お願い、とねだるような表情にせかされ、お前は手をカルラの左腿に滑らせる。まっすぐに伸びた腿のあちこちに赤い斑点が浮き出ている。カルラの唇がお前の唇に重なった。温かな舌が探るようにお前の唇に割って入る。お前は急に怖くなり、震えが止まらない。それでもお前はカルラを拒もうとはしなかった。

最初の時もそうだった。お前はカルラをホテルに連れていき宿代を払い、荷物を部屋に運んでやった。カルラが性急に唇を求めてきて、お前はそれを振り切り立ち去ろうとした。しかし思わぬ力でベッドに押し倒され、気づくとカルラの手で下着を脱がされていた。そしてカルラから、「ねえ、あした、エル・ドラードに来てくれない?」と言われたとき、お前はようやくカルラがなにを仕事にしているのかに気づき、カルラの両親にも少しだけ同情する気になった。だが、気づくのがあまりにも遅すぎた。

「どう、いい? あなた、ひどく緊張しているわよ、ダーリン」

〝緊張? 別にいまだけのことじゃないさ。俺はいつも緊張してばかりなんだ〟お前は思わず、そう言いかける。

〝……だから俺は、そうした自分からとことん逃げ出したくてこうして君のもとに通ってくるんだ。心理カウンセラーに相談したのも、一度や二度のことではない。それなのに、完全に逃げ出すことができたためしがない。いまだってそうだ。君が俺の思い描いた通りの格好をして俺を愛撫し、俺と愛を交わしている間も、俺の頭はいつもどこか遠くをさ迷っている。そういうときは頭も肉体と同様にその行為に参加させるべきだと、わかってはいるのだ。だが俺はけっきょく、俺以外の人間になることができない。写真に写るときは決まって端っこでぼんやりと視線を下に向けている。カメラの正面に立とうなどとは決して考えずに、ひたすら目立たぬように心がける。それが俺だ〟

「二人の時間を大切にしたかったら(キエレス)(quieres)奥さんのことなんか考えちゃだめ」

〝キエレス？　なんて発音だ〟とお前は思う。

〝だいたいがカリフォルニア娘たちのrの発音は、少なくともキエレスと言うときのrは、あまりにも軽すぎて聞けたものではない。それなのにカルラは、そんなところまでも真剣に真似をしている〟

「もう何年も、妻のことなど考えたことはないさ」

〝たぶん嘘だと思うのだろうな、カルラは。でも本当にそうなのだ。定期的にカルラと会うようになって二ヵ月にもなるのに、俺の中に、ルスに悪いことをしているという感覚はない。ルスにはもう欲望は感じない。いまの俺たちは、夫婦というより穏やかな友人のようだ。ルスにはルスの人生があり、俺には俺の人生がある。だが、互いに同じようなことに興味をもっているから、ルスと会話をしていて楽しいと思うことはある。だが、ひとつのベッドで寝ていてもはや、ルスになにかをしようという気は起きない。いや、もっと言えば、ルスと一緒に寝るのは気が進まないが我慢できないほどでもない、というところか〟

カルラがお前のシャツのボタンをはずしズボンのチャックに手をかけた。手慣れたものだ。靴下が絨毯の上に落ち、Xを描き出す。お前が身に着けているものはもうなにもない。天井の鏡に目をやると、そこに写っているのは奇妙に歪んだ姿。とても自分のものとは思えないようなずんぐりした脚、そこだけが異様に目立つ胸部。

〝それにしても……、顔の皺がずいぶん増えたものだ。年というのはただでは取らないものだな〟

カルラがスカートを脱ぎかけ、お前がそれを止める。

「脱ぐなよ。なんのためにその恰好をしてくれと頼んだと思っているのだ？」

カルラの呆けたような視線。左の頬にある三つの黒子。カルラのどこか嫌味なしゃべり方。

〝ダーリン、ここ、ダーリン、あそこ、ファッキングダーリン〟。カルラがベッドにしゃがみ込みお前の物を口に含んだ。そっと歯をあて、舌を滑らす。だがお前にはわかっていた。

〝どうせまた、なかなか達することができなくてカルラをイラつかせてしまうに決まっている〟

カルラが一心に励んでいてもお前は、少しも集中することができずにいたのだ。

〝俺はどうしてもパープル暗号を解読した例の男のことが気になる。もしあの男の言う通りだとしたら、シェークスピアが書いたとされている作品の中に本当の作者のベーコンが隠したアナグラム、というやつを俺も見つけることができるだろうか。たとえば……、『テンペスト』のエピローグの最後の二行、As you from crimes would pardon'd be/Let your indulgence set me free。これにaという文字をつけ加えると……。Tempest of Francis Bacon, Lord Verulam/ Do ye ne'er divulge me ye words〟という文章に変換できるが。

カルラ。俺は……、カルラを愛しているのだろうか？　それとも義務感からカルラのもとに通ってきているだけなのか？　俺にも正直、わからない。ただ確かなのは、近ごろの俺は、資料室の自分の机の前に座ってもカルラと過ごす時間が待ち遠しくて、カルラの体に早く触れたいとそればかりを考えているということだ。俺は自分の銀行口座から下ろした金でこのホテルの代金を払い、服を買ってやり、カルラがほかの客を取らなくても済むように金も渡している。だが、本当にカルラは俺以外の客を取ってはいないのだろか。俺にはカルラを独占できるほどの金はないからな。一度など、カルラをトヨタの中で寝かせてしまった。さいわい、ルスには気づかれずに済んだが。仕事の後でこうしてエル・ドラードに来るのは日課のようなものだ。おかげで毎日のように、帰宅が遅れることをルスになんと言い訳しようか頭を悩ませている。それでも俺はカルラを見捨てることができない。そう、あの日の午後に、カルラの右の上腕部に赤い斑点を見つけた後でさえも〟

娼婦カルラは、笑みを浮かべたその顔で薬をやっていた。

お前はそのとき、最初からそうと気づかなかった自分の無邪気さをどれほど呪ったことか。そしてカルラの感情の起伏が激しいのも、うつろな目をしているのも、下あごをときどき軽く震わせるのもすべてそのせいだったとようやく気づいたのだ。「クスリをやっているのか？」と、お前はカルラを問いつめた。するとカルラが、お前にまたがっていたカルラが動きを止め、一瞬、躊躇うような表情を見せた。突然、カルラが泣き出した。涙声で切れ切れにカルラは、自分はメタドン中毒であると告白した。「そこから抜け出そうとしてできることはなんでもやってみたけれど、そのたびに誘惑に負けてしまった。売春をやっているのは莫大な借金を返すためなの」「ねえ、お願い、私を助けて」カルラが哀れな声でお前にすがりついてきた。そこにあったのは、もはやお前の娘とは似ても似つかないカルラの顔。お前は涙で濡れたカルラの頬をそっと撫でた。メタドンがどんなクスリなのかも、どういった影響を体に及ぼすのかもわからなかったが、カルラに与えた金の大半がクスリに消えたのだろうと想像はついた。カルラの腕の注射の跡が十字架の模様になっていた。それになにか宗教的な暗示を感じたわけではない。ただお前はその十字模様に自分が呼ばれているような気がして、応えずにはいられなかった。お前はカルラを抱きしめた。カルラのことが哀れでならなかった。〝こいつを助けてやろう、放っては置けない〟そう思っていた……。

突然、エリクソンの着信音が鳴った。お前はそのまま切ってしまいたい誘惑に駆られる。だがやはり気になる。カルラは相変わらず熱心な動きを続けていた。お前が手でそれを制止すると、カルラが不満そうな表情を浮かべた。電話は家からだった。画面に表示された電話番号をちらと見て、お前は携帯を切った。

† 8 †

フラービアは母親のルスといっしょに、燭台のほの暗い明かりをたよりに夕食のテーブルに着いた。母親の顔が揺らめいてみえる。

父親はそのところ毎晩のように帰りが遅かった。仕事が大変なのだという。

〝家の決まりごともパパの都合に合わせて変わるってわけね〟

フラービアは何度か、自分の部屋で夕食を食べさせてとせがんだことがある。だが父親は言った。

「いや、ダメだ。夕飯のことはこの家でたった一つのルールだ。家族そろって、世の中とつながっている線をすべて切って食卓を囲む、それが決まりだ」

ルスが赤ワインのグラスを倒した。白いテーブルクロスのうえにダークレッドのシミが広がっていく。ルスはそれをただ黙って見ている。フラービアの足元に置かれたマットの上にうずくまっていたクランシーが、驚いたように頭をもたげ、再び眠りに落ちた。

「ママ、どうかした?」フラービアはガラナジュースを一口すすり、母親に声をかけた。手に握ったフォークはいっこうに口には運ばれず、皿の中のパスタをいじってばかりだ。

「今日はいい日ではなかったわ。あなたはぜったい教師になどなってはダメよ。自分にできる範囲で、いろいろなことを勉強するといいわ。でもね、学んだことを誰かに教えようなんて考えてはダメ。教えたところで誰も感謝してくれやしないもの。世の中はどんどん悪くなっていく一方よ。教師がどんなに努力しても時間の無駄」

「ママの言う通りね。うちの学校の先生たちもよく私たちのことを我慢してくれていると思うわ」

ルスの頭にもいつのまにか、白いものが混じるようになっていた。

〝ママ……、今日はいい日でなかったと言ったけれど、今日だけのことじゃないわよね。ママがもう何年もなにかに苦しみ続けていて気持ちもずっと不安定なままだってことは、私にもわかっている〟

かつてのルスはよく大笑いをしていた。窓ガラスを揺らすほどの笑い声。すると決まって周りの者たちもつい、つられて笑い出したものだ。そしてフラービアはというと、ルスの笑いにいつも、大好きな映画『ラン・ローラ・ラン』のけたたましい一シーンを思い浮かべていた。だがそうした笑い声も絶えて久しい。ルスは、いつのころからか家族に隠れて強い酒を飲むようにもなっていて、その量も増える一方だった。あるときメイドがフラービアに、ガレージにウォッカの空き瓶が並んでいると教えてくれた。ルスは、自分が飲んでいる液体を水だと夫に思わせるためにわざわざ白色の酒のウォッカを選んでいたのだ。

〝それでもやっぱり……、思い切って話してみてよ、きっとママのことわかってあげられるから、なんて私には言えない。壁を壊すのは無理。それはパパに対しても同じ。大人たちと私とでは住む世界が違いすぎる。パパたちの世界では、すべての物事が、私が考えるのとは別なやり方で進んでいってしまう。でも……、私もそこに行くことになるのだろうか？　いつかはこの私も、一線を越えて、あのわけのわからない世界の住人になってしまうのだろうか？　若者の気持ちがわからない大人の一人に私もなるのだろうか？〟

「このところ、よく鼻血がでるのよ」ルスが言った。

「最初は別に心配してなかったんだけど、もう何日も続いているの。今日、お医者さまに診てもらったわ。いくつか検査をして、内視鏡もやった。たぶん鼻の血管に問題があるのだろうと言われたわ。結果はすぐに出るそうよ」

「そのこと、パパは知っているの？」フラービアは熱のこもらない声で応えた。

〝本当は、ここでもう少し心配してみせてあげるべきなのかも。でもママは、ノイローゼ気味だから〟

「パパなんて、この家のことはなんにも知らないわ。きっと、知りたくもないのよ」

「それは違うと思う」

「そうね……。あなたは、パパの最愛の娘だものね。授業中にちょっとしたトラブルがあって、そのあとで鼻血がでたの。ストレスを感じたときって、必ずそうなるのよ。きっとフラストレーションが原因だわ。最近ではしょっちゅうよ」

「ママは満たされていないの？」

「いいこと、あなたは教師になってはダメよ」

ルスが煙草に火をつけた。もう行ってもいいという合図だ。

フラービアは、椅子から立ち上がりながらルスに目をやった。

〝ママは煙草を吸いすぎる。一日に一箱は吸っている。でも言わない方がいい。もし言えば、ママのことだもの、きっとそのことばかりを気にするようになる〟

もう何年も前から黒タバコのきつい匂いが洋服にもカーテンにも家具にも染みついたままで、どの部屋もいつもタバコ臭くて、いくら窓を開けても臭いが抜けなくなっていた。リビングの絵も、壁の家族写真も、室内の照明器具までもがタバコ臭い。部屋の照明といえば、数ヵ月前からはフラービアたちも、明るさが半分になるように調節して使うようになっていた。その先、電気料金がどうなるのか、高騰を続けるのかあるいは政府が料金を統制してくれるのかがわからない状況では、節電するしかないからだ。

クランシーが目をさまし、部屋に戻るフラービアの後をついてくる。爪が床を削るたびに嫌な音が響く。

〝そろそろ爪を切ってやらなければ〟

明かりもつけずにフラービアは、裸足のまま机に向かって歩いていった。二台のコンピュータが机の上でかすかな光を放っている。壁一面に何枚もの日本映画のポスターが貼られ、ベッドは、シーツも上掛けもピンク。戸棚はどれも、フラービアが集めたボードゲームでいっぱいだ。人生ゲーム、クルー、リスク、モノポリー。すべて、ディスプレイ装置のある機械とは無縁だった子ども時代にフラービアが夢中になっていたものだ。

〝なんだかいま考えると嘘みたい。でも、たしかにそんなときがあったのよね。この部屋、ゴミ一つないし、おまけに可愛らしくていかにも女の子のものっていう感じだし、ハッカーの誰かにでも見られたらきっとバカにされるわね。でも……、そうよ、私はハッカーではないから。もちろん、なろうと思えばなれるけれど〟

フラービアはむかし、ハッカーをやっていたことがある。十四歳のときだ。その少し前にコンピュータの威力を知ったばかりだったフラービアは、当時すでにコンピュータを持っていた数人のクラスメートを相手にそれを試してみようと思いついた。とはいえ、やったのはせいぜい、相手のCompaqやMacに入り込みマウスに異常な動きをさせたり、勝手に画面をつけたり消したりといった程度のことだ。しばらくするとその友人たちが、自分たちのコンピュータが変な力に取りつかれてしまったと大騒ぎするようになった。フラービアは、友人たちのあまりの無邪気さに必死で笑いをかみ殺しながら、大真面目な顔で言ったものだ。「ねえ、黒呪術をやってあげましょうか、呪いが解けるかもしれないわよ」

フラービアは、クランシーに手を貸しベッドに上げてやった。母親には内緒だ。ベッドカバーに犬の臭いがつくといって嫌がるからだ。

暗闇の中、ガラス窓の向こうに、新興住宅地の家や木の不気味な影がくっきりと浮かび上がって見えていた。そして、その影を見つめているもう一つの影。

フラービア一家がそこの地区に引っ越して来たのは数年前だ。引っ越しの日、フラービアは、そっくりな家が何軒も、通りを挟んで左右対称に整然と並んでいるのを見て落ち着かない気分に襲われた。それからというもの、その同じ気分をいつも感じながら暮らし続けていた。家はどれも一様に壁はクリーム色で屋根は濃い赤、バルコニーにはゴチック様式の手すり、屋根には飾り用の煙突。歩道の芝生はきれいに刈りそろえられ、そのわきにカーネーション、ハイビスカス、ゴムの木が植えられていた。

向かいの家々の窓が明るい光を放っていた。それはまるで、別な世界、フラービアのそれとよく似ていながらまったく別な世界にアクセスするためのポータルサイト。テレビでサッカー観戦をしている者、DVDで映画『タクシードライバー』を見ている者、ネットサーフィンをしている者、プレイグラウンドで遊んでいる者、チャットをしている者、sex.comでポルノ写真をプリントアウトしている者、マルコス副司令官のサイトを訪ねている者、ベッドに横になって本を読んでいる者、バーチャルカジノをハッキングしている者、風呂場で自慰行為にふけっている者、恋人に携帯で電話をしている者、ラップトップパソコンで詩を書いている者、曲をダウンロードしている者、CDを焼いている者、貿易センタービルが映ったニューヨークの絵葉書を悲しげに見つめている者、言い争いをしている、あるいは愛を交わしている、あるいは愛を交わしながら言い争いをしているカップル、猫と遊んでいる女の子、長い一日を遊んで過ごしたあとで口を開けて寝ている幼い子ども、料理をしている者、rollingstone.comでコンサートを聞いている者、次の計画を練っている放火魔。

〝……で、どこかの誰かは、部屋の電気もつけずにこうして、現実の世界を忘れてしまおうとしてい

る。自分の心の中を覗くために静寂の空間を生み出そうとしている〞

しかし現実の世界はそう簡単には消えてくれない。フラービアの脳裡に再び、バスから降りようとしている自分の姿が浮かんできた。その自分にラファエルが近づいて来る。

〝ああ、ラファエルの太くて濃い眉毛。しっかりとこの瞼に焼きついているわ。それにしても、頭の中の他の映像はすべて白黒なのに携帯だけは黄色のままだなんて。でも……あのラファエルのしゃべり方、なんか変だった。もしかしたら、もっとほかに言いたいことがあったんじゃないのかしら。そうよ、ラファエルは〈抵抗運動〉と関わりがあるのよ。それとも、なにもかもが私の単なる思い込みなの？〞

フラービアは机の方に歩いていき、二台あるコンピュータのうちの一台の電源を入れた。非公開メールをチェックし、最新のニュースを読む。

「政府機関およびグローバラックス社を含む複数の民間企業のサイトが、あるハッカー集団により乗っ取られました。また同じグループにより、いくつかの国家機関のコンピュータにウイルスが送り込まれました」

あるクラッカー仲間がメールでそうした事件が起こるだろうとフラービアに知らせてきたのは、二日前のことだった。

「この一斉攻撃を受けたことで内務大臣は、先ほど非常事態を宣言しました」

フラービアも、ジャーナリストとしては冷静さを保つべきだとわかってはいた。しかし、〈抵抗運動〉がこの国のハッカー集団であるという事実を思うたびについ、興奮してしまうのだった。

　フラービアがハッカーのコミュニティーについて専門的に調べるようになったのは、四年ほど前のことだ。すでにフラービアのコンピュータには、ラテンアメリカ中のほぼすべてのハッカー約三千名の情報が保存されていた。そしてフラービアのコンピュータが、そうしたハッカーたちがチャットルームやＩＲＣ(Internet Relay Chat)、あるいはプレイグラウンドで行なっているやり取りを探り当て、それらを片端からファイルしてくれていた。フラービアの『トド・ハケル』が、マスコミや国家諜報機関までもが頼りにするほどのサイトになっていたのは、そうして得る情報のおかげだった。もっとも両者とも、『トド・ハケル』を利用しているとは認めたがらなかったが。いずれにしろリオ・フヒティーボでは、フラービアほどハッカーに関する知識をもっている者はほとんどいなかったのだ。

　フラービアは、ファイルをチェックして〈抵抗運動〉のハッカーたちのモンタージュ写真の作成に取り掛かった。とはいえ、実際に誰がグループに加わっているのかわからない以上、写真はむろん想像で作り上げるしかない。

　〝遺体で見つかったあのハッカーたちだって本当に〈抵抗運動〉のメンバーだったのかどうか……。それにそもそも、二人はハッカーだったのかしら？　このあいだ送られてきた情報も、でたらめなものだったのかもしれないし。それより写真……、カンディンスキーの写真よ。もし手に入ったら、絶対に私のサイトに載せるわ。独占公開ということになれば、私もいちやく有名人よ。だって、誰もカンディンスキーの正体を知らないし、どんな顔をしているのかだって知らないんだもの。でも、本当に写真を掲載したとしたら、きっとトラブルに巻き込まれる。ラファエルがああして声をかけてきたのも、私になにか警告しようとしたのかもしれない〟

二年前、フラービアは、ブラック・チェンバーに請われてハッカー数人を捕まえるのに協力したことがあった。そのときフラービアは恐ろしい脅迫を何度も受け、フラービアのサイトはＤｏＳ攻撃の標的にされた（ＤｏＳとはサービス停止攻撃のことで、あるコンピュータに対し特定のアドレスに休みなく電子メール送り続けるよう指令を出すことによって渋滞を引き起こさせ、外部からのアクセスを遮断させてしまう）。いらいフラービアは、ハッカー問題については中立を維持しもっぱら情報の発信に専念することを肝に銘じるようになっていた。おかげでフラービアとハッカーたちとの関係は、奇妙な均衡状態を保っていた。

〝ハッカーは自分たちのことを、匿名のままひっそりと隠れていることを好む人種だっていうけれど、仲間に尊敬されるようなことを成し遂げたときに自分のコードネームを広く世に知らせたいと考えてしまうのもまたハッカーよ。だからこそハッカーたちは、私がこれからも中立な立場にいる限り、というか、あの人たちが私のことを中立だと見ている間は、私に自由に書かせようと思うはず。でも〈抵抗運動〉のハッカーたちは……、自分たちについて知られることをあまり望んではいないみたい。ううん、それどころか知られることを嫌がっているようにさえ見える〟

もしかして……。不意にある予感がフラービアを襲った。

〝ラファエルがカンディンスキー？　まさか、ありえない。でも、ひょっとして……〟

なにか新しい情報を得たいと思うときには、新たなアイデンティティをでっちあげ、それでチャットルームかIRCのチャンネル、プレイグラウンドにアクセスするのが一番の方法だ。ハッカーとはたしかに闇の世界の住人だが、沈黙を守り続けることができない者たちでもある。手柄を立てればそれを、遅かれ早かれ誰かに話さずにはいられなくなる。ハッカーはみな、おしゃべり好きなのだ。

フラービアはプレイグラウンドを覗いてみることにした。

一年ほど前、サン・イグナシオ校を卒業したばかりの若者三人が両親からの借金で、ボリビアでのプレイグラウンドの運営権を手に入れていた。フィンランドの民間企業によって開発されたプレイグラウンドは、バーチャルゲームでもあるが同時にオンライン・コミュニティーでもある。そこでは誰もが、月々の基本使用料を支払い、自分のアバターを作るかあるいはプレイグラウンドが販売するアバターを購入するかして、一企業の徹底的な統治下に置かれた息の詰まるような世界でなんとか楽しもうとしている。基本料金については月に二十ドルと定められてはいるものの、むろん、利用時間が増えれば料金も跳ね上がる。

プレイグラウンドの時代設定は二〇一九年。このゲームは、多くの国で瞬く間に広まり、ボリビアもまたその例外ではなかった。国内でプレイグラウンドに最初に飛びついたのは主要都市の中間層の若者たちで、しだいに若者たちの両親世代にプレイグラウンド熱が広がっていき、やがて祖父母世代にも興味をもつものが現れるようになった。フラービアも、日にどれくらいの時間をプレイグラウンドで過ごしているのかわからないほどだ。貯金は使い果たし、それでも足りなくて父親からかなりの額を借りていた。もう何度、「来月こそはプレイグラウンドへのアクセスを少しは我慢するから」と父親に約束したことか。たしかにそうしようと努力はしていた。だがいつも、意志の力が足りなかったという結果に終わってしまう。フラービアのように、プレイグラウンドのやりすぎが原因で経済的問題を抱えている若者は大勢いる。そしてそのことは、社会学者たちによって《プレイグラウンド現象》として論じられるほどの問題になっていた。

机の上のコンピュータ画面の左上には、今月の残りのプレイグラウンドの利用時間が示されていた。

〝もうだいぶ少なくなっているけれど、まあ、いいか。終わっちゃっても、また追加料金を払えばいいだけだもの。でも、お金はどうやって手に入れよう？　アルベルトがブラック・チェンバーのボスだったときは、よくお小遣い稼ぎの仕事を回してくれたけれど、いまはもう、それも無理。『トド・ハケル』も好きでやっているだけで、お金にはならない。けっきょく、私がもっているこの技術をお金に変えるしかないのかも〟

フラービアがラファエルに言ったことは嘘だった。フラービアはもちろん、ネット上で複数のアイデンティティを使いまわしているし、それ以外にも必要に応じて新たなアイデンティティを作ることもある。フラービアは、エリンのアイデンティティを選んだ。自分を導いてくれる指導者、父親的な存在を求めている女ハッカーのエリン。

ジーンズ、ブーツ、黒の革ジャン、レイ・バンのサングラス。エリンはプレイグラウンドの中心街、ブレバード通りを進んで行く。バーやディスコのネオンがまたたき、アールデコ調のショップが並ぶ。

画面はけばけばしい色で溢れかえり、車やオートバイの騒音、人の話し声、レコードの音も聞こえている。

二、三週間前のことだ。ゴールデン・ストリップで、エリンがふと気づいて振り向くと、見知らぬ男がカウンターでマティーニを飲みながらじっと見エリンを見つめていた。褐色の肌、端正な顔立ち、黒のロングコート。

〝……あれはもしかして、ラファエルとかいう男のアバターの一つだったのかも〟

エリンはゴールデン・ストリップに向かう。

路地裏での喧嘩。興奮の輪の真ん中にいる二人の男、一人はジャックナイフを手に持ち、もう一人は、鋭い切り口のビール瓶の破片を振りかざしている。ゴールデン・ストリップがあるあたりは治安が悪く、警察すら手出しができないのをいいことに麻薬の密売人や売春婦がのさばっている。しかしその、思いがけない出来事がいつ起きても不思議ではないという緊張感がたまらずに、エリンはつい、足を向けてしまう。前回訪れたときは、モカ色の肌で頬に傷跡が残るタイ人の女の子と、薄汚れたラブホテルの一室で一夜をともにした。

エリンは喧嘩を横目で見ながら行き過ぎる。ゴールデン・ストリップの隣では別なバー、マンダラのネオンサインがちかちかしている。

〝……ラファエルはたしか、マンダラという言葉を口にしていた。マンダラに入ってみようか……〟

エリンはカウンターに腰を掛ける。巨大な乳房を突き出した赤毛の女が寄ってきて、「ねえ、いいことしない？」とエリンに声をかけてくる。「いいわね、でもあなたとはいや」エリンは、テキーラをショットで注文する。

浅黒い男が隣に座る。

ロングコートこそ着ていなかったが、フラービアにはすぐにわかった。この前の男だ。

リドリー　もう来ないかと思ってた

エリン　忘れられない出会い、来るのは当然

〝自分じゃ、絶対こんなこと口に出して言えないけれど……〟

リドリー　会ったって？

エリン　そんなに遠くない銀河で

リドリー　勘違い？　僕リドリー

エリン　違う　カンディンスキー

リドリー　リドリー

エリンは男に顔を近づける。

フラービアは、その容貌のなかになにかラファエルらしきものを探り当てようとする。

リドリー　ざらにある顔　だれも想像力不足　だから背が高くハンサム褐色の肌　サングラス　ロングコートのアバターを選ぶ　おまけに技術のひどい遅れでどれも同じような顔　改善されるのはいつのことか

〝ああ、だめ、そんなこと言っちゃ。警察が介入しなくても、プレイグラウンドが雇っている警備員が黙ってはいないはずよ〟

フラービアは、そのアバターを操る人物がたったいま重大な罪を犯したことに気づいたのだ。プレイグラウンドでは、アバターのデジタル性に関わる話をすることは厳しく禁じられている。プレイグラウンドが発売されて間もないころは、まだその手の会話がしょっちゅう交わされていた。ところが、大胆にもというかなんというか、あらゆる手段を尽くしてそうした話題をプレイグラウンドから締め出そうとする勢力が現れ、けっきょくそちらの主張がまかり通ってしまった。それからというもの、仮想の現実をあくまで現実とし疑いを抱かずにアバターを実人物として受け入れるというのが、プレイグラウンドの基本ルールとなっていた。

プレイグラウンドを訪れるとき、フラービアはいつも、コンピュータを切った直後に自分が戻っていく世界のことについては触れないように細心の注意を払っていた。といっても、時には口が滑ることもある。たとえば「そう遠くない銀河で」と言ったのも、そのひとつだ。だがそう大きな違反というわけではない。たしかにリアルリアリティーのことを話題にはしたが、アバターのデジタル性についてなにか言ったわけではないからだ。

画面上に武装した男たちが現れる。マリンブルーのユニフォームを着たプレイグラウンドの警備員だ。プレイグラウンドの規則をリドリーに向かって読み上げる。リドリーがエリンの手を握り、じゃあね、と言う。くるりと背を向け、警備員につき添われ歩き出す。出口に差しかかる。突然リドリーが一人の警備員の首に一撃を食らわせ走り出す。警備員が床に倒れ込み、うめき声を上げる。もう一人の警備員がリドリーの後を追って駆け出す。

フラービアは、プレイグラウンドの上空を飛ぶ警備用ヘリコプターが写し出す映像から目を離すことができない。

サーチライトの強い光がブレバードの街をなめるように進んでいきリドリーをとらえる。次の瞬間、ヘリコプターから自動小銃の射撃音が鳴り響く。弾がリドリーの腕に当たる。リドリーは立ち止まらずに、ゴミが散乱する狭い路地に逃げ込む。

部屋をノックする音が聞こえた。フラービアはいそいで、デニス・モラン・ジュニアのスクリーンセーバーでマンダラの画像を覆った。

「ご機嫌はいかがかな、王女様」

父親だ。

〝無理して笑っている〟

「夕食に間に合わなくて、ごめん。つい仕事に夢中になってしまって。おまけに、緊急事態が発生したんだ」

フラービアは立ち上がり、父親にキスをした。ウイスキー臭い。

〝……パパはいったい誰を騙そうとしているのだろう？〟

† 9 †

ラミレス・グラハムは、バエスとサンタナを伴い傍受室に入っていった。

バエスは、セキュリティーシステムに侵入したハッカーを追跡するスペシャリストだ。プレイグラウンドの管理会社で仕事をした経験もある。いっぽうのサンタナは、悪質なプログラマーがネットにつながっているコンピュータに感染させる目的で作り出す種々の強力なウイルスについて、抜群の知識をもっている。ラミレス・グラハムは、自身が描くブラック・チェンバー再生計画を実行に移すと決めると真っ先に、アルベルトの取り巻きだった言語学者や文系の専門家たちとの契約を解除し、ブラック・チェンバーの主要なポストにバエスらのような情報分析家たちを据えた。

もちろん、現代言語学のある分野とコンピュータのプログラミング言語との間に多くの共通点があるというのはラミレス・グラハムもわかってはいた。事実、ラミレス・グラハム自身も、アメリカ国家安全保障局時代に、言語学者が新たに訓練を受けさまざまなコンピュータ言語の専門家として活躍しているというケースを数多く目にしていた。だが問題は、その組織がなにを一番の目的としているかだ。そして、ブラック・チェンバーの最優先課題はサイバークライム対策だ。そうした組織にあって、情報学の専門家であるが同時に言語学にも詳しい者をその逆の者より重用するというのは、ラミレス・グラハムにしてみればごく当然の策であったのだ。

中央委員会のほかのメンバーはすでに席についていた。夕暮れの最後の薄明かりが窓から忍び込みそこに居る者たちの顔を青白く照らしていた。壁からは、アルベルトの大きなモノクロ写真が部屋全体を見下ろしている。テーブルの上には何冊ものフォルダーが置かれ、黒板にはリオ・フヒティーボの地図が掛けられていた。その地図のあちこちに記された赤い十字印は、政府機関に向けて仕掛けられたウイルス攻撃の発信地点を示すものだ。

〝つまり……、この街すべてが犯行現場ってわけか〟

「なにか新しいことはわかったのか?」椅子に腰を下ろしながらラミレス・グラハムは言った。

「時間を無駄にする暇などないぞ。こんなお遊びはもうたくさんだ。その誰かさん、は、ブラック・チェンバーより賢いのだろうさ、むろん諜報機関よりもな。だが俺たちはここでやめるわけにはいかないんだ!」

そうして感情を苛立たせているときのラミレス・グラハムは、アメリカ人特有のスペイン語のアクセントがますます目立つようになり、日ごろは完璧な構文も怪しくなる。いや、それについては、ラミレス・グラハムとて常々まずいと感じてはいたのだ。ブラック・チェンバーの所長といえば、政権の主要なポストの一つ。その所長を務めている以上、あくまで根っからのボリビア人だと周りには思わせておかなければならない。だがそうは言っても……、ラミレス・グラハムはしょせん、外国人なのだ。

「ウイルスを送りつけてきたコンピュータの中には、個人が所有しているコンピュータのほかに、インターネット・カフェや研究機関、公的なオフィスのものも含まれています」

そう発言したのは中央委員会初の女性委員、マリサ・イバノビッチだ。

マリサがいつも夜遅くまでオフィスで仕事をしているのを、ラミレス・グラハムは知っていた。画面のデータをチェックしながら指でネックレスをいじるのがマリサの癖だ。身なりには構わない方で、マリサの栗色の巻き毛が目にかかっているのを見るたびに、あれでちゃんと見えているのだろうかとつい心配になる。だがラミレス・グラハムはマリサに敬意を抱いていた。女性にとって、コンピュータの世界に入り、そこで居場所を得て発言する力をもつというのがどれほど大変なことかがわかるからだ。

「それはつまり……」

「ええ、誰かがテルネットを使ってそれぞれのコンピュータに攻撃を行わせたということです。コンピュータの所有者たちはなにも知らないはずです。前にも申し上げましたが、私たちはウイルスの感染経路、指紋、を追跡しています。どちらも同じ意味ですが。でも大元の、つまり母体のコンピュータを突き止めるのはおそらく難しいでしょう。前のときもそうでした。〈抵抗運動〉は、いつもとても用心深いですから」

マリサのその声の中にふとラミレス・グラハムは、あこがれの響きを感じ取ったような気がした。

〝……だとしたら問題だぞ。俺のもとで働く人間がマスコミの流すロマンチックなハッカー伝説に心を惑わされるなど、あっていいはずがない。カンディンスキー、片田舎に居ながらしてペンタゴンのセキュリティーシステムを破ったこともある天才ハッカー。本当に破ったのかどうか、証拠はない。しかし伝説ではそうだ。伝説が真実として定着するのに必ずしもそれが事実である必要はない、という事か。そして、こちらについてはすでに証明済みだ。カンディンスキーはそうしたいと思えば苦も無く一国の政府を麻痺させるだけの力をもっている。カウンターカルチャー的な怪しげな魅力をもつハッカー。たしかに、あやつに比べれば法を守るためにまっとうに働いている俺たちなど影の薄い存在だな〟

「ウイルスの作成に使用されたコードについては調べたのか？」

「ごく最近に造られたものでした」サンタナが答える。

「いまのところ確かに言えるのは、コードには〈抵抗運動〉のサインが入っていたということだけです。かなり高度に仕上げられていますから、まず間違いなくカンディンスキーか、側近の誰かが書いたものでしょう。スクリプトキディごときが書けるようなものではありません。新たなSimile.Dと呼んでもいいほどのものだと僕は思いますが」

サンタナは、〈抵抗運動〉が使うワーム［自分自身をばら撒く能力をもったコンピュータ・ウイルスの一種］、Code Red、Nimba、Klez.h、Simile.Dについては抜群の知識を誇っている。Simile.Dというのはいわゆるコンセプトウイルス、つまり、技術的な検証を目的に試験的に作成されたものがプログラマー自身によって故意にまき散らされ一般に広まったウイルスの一種だ。このSimile.Dは必要に応じて即座に性質を変えることができるため、コードの指紋を追跡するアンチウイルス・ソフトも、たとえそれが Klez.h を食い止めるほどの威力をもつアンチウイルス・ソフトであったとしても、その侵入を阻止することができない。そうした場合にアンチウイルス・ソフトが唯一できることは、ウイルスの振る舞いに似た動きをするものを追跡し、ウイルスを隠すために造られた暗号化ルーチンに組み込まれた構造を複製する方法を見つけ出すか、あるいはウイルスのコードそのものを解明するか、のどちらかだ。いずれも作業自体はさほど困難なものではないが、それらを実際にやるとなると膨大な時間が必要となる。

サンタナは、そのことをもち出して、「だからシステムの安全性維持については、もっと別な方法を採るべきなのです」とラミレス・グラハムに迫ったことがあった。「信頼できる情報源の電子署名が入ったコードについてはそれを受け入れ、それらをすべてデータ・ベースで管理すればいいのです」しかしその提案を実現させるには、ラミレス・グラハムの裁量外の特別な予算が必要なのだ。

「ウイルスのコードの構造の解明につながるような痕跡はなにも残されていませんでした」バエスが言った。

「それに市内の地図からも、なにも浮かんではきません。二進法のコードのなかにも顔は見えない……。カンディンスキーは、レッド・スカーラックほどわかりやすくはありませんね。カンディンスキーの迷宮には秩序というものがない」

〝おお、バエスのこの文学的引き合いは、言いえて妙だ。中央委員会のメンバーの中で、仕事だけでなく自分を取り巻くすべての環境、政治的、経済的な状況にまで興味をもっているのはバエスだけだ。

それにどうやら、大変な読書家でもあるみたいだな〟

しかしそれにしてもなんて格好だ、と、バエスの姿にラミレス・グラハムは思わず苦笑した。

〝たしかにおしゃれに気を使うようにはなったが、細かいところがなってない。黒のスーツに白い靴下に派手なネクタイ……〟

だがラミレス・グラハムもいぜんは、むさくるしいプログラマーの一人だった。そう、スベトラーナと出会うまでは。

「カンディンスキーの無秩序は、それはそれである秩序になっているはずだ」ラミレスが言うと、

「まるでフラクタル幾何ですね」とバエスが言葉をはさんだ。

ラミレス・グラハムは構わずに言葉を続けた。

「いいか、地図上の十字印の地点を数列のアルゴリズムに変換しろ。おそらくそれで、次は地図のどこに十字印がつけられることになるかが割り出せるだろう。そしてそれがおそらく、やつらの次の攻撃目標だ。いや、あるいは、攻撃の発信地点か」

「すでにそれはやっております」マリサが言った。

「その結果、驚かれるとは思いますが、ショッピングモールXXIという答えがでました。ボスが住んでいらっしゃる建物です。使用されたコンピュータも、適当に選ばれていたわけでないのです。つまり相手は、いまボスがお命じになった程度のことは当然私たちがやるはずだと見越して、コンピュータを選んでいたのです」

「クソ！　おまけにやつらは冗談好きでもあるってわけか！　やつらにからかわれるだけからかわれても、俺たちには、それをやめさせることもできやしない。だが、これだけは言っておく。このまま〈抵抗運動〉とやらを壊滅させることができなければ、そのときは間違いなく君たちは首だ。上の方からはすでに不満の声があがっている」

「それはいい！」バエスが言った。

「あの方たちもそろそろ、僕たちにすべてを望むのは無理だと理解すべきです。僕たちは多くの情報を傍受することもできるし、ローテクな方法で暗号化された情報ならどんなものでも解読する能力もある。幸いこの国ではいまだに、ローテクなやり方での暗号化が主流です。でも、コンピュータのプログラミングの知識をもっている者を相手にするとなるとたんに、僕たちにやれることは限られてきてしまう。そしてこれからはそういうケースがますます増えていくはずです」

「君の意見を突き詰めれば、我々はもはや必要ないということになるが……」ラミレス・グラハムは言った。「つまり君は、このブラック・チェンバーを改革するよりも閉じた方がいいというわけか」

「たぶん、もうずっと前から僕たちは不要な存在になっていたのです。それは認めるべきです。僕たちには普通のハッカーほどの力もありません。たとえばメールにしても、市場に出回っているソフトの中でも高性能なものを使って暗号化されてしまうと、もう、容易には解読することができない。そんなものですら、僕たち全員が三ヵ月間努力してやっと解読できるかどうかなのです」

バエスはいったん口をつぐみ、全員が自分に注目しているのを確かめるかのように、委員たちの顔をぐるりと見回した。

〝こいつの唯一の欠点はいつもショーを独り占めしたがることだ〟

「僕たちは運命に導かれてここ、リオ・フヒティーボで働くようになりました」バエスは続ける。「たいしたことのない暗号を傍受したり分析したり、お遊びのようなことをやって喜んでいますが、ひとたび新しい事態が発生すると……云々……云々……」

室内の空気が重くなる。

〝この数ヵ月、ブラック・チェンバーが〈抵抗運動〉にいいようにやられ続けたことで俺のチームは無力感に襲われ、自分たちの仕事が役に立っているという自信がもてなくなってしまっている。このチームのメンバーは、俺が長い時間をかけ慎重に選んだ者たちばかりだ。ボリビア国内で獲得できる人材の中でもっとも優秀なコンピュータの専門家、あるいはプログラマーだと信じるからこそチームに呼んだ。それなのにこんなにあっさり負けを認めて、いったいどういう気なのだ。だが……、始末が悪いことに俺自身が、こいつらがこうなるのも仕方がないだろうと感じている。俺だって、NSAでの最後の数ヵ月は、この部下たちと同じように無力感に苦しんでいたのだからな。で、だからこそいまここにこうしているわけなのだが。いや、どうやら、俺たちの悩みはもはや、居場所を変えて解決できるレベルのものではないようだな。この職業に就いている誰もが心の中に抱え続けていく悩み。いまの時代の暗号解読者たちのコードには、その悩みがしっかりとプログラムされてしまっている。

その通りだ、お前たちの気持ちはよくわかる、俺だってそう言ってやりたいさ。でも俺はボスだ、部下の一歩先に立って範を示す責任がある〟

「もはや根本的な問題について議論している場合ではない」ラミレス・グラハムはそう言うと、コーラをひと口すすった。「なんとしてでもカンディンスキーを捕まえようではないか。諸君に約束しよう。首尾よく捕まえることができたら私のポケットマネーで、君たち全員に、心理カウンセラーに一ヵ月間通うための費用を払ってやるぞ」

わずかに笑い声が漏れた。

「いまは君たちの創造力が試される時だ。君たちの意見を聞かせてほしい。君たちの助言はいつでも大歓迎だ」

I'm open to suggestions... ラミレス・グラハムはときどき、英語の文章を頭の中でスペイン語に翻訳してから喋ることがあった。いつも英語で物を考えている人間にとっては、いってみればそれは宿命のようなものだ。

「すでに私たちは、いくつかのことをやっています」マリサが言った。「ウイルスには、それに感染したコンピュータがまだ攻撃を受けていないすべてのコンピュータに向けて、ある時刻に一斉にサービス拒否攻撃を仕掛けるようなプログラムがインプットされていました。つまり、システム全体がダウンしてもおかしくはなかったということです。私たちは、攻撃の発信元のインターネットプロバイダーのアドレスをブロックしました。最初はただパラシオ・ケマード［大統領宮殿］をはじめとする政府関係諸機関や、グローバラックス社、ブラック・チェンバーのアドレスを変えるだけで、ここまでやるつもりはありませんでした。ですが、ここでやらなければ同じような攻撃がさらに続き、そうなればインターネットの構造全体がますます弱体化してしまうだろうと考えなおしたのです。たぶんこれで、私たちも相手に打撃を与えることができたはずです」

「よくやった、と言いたいところだが、結局のところはうまく守ったというにすぎない。私が望んでいるのは攻撃だ」

「ちょっとよろしいですか」再びマリサだ。「これはバエスとも話したことですが、いまはおそらく通常から少しはずれた方法で情報を獲得すべき時なのだと思います」

「だとすると、またおなじ問題に戻ってくるじゃないか」サンタナが言う。「俺たちはいったいなんのために存在しているんだ?」

「必ずしもそうとは言えないんじゃないのか」とバエス。「アルベルトだって、自分の抱えている情報提供者に金を払って情報をもらっていました。時にはそういうことも必要です。冷戦時代に実際に解読された暗号というのは、いったいどれくらいありましたか? けっきょく情報の大半は、スパイたちの活躍によって手に入れたものでした。そうやって時間と金を節約していたのです。こんなこと申し上げていいのかどうか、批判と受け取らないでいただきたいのですが、ボスは我々の仕事について、こうあらねばならぬという気持ちがあまりにも強過ぎます。我々の頭脳だけですべてのコードを解読できるとでも思っていらっしゃるのかもしれませんが、現実にはそうはいかないときもありますよ」

ラミレス・グラハムは一瞬、ムッと来た。誰かに批判されるといつもそうだ。だがそんなことを顔に出すわけにはいかない。

〝……とにかく部下たちの意見には冷静に耳を傾けなければ。それに、規範から外れたことを考えてみろと言ったのは俺自身なのだからな。Thinking outside the box is good（枠にとらわれずに考えること）, Thinking outside the box is good（枠にとらわれずに考えること）……〟

「いいだろう、では、すでにだれか候補は考えているのか？」

「ラットなら大勢います。みんな私たちに協力してくれるでしょう」マリサが答える。

「だがラットは信用できないぞ」と、サンタナが割って入った。「売りつけてくるのはたいていガセネタだ。諜報機関の者たちに聞くといい。やつらがラットの情報をうのみにしたおかげで、いったいどれだけ多くの無実の者たちが死に追いやられることになったか」

「私は、協力者にふさわしい人物を一人知っているのですが」マリサが言った。「その人には、アルベルトも最後の数ヵ月間、仕事を頼んでいました。といってもまだ十代の女の子で、たしか高校生だったはずです。名前はフラービア。自分のサイトを持っていて、そこでラテンアメリカ各国のハッカーについての最新のデータを公開しています。時には、いったいどうやってそれを取っているのかはわかりませんが、サイトにハッカーとの独占インタビューの記事が載ることもあります」

「ここの者か？」ラミレス・グラハムは尋ねた。「このリオ・フヒティーボに住んでいるのか？」

「ああ、あいつか」と、バエスが声を挙げた。「たしかにその才能は評価しますが、マリサが言うほどいいとは思いませんが」

「チューリングのお嬢さんです」マリサが唇をかすかに歪めて言った。「申し訳ないけれど、バエス、あなたがそう言うのは単なる偏見よ。フラービアはいいどころか、最高よ」

「チューリングって、ここにいるチューリングのことか？」ラミレス・グラハムは伺うような視線をマリサに向けた。

〝俺はからかわれているのか？　まさか……、冗談、だろ？〟

　マリサが言った。

「ええ、あの方のほかにチューリングっていらっしゃいますか？」

　とどめの一発だ。

〝あのチューリングか？　ウソだろ！　No fucking way（ありえない）!〟

† 10 †

雲が黄金色に染まっていく。まるで祭りのような賑やかさだ。新月がマストにからみついている。すべての午後は港。私は思い出をたぐる……。それ以外になにをすればいいのかわからないから。手の中に暗いトケイソウを握っている。はるか遠くに見えるさびしそうな顔……。紐を編んでいる細い手。自分の声を思い出してみる……。私にはもう聞くことができない。落ち着いた声。恨みのこもった声。鼻にかかった声。時には口笛も。

私は電気蟻……。疲れた蟻……。私は管から栄養を取っている。みんな私の早い復活を待ち望んでいる。いや、誰も望んでなどいないのか。私は死なない。

疲れた……。影、そしてまた影。影がつぎつぎに私の部屋を訪ねてくる。いったい誰がこんなことになると想像しただろう。この国にやってきたのはもうずいぶん前だ。いや、ずいぶんといっても私にしてみればたいした時間ではないのだが。そのときから私はずっとこの国に居る。

かつての同僚たちがやってくる。椅子に腰かける。時計を見る。帰る時間だ。せわしげに立ち上がる。一日は短いのだ。だがチューリングは午後の時間をずっとここで過ごしていく。神のお告げを待っている……。解読するための文章……。一週間……、一ヵ月……、一年と、自分を解読作業に没頭させてくれるような文章を。

哀れなチューリング。幸せとは縁遠い男。チューリングは、初めて出会ったときからずっとああだった。そうだ、あのときはまだ自分がチューリングと呼ばれるようになると想像もしていなかっただろうし、そもそもチューリングという人物が過去に存在していたということすら知らなかったはずだ。蒸し暑い日だった……。暗黒の嵐が空を覆い尽くし……、木々は狂ったように体をくねらせていた。チューリングは一人でやってきた。仕事が欲しいと言った。自分と妻との両方に……。二人のことについてはすでに話を聞いていた。周りの者たちは言った。あの者たちには才能があります。私たちの役に立つはずです。モンテネグロの役に立つでしょう。あなたの役にも立つでしょう、と。

私は考えていた。ブレッチリー・パークのようにしたい……。言語学者。数学者。クロスワードパズルを解く達人。チェスの騎士……。自分の知性で勝負する者。論理というものをわかっている人間。まさにチューリングのような……。私だって驚いた……。あいつを見た瞬間、私は、これ以上に理想的な人物はいないとそう直感したのだ。じっさい、もっとも優れた部下になってくれた。そしてもっとも役に立つ部下に……。記憶力がよかった。おまけに……、余計なことには一切関心を向けなかった。チューリングは人間コンピュータになろうとしていた。ただ論理、論理、論理……。少なくとも私の目にはそう写っていた……。

いまでもはっきりと覚えている。気難しい顔に咥えタバコ。グレーのオーバー。公園でチューリングは、果てしなく広がる黒雲に向かって立っていた。だがそれにしても、チューリングがあそこまで素晴らしい記憶力の持ち主だったとはな。もちろん、素晴らしいとはいっても私の記憶力に比べれば話にもならない程度のものではあるが。私は暗号解読史の記憶そのもの。暗号作成史の記憶そのもの。いや、どちらも同じものか？

あのころ私はラテン語を勉強していた……。暇な時間に勉強していた。人と会う合間に。私のブリーフケースの中の本を見てあいつは驚いていた。ロモン（Charles François Lhomond）の De viris illustribus。キシュラ（Jules Etienne Joseph Quicherat）の Thesaurus。ユリウス・カエサルの著作。優れた暗号作成者だったカエサル。プリニオ（Plinio el viejo）の傑作 Naturalis historia。

しかしそれよりももっとあの男の心を揺さぶっていたのは、私が語る暗号解読者にまつわるさまざまなエピソード。私は、あいつをその道に引きずり込もうと考えていた。私は、過去の世紀へ自在に記憶を遡らせさまざまな出来事について語り続けた……。まるでその何日間の午後の出来事について語るような調子で……。ずいぶんと細かな点まで話してやった。そんな私を前にして、あいつは思ったはずだ。〝その場にいた本人が喋っているみたいではないか。あのころからずっと生き続けているのだろうか〟と。

私が不死身だということをあいつが知らなかったのは間違いない。だがおそらく誰もが心の中では……、自分たちは死なないとわかっている……。遅かれ早かれ……、人間は行うように定められたすべてのことを行い、知るように定められたすべてのことを知ることになるのだ。

私が語ったことのなかでとりわけあいつを感動させたのは……、一五八六年にフランシス・ウォルシンガンがスコットランド女王メアリ・スチュアートに仕掛けた罠に私が関わったときのはなしだ。当時の私の名前は、トマス・フェリペス。

嵐が吹き荒れるなかで……、二人とも周りのことはなにも目に入らなくなっていた……。私はあいつに、やがて私がチューリングと名づけることになる男に、フェリペスのことを話してやった……。もちろん三人称を使って。だがあいつはなにかおかしいと感じていた。そしてなぜそれほどフェリペスについて詳しいのかという目で私を見ていた。たぶん、私がフェリペスであることを直感的に悟っていたのだ。フェリペスになりたかったのかもしれない……、私はそうあいつに言った。フェリペスになるためには私のなにが足りなかったのだろう？　なんらかの形で歴史に参加するためには、と。

電気蟻。なぜ私がリオ・フヒティーボに来ることになったのかは誰にもわからない。Tempus Fugit［時は過ぎていく］……。

メアリ・スチュアートは、父ジェームズ五世の従妹であるイングランド女王エリザベスに対して、陰謀を企てた罪に問われていた。メアリはイングランド王国を自分の物にしたいと望んでいた。メアリは幼いころに一度、スコットランドを出ていた。カトリック信者の女王、メアリ。スコットランドのプロテスタント貴族たちはメアリに反乱を起こした。幽閉し……、廃位に追い込んだ……。その一年後メアリは脱走した。王位を奪還しようとしたがメアリに忠誠を誓う軍はラングサイドの戦いで敗北を喫した……。グラスゴーの近くの……。

情報、情報、情報……。日付、日付、日付……。名前、名前、名前……。どんなものでも暗号化することができる。歴史を暗号化することができる……。たぶん人の一生は暗号で書かれたメッセージにすぎず、それを解読してくれる人を待っている……。そう考えれば、多くの人生が歴史に埋もれたままというのも納得がいく。

警備員が窓を閉め忘れている。それとも看護師が、か？　熱い空気が部屋に入ってくる……。私をやさしく撫でる。木立の中で鳥がさえずっている……。緑の谷で鳥たちがさえずっていたように。私の記憶に残っているあの谷。

ああ、緑の谷！　あのころの日々！　中世風の塔。空中にぶら下がっているハチドリ。一秒がまるで一分のよう。時は移ろわない。時は移ろう。だが移ろわない。

天気が変わりそうだ。間もなく雨が降り出すだろう。このところ毎日こうだ。

メアリはイングランドに逃れた。エリザベスはプロテスタント信者で、メアリに脅威を感じていた……。イングランドのカトリック信者らはメアリをイングランド女王だと考えていた。エリザベスではなく。エリザベスはメアリを軟禁状態に置くと決めた。それから二十年間、軟禁は続いた。哀れなメアリ。人はメアリのことを美しく……、聡明で……、不幸な女性だったという。メアリが処刑された日に身に着けていた黒いビロードの服を、私は覚えている。上品な口調。おっとりとした物腰。だがもはや昔のメアリではなかった。衰えた肌。次々に襲いかかる病魔……。宗教とそれに関わる戦い。自分の王国も失ってしまった……。

〝未来のチューリング〟はあんぐり口を開けて私の話に聞き入っていた。降りやまない雨の中で私の言葉にすっかり心を奪われていた。たぶん……、私が表面的なことしか話していないと感じてそれで余計に引きつけられていたのかもしれない。おそらくは、話の背後に潜むメッセージを探していたはずだ……。暗号に関わる人間というのは、どんなときでも背後にあるメッセージを探さずにはいられないものだ。他人が送ろうとしているメッセージを見落とすまいと身構えている。周囲に対して身構えている。自分自身のメッセージに対して……、自分でも気づかないままに自分の中の誰かが送りつけてくるメッセージに対して、身構えている。自分自身のことですら信じていない……。誰も言わないが、精神的に安定した人間はこの仕事には興味を示さない。暗号解読者は一種の病人。妄想に取りつかれた者たち。

暗号で人を殺す者は暗号によって殺される。

メアリが軟禁されてから二十年が過ぎていた。サー・フランシス・ウォルシンガム。エリザベスが治めるイングランド王国の国務大臣。秘密警察の生みの親で、その組織はヨーロッパ全土に五十三人もの秘密工作員を抱えていた。マキャベリスト……。ああ……、これもいまではなんとありきたりな言葉になってしまったことか。年月は確実に流れていき、すべてのものは古びていく……。ウォルシンガムはメアリの取り巻きの中にスパイを放っていた。自分の部下の一人をメアリのメッセンジャーとして送り込んでいた。

メアリを慕っていたバビントン。弱冠二十五歳の若者。バビントンが大それた計画をもち掛けた。メアリを自由の身にする……。そのあとでエリザベスを殺害し、イングランドのカトリック信者に反乱を起こさせメアリを王位に据える。メアリは自分の支持者らに暗号を送った……。メッセンジャーは……、メアリの手紙を支持者たちに渡す前に……、別な紙に書き写しそれをウォルシンガムに手渡した。サー・フランシス・ウォルシンガムは熟練の暗号解読者を手下に抱えていた。名はフェリペス。サー・フランシス・ウォルシンガムにはわかっていた。どんな帝国であれ武器のみでは勝つこと、あるいは領土を維持することはできないということを。暗号を解読する技をもつべきだということも。

暗号を解読する……。デコードする……。分解する……。

私は〝未来のチューリング〟に言った。どうすれば言葉の裏にある別な言葉を読み取ることができるのかを学ぶべきだ。それこそ私が君にのぞんでいることだ。どうか、いまの政権がこのまま存続するように私に手を貸してほしい。陰謀をたくらむ者がこの国を引っ掻き回している。軍人や民兵。殺す訓練を受けた者たちはむろん必要だ……。だが同時に暗号解読者も必要だ……。頭を使う訓練を受けたもの。別な人間の考えていることを読み解く訓練を受けたもの。言葉の霧の中に隠されている意図を……。雨が降っていた。私の言葉は間違いなくあいつの心をとらえていた。私にはわかっていた。これでもう、この〝未来のチューリング〟は私の傍から離れられなくなるはずだ、と……。

血痰だ。眠りたいのに目を閉じることができない。いつも夜になると震えがくる。体が言うことを聞いてくれない……。不死身の者でも死ぬことができるのだろうか？　私はリオ・フヒティーボに死ぬためにやってきたのか？

この国に送られてきたのは、なにか悪いことをしたからに違いない。文明の一大中心地……。巨大都市で……、地球の命運を握っていた私が……、こんな地の果ても果てのようなところにやって来ることになるとは。しかし人は自分の運命には異を唱えないもの。定められたことをやるだけだ。そして私は自分でもよくやったと思う……。そうだ、よくやった……。これで思い残すことなく自分の新たな道に進むことができる。この国はもう、立派な諜報機関を持っている……。この国にも民主主義が戻った。だがそう望む者はいつまでも権力の座にしがみつくことができる……。この国の諜報システムはしっかりとしている。国家に背信行為を働こうとする者はたちまち消される……。

また血痰だ。

私は、自分が考えることについては、なぜそう考えたのかその理由を知りたいと思う。自分の決断についても、なぜそう決断するに至ったのかを知りたい。だが人にとって、自分がなぜそう考えたのかについて思考するというのは、それほど容易なことではない。

まるで自分で自分のしっぽを噛むように堂々巡りを繰り返してしまう。

バビントンとメアリとの間で交わされた書簡はアルファベットのうちの……、J、V、Wを除いた残りの各文字に相当する二十三個の記号と……、単語や決まった文章――たとえばAnd、For、With、Your Name、Send、Myneのような――を意味する三十六個の記号からなるリストを使って暗号化されていた。二人にとって不運なことに……、ウォルシンガムは暗号解読者の重要性を理解するようになっていた。ジローラモ・カルダーノのある著作を手に入れたときから。偉大な数学者にして暗号作成者であったジローラモ・カルダーノ。確立論に関する初めての本を著した人物。松明通信とオートキー暗号の開発者……。

ウォルシンガムは、ロンドンに暗号解読者養成学校を作っていた。大国を自認する国の政府はどこも必ず暗号解読者を抱えていた……。フェリペスはウォルシンガムの暗号解読官だったと、私は、〝未来のチューリング〟に語った……。私は、ウォルシンガムの暗号部門の秘書官だった。背が低く……、髭面で……、顔には天然痘の痕がぶつぶつ残っていた。冴えない男。年は三十前後。言語学者だった。フランス語を自由に操ることができた。イタリア語、スペイン語、ドイツ語も……。ヨーロッパではすでに名の知られた暗号解読者だった。フェリペス。嵐が吹き荒れるなかで私は、〝未来のチューリング〟に向かって話し続けた……。三人称を使って語るのは骨の折れることだった。しかしそれが私の人生だった。それが私の人生だ。一人称であり同時に三人称でもある人生。

バビントンとメアリの間で交わされたメッセージは頻度分析によって簡単に解読されてしまった……。バビントンとメアリ。二人とも自分たちの使っている暗号は安全だと信じ切っていた。二人はしだいに警戒心を忘れあからさまにエリザベス暗殺計画について語り合うようになっていった……。そして、一五八六年七月十七日のメッセージがメアリの運命を決定づけることになる。明らかに陰謀を示唆したメッセージ。メアリはそのメッセージで伝えていた。自宅軟禁から救い出してくれるのは、エリザベス女王の暗殺の後にしてほしい。そうでなければ陰謀への加担を疑われ、逃げきれずに殺されてしまうだろう、と。ウォルシンガムはついに望んでいたものを手に入れた。しかしもっと多くを得たいと考えた……。陰謀を根絶やしにすること……。ウォルシンガムはフェリペスに命じた。私に命じた……。メアリの筆跡を真似て、陰謀に加担する者全員の名前を教えるようにという内容の文書をバビントンに送れ、と。

フェリペスは他人の字を真似る天才だった。どんな人の字も真似て書くことができた。私は他人の字を真似る天才だった。私は、どんな人の字も真似て書くことができた。そうしてみんなを陥れた。哀れなバビントンとメアリ……。もし暗号を使わずにやり取りを行なっていればもっと慎重になっていたはずだ……。だが二人は暗号を使い……、いっぽう世の中では、暗号解読技術が暗号作成技術を上回るスピードで進歩を遂げていた。あのころだけだ。不思議にも暗号解読者が暗号作成者の上をいっていたのは。メアリも思っていたはずだ。頻度分析のおかげで、ああ、私のものになるはずだった王国が……、と。

一五八七年二月八日、スコットランド女王メアリは……、処刑された。首を刎ねられた。フォザリンゲイ城の大広間で……。

この話はすべて、あの大嵐の日に私が〝未来のチューリング〟に語ったことだ……。霧に包まれた街……、まるで暗号のように。二人とも全身ずぶ濡れになっていた。大きな雨粒が顔を流れ落ちていた。ズボンも……、靴も……、ぐっしょりだった。しかしそんなことは、どうでもよかった……。〝未来のチューリング〟は心の中に、フェリペスとなった自分の姿を見ていた。

あいつが自分のものとして見ていたその姿は、まさに私が私自身をそう見ていた姿。私がいつも私自身をそう見てきた姿。それは、始まりの時をもたず、終わりがあるのかどうかも自分にはわからないという私の姿。〝未来のチューリング〟は……、陰謀を打ち崩す手助けをする自分、歴史に参加している自分を思い浮かべていた。こっそりと秘密を自分の物にすることができれば本来の自分以上のものになることができると知った。暗号を解読するのは遊びではないことも知った……。人の命。国の運命。一国の行く末がかかっている。正しく解読することで不意打ちを食らわずにすむ。

あれからずっとあいつは私の傍らにいる。私を見捨てることはない。

電気蟻は……、命を長らえるための管につながれている。私は……、命を長らえるための管につながれている。いや、もしかしたら、管がなくてもこの心臓の鼓動が止まることはないのかもしれないが。

† 11 †

お前は手にウイスキーのコップを持ちリビングに入っていった。琥珀色の液体の中で氷がカチカチ音を立てる。グリーンのビロードのソファーにこしをかけテレビのスイッチを入れた。そう、いつものように。お前は……、ベッドルームでルスと顔を合わせるのが嫌でたまらないのだ。ベッドルームに上がっていくのは遅ければ遅い方がいい、できればルスが寝入ったあとにしようと、お前はただだそう思っていた。だがそれは、勝負のつかない奇妙なゲーム。ルスもまたお前と同じことを思っている。お前が寝てからベッドルームに入ろうと毎晩のように自分の書斎に閉じこもって授業の準備をし、試験の答案を直し、科学者やスパイの伝記を読んでいた。時には朝まで寝室が空っぽということさえある。そんな夜は、お前はたいていソファーで眠り込んでいる。そしてときおり、夢の中でルスに向かって大声で罵しりの言葉を吐いている。いっぽうルスはというと、眠れないままに夜じゅう、時間を埋めようと仕事を次々に考え出していた。ルスの体はとっくに催眠剤が効かなくなっていた。

ウイスキーを一口飲む。もう、喉の焼けるような熱さは感じない。喉元をすんなり通り過ぎていってくれる。夜も更け、何杯かお代りを重ねたあとはいつもそうだ。お前はソファーの茶色の縦縞を一本一本、数えながら、ぼんやりと思いを巡らせていた。

夜のメインのニュース番組で、端正な髭を蓄えたキャスターが、〈抵抗運動〉が仕掛けた攻撃について解説をしていた。

「では、大統領宮殿前からの中継です」のことばを受けて、レポーターが話し始める。

「ウイルスは、政府が所有している各コンピュータを通じて瞬時に広まりました。政府機関のサイトで攻撃を受けていないものは一つとしてありません。もちろんグローバラックス社も例外ではありません」

テレビの画面に、サイトに書き込まれた落書きが映し出された。首に縄を巻かれたモンテネグロの写真、そして、国を管理することの本当の意味もわかっていないテクノクラートたちを罵倒する言葉。

「内務大臣が非常事態を宣言しました。ボリビア労働総同盟も、主だった市民運動、農民運動のリーダーも、ハッカーとの連帯を表明しています。なお〈連合〉は、明日リオ・フヒティーボ全市を封鎖するための準備を続けています」

お前はとっさに、若い同僚たちの顔を思い浮かべた。ブラック・チェンバーではニュースを聞いた若手暗号解読者とソフトウエアのプログラムコードの専門家たちが、アドレナリンに煽られ犯人へとつながる手がかりを得ようと必死でキーボードを叩いているに違いなかった。

〝きっと俺にもまもなくお呼びがかかるだろう。そうすればまた、オフィスに戻らなくてはならない。なかなか尻尾を見せようとしない〈抵抗運動〉のこれまでの行動の履歴を追跡するためには、どうしたって俺の経験は必要だろう。コード暗号化の手口の共通点を見つけ出すためには。まあ、言ってみればそれは、殺人犯人が遺体に残す特有の痕跡を見つけ出すようなものだからな。どちらも素人の手に負えるようなことじゃない。あるいは、強盗犯が盗みの現場に残した指紋を発見する作業、と言い換えてもいいか。それに俺は、資料室に保管されているもののことならたいていこの頭に記憶してる。その記憶だって必要なはずだ。あそこはまだ完全に整理がついているというわけではないからな。だが、すぐにそうなるだろう。ラミレス・グラハムのやつ、資料室に保管されている文書をすべてスキャンしデジタル化しろと命令を出しやがった。いったい何箱ぐらいあるのだろう。段ボール箱はどれも、過去の文書で一杯だ。地下室に保存されているあの大量の文書もとうとう、小さなコンピュータのハードディスクに移されてしまうのか〟

ルスがリビングに降りてきた。手に煙草を持ち、花柄のクリーム色のガウンを羽織っている。お前はテレビを消す。

「ニュース、聞いた?」

「ああ、聞きたくはなかったがな。おそらくオフィスに戻らなければなるまい」

「フラービアは相変わらずプレイグラウンドよ。一日に何時間までって、決めなければだめね。先月の請求は目が飛び出るほど高かったわ」

「それはまずいな。今月で今学期も終わるのだからそれまで我慢しろと、そう言ってやらないと」

「いいえ、私が言うわ。あなたは見くびられているもの。あなたはね、いつも最初はいいのよ、大きな声できっちり話してくれる。でもフラービアにじっと見つめられるともう駄目、メロメロになってしまう」

「自分の娘に愛情を注いでどこが悪い?」

「でもそうやってなにかうまくいったことがある? あの子、まるでホテルに暮らしているみたいじゃない。食事のときだけ部屋から出てきて。あの子と話しをしたいと思えば、メールを送らなきゃならないのよ、それか電話をするか。子どもが自分の部屋で専用のコンピュータを使うのを許すべきではないとなにかで読んだことがあるわ。どんなところにアクセスしているかわからないじゃないの。コンピュータは、私たちの目が届くようにリビングに置かせるべきじゃない?」

〝……いまここにカルラがいてくれたら。カルラの頭をこの胸に乗せ、カルラをこの腕の中で眠らせてやりたい。カルラの舌の技は確かにすごい。だがそれよりもっとたまらないのは……、攻撃的な風を装うその向こうに透けて見えるあいつの脆さだ〟

と不意に、カルラの上腕部の注射の跡が目の前に浮かんできて、お前はたまらない気分になる。

〝いやいや、俺だってこれまでカルラをなんとか救おうと努力してきたさ。解毒治療のために自腹を切ってクリニックに入院させてもやった。それなのにカルラはすぐに逃げ出してしまった、たったの三日で。あれはクリニックを出て最初の晩だった。つまらない口げんかでカルラはカッとなって、俺の目の前でコップやキューバ・リブレの缶を壁に投げつけ、あろうことかこの俺を罵倒した。それはもちろん、あいつのためにこれまで以上にいろいろやってやりたいとは思うが、でも中毒というのは、それがどんな中毒であっても、磁力をもつ底なしの井戸のようなものだ。中を覗き込もうと近づく者をかたはしから捕まえ抱え込んでしまう〟

「お医者さんに行ってきたわ」ルスが言った。「鼻血が出るのよ、それもしょっちゅう。心配事があるせいね、たぶん。不安だからなのかも。それか、悪い病気なのか。母さんは癌で亡くなったわ。といっても、癌でなくなる前に自分で命を絶ったのだけれど。母さんのことがあるから、私も心配なのよ」

「血が数滴出たらすぐに癌だってことになるのかい？　そうオーバーに考えるなよ」

お前はふと、ルスの顔に年を感じる。

〝初めて会ったときは、花の盛りのゲイシャもうらやむほどの艶やかな肌をしていたのに、いまはどうだ、顔の表面にクレーターのような窪みができて、皮膚も弛んで、顔そのものが頭蓋骨の大きさに合わなくなっている。大学のカフェテリアでルスを紹介されたあの日からなんと長い年月が過ぎたことか。もしもあの午後、雨に降られもせず、学生たちのタバコの煙が立ち込めるカフェテリアに雨宿りのために入っていくこともなかったとしたら……。もしもカフェテリアで俺の友だちがルスとお喋りをしていなかったとしたら……〟

「なにを考えているの？」

そこには、お前の隣には、かつてお前に暗号への情熱を教えた女が座っていた。

〝しゃっくりのような鼾をかいて、いつも保湿クリームの匂いをぷんぷんさせているこの女こそ、俺の運命を決めた最大の責任者だ。考えてみれば……、俺はルスと知り合ったときには生物学を学んでいたんだ〟

「今朝、誰かが俺の秘密のアカウントに侵入してきた。誰にでも簡単に解読できるような暗号を送りつけてきやがった。おかげで俺は、朝からずっと、そこに書かれてあったメッセージに心が乱されっぱなしだ。でも、そうだよな、本当に気にしなければならないのはメッセージの内容よりむしろ、誰かが俺の秘密のアカウントに入り込んだというそのことについてだよ。いったい誰がやったのだろう？　なんのために？」

「たぶん、なにか理由があってあなたがターゲットにされたのね。メッセージにはなんて？」

「俺のことを殺人者だと言っていた。血で手が汚れている、と」

「でもそれが本当でないのなら、なにも心配する必要はないじゃない」

〝俺にまたそういう言い方をするのか〟

モンテネグロが二度目の政権の座に着いたとき、ルスはお前に言った。「ねえ、お願いだからブラック・チェンバーを辞めて」ルスは、モンテネグロが民主的な方法で政権に返り咲いたあとも相変わらず、モンテネグロをかつてのままの、正視に堪えない独裁者としてしか見てはいなかった。そしてお前と違って、お前の仕事と、その仕事が倫理的に問題のあるモンテネグロ政権の存続を助けているという事実とを切り離して考えることができないでいた。生真面目で道徳的な問題に人一倍敏感なルスはなんども、仕事を辞めなければ離婚よ、と言ってお前に迫ったものだ。だがルスは弱かった。お前はルスの言葉に耳を貸さなかったのに、ルスはけっきょくお前と居ることを選んだ。

「俺はなにも心配してなどいないさ」お前は声を荒げる。「俺が誰かを撃ったことがあるか？　撃つどころか、誰かに触ったことすらない。そもそも俺はずっとオフィスにいたのだぞ！」

「いつものあなたの理屈ね。引き金を引いた人だけが犯罪者だっていうわけね！」

ルスはソファーから立ち上がり、吸いかけのタバコを灰皿でもみ消すとリビングを出て行った。ルスは明らかに苛立っていた。

〝鼻血のことを言ってきたとき、もっとやさしい言葉をかけてやるべきだったのかもしれない。だが、なにかというとすぐに病気だと思い込むルスの言うことを、いったいどうやってまともに聞けと言うのか〟

ルスは、頭が痛いと言っては死の病の癌にかかったと騒ぎ、足を切ったと言っては化膿して壊疽になると心配した。ルスは年とともにますます頑なになるばかりで、かつての柔らかさをすっかり失っていた。

〝なんという違いだろうか、あのころのルスとは〟

ルスの家で、二人で過ごした数えきれないほどの夜。ルスはクセルクセス一世に征服されそうになったギリシャが暗号によって救われた話をしてくれた。信じられないほどの辛抱強さでルスは、単一換字式暗号あるいは多表式換字暗号の解読について一から教えてくれ、実際にＡＳＦＧＶＸ暗号やメイフェア、パープル暗号を使って解読方法のレッスンをしてくれた。ルスが練習用に用意したトレーシングペーパーはいつもすぐに使い果たしてしまった。そんなお前たちを周囲は、自分たちの知的探求にばかり熱心なつまらないカップルとしかみてはいなかった。しかし二人にとってはその知的探求に過ごす夜こそが奇跡の時間、恋の時間であったのだ。

百六十九本、お前はようやくソファーの縦の茶色の線を数え終わった。

〝この数にはなにか意図が隠されているのだろうか？〟

またトイレに行きたくなった。

〝忌々しい膀胱め。俺の生活を支配しやがって〟

夜、寝てからもお前は、少なくとも三度は起きてトイレに行く。ルスはいつも、「夜、そんなにしょっちゅう目が覚めるのに昼間よく仕事ができるわね」と不思議そうに言っていた。お前の体は、それほど眠らなくてもいいようにできているのだ。だがルスは、もともとはよく眠る方だった。しかも眠りも深く、以前は、お前が部屋の中をウロウロしようが電気をつけようが箱を開けて探し物をしようが気づかずに寝ていたものだ。それがいつのまにか、毎晩のように不眠に苦しめられるようになり、昼間も憂鬱そうな顔しか見せなくなっていた。

若かったあのころ、お前は夜になると決まってルスの家を訪ねていた。お前はルスに恋をしていた。そして同時に、暗号解読者になりたいという自分の気持ちに気づき始めてもいた。いっぽう、ルスが暗号解読の面白さに目覚めたのはまだ子ども時分のことだった。ルスは幼いころからいつも父親と、自分たちで考えたクロスワードパズルを使って秘密のメッセージを送り合い遊んでいた。ある日のことだった。ルスはふと、父親とやっているその遊びの起源について知ろうと思い立ち、百科事典で勉強を始めた。だがそれでは飽き足らず、今度は市の図書館で暗号を勉強するようになり、するとますますのめり込み、ルスは十代の日々を、ひたすら暗号に没頭して過ごしたのだった。お前と知り合ったころのルスは、暗号に関する歴史と暗号理論についてはすでに完全に修得していた。複雑な暗号も、時間はかかっても、解読することができるようになっていた。ところが、暗号解読の手がかりとなる鍵を発見するために技術と並んで必要なもの、すなわち勘の良さ、がルスには欠けていた。そしてお前はといえば、勘の良さを、少なくともその分野に限っていえばたっぷりと備えていた。また、数学の勉強を必死でやるようにもなっていた。ただ数学についてはお前はたしかに、ある程度の才能をもってはいたのだが、それにもかかわらずどこか冷めた感情を捨てきれずにいた。その証拠に、お前は一度も、コンピュータの前に座って暗号アルゴリズムを解析する類の暗号解読者になりたいと望んだことはなかった。

そうしたお前が師匠のルスを追い越すまでになるのに、さほどの時間はかからなかった。しかしルスは、自分には自分の領分があるのだからと、気にする様子を見せなかった。ルスは実践よりもむしろ理論を好み、世界史の真実に迫るようなしっかりとしたかつ斬新な説を作り上げたいと、それに役立つような暗号関係の逸話に目を向けていた。「あなたは研究所に行くといいわ」ルスは言った。「私はいつか本を書くから」

だがお前は思っていた。〝こんな国に生まれついたのが俺の不運だ、いったいどこが暗号解読者を雇ってくれるというのだ。いっそ、アメリカに移住しろ、ってか？　アメリカ国家安全保障局に履歴書を送れ、ってか？〟

お前はそれからも生物学の勉強を続け、暗号のことは、せいぜい上等な趣味ぐらいにしか考えてはいなかった。だがときどき暗号で遊んでいて、自問してみることがあった。〝遺伝の専門家だってある意味、暗号解読者なのではないのか？　ＤＮＡの中にも暗号が存在していて、それを解読することでまだ見つかっていない生命の核の発見へと一歩近づくことができるのだから〟と。そしてそのたびに、答えはノーだった。お前が本当に惹かれていたのは、言葉を使っての暗号解読だったのだ。そのころのお前はすでに自分でも暗号を作るようになっていて、おまけに、その暗号を使って友人たちに手紙を書き送っていた。一文字一文字は読めるものの、全体としてはなにが書かれているのかわからない手紙。それを受け取った者たちが怒るのも当然だった。

突然、すべてが変わった。政情が不安定になり大学は閉鎖された。モンテネグロの独裁政権下で、共産主義者を一掃するための血なまぐさい戦いが繰り広げられ、いっぽう共産主義者らが掲げる革命の御旗に煽られ、中産階級の学生、政治家、労働者らは戦いへと身を投じていった。ルスもお前も、自分たちがどうすればいいのかわからずにいた。

そんなときにルスの軍人の従兄が、二人が暗号技術にたけていることを知り、ＤＯＰで働かないかと勧めてきた。このＤＯＰというのは、国家情報機関（ＳＩＮ）の当時の組織名である。「ＣＩＡ出身のアメリカ人軍事顧問が、ＤＯＰ所属の組織として反政府グループのメッセージの傍受および解読を専門に行う機関を立ち上げる準備を行なっている」と従兄は言った。「顧問の名前はアルベルト。二人に会ってくれるそうだ」従兄は長いひげを震わせ、執念に燃えた視線をお前たちに向けていた。「君たちはきっとこの国の役に立つ。いまわれわれは、他国の支援を受けて政権の転覆をたくらむ者たちの脅威にさらされている。そうしたやつらと対等に渡り合うためには、君たちのような技術をもった人間が必要だ。我が国に巣食う悪の根源を根絶やしにしなければならない」

お前は手にしたウイスキーのコップを揺すった。同心円が小波のように広がっていく。お前の脳裏に、人生を決めたその瞬間のことが蘇ってくる。

あのときルスは薄目を開け、困惑したような視線をお前に向けていた。「軍のために働けってこと？独裁政権のために？」そんなルスをお前は必死で説得した。「これは食べるための仕事だ、そう生真面目に考えるなよ」ルスは言った。「食べるためならなにをやってもいいというものじゃないわよ。それが正しくないことに利用されるとわかっていて働くぐらいなら飢え死にした方がましよ」「そう言うのは簡単さ。だがいまの俺たちがこの申し出を蹴るなんて、贅沢ってもんだよ」

そう答えたお前に向かってルスが投げかけた言葉は、もの柔らかなその口調にもかかわらず短剣のようにお前の心を突き刺した。「ねえミゲル、あなたには心から信じるものなんてなにもないでしょ？せめて神様ぐらいは信じているの？」「無秩序の裏には秩序がある」気がつくと、日ごろから思っていたことが口をついて出ていた。「偶然の裏には必ずなにか意味がある。俺たちの使命は、その秩序と意味を探すことだ。もしも二つの言葉を神と置き換えていいというのなら、俺は神を信じている。いや、いつかそれを見つけられることを信じている、と言った方がいいかもしれない。でもそれを教会に行って見つけろとは要求しないでほしい」

お前はルスに、アルベルトに会うだけは会わせてくれと懇願した。損することはなにもないはずだから、と。そしてある雨の日、小さな広場でアルベルトに会って戻ってきたお前は……、がっしりとした体形にブルーの瞳、栗色の前髪を目にかかるほどに伸ばし髭に白いものが混じった男、深い教養を蓄え、ドイツ人風でもアメリカ人風でもある奇妙な訛りがあるものの完璧なスペイン語を話すアルベルトの虜になっていた。お前はなんとかルスを口説き落とし、ルスもお前と一緒に、モンテネグロ政権の一員として働き始めた。しかしルスは、長くはもたなかった。いっぽう、お前の方はもっている。そのときからずっと政府のために働き続けている。お前は、相手が寛大な独裁者だろうが無慈悲な独裁者だろうが、法を順守する民主的な大統領だろうが、あるいはどんな手段を使っても労働組合や反体制派の核を叩き潰そうとする大統領だろうが、同じように一生懸命に仕えてきた。それができたのは、ひたすら自分の仕事に没頭し、その仕事によってどういう事態が引き起こされるかまでは考えないようにしてきたからだ。

〝……俺にとっては、政権というのは巨大で漠然とした存在、顔のない大きなマシーンのようなものだ。俺は、命じられればどんなことでもやる。四の五の言わずに。そのときの政権の原則が、すなわち俺の原則だ。俺はずっとそうして忠義を尽くしてきた。なのに、その報いがこれだ。上のやつらは、昇級とみせかけて、俺のことを現場から遠ざけやがった〟

お前はコップのウイスキーを飲み干し、ソファーから立ち上がった。寝室に行こうと階段をのぼりながらもお前は、カルラのこと、フラービアのこと、その日の朝に受け取った暗号のことを考え続けていた。

壁に飾られた一枚の写真。木の額に入っている。だいぶ色もぼやけ変色しているその写真には、ブラック・チェンバー発足当初のメンバー全員が写っていた。写真を撮ろうと言い出したのはルスだ。ブラック・チェンバーの入口の階段に二列に並んで写真に納まっている職員たち。総勢九十五名のうちのある者はカメラに向かって立ち、ある者は横向きに立っていたが、それにはわけがある。全員が五人ずつのグループに分かれて、グループごとに、『学問の進歩』の中にフランシス・ベーコンが記した〝二記号暗号〟を使って一つの文字を形作っていたのだ。ベーコンのその暗号を使えば、二つの文字を組み合わせるだけでアルファベットのすべての文字を表すことができる。たとえばAはａａａａａ、Ｂはａａａａｂ、Ｃはａａａｂａというように。そしてａの文字を現しているのが正面を向いて写っている者たち、横を向いている者たちはｂの文字を現している。一列目の最初のグループの五人は左から、正面、正面、正面、横向き、正面ときているから、ａａａｂａでＣとなる。そうして各グループが描き出す文字をつなげると、CONOCIMIENTO ES PODER（知識は力なり）、という句が完成するという仕掛けだ。

その写真の左隣にもう一枚、やはり木の額に入ったモノクロ写真が飾られてある。アラン・チューリングとその背後に写るボンブ。ボンブとは、エニグマを解読するためにチューリングが考案した巨大なマシーンで、コンピュータの前身ともいえるものだ。

お前は足を止めた。一匹の黒い蟻が写真のガラスケースの上の、ちょうど写真の中のチューリングの頬のあたりを這っていた。お前はハンカチを取り出し、蟻を押しつぶした。

もういちど蟻に目をやる。蟻は頭がもげてもまだ動いていた。

〝偶然などこの世には存在しない。すべての行為にはそれが行われるだけの理由がある。ただ多くの場合、その理由が表には現れていないだけだ。この蟻は、いったいなにを意味しているのだろうか？〟

お前は、喉元のあたりをまるで苦い唾液のように無力感が、自分の周りでとめどもなくメッセージが繁殖していくことへの絶望感が、ゆっくりと落ちていくのを感じる。

〝いつかは、ナイフを取り出しそれを世界の真ん中に突き刺してやりたいものだ。そうすれば、世界の謎を一気に明らかにすることができるか、さもなければ、うるさいメッセージを永遠に黙らせることができるかもしれない。いや、やっぱりだめだ。俺には暴力は似合わない。けっきょく俺には、うるさくつきまとってくる世の中の囁きを理解するという勝負に勝つか負けるか、そのどちらかしかないのだろう〟

お前はハンカチを仕舞い、階段を上っていく。

〝……ルスのおかげで俺は、アルベルトに初めて会ったときにチューリングの話題が出ても、ちゃんと話についていくことができた。だから俺は、誇らしくたまらなかった。ブラック・チェンバーに勤めて三ヵ月目にアルベルトは、部下の全員が別称を使うと定め、俺にはチューリングという名前をくれた。あのとき俺はすでに、暗号解読のとてつもない能力を見込まれてアルベルトの腹心の部下となっていた〟

再び携帯が鳴った。

〝ブラック・チェンバーではやはり、俺のことが必要なのだ〟

† 12 †

ルスが部屋を出て行ったのはついいましがたのことだ。コツ、コツ、コツ……。ヒールの音がまだ、廊下に響いている。まったく縁起でもないな、と、カルドナ判事は思わず呟いた。

部屋の中は真っ暗だ。カルドナは、さっきまでそこに腰掛けルスと話をしていたその籐椅子に再び身を沈めた。

〝大した勝利だぞ！〟

右の頬に爪を立てると、まるでそうすれば痣が消えるとでもいうように、思い切り引っ掻いた。煙草に火をつけた。ぼんやりとくゆらす。タバコの灰が、ブルガリア調の図柄の赤いじゅうたんにポトリと落ちた。瓶ビールを喉に流し込む。液体がわずかにシャツを濡らした。手にはテープレコーダーが握られている。

〝おやおや、俺としたことが。タバコ一服の楽しみよりも世の中の方が大事ってわけか。哀れなものだな〟

だがそう思うそばから、勝利の喜びがじわじわ込み上げてくる。

〝そうだ、哀れだろうがなんだろうがいいじゃないか。とにかく俺は勝ったんだ。

それにしても、長い一日だった。昨日の晩は一睡もできなかったというのに〟

カルドナは書類カバンの中からボリビアン・マーチング・パウダー（ＢＭＰ）を取り出した。もう何ヵ月も前からそのクスリが手放せなくなっていた。

〝いつも思うが、実にうまいネーミングだ。たしかに、このクスリの危険性については俺もなにかで読んだことはある。しかし、なんの危険もないクスリなんて効き目もないということだからな。俺は、こんな世の中に刺激を感じたことなど一度もない。俺を奮い立たせてくれるような力は、この社会にはない。だったら、思い切ったことをやるには化学物質の力を借りるしかないではないか〟

クスリはほかにもいくつか試してみたことがあった。しかしマーチング・パウダーほどの恍惚感を味わうことはできなかった。

カルドナがそのクスリを知ったのは、怠惰に溺れ従姉の思い出さえも心から遠ざけていた、そんなときだった。あるパーティーでＬＡＢ航空のフライトエンジニアの友人が数種の錠剤をくれた。それを飲んだカルドナはエレベーターの中で吐いた。ところがそのあと、いつものようにすぐに瞼が重くなることもなく、柔らかな夜明けの光が差し込むまでずっと眠らずにいることができた。けっきょくカルドナは翌朝の八時に、あるバーのカウンターで肉料理の皿の中に顔をつっ込んだまま眠りに落ちたのだった。

〝そうさ、あれがモンテネグロ政権の法務大臣として権力をふるっていた男の等身大の姿さ。もしもあれを写真に撮られていたら、マスコミにどれほどたたかれたことか。俺は……、あのときからずっと、BMPを手放すことができるにいる〟

カルドナはボリビアン・マーチング・パウダー一粒を粉々に砕き、口に入れベッドに横たわった。

テレビに目をやる。

「本日、木曜日、〈連合〉による道路封鎖が朝から断続的に実施されています。午後二時半現在、市民たちはすでに中央広場にまで迫っており、各班も抗議行動を開始しています。いっぽう軍も、重要な戦略地点である橋やガソリンスタンドへの兵士の配置を完了させました」

カルドナはチャンネルを替え、音を消した。画面にはボゴタ市内のディスコで起こった爆弾テロの映像が映し出されている。

〝BMPのお供にはとんでもなくひどいニュースが満載の報道番組も悪くはないが、それよりもアニメ番組を見ながらの方が、効果は期待できる。とくに『ワイリー・コヨーテVSロードランナー』はいい。ワイリーの思慮のなさ、異常なまでの執拗さがBMPには最高だ。いや、いまはテレビを消してカセットテープの巻き戻しボタンを押す方がいいか。あの女の興奮した声ときたら……、俺もうまく乗せたものだ。あれならクスリとの相性も抜群だろう〟

そのテープには、カルドナの知りたかった、過去のさまざまな出来事と関わりのある情報が吹き込まれている。しかもその声を大きくすることもできれば、小さくすることもできる。テープは伸縮自在で、カチ、カチという音を合図に、過去を現在に引き戻す手助けをしようと身構えている。

〝……俺はいま、小さな一歩を踏み出そうとしている。そしてたぶん、それをすることでようやく、自分の人生をやり直すためのスタートラインに立つことができるのだ〟

「人間はみんな値札をつけているんだよ。値札だ、そう、どんな人も」大学時代に司法制度の腐敗について議論をしていたとき、ゼミの友人のイリアルテがカルドナに言った。そのとき、お前の値段は？と問われてカルドナは、俺はいくらであろうとも自分の身は売らない、ときっぱり答えた。そのイリアルテは、一九九〇年代の初めに、賄賂と引き換えに大物麻薬密売人を釈放するという罪を犯し、刑務所で服役中だ。カルドナは何回か刑務所にイリアルテを訪ね、そのたびに、やせ細り眼が落ちくぼんでいく友人の姿に胸が痛くなった。「お願いだ、俺をこのまま死なせてくれ」イリアルテは言った。「人間はみんな値札をつけていると言ったとき、俺は心の中で、自分はそうじゃないと思っていた。それなのに何度も口に出して言っていたのは、誘惑から自分を遠ざけておくためだ。人はよく、人間はいつか死ぬものだと言うけれど、みんな、心の中では自分が死ぬとは思ってやしない。なにかをやるときにも、明日死ぬかもしれないと考えてやるなんてことはない。それと同じだ。俺だけは違う、そうずっと自分に言い聞かせていた」

カルドナは、部屋の半開きの窓に近づきカーテンを開けた。いまにも落ちてきそうな鉛色の空に目をやる。視線を下に向けた。街の角々には、大勢の兵士を載せた装甲車が停められていた。中央広場に人影はなく、反政権のスローガンを叫ぶ市民たちの怒声が周辺の通りから響いていた。

〝この封鎖で俺の計画は難しくなるかもしれないな。イリアルテよ、今日の俺を見たらお前はなんというだろうか。自分が人よりも優れていると思い込み、一般大衆とは一線を画した気になって上品ぶって暮らしていても、けっきょくはお前も大衆の一員だ、俺たちみんなしょせんは大衆なんだよと、そう言うのか……〟

カルドナは窓に背を向け、目をしばたかせた。背中に悪寒が走った。

大勢の人間が周りに群がっている。誰もが、イギリス製のカシミヤのセーターを着てイタリア製のモカシンシューズを履いている。互いに喋り合っているのにカルドナには話しかけてこない。

「あの防弾チョッキ……、あれは俺が内務省に売りつけたものだ。俺の仲間二人は一着につき二十ドルを儲け、俺は四十ドル儲けた」みんなで背中をたたきあい、大声で喜び合っている。

「すごいぞ！　二万着も買ってくれたぞ！　一夜にして俺は百万長者になった」それぞれが携帯に向かって注文をがなり立てている。「俺たちがあのチョッキにつけた値段は二五十ドルだったのに、国が買い取る段で一着が七百ドルにもなるとはな」今晩はどこで祝杯を挙げようかと、盛り上がっている。「そりゃあ、当然だろう。次官クラスの官僚どもが自分の懐に入れる分を価格に入れ込んだうえに、これに関わった大臣たち、内務大臣、官房長官、法務大臣までもがたんまりもうけを上乗せしたのだからな」「いや、法務大臣は関わり合いになりたくないと言ったので仲間に入れてもらえなかったらしいぞ」

〝……おかしい。このクスリがこんなに早く効くはずないのに。もしかしたらBMPじゃないのかもしれないぞ。いや、たぶんクスリの成分が体の中にたまっているせいだ。アルコール中毒患者というのは、体じゅうがアルコール漬けになっているから少ない量のアルコールでも酔っぱらうというが、それと同じなのか〟

誰かが……、大統領宮殿に入りモンテネグロの執務室へと向かっていく。

「あ、ダメだ！」カルドナは大声を上げた。

〝あぁぁ……、あいつを止めなくては。そんなことはやめろと言ってやらなくては。人はなにかをやればかならず、その結果を引きずって生きていくことになる。自分の取った行動から完全に逃れることなどできないのだ。たとえ棺桶に入った後でさえも〟

カルドナの目の前に、手刺しゅうが施された国家の紋章が現れた。

壁に飾られた額入りの紋章の金色の部分が、赤や緑の部分とは対照的にきらきらした光を放っている。モンテネグロが顔を上げ、手を差し出す。

不意にカルドナは、惨めな気分に襲われた。

〝野太い声の小男。俺はもう二十年以上も、あいつに振り回されながら人生を生きてきた。けっきょく俺など、あの権力者にはどうやったってかないっこないのだ〟

「おめにかかれて光栄です、閣下」

〝あれじゃあ、跪きこそしないものの、まるでおべっか使いの犬だな〟

「あなたについてはとてもよい評判を聞いていますよ、判事。我々は、あなたのような優秀な方にぜひプロジェクトに加わっていただきたいと考えています」「私のような者をお気にかけていただいて恐縮でございます」「どうです、法務大臣になるというのは？」「私は閣下のお心に従うだけです」

〝従姉のミルサの身に起こったことを生涯忘れない、絶対に復讐するとあれほど固く誓っていたのに、なぜそんなに簡単に大統領の申し出を受け入れてしまうのだ。おや、今度は理屈をひねり出してきた。素早いものだ。もはや以前のモンテネグロではない、民主的な政権になったのだ、なにもモンテネグロが自分の手下を使ってミルサを殺させたというわけではない、か。で、次は自己弁護だ。もう何年も前のことだ、これ以上恨みをナフタリン漬けにして閉まっておいてもなんの意味もない、ときたぞ〟

大統領執務室の四方の壁には鏡がすえつけられている。机には新聞が広げられ、そのページのクロスワードパズルが解きかけのままになっている。その向こうには、かつて独裁者であったときの自身の写真が数枚、まるで時代は変わっても自分は過去についてなにも後悔していないという大統領の主張を表すかのように飾られている。「判事、わが政権は汚職追放のための一大キャンペーンを開始します。上から下まですべての官僚と、政治家にも働きかけるつもりです。我が国が汚職国家ランキングの上位に入るなど、とんでもないことです。ラテンアメリカ諸国の中で現在、我々より上にいるのはパラグアイだけだとは、まったくひどい」モンテネグロの太い声が部屋中に響きわたる。その両手は絶え間なく宙を舞い、腕は組まれたりまた外されたり。「まことにおっしゃる通りです、閣下」「それでは、あなたを頼りにしてよろしいのかな?」

〝もしも少しでも迷いがあったなら瞬きぐらいはするはずだが……。いや、しない、それどころか即座にハイと答えたぞ。二人は握手を交わし、骨と骨とが音をたてんばかりに抱き合い、互いの視線を絡み合わせている。モンテネグロはなにもかもお見通しなのだろうか。たぶん、そうなのだ。そしてモンテネグロは、誘惑の罠にかかった者がいとも簡単に権力のクモの巣に落ちそこから抜けられなくなるのを見て、楽しんでいる。周りの者たちが自分を憎んでいるのにノーと言えないことも、その大半がけっきょくは自分の命じるままに命令を発し、大統領宮殿の中の木蓮が植えられた庭で自分と密会し、この国の運命を捻じ曲げるのに同意する判を押すことになるだろうということも、モンテネグロにはわかっている。

〝どうか私をお使いください、閣下〟

「ペルー大使公邸でのレセプション。アメリカ大使館でのパーティー。「そのお答えを聞けてとてもうれしいですよ。あなたはこれまで、私の政権についてずいぶんとひどいことをおっしゃっていました。私個人に対しても。どんなところでも、誰かが必ず聞き耳を立てているものですよ」カルドナが杖を取り帽子をかぶる。

突然カルドナは、自分が物事の中心にいるような気分になった。

「でも私には、意見の相違は相違としてあなたがこの件を承諾してくださるものとわかっていました。あなたはこの国を愛していらっしゃるし、国がすべてに優先するということを理解していらっしゃる」「ご信頼をいただいてありがとうございます、閣下。また、私たちの間には時としてささやかな考え方の違いが存在するということもご理解くださり、ありがたく思っております」

〝モンテネグロも根はいい人間だ。その証拠に俺には本心を打ち明けてくれる。俺を選んで間違いなかったと言ってくれているではないか。

……部屋がうねっている。怒りに震える生き物がこの建物を吹き飛ばそうとしている〟

カルドナの目の前に、椅子に腰を掛け葉巻を吸いながらモンテネグロと話をしている自分が現れた。

〝俺が手にテープレコーダーを持ってベッドに横たわっている。俺が顔の痣をつつきながら部屋を歩き回っている。俺がウイスキーをひっかけている。勇気を奮い起こしてモンテネグロに辞表を出しに行こうとしている。辞表。そうだ、俺は忌々しいことに、モンテネグロが過去に犯した罪をずっと許すことができずにいたのだ。閣下、私はあなたの申し出を受け入れてしまいました。それは私が弱かったから、それは権力が魅力的だから、みんなと同じです、そして私には値札がついていたからです。ですがこの数ヵ月、私は、自分を売るような真似は控えてきたつもりです。もちろんまったくなかったとは言いませんが。私は、自分の良心を買い戻したいのです。ああ、俺にはもうわからない。部屋の中はカルドナだらけだ。ベッドに横たわっている俺が、いや、カルドナがいて、あとのカルドナたちはみんな俺の幻覚か？　俺が記憶に蘇らせ、夢の中で見ているカルドナなのか？　それともこの俺の方こそ、あのカルドナたちの誰かが見ている幻覚なのか？〟

　ベッドに横たわってアニメ番組を見ているカルドナが、テープレコーダーのスイッチを入れた。ルスの声と自分の声が部屋いっぱいに広がった。しかしそのどちらもがカルドナの耳には届いていない。すでにぐっすりと寝入っていた。

　身のもっていき場がなくなった言葉たちが自分たち同士で会話を始めた。

「では、ご自分の名前をおっしゃっていただくところから始めましょうか」

「ルス・サーエンスです」

「お仕事は？」

「歴史学者です。リオ・フヒティーボの中央私立大学の教授です」

「もう少し大きな声でお願いします。よかったらもっと机に近づいていただいて。で、ご専門は？」

「世界の暗号解読の歴史です」

「なんというか、気取った感じがしますね」

「父のせいです。父は暗号マニアで、私も小さいときから父の影響を受けていました」

「ご結婚は？」

「ええ、ミゲル・サーエンスと結婚しています。夫は現在ブラック・チェンバーの資料室の室長です」

「あなたもブラック・チェンバーで働いていらっしゃいましたね？」

「はい、だいぶ以前、最初のモンテネグロ政権のときのことですが」

「独裁政権のとき、ですか？」

「そうです。政権にはアメリカ人の顧問がいました。アルベルトと呼ばれていましたが、それが本名かどうかはわかりません。アルベルトは軍の上層部に、暗号通信の傍受と解読を専門に行う国家機関を設立することが必要だともち掛け、説得に成功しました。それが独裁政権を守るための唯一の方法だと主張して。あのころ、たしかに、地下に潜っていたマルクス主義者たちが勢力を再結集させる動きを見せ始めていました。ですからアルベルトは、政権としては機先を制する必要がある、活動家たちの通信を傍受し解読し事が起こる前に行動に出るべきだと、そう迫ったのです。私の従兄に軍人がいたのですが、私たちは従兄から、その情報機関に入ったらどうだと勧められました。もしその気があるのならアルベルトに連絡を取ってみろと言われました」

「で、それを承諾されたわけですね」

「ええ、とても良い条件を出してくれました」

「それなのにあなたは、わりとすぐにおやめになられましたね」

「私たちが解読する情報を使い民兵たちは左翼の若者たちを捕まえ、その若者たちは遠方に送られるかさもなければ殺されていきました。私には、自分の感情を殺して仕事をする、自分たちの技術がどういう目的で利用されているのかを考えないでいるというのは、とても難しいことでした」

「ご主人はまだお仕事を続けていらっしゃいますね？」

「あの人は政治に無関心な変わり者ですから。世の中で起こっていることと関わりなくいられるのです。ただ大事なのは自分の仕事だけで、言われるままにどんなことでもやります」

「あなたはご主人が諜報機関での仕事を続けることに反対しなかったのですか？」

「しましたとも。でも、強くは言いませんでした。私は、この手を汚さなければそれで十分だと、自分で自分を納得させようとしました。夫がどうするのかは夫の問題だ、と。そして私は、夫を情報源として利用することにしました」

「それはどういう意味でしょう？」

「私は、自分の正義のためにいつか本を書こうと決めたのです。その中で、独裁政権の実態について知っている限りのことを明らかにしようと考えました。それいらい私は、ミゲルが関係した事件のすべてを丹念に記録するようになりました。いつ作戦が始まり、いつ終了したのか。ミゲルにはどんな特殊任務が課せられたのか。その最終結果は？　作戦が行われた日時、捕えられた者の名前、死亡した者は？　強制的失踪者は？　だいたいは具体的な証拠を入手できましたが、そうでない場合には、推測で記しておきました」

「ある意味、独裁政権の暴露本ですね。いや、本、というより章、程度ですか？　それを私にお渡しいただくことは可能ですか？　証拠として使わせてもらいたい」

「ええ。むしろ遅すぎたぐらいです。これ以上もう、自分に嘘をついていたくはありません」

「しかしこれが世に出れば、ご主人はもちろん、おそらくあなたも、深刻な影響をうけることになるでしょう。後悔されるのではないですか？」

「ええ、たぶんするでしょうね。でもそれは後のこと。いまこの瞬間は、自分の気持ちだけを大切にしたいと思います」

†
13
†

ルス・サーエンスはヒールをコツコツいわせながら石畳の道を歩き続けていた。吸いかけのタバコを指のあいだにはさみ、ときおり右、左と視線を走らせる。後をつけられていないか確認するためだ。ホテルを出てからずっとそうしていた。ルスがホテルのある中央広場を背に歩き始めたとき、通りはすでに、広場に向かおうとする兵士の一団と、反政権や反グローバラックスのプラカードを振り回し大声でがなり立てる若者グループとで埋め尽くされていた。運がよかったのだ。もう何分か遅ければ足止めを食らっていたはずだ。

ルスは鞄をしっかりとわきに抱え直した。中に入っているのは鎮静剤、といってもルスにはあまり効果のない鎮静剤、色あせたフラービアの写真、口紅と紅筆、鳴っても出たためしのない携帯電話。

どこに向かっているのかはルス自身にもわからない。ただひたすら封鎖されていない場所、封鎖されていない場所へと、進路を採っていく。リオ・フヒティーボはもはや包囲された街も同然だった。〈連合〉の呼びかけによる封鎖がすでに始まっていて、通りにはすでに、交通を遮断するための石や椅子、トタン板が置かれている。車の流れも滞りがちで、ほとんどの道路でノロノロ運転となっていた。装甲ジープと軍用トラックが通りを巡回し、橋という橋では迷彩服を着た軍警察の兵士らが配置につき銃を構えていた。バリケードの後ろでは若者たちが抵抗のスローガンをがなり立て大声で兵士らを罵っている。いっぽう兵士側は、動く気配を見せてはいないもののすでに臨戦態勢を整えていた。街の状況はあきらかに緊迫の度をまし、上空を行きかうヘリの轟音がいたるところで響くようになっていた。

ルスには一つだけはっきりとわかっていることがあった。家には戻りたくないのだ。テープレコーダーに言葉を吐き出してからルスは、心にぽっかり穴が開いたような虚しさに襲われていた。

〝もうミゲルとは、会いたくない。昨日までとなに一つ変わっていないかのようにふるまうなんて、私にはできない。私がカルドナにすべてを話したことは、すぐにミゲルにも知られるはずよ。モンテネグロを裁判にかけるというカルドナの計画が政権側に漏れていないわけがないもの。カルドナは誰にも話していないと言ったけれど、こんな小さな国では、どんな陰謀も反乱計画も、遅かれ早かれ誰かしらに感づかれてしまう。カルドナの計画だってそう。いちどどこかで漏れたらたちまち、小雨の降り続く真夜中か明け方のひそひそ話で噂が広まって行くに決まっている〟

ルスはようやく中心街を抜けて、松並木の通りにはいった。松脂が歩道のいたるところにへばりついている。

〝まるでカルドナの顔の痣みたい〟

「さて、ではもう少し具体的なことをお話ししていただきましょうか」

〝あのときカルドナは妙に苛立った声を出していたけれど……、いま考えれば、あれは、いよいよ本題に入ろうとしていたからだったのよね〟

「たとえば一九七六年九月、タラパカ計画というのがありましたね。若手将校がモンテネグロ政権を倒そうとした事件です。覚えていらっしゃいますか？」

「私は歴史学者です。日時を記憶しておくことが私の仕事です」

「一九七四年に独裁体制が強化されたのをきっかけに、一部の将校たちがモンテネグロ打倒に立ち上がり、当時モンテネグロが頻繁に訪れていたサンタ・クルスでモンテネグロを待ち伏せして襲う、という計画をたてました。計画は、何ヵ月もかけて丹念に練りあげられていました。おそらく、モンテネグロ打倒計画の中ではもっとも実現性の高いものだったと思います。ところが実行に移される直前にその計画に関わったすべての者たち、軍人も民間人も、密かに連れ去られ惨殺されたのです。政権反対派への見せしめのためです」

「ええ、その件ならよく知っています」

「あなたのご主人が関係されていたのですか」

「あのころはそうした事件が頻発していました。それなのになぜ、あの事件をとりわけ気にされるのですか？」

「それは……、道義的に見て最悪なケースだと思うからです。それと、私の個人的な理由というのもあります。もし、そうだとすると、お話してはいただけないのでしょうか？」

〝お話ししてはいただけないのでしょうか、か。なんだかもう、ずいぶん昔のことのような気がする。

あれは私にとって、なにも言わずに原稿を火にくべてしまう最後のチャンスだった。でも人は、今日しゃべらなければ次の日もしゃべらない。そうして喋らないままに数ヵ月、何年、何十年と、月日が瞬く間に積み重ねられていく。するとあるとき気づくのよ、沈黙を守ることはもう単なる選択肢の一つなどではない、隠された性格そのものになってしまっている、と。それに、たいていの人にとっては、信念を通すよりも沈黙という習慣に身を任せる方が楽なものよ〟

「でも……、あなたのその個人的な理由、が世間に知られてしまうことになるのではありませんか?」

〝カルドナにああ言ったのは、まだ迷っていたから。時間稼ぎのつもりだった〟

「それが結果的にあなたの信用を失わせることになるのでは? カルドナ判事、私には、公平な裁判を行うにはあなたは適任ではないように思われます。たとえば……、モンテネグロの引き渡し請求に意欲を見せている例のアルゼンチンの判事さんだったらいいかもしれませんね」

「まあ、たしかに、かつてモンテネグロ政権の法務大臣だったということからしても、私はふさわしくないといえるのでしょうね」

〝そう言いながらカルドナは、私のことをじっと見据えていた。あれはまるで私を脅しつけるかのような、捕まえた獲物が最後の瞬間に逃げ出そうとするのをそうはさせじと睨みつけているかのような、そんな視線だった〟

「しかし、この計画を、というか、この類の計画を実行するのに誰がよりふさわしいなんてことはないのですよ。もちろん、この国の中では、ということですがね。ここでは全員が、多かれ少なかれ失格者なのです。もしもおっしゃるようによりふさわしい人間が出てくるまで待つとしたら、けっきょくは、私たち全員があの世に行ってしまった後で歴史の審判がくだされる、ということになるのでしょう。しかしモンテネグロは生きているうちに自分の犯した罪の代償を払うべきです。そして同時代に生きている者たちによって裁かれるべきなのです」

「それならば急がなければなりません。噂によれば、モンテネグロの肺癌はかなり進行しているようですから」

「私たちのことを、意気地なくモンテネグロの好き勝手にさせていたなどと誰にも言わせてはなりません。卑怯者で忘れっぽくて、おまけにあのモンテネグロを民主的な方法で大統領に選出したなどと、言わせてはならないのです。まあいい、言いたいものには言わせておきましょう。ですが、言われっぱなしではだめです。癌、ですか。知らなかった。モンテネグロは老衰だという噂もありますがね」

「どちらにしても、モンテネグロが体に問題を抱えていて、いつあの世に行ってもおかしくないということだけは間違いないようです」

「そんなことになったら、とんだ恥さらしじゃないですか。あ、いや、言いたかったのは、モンテネグロの告訴にこぎつける前にモンテネグロに病死されるなんてとんでもない、ということですよ」

「怖くはないのですか?」

「それは……、怖いです」

〝あのカルドナの声は、確かに震えていた〟

「……とても怖い。すべてのことが。闇も日の光も。敵も友人たちも。人が大勢集まるレセプション会場も、無人の部屋も。往来の激しい大通りも静まり返った通りも。自分自身のことも怖い。私はいつも、なにかしらを怖いと思いながら生きてきました。若い時分はクモやハチが怖かった。いまは、怖いと思うことが怖い。モンテネグロを知る前もいろいろなものが怖くてたまらなかった。でも、モンテネグロを知ってからは、それまでの何倍もの恐怖心を抱えるようになったのです。そんな恐怖心から自分を解放してやるには、方法はただ一つ。それを生きているうちに実行に移したいと、ただそう思っているだけなのです。それをすればすべては片がつくのです」

〝あのとき、薄暗い部屋の中でカルドナの顔が妙に老け込んで見えて、そうしたらなぜか思ってしまった。ああ、カルドナも一人の人間だったんだ、って。そして、私がこの重大な瞬間に身を置くことになったのは事情があってのことだとすればカルドナにも事情があるはずだと、初めて思いがいたった。カルドナにはなにがあったのだろう？　カルドナはモンテネグロ政権の法務大臣だったから、モンテネグロを傍で見ているうちに、大統領について巷で言われていることが正しいとわかったのだろうか？　カルドナがこれほど思いつめて復讐したいと思うのだから、よほどひどいことがあったのかもしれない。いろいろな可能性が考えられるけれど本当のところはいったいどうなのだろう。そんなことを考えながら両手の指を絡み合わせていたものだから、手のひらが汗ばんでいた。結婚指輪がたった一つの飾りの私の手。半開きの窓にかかる白いカーテンの向こうは、昼間だというのに灰色一色で、カーテンの隙間から上を見ると空は重く恐ろしげな雲で覆われていて、すぐにも雨が降り出しそうだった。

私とカルドナとはなにかによって結びつけられている、つまりはそういうことなのよ。それに二人とも、たぶん、自分にとって唯一の手段ともいえるある一つの行為をすることで、嘘に塗り固められた人生から抜けだそうとしている。そしてたぶん二人とも、それが可能だと信じている。そのある行為をしさえすれば過去を帳消しにすることができる、と〟

ルスは煙草を地面に投げ捨てた。と、左胸に痛みが走った。

〝もしかしたら肺かもしれない、もういちど医者に相談した方がいいのだろうか。それともたんなる思い過ごしかしら？〟

ルスの女友だちの兄弟は、まだ五十前で健康そのものの暮らしを送っていた。ところがあるとき体中が痛いと言い出し、医者にかかった。だがそこではなにもわからずに、勧められてチリで詳しい検査を受けることになった。するとサンティアゴの病院で白血病と診断され、余命三ヵ月と宣告を受けた。

〝血液が放射性物質によって汚染されていたなんて。なぜ、いつそんなことになったのかはけっきょくわからずじまいだった。でも、人の運命なんてそんなもの、それが人生なのよ。人は思いもしないときに、すでに死に向かって歩き始めているものなのかもしれない〟

三ブロック先のところで、数人のグループが石畳の車道に木の幹や重たい石を積み上げていた。年代はばらばらだ。

〝あの子どもたちにとってはこれが、なにもかもが自分たちに不利にできている世の中に抵抗する初めての戦いというわけね。民主政権になってから生まれた子たちは、欠陥だらけの民主主義に飽き飽きしている。いっぽうじゃ、古手のプロの扇動家は市民の怒りを煽り立てるのが上手ときている。だけれど、道路封鎖というのは本来、車両の通行を遮断するために行われるものではないのかしら。それなのにときどき、歩行者の通行を禁じるような、とんでもない人もいる。そればかりか、通してもらうのに〈特別税〉を要求されることさえある〟

通りには無人の車が何台も停められていた。持ち主たちが、鍵をかけたまま乗り捨てていったものだ。一台のフォルクスワーゲンの盗難防止アラームがしつこく鳴り響いていた。

〝いまは、誰かとやり合ったり、大声で怒鳴り合ったりするのはいや。あの人たちにつかまったりしたら、なぜ封鎖に従わないのかと詰問されるに決まっている。政権に譲歩を促す唯一の手段は民衆の団結なのだ、とかなんとか。ああ、私がいまなにをしようとしているのか教えてあげたいぐらいだわ〟

だがそれでも、〈連合〉が、政府との対決に向けて幅広い階層をまとめ上げるのに成功したのは事実だった。自分たちの暮らす地区には十分な電力が供給されないと不満を訴える貧しい者たちと、電気料金の高騰に憤慨し騒ぎ立てる中流、上流階級の夫人たち。いわゆる昔ながらの労働組合員と、反グローバリゼーションを掲げる若いハッカー。電力の支配権を国外の企業に売り渡すと決めたとき、モンテネグロは、リオ・フヒティーボでどれほどの抗議の声が上がるかまでは計算にいれてはいなかったのだ。住民たちは有能な電力会社の誕生を切実に願っているのだから、電力の民営化に伴う犠牲も受け入れてくれるはずだと、そう踏んでいた。またモンテネグロは、その十年間で国内経済のすべての分野で民営化を進めてきた結果として、国民が文句を言ったとしてもそれに耳を傾けなければならないほどの批判は起こらないと確信してもいた。そのために政権は、電力問題をめぐって抗議行動が起こる気配を察知してもそのまま放置し、さらには、抗議行動が始まってからも、そのうち市民らは黙るはずだと考えすぐに手を打とうとはしなかった。だがそうして〈連合〉の力を見くびった結果、一地方都市であるリオ・フヒティーボの電力民営化問題がいつしか、モンテネグロが権力の座に居座ることの是非、この国で新自由主義的な政策が継続されることの是非を問うという国家的大問題にまで発展してしまった。政権側は弱さと脆さをさらけ出した格好で、事態は収束するどころか、以前にもましてさまざまな問題が連鎖的に発生するようになっていたのである。

「ミゲルの上司……」

〝ああ、とうとう私はカルドナに喋ってしまった〟

「アルベルトですが、暗号傍受を担当していた者からアルベルトに、リオ・フヒティーボの新聞の『ティエンポス・モデルノス』、当時はそういう名前でした、その新聞に、実際には存在しない書店の広告が載っているという報告がもたらされました。広告はとても小さく、たぶん普通の人の目には留まらなかったと思います。中の方のページの紙面右下に出ていました」

「ずいぶん細かいことまで覚えていらっしゃいますね」

「ええ、いまでも毎日、夢に見ます。書店の名前の下には、国民的作家のある有名な一節が書かれていました。広告はそれから数日間、たしか八月の初めごろでしたが、毎日掲載され、それからぷっつり出なくなりました。アルベルトは、その新聞広告の切り抜きを入れたフォルダーをほとんど当然のようにミゲルに渡していました。そのころのミゲルはもう、ほぼミスなく仕事をこなすようになっていました。そしてその件でもミゲルは、広告に暗号メッセージが隠されていることを見破ったのです。反乱グループは、クーデターをいつ決行するのか、それぞれの都市で誰にコンタクトを取ればいいのか、それは何時かなどクーデターに関する情報を、図々しいというか、この街でもっとも権威ある新聞を使って仲間たちに伝えていたのです。人は自分の使っている暗号が安全だと信じてしまうと、たいてい注意を怠るようになります。そうして、ミスを犯すことになるのです」

「ええ……、ええ、その通りですね。で、つまりはアルベルトとチューリングがクーデター計画を潰した、ということですか」

「そう言ってもいいと思います。あの事件については当時、反政権運動にたいして政権側が……、独裁政権側がもっとも大きな勝利を収めたケースというのがもっぱらの見方でしたが、本当は、アルベルトとミゲルによる勝利だったのです。主にはミゲルによる」

「ご主人はどう思っていらしたのでしょうか」

〝あのとき……、カルドナは右の頬の痣をさすっていたわ〟

「政権から表彰されたりしたのですか？」

「仕事の性格上、政権も表立って賞を与えるようことはできなかったのでしょう。それにアルベルト、あるいはミゲルという人間が存在しているということすら、誰も知りようがなかったはずです。言ってみればミゲル・サーエンスは行政機関に勤める一公務員にすぎなかったわけで、ミゲルがチューリングだということも知られてはいませんでした。モンテネグロはミゲルを大統領宮殿に招待こそしませんでしたが、側近の一人に短い賛辞の言葉を記した文書を持たせてよこしました。しかしミゲルにとっては、そんなことはどうでもよかったのです。ミゲルは自分の仕事をしただけで、仕える相手がモンテネグロだろうが誰だろうが関係なかったのだと思います。ミゲルは、アルベルトが机に置いてくれるもの以外にはまったく興味を示しませんでした。有名になりたいとも思っていなかったでしょうから、自分の名前が出なくても平気でいられたのです」

「では、あなたはどう思われていたのですか？」

「ミゲルが関係していると気づくまでにはずいぶん時間がかかりました。いろいろなことを考え合わせてようやく、ミゲルが徹夜でやっていた仕事とクーデター計画の失敗とが大きく関わっているに違いないと確信したのです。数週間たって、ミゲルにそうなの、と尋ねると、ミゲルはその通りだと答えました。それも平然と。私は吐きそうになりました。ですが、ミゲルにはそれまでも何度も同じような思いをさせられて慣れっこになっていましたから、耐えられないとまでは思いませんでした」

〝……あらやだ、またバリケードじゃない。いまここで、あの人たちと言い争いはしたくない。あんなに顔を真っ赤にしながら拳を突き上げ、大声で指令を飛ばしている。〈連合〉のリーダーといっても、もとはといえば労働組合運動出身者か、最左派に属する政治家だった人たちよね。もちろん私だって、リーダーたちがいい働きをしていることはわかっているわ。でも……、やっぱり嫌なものは嫌。所詮はデマゴーグよ。要求が満たされないことに苛立つ市民たちの気持ちを煽り立てるのはうまくても、いまだに、リオ・フヒティーボの電力供給という具体的な問題を解決するための代替案を示せずにいる。いま、私たちにとって悪いことはすべてグローバリゼーションのせいだということになっているけれど、歴史を振り返ってみるべきだわ。グローバリゼーションという言葉が広く使われるようになる前も、私たちの国はいまと同じように立ち遅れていた。従属を強いられ搾取される新植民地。自由を求めて戦っても、けっきょく手に入れることはできなかった。人って、ディスクールさえ変われば、実際にはなにも変わっていなくても変わったような気になってしまうものなのかしら〟

ルスは違う道を行くことにした。

〝いっそこのまま家に帰ろうか？　ううん、やっぱりだめ。ミゲルには、会いたくない。でも、忘れたわけじゃない。昔の私は、そうよ、愛とはこうあるべきだと信じるその通りのやりかたでミゲルを愛していた。私にとってミゲルがすべてだった日々は、確かにあった。出会ったばかりのころ、私は、ミゲルといっしょにアメリカかヨーロッパに行って博士号を取ってそのままそこで暮らしたいと本気で思っていた。もし本当にそうしていれば、私たちは、二人が選んだこの特殊な分野でもっといい未来が築けていたのかもしれない。でもミゲルは野心家ではなかった。リオ・フヒティーボを離れたがらずに、ラ・パスに行くことさえ拒んだ。こんなにいい仕事があるのにこれ以上なにを望むことがあるのだ？　そう私に言った。ともに分かち合える将来への夢、それをもてないままに、私たちの蜜月ムードはたちまちのうちに冷めていったわ。でも、愛情がすべて消え去る前に、こんどは馴れ合いという罠が姿を現した。で、その次に待っていたのはさらに悪いこと、すなわち失望。少なくとも私は、そうだった。私とミゲルでは、倫理観があまりにも違いすぎていた。

それなのになぜ私は、そこで離婚を決意しなかったのだろう？　これほど長いあいだ自分をだまし続けるよりは離婚を選んでいた方がまだ苦しみは少なかったはずなのに。もしかしたら、そのときはまだ、ある日突然すべてが変わるとどこかで信じていたのかもしれない。私たちは、それぞれに自分の仕事に没頭するようになっていった。たぶん二人とも、一緒にいるときの沈黙の重苦しさから逃れたかったのよね。そんなときミゲルが子どもを欲しいと言い出した。でも私はいろいろな理屈をつけてまだ早いと反対した。愛のない家庭に新しい命を連れてくることはできないと思ったから。何年かが過ぎて、ミゲルも子どものことは口にしなくなっていた。ところがとんだ計算間違い。ある朝、私は妊娠していることに気づいた。そうしてフラービアが生まれ、私は、これですべてが変わるかもしれないとかすかな希望を抱いた。でもそんな期待は、すぐに消えてしまった〟

不意にルスの足が止まった。

〝え、ちょっと、やだ。もし政権がこの街に軍を投入する決定を下したりしたら、いったいどうなるのよ。大学の門という門には小型戦車が配置され、大学は無期限閉鎖に追い込まれるにきまっている。兵士たちは研究室にも入り込んで、教師や学生たちが謀議に加担している証拠がないか調べて回るはずよ。私の原稿は……、研究室の金庫の中〟

「やっぱり……、アルベルトとチューリングだったのか」

〝でも……、あのときのカルドナの言い方、妙に口籠っていてどこか変だった〟

「カルドナ判事、私にはあなたが、モンテネグロよりもアルベルトとチューリングのことが気になっているように思えてならないのですが」

「いえ、そんなことはありませんよ。まずはどこから始めるか、というだけのことですよ」

〝とにかく、いますぐ大学に行かなくては。手遅れにならない前に〟

† 14 †

家を出てから数ヵ月、カンディンスキーは相変わらず、ファイバー・アウトカストの乱雑に散らかった部屋で暮らしていた。モザイク模様の床には寝袋がひとつ、敷かれたままになっている。机の上も箪笥の上も、ノートや走り書きをした何枚もの紙きれ、フロッピーディスク、パソコンソフトのマニュアル書、コーラの空き缶、シャープペンなどでいっぱいだ。床には無数のケーブルが走り、部屋の隅には汚れた衣服が山をなしていた。そして壁にはロックグループのセプルトゥラとコーンのポスター、窓にはひとつは Kurt Cobain と、もうひとつは KILL MICROSOFT と書かれたステッカー。

とにかく騒がしい家だった。ファイバー・アウトカストにはティーンエイジャーの三人の姉妹がいて、それがみな、そろいもそろってホルモンが混乱を起こす時期に差し掛かっていた。その娘たちに向かってファイバーの両親はしじゅう大声をあげ、叱りつけていた。どの部屋にも食べ残しの皿が置かれたままで、スプーンやフォークは元の位置に戻されることなく埃まみれの家具の上にほったらかしにされていた。

ときどきカンディンスキーは自分の家が、いや、家そのものというよりもそこで感じていた気分、家の中の雰囲気が懐かしくなることがあった。カンディンスキーにしてみれば、それまで暮らしていたヌーヴォー・レアリスムのイタリア映画の世界から突然、ハイパーキネティックなアニメ、ディズニー作品よりももっとアニメらしいアニメの世界に放り込まれたようなものだったのだ。

しかしカンディンスキーには、ファイバーのコンピュータが使えると思えば、そうしたことのすべてを我慢することが少しも苦にはならなかった。ファイバーのコンピュータは処理速度が速くメモリー容量も十分で、友人たちの垂涎の的となっていた。とはいえそれは、ファイバーが自分で組み立てたもので、使われていた部品はすべて、むかしファイバーが何年間かパソコンの修理工房に勤めていたときにくすねてきた物ばかりだった。

毎日、カンディンスキーとファイバーは起きるとすぐに、昼と夜の食料を持って部屋に入り鍵をかけた。周囲の騒音から少しでも逃れようとヘッドホーンを耳に当てパソコンの画面に向かい、あとはもうそのまま、カーテンのない窓から明け方の光りが差し込むまで座りっぱなしだ。夜が明けると午前中いっぱいは寝て過ごすが、眠りはいつも浅かった。

二人ともチャットルームを異様なほど愛していて、同じアイデンティティーを長く使わないのがチャットを続けるための大事な原則だとでもいうように絶えずアイデンディティーを変えながら、チャットルームを訪れていた。ハンドルネームは増えて行く一方で、時には自分たちが作った迷路の罠にはまり込み、互いにそうとは気づかないままにいっぽうはクリチバの引退した消防士のゼ・ロベルト、もういっぽうは倒錯した性の相手を求める十五歳の少女ティファニー・ティーツになりすまして〈サド・マゾの部屋〉や〈ザ・シンプソンズの部屋〉でチャットをしている、というようなこともあった。

ほかにも二人はオンラインゲーム、とりわけMUDにも熱心で、精巧に作られた中世もしくは未来の仮想空間でのロールゲームに多くの時間を費やしていた。

だがそれも夜中の三時まで。その時間を境に、それぞれのネット上での活動はがぜん真剣みを帯びてくる。いよいよ、ハッキングの獲物探しの開始だ。ターゲットは一般の人たち。将来より大規模な攻撃を企てるためにはまず個人を相手に練習を積むのが得策だというのが、ファイバーの考えだった。カンディンスキーも少し前までは同じように思っていた。だがしだいに疑問を感じるようになり、むしろこう思い始めていた。政府や大企業を標的にしても一般の人たちには手出しをしないのがハッカーとしての取るべき道ではないのか、と。しかしカンディンスキーはそれを口に出そうとはしなかった。そして、釈然としない気持ちのまま、言われた通りのことをやっていた。

そうした夜をいく晩も過ごして、カンディンスキーにははっきりとわかったことがあった。それは、ファイバーはしょせんスクリプトキディ以上になることはできないということだ。ファイバーは、たとえばattrition.orgのようなサイトからダウンロードしたソフトをマニュアルに忠実に実行していた。だがその程度のことなら十代の少年ですらできる。また事実、多くの少年たちがそうしたマニュアルに従い、市長のコンピュータにＤｏＳ攻撃を仕掛けたり、あるいはハッカーまがいの行為をやったりしていた。ところがカンディンスキーの方は、既存のソフトはあくまで起点にすぎないと考えていた。そしてその考えの通り、自分の手に落ちたソフトはどんなものであれ必ず、より柔軟で効率的で強力なものへとバージョンアップさせてから使用していたのである。

ファイバーは……、そんなカンディンスキーの有能ぶりをいつも、誇りと羨望と不信感の入り混じった目で見つめていた。そのときファイバーが心に思い浮かべていたのは、ボリビア・アメリカセンター幼稚園での幼い日々の記憶。当時のファイバーは、教室の片隅で、ほかの園児たちが先生の決めたゲームの規則をすぐに飲み込みその通りにやるのを、あるいはたどたどしい声で数字や色を読み上げていくのを、拳を固めてじっと見つめているような子どもだったのだが、あるとき、突然一人の園児のもとに走り寄り後ろから頭を殴りつけるという事件を起こしたことがあった。いったいなぜそんなことをしたのか。ファイバーは、カンディンスキーを間近で見ているうちにようやく、その答えがわかった気がしていた。おそらくは、いとも簡単に数字や色を覚えてしまう友だちからその秘密の方法を盗み出したかったからに違いない、と。

ファイバーにとっては、自分の方が劣っていると認めなければならないような相手と暮らすのは容易なことではなかった。だが、カンディンスキーの助けが、少なくとも当面の間は必要だというのも本当だった。それでもファイバーは、心の中ではわかっていた。カンディンスキーとのコンビを解消しなければならない日が遅かれ早かれやってくるだろうということを。

初めての大勝利だった。カンディンスキーとファイバーはブエノスアイレスにあるシティーバンクのデータバンクに侵入すると、顧客のクレジットカード番号を、その暗証番号とセットで大量に盗み出した。ファイバーはそれらの番号を、IRCで知り合ったロシアのハッカーに売り、代金は、ウエスタン・ユニオン銀行のサンタ・クルス支店に銀行為替で振り込ませた。ファイバーはその金を受け取るために偽の身分証明書を用意し、長距離バスでサンタ・クルスに向かった。しかし、シティーバンクへの攻撃が二人の仕業だと見破られる心配はまったくといっていいほどなかった。なぜなら、攻撃の第一段階ではメンドーサ大学のコンピュータを使用し、そこからテルネットでリオデジャネイロのコンピュータ、さらにマイアミのコンピュータへとつなぎ、最後にブエノスアイレスにたどり着くという方法を取っていたからだ。とはいえ、インターポールはすでに追跡を開始していた。危険を回避するためにできるだけの手を打つに越したことはなかった。

それからも二人は、次々と勝利を手にしていった。ターゲットにしたのは、リマの生命保険会社、サンティアゴのカルバン・クラインの支店、ラ・パスにある車の総代理店。一回一回に手にする額はそれほど大きなものではなかったが、それでも少しずつ、まるで働き蟻によってアリ塚が築かれていくがごとくに儲けは積み重ねられていった。

ある日曜日の早朝、仕事の時間が終わるとカンディンスキーは、カナダのバーチャルカジノのサーバーにアクセスした。そしてそれからの九十分間、クラップスでは振ったサイコロをすべてゾロ目にして、バーチャルスロットでは打つたびに三連チェリーを咲かせ続けた。もちろん、その時間帯にカジノで遊んでいたほかの者たち全員も同様に勝ちまくり、カンディンスキーは十一万ドルを手に入れた。

カジノのソフトを管理しているクリプトロジック社はすぐに調査を開始し、「クライアントがゲームに勝ち続けた裏にはハッカーの存在がある」との声明を発表したものの、犯人を突き止めるまでにはいたらなかった。カジノ側はけっきょく、勝った者全員への支払いを決定した。

それを知ったファイバーは言った。「その金でコンピュータシステムのセキュリティー会社を立ち上げるというのはどうだ？　目くらましにはうってつけだぞ」ファイバーは自分の思いつきに興奮していた。「そうすれば、実際にはまったく反対のことをしているのに、周りには、俺たちがコンピュータシステムを守っていると信じさせることができる」

カンディンスキーは頷いた。カジノに入り込んだときの興奮がまだ残っていた。

その人生のなかでカンディンスキーは一度も、自分の能力を誇らしいとも、自分自身に価値があるとも思ったことはなかった。カンディンスキーにとってはなんでもできるのがあまりにも当然のことすぎて、それについてあらためて考えたり、自分の才能の大きさに気づいたりする機会がなかったのだ。

〝そうだ、学校では、宗教の時間というと神父は決まって才能ある人たちのことを話題に取り上げては言っていたな。人は神様によって与えられたものをいかにして花開かせたのかというそこのところで、神様の審判を受けるのだよ、と。だったら俺も、いつ神から最後の審判が下されてもいいような生き方をしていくべきだ。

俺はこれまでファイバーがどんなことを言い出しても決して反論することはなかった。ファイバーには借りがある。俺が困っているときに、住むところと食べ物を与えてくれたのはファイバーだ。いや、いくらそう思っても、俺の気持ちはどんどん、ファイバーから離れていく。俺にはファイバーがただ金儲けだけを目的にしているように思えてならない。それは俺だって、大企業や政府機関のセキュリティー・システムを破ることは面白いさ。でも、目的が金儲けだけというのは間違っている。俺は命を懸けてもっとなにか違うことをやってみたい。それがなんなのかは……、まだよくわからないが〟

会社はファイアーウォールと名づけられた。二人は、XXIショッピングセンタービルの七階にオフィスを構え、入口には、〈大きく燃え上がる炎からコンピュータを守っている手〉をデザインした会社のシンボルマークを掲げた。

カンディンスキーとファイバーはさっそく、商工会議所でセキュリティー・サービスの売り込みを開始した。しかし関心を示す企業は多くはなかった。契約を渋る企業の中には不景気を口実にしたところもあったが、大半は、ボリビアではまだ自社のコンピュータネットワークを保護するシステムが必要と考える企業はほとんどない、というのを断る理由に挙げていた。そしてそういう企業に限って、会社の金を預けている銀行口座の番号、営業戦略、販売計画についての情報、利益と損失といった会社に関わるデータのすべてを、ハードディスクに入れて安心していた。だがハードディスクのパスワードというのは、並みのハッカーでさえ簡単に破れるものなのだ。

カンディンスキーは落胆していた。

会社を作った当初、カンディンスキーは、やっと自分の仕事とよべるものができた、これからはまっとうでしかも好きな仕事で食べて行くことができる、とそう思っていたのだ。

しかしファイバーは言った。

「いいか、俺達には目的があるってことを忘れるなよ。会社は単なるカモフラージュだ」

「目的って、なんだ？」カンディンスキーは切り返した。「金持ちになることか？」

「ああ、札束をこの手に握るということは、やりたいことをなんでもやれる自由を手に入れるということだ」

ファイバーが自分をなだめようとしていることは、カンディンスキーにもわかっていた。ファイバーにはまだ自分が必要なのだということも。しかしカンディンスキーはファイバーには目もくれずに、そのまま部屋を出た。オンラインゲームでもしようとあるインターネットカフェに足を踏み入れようとしたそのとき、〈世界のプレイグラウンドがまもなくボリビアに上陸〉というポスターが目に飛び込んできた。

〝お手頃価格であなたもパラレルワールドの住人に、だって？　いったいなんのことだ？〟

カンディンスキーはファイバーの家に暮らすようになってからずっと、姉妹たちの体を眺めるのを秘かな楽しみにしていた。ラウラは十五歳。栗色の髪が額にまでかかっている。そして、丸くて張りのある乳房。ダニエラは十四歳。ブロンドの短い髪、すらっと長く伸びた脚。敏捷さをかわれてビーチバレーの選手に抜擢され、凄腕の選手として活躍している。ダニエラの双子の妹のグリセーラ。黒い髪を前に垂らしカーブのついた鋏で切りそろえている。数ヵ月前に化粧を覚えたばかりで、まるでそれが愛国者の義務だとでもいうように目の周りを黒く塗りたくっている。一家はもともとスクレの出身で、三人姉妹も夏休みはいつもスクレで過ごし、髪の色がそれぞれ違うことからあちらでは三人はスクレの葡萄と呼ばれていた。

カンディンスキーはしかし、三人を眺めるだけで、自分から話しかけたことはなかった。三人ともいかにも自信たっぷりで、話しかけたところでどうせ無視されるだろうと思うからだ。それでも想像するのは自由だ。たぶん、と、カンディンスキーは秘かに思い描いていた。〝ラウラはキスをすると き蛇のように舌を入れてきて唾液を盛大に流し込む。ダニエラはいたずらっぽく笑いながら俺のアソコを弄ぶ。まるでずっとやりたいと思っていた悪さをついにやってのけた女の子のように。グリセーラは……、夕暮れに血の約束を交わすのとひきかえに、俺が体に触れることを許してくれる〟

カンディンスキーは、ノキアの携帯の最新モデルを買った。本体は光沢のある黒色で、その黒地の上に銀色の数字が並んでいた。

ある午後、カンディンスキーは実家のそばまで行き、向かい側の歩道から両親の姿を探した。父親が庭で自転車の修理をしていた。背中がまるくなり、いくつも年を取ったように見えた。カンディンスキーは力強い足音を立て父親の方に歩いていくとすばやく金の入った封筒を握らせ、驚いた父親が顔を上げるのも待たずに立ち去った。

ファイバーの家にもどる途中でカンディンスキーは、地平線に不ぞろいなカーブを描く山々が夕暮れの薄紫の光に染まるさまに思わず足を止めた。

〝いまの俺に必要なのは自分を克服するための動機、いや、俺自身がそれによって変わることができるような動機。それさえあれば……。二十世紀最後の年にシアトルで、グローバリゼーションに反対する若者たちが行なった大規模な抗議活動、あれは衝撃だった。西欧諸国の若者たちがこぞって、資本主義が唯一の選択肢だとする新世界秩序に異を唱えたのだからな。でも、先進国に暮らす者が不満を抱いているというのなら、もっと状況の悪いラテンアメリカ諸国の人間たちはいったいどうすればいいのだ。この国には、不景気が根っこを生やしたみたいに居座っている。おまけにモンテネグロときたら、国家の発展にとって戦略的役割をもつ企業を次々に民営化している。たとえば、リオ・フヒティーボの電力会社も入札で売却すると発表したし。歴代政権はこの十五年間、新自由主義的政策を取り続けている。でもそれは、けっきょくのところ、このボリビアに経済格差のさらなる拡大をもたらしただけじゃないか〟

そう思った瞬間……、カンディンスキーの頭の中で、鉱山が閉鎖され父親が強制的に配置転換させられたこととグローバリゼーションへの抵抗運動とが、一つの線で結ばれた。

〝たぶんこれこそ俺が求めていた動機だ。ノキアなんか買って、俺はいったいなにをやっているんだ！〟

カンディンスキーは携帯をゴミ箱に放り込んだ。

家に戻ったカンディンスキーは、ファイバーと共同で使わせてもらっている部屋に入った。と、思わずアッと、小さく声をあげた。

〝……バカか、俺は。ノキアを捨てるなんて勘違いもいいところだ。この机の上のコンピュータ、たしかに国内で組み立てられたものだ。でも、しょせんは、帝国の製品ではないか。そうだ、敵の道具で敵を倒すことこそ賢い者のやることだ。それが、副司令官マルコスたちからのメッセージじゃないのか？　サパティスタはネット上に自分たちのサイトを持ち、インターネットを通じて始終、声明を流している。敵の武器を手に取ることをも厭わないそうした柔軟さのおかげでサパティスタは、組織として大きく成長することができた。潔癖主義に徹するのであれば修道院にでも入るしかないが、それは俺が望んでいることとは違う。少なくともいまはまだ修道院にはいるのはご免だ〟

二時間後、カンディンスキーがノキアを拾いに戻ると、捨てたときのままゴミ箱に残されてあった。

カンディンスキーは、サービスを開始したばかりのプレイグラウンドで何人かの女と知り合った。夢のようなバーチャルワールド。それは中世風の幻想の世界などではなく、現代人に馴染のある近代都市そのものだ。ただプレイグラウンドの方が少しだけ未来の設定になっていて、どことなく退廃的な雰囲気を漂わせている。カンディンスキーはそのプレイグラウンドでいつも、自分のアバターのどれかに身をやつし仮想世界の通りという通りを歩きまわっていたのだが、ブレバード通りだけは避けていた。カンディンスキーはブレバードを、というよりは、通りに溢れかえるナイキやカルバン・クライン、トミー・ヒルフィガーのネオン広告を憎んでいたのだ。代わりによく訪れるのは、危険地帯と呼ばれる地域。そこにいけばアバンチュールに積極的な女たちがいるとわかっていたからだ。そしてその思惑どおり、必ず相手は見つかった。もっとも、カンディンスキーが本当にいいと思う女は決まってリオ・フヒティーボではなく、別な街に住んでいたのだが。

プレイグラウンドで女のアバターと知り合うとカンディンスキーは、あらかじめ決めておいた暗号を使って、そのアバターの持ち主と市内のカフェやバーで会う約束を取りつけた。そうした方法を取るのは、プレイグラウンドに現実世界をもち込むことが規則で禁じられているからだ。だが、会ってみてガッカリさせられることも少なくなかった。ロングブーツにセクシーなミニスカート姿のアバターが実際には太り気味の秘書だったこともあれば、あるときなど厚化粧のゲイ、それも煙草をすぱすぱ吸いながら煙をカンディンスキーの顔にまともに吹きかけるようなゲイが現れたこともある。それでもときには、アバターそっくりな本人が来てくれることもあった。するとカンディンスキーはすかさず次のデートの約束をして、モーテルに誘う。実際にそうして何人かとモーテルでの時間を過ごすことに成功していた。しかし数日もするとカンディンスキーの方が相手の女への興味を失い、再びプレイグラウンドで新しい獲物を物色し始めるのだった。

ある晩カンディンスキーは、プレイグラウンドでイリスという名のアバターと知り合った。男とも女ともわからない不思議な感じで、ミリタリーブーツととがった顎が印象的だった。最初に声をかけたのはカンディンスキーで、ブレバードのバーで一杯飲まないかと誘った。するとそのアバターは言った。「私の分は私が払うけれど、それで構わないのなら」「……誰にも借りを作りたくないのよ」

じゃあ、男はもうバーチャルな女に対してすら紳士らしくできないってことか、と、カンディンスキーは思わず言いかけて言葉を飲み込んだ。言葉にしなかったのは、それが規則違反につながるとわかっていたからだ。

エレクトリック・シープでそのアバターは、「私の名前はイリス」と名乗ると、突然、こう言ってきた。

イリス　グローバリゼーションは世界を蝕む大きな癌　プレイグラウンドもまた世界がその癌に犯されていることを示す明らかな症状の一つ　庶民にとっての新しい麻薬　バーチャル画面ですべてが大企業に仕組まれていると気づかずに楽しむ　そこから抜け出しサイバー国家に住むべき

カンディンスキー　第二　第三のシアトルを！

イリス　解決にはならない　帝国はうまく支配するためにそれを利用するはず

カンディンスキー　プレイグラウンドが嫌いならなぜいる

イリス　敵情視察は敵を知るのに最適

しかし二人の会話はそこまでだった。突然プレイグラウンドの警備員が現れ、イリスに対してプレイグラウンドの規則を読み上げると十日間の謹慎を言い渡した。イリスは、抜け出さなきゃダメ、と叫びながら画面から消えていった。

カンディンスキーはそれからもしばらくのあいだ、イリスが言ったことの意味を考え続けていた。イリスの言葉が頭にこびりついたまま離れなかった。

十日後、カンディンスキーは再びイリスに会うことができた。だが今度は、プレイグラウンドではなくインターネット上のプライベートなチャットルームで、だ。

カンディンスキー　よかったまた会えて　君の言葉を考えてた
イリス　プレイグラウンドへはほとんど行かない　広告だらけで腹が立つ
カンディンスキー　ネットはどこもそんなもの
イリス　どこもではない　ネットが作られたときの元々の考え方ではない　サイバー国家がある暫定的な場所　自治権をもつアンダーグラウンドのユートピア
カンディンスキー　アンダーグラウンドのユートピア?
イリス　十八世紀に海賊が作ったユートピアみたいなもの　遠くの島を自分の物にし　船に燃料を補給して戦利品を貨幣代わりにして食料を手に入れ　一時的に独自の共同体を作っていた　そうした島がネット上にもある
カンディンスキー　いまは国家も法律も関係なく生きるのは無理
イリス　サイバースペースでならできる　公開暗号方式の電子メール暗号化ソフトＰＧＰを使えば

発信人も匿名にできる　自主自立の政治的コミュニティーは国民国家も入り込むことのできない場所　法の支配も及ばないクリプト・アナーキー　私はその一つに住んでる　フレドニアに来て

カンディンスキー　法の支配は遅かれ早かれやって来るはず

イリス　アンダーグラウンドのユートピアではバーチャルな法律も裁判官も罰則もある　そこの政治システムは個人の倫理観を尊重する　現実世界と違い平等主義そのもの　大事なのは短い期間でも存在すること　そうすればまたネット上の別な場所で一時的な自治地域が生まれる　永続的な政府機関はもう要らない

カンディンスキー　でもアナーキーではなにも達成できない

イリス　アナーキーといっても銀行や店に火をつけることでも当局をないがしろにすることでもない　当局にその権限にふさわしいだけの能力をもってくれと言っているだけ　それができなければ消えてもらうほかない　当局は元々個人に帰属していたはずの権利を返還すべき　新技術のおかげで私たちは国民国家の権力を弱めることができる　忘れないで　私たちにはネットが必要　ネットにもどってバーチャルスペースを占拠すべき　残された道はクリプト・アナーキー

カンディンスキーはイリスに言われた通りにフレドニアを訪ねてみた。

ＭＯＯの社会機構はまさに興奮ものだった（ＭＯＯはＭＵＤの一種だが、オブジェクト指向の技術が取り入れられている。プレーヤーは、ＭＵＤよりもＭＯＯに入った方がより自由に、臨機応変にバーチャル世界を作ったり変えたりすることができる)。カンディンスキーは、ネット上に三百五十以上ものMOOが存在し、その一つ一つが独自の政府や社会組織を持っていることを知った。

カンディンスキーはそれから一ヵ月半フレドニアに暮らした。本物のイリス、いや、イリスの向こうにいるその人には会ったこともないのに、カンディンスキーはイリスに恋をした。カンディンスキーとイリスは仮想の家でともに暮らし、激情のエクスタシーのなかで二人の子どもを作ろうと約束を交わし合った。

でもこれはすべて夢、素晴らしい夢だけれどしょせん夢は夢だ。カンディンスキーはある朝、目覚めの床で不意にそう気づいた。

カンディンスキーはイリスに別れを告げ、言った。「俺の進むべき道を教えてくれたことに感謝するよ」そして、ようやく自分自身のアンダーグラウンドのユートピアを見つけたと感じていた。

〝やっぱり俺は間違っていなかった。本来は自分たちこそが手にしているべき物について権利を主張するのは当然だ、プレイグラウンドを跪かせるまで攻撃するべきなのだ。バーチャル空間を再び取り戻さなければ。いや、バーチャル空間だけでなく現実空間も。俺には戦うべき相手がある。国家、企業だ。ネットの中の島に逃げ込んだところでなんの解決にもならない〟

ある日曜日、カンディンスキーは突然、トイレでラウラに抱きつかれた。屋根ではハトがうるさく鳴きたてている。すべてが終わると、ラウラはカンディンスキーの腕をすり抜け、足音も立てずに姿を消した。

それから何分もしないうちに、カンディンスキーは肌にまだラウラのぬくもりを感じたまま再びネット上のシティーバンクのサイトに入った。だが今度はクレジットカードの番号を盗むためではない。カンディンスキーは、銀行の顧客向けホームページを破壊し、代わりにカール・マルクスの写真と、抵抗を呼びかける落書きを書き入れた。

カンディンスキーの中にハックティビズムの意識が芽生えた瞬間だった。

第二部

‡ 1 ‡

お前は急ぎ足でブラック・チェンバーに入っていった。建物のシルエットが、大海原に突き出す岩礁のように、果てしなく広がる無愛想な夜にくっきりと浮かび上がっている。いつものように、IDカードをスロットに通す。入口の警官が挨拶をする。だが朝とはうってかわって、軽く頭を下げただけだ。顔が緊張している。さもなければ、眠くてあくびをかみ殺そうしているのか。いったい何時間の超過勤務なのだろう。だがまだあと数時間は終わらないのだ。

外は漆黒の闇でも建物の中は、白熱灯の異様にきつい光線が降り注いでいた。お前はその眩しさから逃れるように廊下をかけてゆく。かつて何度もそうしていたように、息せき切って胸をドキドキさせながら。

〝あのころの俺……〟、ことの命運が自分にかかっていることは俺にもわかっていた。俺は、この指をぱちんと鳴らすことで、不幸な事態を回避することさえできたのだから。そうだ、俺はいつも、声には出さずに数字を数えながらそのとき頭に浮かんだ文章、たとえば **un gato escondido con el rabo afuera está más escondido que un rabo escondido con el gato afuera**（シッポだけ外に出して隠れている猫の方がシッポだけ隠している猫よりももっと隠れている）、といった文章の頻度分析をしながら暗号解読室に向かっていった。するとアルベルトが、〈禁煙〉の張り紙の前で煙草を口にくわえ髪をボサボサに逆立てたまま、厄介な暗号の入ったファイルを持って待ち構えていた。どうだ、この鉄の甲羅をこじ開けてみるか、とでも言いたげな顔で。て、ご、わ、い、ぞ。わざと一語一語を区切ってアルベルトは言った。できるのか？　途端に心臓がどきどきしてきて息苦しさに襲われ、俺は思ったものだ。地下の納骨堂を開けた途端に生きている人間に出くわしたときというのはこうなるものなのかもしれないぞ、と。あのころは、暗号解読は俺が一番に手掛けるものと決まっていた。じゃなかったら最後、か。ブラック・チェンバーのほかの暗号解読者が全員、降参した暗号を俺が解いたというのも、一度や二度のことではなかった。

俺は間違いなく、アルベルトに信用されていた。アルベルトの、できるのか、は挨拶のようなものだ。俺ができるとアルベルトにはわかっていたんだ。俺はアルベルトの目も見ずにファイルを受け取った。暗号の受け渡しにはそれだけで十分だ。そしてそのとき、俺は、まだ暗号に立ち向かう前だというのにすでにもう、どうやってそれを解こうかと考え始めていた。俺はいつだって頭の中の雑草を刈り取りまっさらにした状態で、俺自身のアルゴリズムに従い、命を懸けて挑んでいた。おお！　なんという努力家なのだ、俺は。自分を進歩させるために、決して手を抜かずに知性を磨いてきた。

でもいまは、暗号解読室に行くこともなくなってしまった。そうなったのは、ラミレス・グラハムがここに来てからのことだ。もう、ずいぶんのご無沙汰だな。

あのときのことを思い出すといまでも胸が痛い。俺はいつものように暗号解読室に入ろうとして、入口で止められてしまった。エリート集団からの脱落。俺の頭に真っ先に思い浮かんだのはそのことだった。自分の部屋に戻ってみると、そこもすでに俺の場所ではなくなっていた。本もファイルもルスとフラービアの写真も、ついでに、動かなくなっていた置時計もすべてまとめて段ボール箱に入れられていた。再び部署が決められ、今度は資料室の室長になった。出世だ、おめでとう、誰もがそう言って祝福してくれた。でも俺にはそれが、まるで降格のように思えてならなかった。なぜだ？　降格でなければなぜ暗号解読室に入れてもらえないのだ、と。そして初めて新しい仕事場、地下にあるその部屋に向かうエレベータに乗った瞬間、俺は、まるで降格のよう、ではなく文字通りの降格だったと気づいた〟

ブレッチリールームは騒然とした雰囲気に包まれていた。すべてのコンピュータが作動中で、画面からは、電気魚が泳ぐ水槽のごとくににぎやかな光が発せられ、大勢の人が出たり入ったりしていた。こんな活気はいつ以来だろうかと、お前はふと昔が懐かしくなる。ロメーロ・フローレスが傍によってきた。ロメーロも暗号解読者で、たえず右目をぱちぱちさせている。お前に対しては、いかにも友だちと言わんばかりの親しげな様子を見せるのだが、お前の方はロメーロのことが好きではない。それはロメーロが、お前の机の上にあるフラービアの写真にじっと視線を向けながら、「おお、なんと可愛いお嬢さんだ！」と言うからだ。

「遅かったじゃないですか。ボスがあなたを探していましたよ」

「ほう、そうかね。急いで来いと言われて本当に俺が必要とされていたことなど、いままで一度もなかったじゃないか」

「いや、今日は違う。みんな、あなたの記憶を必要としています、チューリング」

「俺の記憶って……、つまりは資料室の書庫に保管されている資料についての俺の記憶ってことだろ？」

ロメーロのネクタイは青い地に赤い斜めのストライプ柄。

〝青に赤というのは、なにを意味しているのだろ？　もしかしたらロメーロは友人として、ラミレス・グラハムが俺を罰する気だと教えてくれようとしているのか？〟

再びお前はエレベータに乗り込んだ。情報の無限の井戸へ、無限の情報の井戸へと降りていく。Otis、緑の壁、定員は五名で重量制限は四百キロ、九ヵ月前の日付の点検済みマークが貼られている。

〝このエレベータはためらいもせずに俺を地獄に放り出そうとするのだろうか？　何分の一かの確率でありうることだな。人生でエレベータに乗っている時間はどのくらいだろう。何秒？　いや、全部を合わせたら何分、何時間、それとも何日？　一生のうちの大した時間になるはずだ〟

お前はメガネをはずす。目が痛むのは歪んだフレームのせいだ。もう一度メガネをかけなおす。アダムスのメントールを口に放り込んだ。しかし一分も経ずにガムをゴミ箱に吐き捨てる。

ニュースをチェックする。

「徐々に、政府の通信システムは機能を取り戻しつつあります。ハッカーによってウェブ上に書き込まれた落書きも大半がすでに消去されました」

〝こんなことなら家にいればよかった〟

お前が初めて地下の部屋に足を踏み入れたのは、ブラック・チェンバーで働き始めて六ヵ月が経ったころのことだった。

〝あのとき……、そうだ、あの日は午後になって、その週に起こった新たな出来事について話し合うためにアルベルトの部屋を訪ねたのだった。俺はもう、アルベルトのお気に入りの暗号解読者となっていた。アルベルトは俺にたくさんの仕事を任せてくれていたし、ほかの者たちが解けない暗号は必ず俺に回してきたものだ。同僚らは、アルベルトがあまりに俺のことをひいきにするものだから、俺をやっかみの目で見ていた。だが俺は少しも気にならなかった。アルベルトの傍にいて、アルベルトに命じられたことをやってさえいれば、ほかのことなどどうでもよかった……。

話が終わるとアルベルトは、部屋を出ながら、俺に向かってついてこいと言った。俺たち二人は狭い廊下を通ってエレベータの方へ歩いていった。アルベルトは、包み込むような声で外国訛りを響かせながら喋り続けていた。アルベルトのスペイン語はときどきスペイン語以外の単語やイントネーションが混じる一種独特のものだった……。アルベルトは……、本当はどこの生まれなのだろう？

廊下を歩きながらアルベルトは、リオ・フヒティーボでやるべきことはまだまだたくさんあると、俺に言っていた。「政権からすべてを任されている。だが金がない。もっと金がもらえれば、いくらでも成果を挙げることが出きるのだが」エレベータに乗ると、そんなことも言った。俺は答えた。「そんな風に思う必要はありませんよ、ボス。あなたはもう十分にこの国のためにやってこられたではありませんか」「いや、チューリング、敵は決して眠ることはないのだぞ」エレベータのドアが開いた。

だが、そこが地下だとは、すぐにはわからなかった。俺はアルベルトの後をついていった、真っ暗な中を手探りで。「ここに総合資料室を作るつもりだ。これまでの資料がたまりにたまっている。そろそろ、すべての資料を整理し保管することを考えなければならない」と、アルベルトがそう言いながら足を止め、俺の方を向いた。アルベルトの顔が近づいてきた。俺は自分でも、唇が緊張のあまりに震えてくるのを感じていた。思わず目を床に向けた。「こっちを見ろ、チューリング。恥ずかしがらなくていい」その言葉で視線を上げると、アルベルトの唇がすぐそばまで来ていた。俺はとっさに考えた。俺を俺自身から引き離さなくては、この一秒一秒を記憶にとどめないようにしよう、と。そして、いま地下室にアルベルトと一緒にいるのは俺ではなく誰か別な人間なのだと自分に言い聞かせ、離れたところから自分自身を見ようとしていた。でも俺は、心のどこかに、その場から逃れたくないという気持ちがあることにも気づいていた。俺はアルベルトを喜ばせたかった。俺のボスを満足させたかった。アルベルトには……、そうするだけの価値があった。

アルベルトの唇はけっきょく、そこで止まった。俺の唇には触れずに。あのときアルベルトは……、俺を試していたのだろうか？　俺がどこまでアルベルトに従順なのか、アルベルトのためにどの程度のことまでする男なのかを見ようとしていたのだろうか。アルベルトはあれでわかったのだ。俺がなんでもやるつもりだということを。だからもうそれ以上、俺を試す必要がなかった。俺にキスをする必要もなかったのだ。そのままアルベルトはまた前を向いて、地下に資料室を作るという話の続きに戻った。とうとうなにも起こらずに終わってしまった〟

それからも似たようなことがときどきあったが、お前の唇に触れるまでには至らなかった。いっぽうお前はというと、アルベルトのそうした気配を感じるたびに心の中で、俺は本物のアラン・チューリングと違って男には興味はないがアルベルトとなら構わないと自分に言い聞かせ、しかし実際にはなにも起こらないとわかると今度はないがしろにされたような気分になるという、その繰り返しだった。アルベルトの人生にはお前ではない何人もの男と、女たちがいると知ったとき、お前はひどいショックを受けた。だがそれでも、自分の気持ちを伝えるための行動を取ろうとはしなかった。そうして日々が過ぎていき、やがてお前も少しずつ理解するようになっていった。アルベルトが興味をもっているのは純粋にお前の知性に対してだけだということに。お前は黙って自分の役割を受け入れた。関心をもってもらえないよりはましだと思ったからだ。何年かが過ぎ、しだいに、アルベルトが体に触れるそぶりを見せることも間遠くなっていった。それでも完全になくなったわけではなかった。

「起きてくださいよ、サーエンスさん」

部屋にバエスの声が響いた。隣にはサンターナが立っている。二人ともラミレス・グラハムの子分だ。そしてお前は二人が大嫌いだった。バエスもサンターナも、すべてのことはコンピュータに始まりコンピュータに終わると信じていて、単純な足し算さえコンピュータに頼っている。お前にしてみれば、政権がそんな月並みな能力しかもたない者たちにすべてを任せて、しかもそれで、その数日間さかんに空中を飛び交っているような信号や、裏切りの匂いを漂わせそのなかに陰謀が見え隠れしている電子パルスにも太刀打ちできると信じていることが不思議でならなかった。

「サーエンスさん、遅かったではないですか」

バエスの慇懃無礼な物言いに、いつもお前はぞっとさせられる。バエスはお前のことをチューリングとは呼ばない。

〝バエスはたぶん……、そうすることで俺に向かって暗に、あなたはチューリングという名には相応しくありません、あなたは単なる古手官僚にすぎないのにそれでも政権は可哀そうだと思うから解雇しないのですよと、そう言っているのだ。だが俺が解雇されないのはそれだけが理由ではないぞ、バエス。俺が政権の秘密をどれほど知っているのか、これまでどういったファイルを目にしてきたか、どういった命令を政権から受けてきたのか、そして、俺のこれまでの仕事がどれだけの成果を挙げてきたのかをお前にも教えてやろうか。青二才め。俺の全盛期、俺がさかんにペンを走らせていた、いや、暗号解読をしていたころにはまだウマウマとかバーバーとか、言葉にもならない言葉をしゃべっていたくせに。おまけに……、どこのどいつか知らないが、俺のことを犯罪者、殺人鬼と呼ぶやつまで出てきた。しかも顔を見せようともしないとは、なんという卑怯者か！〟

「慎重に車を運転しなければならなかったんだ。街のあちこちが停電しているからね」

「まあいい、まあいいです」バエスが言った。「ですが、時間に間に合うようにもっと早く家を出られるべきだったのではありませんか？　時間に正確というのが一番です。無駄にする時間などありませんからね。まあいいですけど」

「これまでのウイルスとの戦いでは、こちら側に分があったとは言えません」サンターナが二人の間に割って入った。「でも俺たちは、敵が政府機関のサイトに落書きを書き込むのに使用したソフトウエアのソースコードを手に入れました。そこから、犯人像につながるような特徴もいくつか発見することができました」

〝ソースコードにソフトウエアにサイト？　サンターナよ、それで自分の国の言葉をしゃべっていると言えるのか？　だったらいっそのこと全部英語で喋ったらどうだ？　手間が省けるってものじゃないか〟

「たまたま運がよかっただけなのかもしれません」バエスが言った。「でも、運が味方してくれなければどうにもなりませんから。ボスもおっしゃっていますが、犯人の特徴というのは使用するソフトウエアにまで現れるものです」

〝いつもはこんなこと、思いやしない〟お前は思わず心の中で呟く。〝だが今回は、今回だけはどうか、〈抵抗運動〉よ、勝ってくれ。俺はやっぱり、〈抵抗運動〉に打ち負かされたラミレス・グラハムの姿を見てみたい。俺だって、祖国への裏切りになるようなことは頭の中から追い出すべきだとわかってはいる。でも、思考に逆らうことはできない、思考自身が進みたいと思う方向に動いていくことを止めることなどできやしない。ある思考がそう考えるに至るアルゴリズムを探せとアベルトはいつも言っていたが……、アルベルトは正しい。一見、さまざまな考えが無秩序に集まっているように見えるその裏にも秩序があり、人間はそれを見つけ出さなければならない。一見頭が混乱をきたしているように見える場合でも、そこには、その筋書きを作り出している発射装置が存在している。マシーンやコンピュータ同様、人間の頭脳にも、思考を一つのところから別なところへと運ぶ論理的手順が備わっている〟

「俺たちとしては……」と再びサンターナが口を開く。「こちらが手に入れたソースコードと、それと同じようなコードが使用された別な落書きとを比較してみる必要があります。以前に攻撃されたときの落書きを保存してあったコンピュータもウイルスにやられましたが、幸い、すべてプリントアウトしてファイルしてあります。あなたなら、それがどこに保管されているかご存知のはずです」

お前は歪んできつくなったメガネをはずした。

〝噂によればどうやら、ラミレス・グラハムは職を追われるかどうかの瀬戸際にあるそうじゃないか。〈抵抗運動〉のやつら、若者、少年たちか、いや、それとも子どもたちか？　とにかくそいつらを捕まえる能力もない。だいたい、〈抵抗運動〉が登場したときからずっとラミレス・グラハムは、このチェスゲームで攻め込まれっぱなしだ。ポーンを打ちのめされ、ビショップも痛手を負わされ、いまやクイーンを取られる寸前。あとはチェックメイトされるのを待つばかりだ。ラミレス・グラハムのやつ、これまでに手に入れたデータファイルを持って廊下を右往左往している。データファイルはいわば手持ちの駒だ。それなのに一枚足りずに完成させることができずにいる。だがそれもこれもこれまでの傲慢さの報いだ。俺ははっきり言う。今回は、今回だけは、俺は暗号クリエーターの味方だ。暗号解読者の側には立たない〟

「そちらでもっている情報を見せてもらえるのか？」

「もちろん、必要であればなんでも」サンターナが答える。「ですから急ぎでお願いしますよ。それからご存知ですか？　ボスはお宅のお嬢さんに協力をお願いするつもりです。とても優秀な方だそうですね」

「いや、俺はなにも聞いていない。ああ、娘が優秀なのは確かだ。何度か仕事を頼んだことがある。アルベルトの時代にな。あれからまだ二年は経っていないはずだ。娘のおかげで我々は、二人組の情報海賊を捕まえることができた」

「ハッカー、のことでしょうか？」

〝おいおい、もしかして俺がフラービアの件で機嫌を悪くしたとでも思っているのか？　だとしたら、それは違うぞ。むしろ俺は、誇らしさで胸がいっぱいだ。フラービア、さすが俺の血を引いた娘だ。フラービアの才能に最初に目をつけたのはアルベルトだった。ルスも俺も、フラービアが巧みにコンピュータを使いこなすのを見ても、若い子の気の利いた暇つぶしぐらいにしか思っていなかったのに。フラービアが出世すれば俺も一緒に出世できるじゃないか〟

バエスが黒いファイルを寄こした。

〝黒？　なぜいつものように黄色じゃないのか？　あるいは、ブルーとか赤とか。いや、やめておこう。いまは色に意味を見つけようとしている場合ではない〟

お前はファイルを開ける。バイナリコードで埋め尽くされたページ、一糸乱れず並んでいる0と1、その愚直な繰り返しによってバルガス・ジョサの作品のすべてを、あるいは国勢調査の詳細な数字のすべてを暗号化することさえできる。

〝このいくつもの0といくつもの1。これらがなにかの形を描き出しているということはないのだろうか？　見た限りではそれもなさそうだ。コードを作る者たちは、その中に自分のサインや特徴を示すなにか、あるいは嘲りやさげすみの言葉をメッセージ代わりに書き残そうとするものだ。俺はそうしたケースをいくつも見てきた。みんな自分のことをどこまでも賢いと信じているから、自分が誰よりも優れている証拠を残したいという衝動を抑えられないのだ。しかし……、人間にもし情念というささやかな弱点がなかったとしたら、俺たちの仕事はいったいどうなる？　それに、人が欲望を完全に制御するなどどだい無理に決まっているではないか〟

お前は自分のコンピュータで、資料室内の書庫の地図を呼び出す。

〝それにしても、俺がここに来る前に地下の仕事を任されていた者は、ファイルとはすなわち情報を整理しないままに溜め込んでおくことだとでも思っていたのだろうか。図書館では本はすぐに行方不明になるものだが、資料室でも、放っておけばせっかくの情報がたちまちどこかに埋没してしまう〟

ちかちかした画面に地図が浮かび上がる。しかしそれは不完全もいいところで、まるで子どもの虎の皮に黒い斑点が点々とついているように、ところどころが空白になっている。お前は顔をゆがめ、ため息をもらした。

〝なんと多くの情報が永遠に失われてしまったことか……。書庫にはたしか、ハッキングされた、じゃなくて盗まれたソースコード、じゃなくて……、えーと、英語を使わなければなんと言えばいいのだ？まあ、とにかく、それを集めた一角があったはずだ〟

お前は二つのキーワード、〈落書き〉と〈抵抗運動〉、を打ち込んでみる。ついでに〈カンディンスキー〉も。万が一、ということもあるからだ。Hの列、上段、引き出し239。

資料庫のどこになにがあるのか、お前の記憶はまさにコンピュータのメモリーそのものだ。だがお前は勝ち誇った気持ちなどおくびにも出さず、書庫へのドアを開け明かりをつけると、狭い通路の奥へ入っていった。当たり前の顔をしていた方がバエスは余計に傷つくと、お前にはわかっていたのだ。

床板が、まるで関節炎を起こしているかのようにギシギシ音を立てる。その一角に近づくと、湿った匂いが鼻をついた。風通しが悪いせいだ。棚には書類の詰まった引き出し、フロッピーディスク、ZIPファイルフォーマット、CD、ビデオ、カセットが納められている。なかには、なぜわざわざ手に入れたのか首をかしげたくなるような、博物館の収集物まがいの代物もある。たとえば第二次世界大戦中に使用されていたという十八インチのアセテート盤。アセテート盤とはそもそもビニール盤登場以前の古い音声記録媒体で、書庫に収められているその数枚のアセテート盤については、MEMOVOXと呼ばれる機械がなければ音声を再生することができず、しかもそのMEMOVOXは、現在ワシントンのアメリカ国立公文書館にわずか一台が残されているだけなのだ。そして、判読不可能なフロッピーディスク。なぜ判読できないのかといえば、七〇年代にコンピューティングを勉強したもの以外にはもはや馴染のないLOTUSのようなプログラムで書かれてあるからだ。他には、八〇年代に流行った型の光ディスク。いまではもうそれを市場で探すことはできなくなっている。

情報の時代は常に多くの情報を生み出し続けている。しかしその結果、一つ一つの情報は息を詰まらせ、新鮮味を失っていく。技術もすさまじいスピードで変化している。コンピュータ関連の機器も新しいバージョンが出てくるとたちまち、それ以前のものは隅に追いやられてしまう。たしかに、デジタル技術のおかげでより多くのデータがより小さなスペースにすぎめられるようになってはいる。だが量という点で進歩を遂げたぶん、機器はますます脆くなり、寿命も短くなる一方だ。いまや世界中で、人類史上かつてないほどに多くのデータが記録され、人類史上かつてないほどに多くのデータが失われていっている。

書庫の通路を歩き回っていても、お前はなにも気づかないこともある。しかしときにはその肌に、情報の一滴一滴、ビットやピクセルを感じることがある。それは失われてしまった情報のこともあれば、そこに存在する情報のこともある。それればかりか、お前は、神秘な恍惚感、だましの神様がお前のために用意してくれたエクスタシーをすぐ近くに感じることさえあるのだ。

ようやくお前は目的の棚にたどりついた。引き出しを開け、ファイルを取り出す。手にファイルを持つ。軽い。だが一瞬、ファイルに引きずられ体が床に引き倒されるような感覚に襲われる。跪づき、ファイルをしっかりと胸に抱きかかえる。右、左、上と、順番に目をやる。壊れかけた箱、箱、また箱。

くたびれた自分の肌に手をやる。皺だらけだ。

〝俺もまた、朽ちていく一方の情報なのか。なんだかはるか上の方で、誰かが俺と話したがっているようだが……。いったいなにを俺に言おうとしているのだろう。たぶん……、大した話ではない〟

‡ 2 ‡

フラービアは冷蔵庫を開け、齧りかけのリンゴを取り出した。ソファーに寝転がりテレビのスイッチを入れる。ちょうどニュースの時間だった。

〝死んだハッカーについても、〈抵抗運動〉についても新しいニュースはなにもなし、か。あら、あの人、いま話題のコカ栽培農民のリーダーじゃないの、アイマラ人の。へぇー、政党を結成する気なんだ。我が国の未来の大統領になる、とか言っているけれど〟

チャンネルを変えた。日本アニメの『ハルキ』をやっている。ハルキという名の、核攻撃を生き延びたカエルの物語だ。

〝日本人って、自分たちのポップカルチャーをなんでも簡単に世界中に広めてしまうけれど、いったいどうすればそんなことができるのかしら？　きっとそのうちに出てくるわよ、ハルキリュックにハルキパジャマにハルキサンダル〟

フラービアは、テレビのボリュームを下げステレオをつけた。ケミカル・ブラザーズの「カム・ウィズ・アス」が流れてくる。

〝映像のバックには、やっぱりテクノミュージックよね〟

靴と制服を絨毯の上に放り投げる。制服の代わりに身につけているのは、白のポロシャツとブルージーンズのショートパンツ。

リビングの四方の壁には何枚もの絵が飾られ、そのいずれもが〝嵐の夜〟を題材にした印象派の作品だった。

〝それにしても、いったい誰がこんなこと想像する？　フランス人って、三十年以上もただひたすら花と灌木を描き続けてそこから一つのスタイルを生み出したけれど、それがいまだに変わっていないなんて。パパとママの絵のセンスは古いのよ。アニメやケミカル・ブラザーズの世界には合わない。どうせ壁にかけるのならもっと違うもの、たとえばロイ・リキテンスタインみたいな方がいいのに。でもそれだって、すごくいいというわけじゃない。私にいちばん近いのはたぶん、デジタルアート。いっときも制止することのない絵。0と1の組み合わせによって生み出される、決して同じものになることのない絵〟

フラービアの銀色のノキアにメールが着信した。学校の風紀係りの教諭からだ。どこに雲隠れしたのかと聞いている。「いまの時刻は九時十五分です。あなたが学校に来ていないのはわかっています」

〝技術という名の悲劇よ、これは。技術のおかげで私は世の中に結びつけられたままで、そこから完全に逃げ出すことができなくなっている。もっとものときには、その技術を使ってバーチャル世界に逃げ出すこともできるけれど〟

家の中には誰もいなかった。閉じられたカーテンが朝の気配を消し去っている。フラービアは耳を澄ませてみた。てっきり一人だと思っていたのにしばらくして母親が手に水のボトルを持ったまま部屋に閉じこもっているのに気づくということが、それまでにも何度かあった。いや、本当は、水ではなくウォッカの入ったボトルだが。最初にそのことに気づいたのはローサだった。

〝いまもしかしたらママが部屋にいたりして。二階に行って確かめた方がいいのかも〟

フラービアは好物のリンゴを頬張り、思わず目を細めた。

〝最近、ますますパパとママのことがわからなくなってきた。二人ともこの世界の美しさとは無縁に生きている。以前のパパはもっと違っていた。それとも、パパはずっとこんな風だったのに私の方がなんにも気づかずにいた、ってこと？　ママは……、重苦しい囚人服の中に自分で自分を閉じ込めてしまっている。昔は、ママと私とでよくいろいろなことをしていたのにね。なにかにつけては二人でスーパーやショッピングセンターに出かけていって、買い物の合間には内緒話をしていた。まるで友だち同士みたいに。私にとってママは一番の親友だった。同じ年の子たちとは、あんな風にはつき合えなかったもの。でも、ママと私が仲良しで信頼し合っていたのはもう過去の話。いま考えれば、ママとああいう風にできたのも私があの年頃だったからなのかもしれない。そうよ、ただそれだけのことなのよ。十歳から十三歳って、ちょうど女の子が思春期にさしかかって体も心も変わっていく時期。だから私は、その恐怖を振り払って自分をもう一度信じるために、それまでよりももっと年上の人からの助けを求めていたのよ。ううん、違う。あのころだけがママと仲良しだったというのには、ほかにもなにか理由があるはず〟

フラービアはリンゴの芯まで残さず食べ終わると、自分の部屋に上がっていった。洋ナシの香りが漂っている。フラービアのお気に入りのフレグランスだ。カーテンを開け、朝の光を入れる。コンピュータはスリープモードで、スクリーンセーバー上にキャラクターのデュアンヌ２０１９が映っている。自分のサイトにアクセスした。いつもならトップページが出てくるはずが、かわりに〈抵抗運動〉のシンボルマークとメッセージが現れた。サイトがハッキングされたのだ。

〝なんてことよ。この画面を叩き割って真ん中にふんぞり返っているシンボルマークを粉々にしてやろうかしら〟

メッセージを読んでみた。すると意外にもそれは、友好的な内容だった。

１　より強力なセキュリティーシステムが必要であると勧告する。

２　根も葉もない噂に惑わされて〈抵抗運動〉を攻撃するようなことはやめろ。そんなことをすれば面倒に巻き込まれるだけだ。むしろ我々の戦いにこそ君が必要なのだ。君は我々の仲間になるべきだ。君は我々と同様な考え方をもつ我々と同じ人種の人間だ。ラテンアメリカ諸国を抑圧している陰の主役は大企業だ。グローバリゼーションとはすなわち、大企業が自分の好き勝手に定めたルールの上で行なっているゲームなのだ。

〝なんと答えるべきなのだろう……。私には、〈抵抗運動〉の戦いは非現実的で理想だけを追い求めているように思える。小さな国にとって大企業が危険な存在であるというのはその通りよ。でも、だからといって大企業を倒すところまで理論を飛躍させてしまうのはおかしい。それは過激すぎる。それにしても〈抵抗運動〉はこの後どう動くつもりなのだろう。ネットにつながれている政府機関の通信システムをハッキングするという今回の計画は、確かにうまくいった。情報の流れを丸一日以上も滞らせることができたのだもの。でもそれだってもう、ほぼ正常に戻っているじゃない。政権側がさらに侵入されにくいファイアーウォールを新たに築いてくるのは目に見えている。もしも〈抵抗運動〉側の目的が、モンテネグロにメッセージを送ること、そうやすやすと大企業と手を組めると思うなよと伝えることだけだとしたら、これで〈抵抗運動〉の目的は達成されたってことになるのだろうけれど、もし〈抵抗運動〉が、〈連合〉と手を組んでグローバラックスと政権との契約を無効にさせようと考えているのだとしたら、そう簡単にことが運ぶわけはないわ。それに……、グローバラックスに全面的に反対することもないように思うけれど。グローバラックスは多くの人に仕事の場を提供してくれるはずだし、国営のときの電力会社はあまりにも無能すぎたもの。たしかに、国は国営企業のほとんどを民間企業に売り渡してしまってその結果、とんでもないことだけれど、私たちは前よりももっと貧しくなっている。おまけに国はいまや借金地獄よ。でもそれだからといって、どんな民営化もダメということではないはず。もし民営化をすべて拒否するというのなら、国境を閉鎖した方がましよ。

そうだ、いっそのことメッセージの発信者に、ビバスとパディージャが殺されたことと〈抵抗運動〉とは関係があるのか聞いてみようか？　でもダメに決まっているわよね、これは会話なんかじゃないもの。ねえ、このメッセージを書いたのはラファエル、あなたなの？　あなたはラファエル・カンディンスキーなの？　そんなわけないか。偉いリーダーなら、自分で私の後をつけたり、面と向かって私を脅したりはしないわ。誰かほかの人にやらせるわよ〟

フラービアはエリンのアイデンティティーでプレイグラウンドに入った。

エリンは エンバルカデーロ地区に向かって歩いていく。そこは、情報屋や違法なドラッグの売人、金さえもらえばなんでもやる者たち、売春婦らのたまり場だ。行先はファウスティーヌ。いかがわしい噂がつきまとうゲームサロン。目的はリドリーを探すこと。

もしもまだリドリーがプレイグラウンドをうろついているとしたらあそこにいるはずよと、エリン、いやフラービアは呟いた。

いくつかの地点に配置されたカメラがアバターたちの動きを追っている。通りという通りでは兵士の一団がパトロールを続け、頭上ではヘリコプターが一機、青い金属色の空を旋回している。

ファウスティーヌの店内では、ブラックジャックとクラップゲームのテーブルにアバターが群がっている。アバターたちの会話は、ジュークボックスから流れてくる電子音楽にかき消されてほとんど呟き声にしか聞こえない。エリンは人ごみをかき分けながら進んでいく。赤毛のアバターが声をかけてくる。金色のラメの入った白粉を顔にぬり流行りの化粧をしているのは、あきらかにセックスアピールをしているのだ。アバターの無遠慮な手が、エリンの肩に置かれる。エリンはチラと見るなり、嫌だと首を振る。しかしその前に、「あなたの着ているその真っ赤っかで胸が開きすぎているシャツはすてきね」というのを忘れない。

エリンはブラックジャックのテーブルに座り、アマレットとアイリッシュクリームにグレナデンシロップが少しだけ入ったカクテルを注文する。両隣の一方は頭の禿げ上がった男で、右手に魚カギを持ち足元にマスチフ犬をはべらせている。もう一方は女で、クスリでいかれているらしく呂律が回らない。

カードが配られる。エリンの手元に来たのはエースとハートのキング。ブラックジャックだ。だがそんな幸運は、二度は訪れてはくれない。そのあとのゲームでエリンはディーラーに負け続ける。ディーラー役を務めるのは黒いスーツの男で、どことなく女っぽい顔立ちに薄い唇をきゅっとすぼませ、軽蔑したような笑いを浮かべている。

誰かがエリンの肩を叩く。

フラービアの視線が、エリンの視線より早くその誰かを捕えた。フラービアの心臓の鼓動が激しくなった。エリンの興奮と、そしてフラービア自身の興奮とで。

〝リドリーだ。ああ、どうかこのリドリーが、プレイグラウンドの仮想の迷宮からリオ・フヒティーボのラファエルの隠れ家まで私を導いてくれる糸となってくれますように〟

またエリンの負けだ。エリンがテーブルを離れる。リドリーは右腕を包帯でつり、その左の頬には、明らかに殴られたとわかる青紫色の痣が広がっている。二人は通りに出ると、レモンの木が植えられた広場に向かって歩き始める。

〝レモン、きっといい香りなのでしょうね〟とフラービアは思わず呟いた。〝もしこれで香りをかぐことができれば、プレイグラウンドももっと現実っぽくなるのに〟

エリン　つけられているの？

リドリー　つかまってぶちのめされて一晩豚箱に入れられた　サツはけっして容赦しない　最高に強力な監視システムを持っている　しかも使っているのは優秀な密告者ばかり　だから誰も監視されていることに気づかない　俺と話している君も密告者か？

エリン　冗談にも程がある

リドリー　わかっている　じゃなきゃここにはいないはず　まだ危険　俺のホテルに来いよ　近くだ

エリンは頷く。

ホテルまでは二ブロック。港に面したその地区にあるのは、古ぼけた建物ばかりだ。ホテルにはエレベーターすらない。階段を上るたびに木がみしみし音を立て、エリンは足を踏み外すまいと視線を下に向ける。薄汚れた壁は猥褻な落書きで一杯だ。エリンとリドリーは、明らかにヤクの売人とわかる男たちの脇をすり抜け、部屋にたどり着く。リドリーがカーテンを閉めたままで灯りをつける。

リドリー　ここならやつらもそう簡単には盗み聞きできない

エリンはブーツを脱ぎベッドに横たわる。リドリーもエリンの隣に滑り込むと、エリンの首筋に唇を這わせる。エリンは抵抗しない。器用な手つきでリドリーがエリンのシャツのボタンを外し、胸もとを広げる。こぼれ出た乳房にリドリーがせかせかとキスをする。いかにも、本当にやりたいことへ進むのにここはさっさと終わらせようと言わんばかりのおざなりなキスだ。リドリーがエリンのベルトに手をかける。エリンはその手をとめる。

エリン 最初は唇にキスするもの 男はみな同じね

リドリーがエリンにキスをする。しかしその手は相変わらずベルトをはずそうとしている。リドリーがうずうずしているのがエリンにもわかる。エリンはリドリーの筋肉質の体を撫でるように手を下におろしていく。指先が屹立したペニスに触れる。二人とも、もどかしげに服を脱ぎ棄て裸になる。

エリン 手がそんなだと不便じゃない?
リドリー 手のことなんか忘れてた

フラービアは右手の指で自分のものを探り当てた。
エリンは目を閉じ、体の奥でリドリーが動くたびに恍惚とした表情を浮かべる。リズミカルな振動と喘ぎ声がエリンを駆り立て、極限の瞬間へと向かわせる。
すべてが終わると、エリンはシーツの間に潜り込み、リドリーに寄り添うように身を横たえる。

すべてが終わると、フラービアは目を閉じた。
〝ああ、いっそこのままベッドに身を投げ出して寝てしまおうか〟

リドリー　俺についてきてくれとは言わない　ただ俺の話を聞いてくれればいい　俺には秘密がある　それを誰かに言っておかなければならない　もし俺に万が一のことがあれば両親に連絡を取ってくれ　住所はこの紙に書いてある　二人に連絡を取り息子は正義を貫いて消されたと伝えてくれ

エリン　なんだか怖い

リドリー　俺も怖い　でも最後まで続ける覚悟はできている

エリン　最後まで？

リドリー　俺はあるグループに属している　俺たちには企てていることがある　プレイグラウンドの管理側に反乱を起こして独裁体制から自由を勝ち取る　やつらは楽しませる代償として俺らに従属を強いている　独裁体制としてはいちばんたちが悪い　行動をすべて監視しているくせに俺らが自由だと嘘っぱちを言っている

エリン　そんなこと無理よ

リドリー　いまのまま黙って従っているくらいなら計画を実行して消される方がいい

エリン　カンディンスキーとなにか関わりがあるの？

リドリーが二つ折りにした紙をエリンに渡す。エリンは紙を開き、中に書かれた住所に目をやる。

フラービアは住所を書き写した。

〝もしかしたら……、これでラファエルに会えるのかもしれない〟

静まり返ったホテルに突然、階段を駆け上ってくる足音が響き渡る。リドリーがベッドから跳ね起きあわててズボンをはく。エリンに別れも告げずに窓を開け隣の部屋の屋根に飛び移る。エリンの視界からリドリーの姿が消えていく。二人の憲兵が一突きでドアを押し開け入ってくる。銃口がエリンに向けられる。

PM235　動くな　そこを動くな

〝ここで本当のことを言ってもリドリーの身は大丈夫よね〟フラービアは心の中で呟いた。

エリンが窓を開け隣の屋根に飛び移る。

エリン　あの男ならあっちの方へ行ったわ

‡ 3 ‡

〝ああ、やっぱり……〟ルスの不安が的中した。大学の正門はすでに閉鎖されていた。キャンパス内に人影はなく、門の前に数台の装甲車が横づけにされ、その脇で防弾チョッキとヘルメットで身を固めた治安部隊の兵士が銃を構えている。五十メートル離れたところでは大学生の集団が警官に罵声を浴びせている。別の学生グループが、正門からさらに半ブロック先にあるマクドナルドで警備にあたる兵士らとにらみ合いを続けていた。マクドナルドの窓ガラスはすべて叩き割られている。その店ができたのは新学期が始まったころで、ルスもよく食事に利用していた。ときどきは、オフィスアワーのために、煌々と明かりの灯った店内の片隅を拝借することもあった。マクドナルドの床は常に磨き上げられ、トイレも清潔でトイレットペーパーが常備されていた。

ルスは足が痛かった。明らかに歩きすぎだ。ヒールの高い靴など履いてくるべきではなかったのだ。

〝諦めるしかないのだろうか〟

ルスは煙草に火をつけた。黒タバコ。ルスの両親もそのタバコが好きだった。

〝いいえ、大丈夫、きっと大丈夫よ。たとえあの原稿が発見されたとしても、あそこに書いてあることが、政権が犯してきた数限りない罪を暴いたあの告発状が、完全に解読されてしまうことなどまずありえないもの。各章ごとに違う暗号で書いているし、解読には鍵をメモしたノートが必要だけれど、それはちゃんと中央銀行の金庫の中にしまってある。暗号は一つとして同じものは使っていない。その点では、ナチスのオペレーターがエニグマ暗号でやっていたようなワンタイム・パッド方式を取ったといってもいいのかも。ううん、本当は……、ある一つの暗号だけ二度、繰り返して使ってしまった。繰り返すなんてほんと、不注意もいいところ。まるで、こちらからドアを開けて、敵である暗号解読者に向かってどうぞ侵入してくださいと言っているようなものよ。でもまあ、たしかにナチスもそう慎重とはいえなかったわね。たぶんそれは、ナチスが自分たちの完璧さをあまりにも信じていたから。それとも、たんに疲れていただけなのかも〟

ルスは正門を避けて脇に回ることにした。

〝脇門ならまだなんとかなるかもしれない、少なくも小競り合いに巻き込まれずにすむわ〟

ルスはタバコの吸い殻を地面に投げ捨てた。

道で出会う学生たちは誰もが、すさまじい形相をしている。その中にはルスの学生もいた。

〝あんなに穏やかな顔の裏に爆発寸前のエネルギーを溜め込んでいたなんて、考えたこともなかった。けっきょく、みんな、不満を吐き出すきっかけが欲しかったのね。学生たちが見せていたあの落ち着きも気色悪いほどの従順さも、ある意味では、上面だけの忍従の最たるものだったのかもしれない。そうよ、あの子たちがこれまで淡々と日々を過ごしていたのは、混沌とした状況を変えることができないと諦めていたわけではなく、ただ、どういう形で自分を爆発させればいいのかがわからなかっただけなのよ。たとえて言うならそれは、余命いくばくもないと宣告されても表面的には冷静に恨み言も言わず状況を受け入れているように見えていた病人が、ほんとうは何ヵ月もの間、ある明け方に、あるいは昼間の明るい太陽をうけて部屋のカーテンが揺れたある瞬間にすさまじい絶望のうめき声を上げるそのときのためにじっと自分の喉を温め続けていた、とでもいうようなものなのかもしれない〟

誰もいない中庭を眺めるのは奇妙な気分だった。真ん中に大きな胡椒の木がぽつんと立っている。いつもならそのあたりは、木陰を求める学生でにぎわっているはずだ。四階建ての校舎のどの窓も日の光りを受け、奥に無人の教室や研究室を浮かび上がらせていた。

〝たぶんあの中は……、長椅子は引き倒され、ノートや本は床に落とされたままで、黒板には教師を罵る言葉が書き散らされているのでしょうね。それにカフェテリアのコーヒーメーカーはきっとまだスイッチが入った状態でさかんに湯気を立てているはずよ。

大学の閉鎖って、これでいったい何度目よ。今度もすぐに、地面が軍馬の糞だらけになるに決まっているわ。これまでどれだけ、校門のかんぬきにかけられた南京錠に嫌な思いをさせられてきたことか。それこそ何世代もの若者たちが学業を中途半端なままで終わらせざるをえなかった。七〇年、そして八〇年代初めごろの学生たちも……。それに比べれば九〇年代の学生たちは、もう少し運がよかったわ。でも人生は車輪のようなもの。あることで運が良ければ、その分、ほかのことが悪くなる。

私だって、モンテネグロが大学を閉鎖したことで、学業を最後まで続けることができなかった。だから歴史学の学位は取ってはいない。でも政権のなかで働いていたおかげで、偽の学位を手に入れてもらうことができた。もしかしたら……、それが一番の原因で、私はモンテネグロを許せないでいるのかもしれない。信条がどうこうといった問題などではないのかも。私はずっと、いつばれるだろう、詐欺罪で訴えられたらどうしようかと、毎日を怯えながら暮らして来なくてはならなかった。そんなことにでもなれば仕事もクビ、世間のさらし者になるのは目に見えているもの〟

ロス・リモネーロス通りに面した脇門を三人の兵士が固めている。ルスは勇気を奮い起こし、兵士らに近づいていった。いかにも切羽詰まったような表情を精一杯、その顔に浮かべて。

ルスが門から入ろうとしたそのとき、兵士の一人がルスを手で押さえ、冷淡な声で言った。

「ここは立ち入り禁止です」

「私はここで働いているものです」ルスは大学の身分証明書を見せた。「この大学の教授です。あなた方にご迷惑をおかけするつもりはありません。ただどうしても、私の研究室に用事があるのです。急を要することです」

「申し訳ありませんが、命令は命令ですから」

〝命令が完全に守られたためしなどないことぐらい、私だって知っているわよ。兵士たちはいつでも命令に背いてくれる。それなりの金額をうまいタイミングで手渡しさえすれば〟

「お願いです、将校さん。私の立場もご理解ください。おそらく大学は何週間も閉鎖されることになるでしょう。もしもいま中に入れていただけなければ、しばらく入ることができなくなります。命令がまだ届いていないということにしてはもらえませんか。私が大学を出たらすぐに命令を実行されたらどうでしょう。もしもそうして下さるのなら、こういう場合にはどれほどのお礼を差し上げるべきなのかはよくわかっているつもりです」

〝これだけ筋道を立てて言えば反論できないはず。どうか私を中にいれて、お願い。どうせ入口が閉じられたのはついいましがたなんでしょ？　閉鎖命令が出てから五分も経っていないじゃない、だったらまだ入口が開いていたとしても少しもおかしくないわよ〟

兵士が、戸惑ったような視線をルスに向けた。顎の鋭い好戦的な顔だ。兵士は軍服を、お腹のあたりのボタンを留めずに着ていた。

「わかりました。では私についてきてください。それから、私は将校ではありませんよ、先生。位を上げていただいてありがたいことですが、私はただの兵士です」

〝ほーら、これなら大丈夫。あとは、うまいこと誰にも見られないでお札を手に握らせればいいってことね〟

「私たち国民は……」ルスは媚びるように言った。「国が大変な危機に直面しているこの状況のなかで秩序を守ろうと必死で働いてくださっているあなた方のことを、とても誇りに思っています」

兵士が仲間たちの方を見た。

〝命令に背くけれどいいかと、聞いているのだろうか？　それとも金は山分けするからなと暗に伝えているのかもしれない〟

二人の仲間が、下げたかどうかわからない程度に頭をコクリとさせる。

〝これぐらいだったら完全に頷いたとまではいえない、というわけね。たしかにそうしておけばいざというときに言い訳ができる、規則違反を問われても言い逃れることができる。つまりは体面を保ちたいってことなのね〟

兵士が門を開けた。ルスは恐る恐る、足を踏み入れた。

〝私の言葉にこんなにあっさり納得してくれて……、私、騙されているわけじゃないわよね？〟

ルスは兵士と一緒に、大学の中央塔に向かって歩き始めた。頭を高く上げると、自分の中に強さが戻ってくるのを感じた。

〝財布の中にはいくら入っていただろう〟

バスケットボールのコートとミニサッカーのコートを斜めに突っ切る。空には灰色の雲が垂れ込めている。いまにも濁った雨粒が落ちてきそうだ。

〝ミゲル……、あなたのせいよ、あなたが私にこんなにひどいことをさせている。ミゲルじゃない、チューリングね。でも、忘れたわけではないのよ。そう、私たちにだって愛し合っていた時代はあったわ。二人で外に食事に行ったとき、あなたは言った。〈アモール、僕の可愛い人、僕がいつも頼む料理はどれだっけ？〉結婚したてのころ、あなたはよく、手に一本のバラを持って仕事から帰ってきたわね。それに母の日というと必ず朝食を用意してベッドまで運んできてくれた。私がまだ母親になっていないときでも、そうしてくれた。難しい暗号がようやく解けたりすると、ベッドに入ってからも、電気を消したというのにいつまでも嬉しそうにその暗号のことばかり喋っていた。二人でパーティーに行くと、いつも居心地悪そうに椅子に腰かけ、表向きは平気な風を装いながらも別な人と踊る私の姿をチラチラ盗み見ていた。あれはまだフラービアが二歳にもならないころよ。パパと隠れん坊をしているつもりで黒い革の肘掛け椅子の後ろに座り込んだフラービアを見て、あなたは本当に幸せそうな顔をしていたわ。そうしたいくつかの幸せな出来事を経験できただけで私がこの何十年を生きてきた意味はある、そう考えていいのだろうか？　たぶん、答えはイエス。けっきょくのところ、そんな出来事も私の人生にとってはなんの救いにもなっていないのだろうか？　たぶん、答えはノー。でも、私はもう一線を越えてしまった。後戻りはできない。人は必ず家族単位で苦悩から解放される道を見つけ出すべきだって、誰が決めた？　カップルで一緒にそうすると決められているわけでもない。時には歯を食いしばり、目を閉じて誰にも頼らずに自分で自分を救ってやらなければならないことだって、人生にはある。うぅん、目を開けて、ということだってあるわね、母さんみたいに。母さんは両目を開けたまま、私の目の前で自分に向かって引き金を引いた。そうして、痛みに耐えてただただ肉体が朽ちていくのを待つよりはと自分の手で自分を始末することを選んだ〟

ルスは、鼻から生暖かいものが流れ出すのを感じて、唇に手をやった。液体が手に触れる。舌を出してなめてみる。やはり鼻血だ。ルスは思わず足を止めた。

〝……だからだったのね。母さんのことを急に思い出したりして変だと思った。私の体は私よりも早く血が鼻から流れ出ることを知っていた。そして教えてくれたのよ。その血は怖いものだ、体の深いところでどこかの臓器の細胞がたったいま癌になった証拠だ、って。私がノイローゼだというのはその通りよ。でも、今度ばかりはそれとは違う。たしかに妄想症気味なところもあるけれど今度はそうじゃない。家族の中には癌で亡くなった人が大勢いる。母さん、お祖父ちゃんのフェルナンド、叔父さんたち、それに従兄たちも。遺伝子の突然変異は、私が受けついだ負の遺産の一つだもの〟

「どうかされましたか？」兵士が足を止めルスを見る。

ルスは鞄からハンカチを取り出した。

〝病院には研究室から電話をしよう。大事な結果を聞こうというときに携帯は使えないわ。立ったままで聞くことなどできない〟

「いえ、大丈夫です。将校さん」

〝とにかくいまは落ち着かなくては〟

「ええ、たったいま、私がなんの病気で死ぬのかがわかったというだけのことですから……」

ルスは、再び歩き出した。ハイヒールをカ、カッと響かせ、視線を高く上げる。

兵士はしばらく、あっけにとられたような顔でルスの背中を見ていた。そして気づいたようにルスの後を追って歩き始めた。

‡ 4 ‡

朝が消える。昼が消える。夜が消える。一日が消えていく。

私の人生は消えていかない。自分がそう望んでいるわけでもないのに、私は生き続ける。それは私への祝福。私への呪い。私は電気蟻……。すぐにまた新しい自分に生まれ変わる……。この国に長く居すぎた。薬の臭いの立ち込める部屋で……、私は、別な戦いの場へと向かう時を待っている。もっと刺激を感じられる場所へ……。ここでやらなければならないことはすべてやりつくした……。政権はもう私のことを必要とはしていない。もっともそれは私も同じだが。それなのに政権が私を手元に置いておくのはお守りのつもりだろう。いや、囚人としておいているだけか……。

たぶん、政権は私に消えてほしいのだ。私は多くを知っている。だが私は喋ることができない……。誰も私を尋問することはできない。

言葉が頭の中で紡がれ、解かれていく……。音となって発せられることはない……。私はいつも、自分がなにかを考え始める瞬間を待ち構えている。そして、考えが浮かんだとたんにそれを考えるという行為のなかに入れ込み……、分析してみる。考えの塊の後ろにあるものを見る……。そこにあるのはおそらく別な考えの塊……。思考は川の流れのように突如向きを変える……。だがそれもけっきょくは理屈に裏打ちされている。

私は電気蟻……。死にたいのに、死ぬことができない。

私はこの世に居続けたいと望んでいた。いや、私でなく、私の中にいて私よりもっとよく私のことを知るものが……、私がこの世に居続けることを望んでいた。私は書き……、大勢の者が私について書く。私は……、幸運なことに……、いまの私とは別の面白い者たちでもある……。

私はエドガー・アラン・ポー……。一八〇九年に生まれた。といっても私には、幼年期の記憶というものはない……。人は私を現代短編の生みの親だという。推理小説、ホラー小説を生み出したのも私だと……。私は、詩というものを理性に基づき説明しようとした。理性には絶大なる信頼を置いていた……。だが私の作品には非理性的な所がずいぶんある……。私はアルコール依存症だった。妄想に犯されていた。たぶん、考えるということは妄想の別な形……。たぶん理性とは、妄想の最たるもの……。

妄想に犯された者たちの国では……、理性は王様……。論理的に考えをつないでいくということは……、考えがあちこちに枝分かれしていこうとするそのときに考えを本来進むべき方向へとたどらせるということは……、すなわち妄想するということ……。

私にとって最大の暇つぶしは暗号解読だった。一八三九年には謎を解くことの大切さ……、とりわけ暗号文を解くことの大切さを描いた作品を出版した。私はフィラデルフィアの……、『アレクサンダーズ・ウイークリー・メッセンジャー（*Alexander's Weekly Messenger*）』誌で私の読者に呼びかけた……。単換字式暗号文を作成してそれを送って欲しいと……。多くの暗号が届けられた……。私はそのほとんどすべてを解読した……。しかも製作者たちが暗号を作るのに要したよりも短い時間で。私は自分の直観に従っていた。おそらく直感とは、理性のもっとも洗練された形態……。思考は、そこまで思考は考えないだろうと我々が思っているようなことまで考えることができる……。こちらには考えつかないようなことですら考えることができる……。なにかを直感するときでも……、人はそれとは知らずにそこに理性を働かせている。それゆえに妄想に身を任せるのがよいのだ。

チューリングは、文学作品はあまり読んでいなかった……。一度、家にチューリングを招待したことがある。膨大な蔵書にチューリングは驚いていた。ラテン語にギリシャ語の本……。ドイツ語やフランス語の本も……。チューリングは目を丸くして私を見ていた。私はチューリングに言った。文学からインスピレーションを得ている……。あるメッセージをわかりづらい表現を使ってしかもはっきりと相手に伝えるにはどうすればいいのか……。フレーズの森に意味を忍ばせる方法について。文学は暗号の中の暗号だ。私はそうチューリングに言った。自分の椅子に腰をかけ……、窓に背を向けて。雨粒が激しい音で窓を叩きつけていた……。真実という衣の下に隠されているものに目を向けようとする……、核心にたどり着こうとする。それが世界を見るための方法。この世界を生きていくための……、日々の戦いに没頭するための……。チューリングは私から視線を外そうとしなかった。賞賛と猜疑心の入り混じった視線……。本棚の脇に立ったままで……。私は立ち上がり棚を探った。カバーのかかった本を一冊チューリングに手渡した……。ポーの全集……。これを読めば勉強になるぞと私は言った……。『黄金虫』を読むよう勧めた……。

私はチューリングにキスする素振りを見せた。そうしたゲームをチューリングにしかけるのは面白かった……。チューリングが私とキスしたがるかどうかを見ていた。キスできるかどうかを。

哀れなやつめ……。帰るときもまだ……、ショックから立ち直ることができずにいた。

私は電気蟻……。血を吐くことはできる……。目を開けていながらなにも見ないということもできる……。チューリングのことすらも……。じっと座って私の言葉を待っているチューリング。可哀そうな男。まだ魔法にかかったままだ……。これまでのチューリングの人生のなかで最良の出来事は私に出会ったこと。そしてそれは同時に最悪なこと……。私はチューリングに自分の仕事だけをしろと教え込んだ……。余計な質問はするな。詮索もするな。そんなことはほかの者がやればいい。上の者に従うのは当然のルールだ……。権力ある者に向かって無駄口をたたくのは構わない。しかしそこからの命令に疑問をさしはさむな、と。私はチューリングを対等な相手として扱っていた。まるで友だちのように。それだからこそ……、いざというときに……、いい部下として働いてくれた……。いい部下だった……。いまもいい部下だ……。チューリングはいまだに自分一人ではなにもすることができない。私に頼ったままだ。私に対して、これまでと同じように自分の進むべき道を見つける手助けをしてもらいたいと、そう思っている。いまだにチューリングは私のことを信じ切っている。でも実際は……、私がチューリングにしてきたことは、本当に進むべき道にチューリングが目を向けないでいるための手助け。チューリングが……、目の前の自分の机の上に積まれたものだけに集中するための手助け。

政権を存続させるためには……。チューリングのような官僚が必要なのだ。

市場。古い要塞の跡。川。深い緑の谷。

チューリングはポーの短編に夢中になった。チューリングは私の短編に夢中になった。

次の日チューリングは、私の部屋までやってきて本の話をした……。チューリングが話をしているあいだ……、私は、『黄金虫』に出てくる単換字式暗号を作成したあの霧に包まれた朝のことを思い出していた……。主人公のレグランドはキャプテン・キッドの財宝の隠し場所を突きとめるために暗号を解読しなければならない。一世紀半も前に死んだキャプテン・キッド。暗号は単純なものだ。

53‡‡†305))6*;4826)4‡.)4‡);806*;48†8¶60))85;;]8*;:‡*
8†83(88)5*†;46(;88*96*?;8)*‡(;485);5*†2: *‡(;4956*2(5
—4)8¶8;4069285);)6†8)4‡‡;1(‡9;48081; 8:8‡1;48†8
5;4)485†528806*81(‡9;48;(88;4(‡?34;48) 4‡; 161;:188;‡?;

いまとは違う時代の話。メッセージを秘密に保つ技術がまだ機械化されていないころ……。鉛筆と紙で暗号に立ち向かわなければならなかったころは……、いくつかの暗号解読方法を身につけておくことが重要だった……。アルファベットの各文字の出現頻度を知るのもその一つ。私はそれを……、最初は純粋に勘だけでやっていた。勉強を始めたのはしばらく経ってからだ。百科事典の記述を読みながら……。私のそのやり方は頻度分析を学ぶ基本的な方法の一つ……。この短編を書くころには……、私は完全に頻度分析を自分のものにしていた。

レグランドは英語でもっとも出現頻度が高いのはeの文字であることを知っていた。暗号の中には数字の8が三十九回出てきている……。8をeと仮定してみる。定冠詞のtheもまた出現頻度が高い……。数字と記号が組み合わされたものは、と見てみると、;48が七回くりかえされている……。レグランドはそれをtheに置き換えてみる。暗号全体を眺めてみると必ず突破口となる場所が見つかるものだ……。暗号文の後ろから三十三番目の、;という記号に目を留める。;48;(88;4と続いている。これでここが、the-t)eethとなることがわかった。だが問題は、)がなんの文字を表しているかだ……。t)eethにあてはまるような単語は英語にはない……。そこでレグランドは考えた……。いや、私がレグランドに考えさせた……。最後の、thは別な単語の一部ではないのか……。thを取ると……、t)eeだ。

アルファベットの文字を一つずつあてはめていく……。ようやく意味を成す言葉が現れる。tree。さて、the tree thr--htheまでわかった。ではrとhのあいだの、--はなにか、レグランドはこの単語をthroughと考えることにする。さらに二つの記号と一つの数字、‡?3の正体が明らかになる。こうして徐々に暗号文は解読されていった……。全文はこうだ。A good glass in the bishop's hotel in the devil's seat. Forty-one degrees and thirteen minutes northeast and by north main branch seventh limb east side shoot from the left eye of the death's head a bee line from the tree through the shot fifty feet out.

それでもまだなんのことやらわからない……。だがここから先が解けるかどうかは、レグランドの問題だ。もはや暗号解読とは関係ない。

ひどく疲れた。窓の向こうは……、雨。喉が渇いた。できることなら外に出たい……。この管から自由になりたい。この国での私の任務は完了した……。

チューリングは、コンピュータを使って仕事をするのに馴染むことができずにいた。コンピュータについてはかなり勉強していた。少なくとも上達しようと努力していた。だが鉛筆と紙の時代を懐かしむ気持ちを捨てられないでいた……。暗号文がまだクロスワードパズルに毛の生えた程度のものだった時代……、人間が自分の勘と推理を武器に暗号に立ち向かっていた時代。チューリングはポーの『黄金虫』を飽きることなく何度も読み返していた。とにかくその短編を気に入っていた。たぶんチューリングは、琴線に触れるなにかを『黄金虫』という作品に見い出していたのだ。そして『黄金虫』のおかげでチューリングは気づいたのだろう。自分はアナログ人間である……、もっと昔に生まれてさえいればたとえそれがどんな時代であってもいまよりは幸せに生きることができたはずだ、と。

私は、ブラック・チェンバーの廊下をウロウロするチューリングを見るたびに心が締めつけられるような思いに襲われていた。

もしもチューリングに不死身という運命が用意されていたとしたら、あいつは自分のことを幸せだと思ったのだろうか。

たぶん、そうは思わなかっただろう。いや、どうだろうか……。たしかなのは、私が不死身だということ、そして私は幸せではない。

‡ 5 ‡

シャワーを浴びていると携帯が鳴った。ラミレス・グラハムは濡れた手を伸ばしノキアを掴んだ。石鹸まみれの携帯が床に滑り落ちる。

〝クソッ！〟

「あ、ボスですか？」バエスの声だ。「なんの音です？」

「携帯が落ちた。いまシャワーを浴びていたところだ」

「ああ、それで……。どこか電波の届きにくいところにでもいらっしゃるのかと思いましたよ。ところで、サーエンスさんのお嬢さんとたったいま話をしました。例の件、引き受けてくれるかどうか明日の朝に、返事をくれるそうです。ただ、迷っているような気配でした。ハッカーに脅されているのではないでしょうか。あの娘が中立の立場を守って自分のサイトに情報をアップしているかぎりはハッカーたちもあの娘を信用して好きにやらせているでしょうが、もしも今回また政権に協力するとなったら、相手は当然面白くないはずです。どうやら、以前アルベルトに頼まれて仕事をしたときにも脅迫を受けたことがあるようですし」

「いや、その娘にはなんとしてでもウンと言わせろ。絶対に逃がすな」ラミレス・グラハムはバエスにそう命じると、電話を切った。

〝まったくなんてことだ！　クソ！〟

シャワールームを出ようとして再び怒りが込み上げてきた。

〝もしもこれで勝負に勝ったとしても、それがすべて小娘一人のお蔭だということにでもなれば俺の面目はまるつぶれじゃないか。いや、それでもカンディンスキーを捕まえることができれば、俺も晴れて自由の身だ。猿ぐつわをかまされたカンディンスキーを副大統領に引き渡して、その日のうちにワシントン行きの飛行機の切符を買いに行ってやる〟

ラミレス・グラハムは自分のイニシャル入りのタオルで体を拭き、寝室の姿見の前で服を着た。フローリングの床の上には、濡れた足で歩いた跡が点々と残されている。スーパーソニックが傍によってきた。尻尾を振りながら、悟り切ったような目をラミレス・グラハムに向けている。

〝お前のセンサーが、また今晩もご主人様は一緒に遊んでくれないらしいと、そうお前に言っているのか？〟

ラミレス・グラハムはスーパーソニックに笑いかけ、金属製の頭とピンと立った耳に触れた。

ソニーのマニュアル書には、ラミレス・グラハムが購入したそのインタラクティブモデルについて、飼い主との間でどういった関係が築かれるかによって獲得される性格も異なってくると書かれていた。そこでラミレス・グラハムは、手に入れてからは毎晩のようにマニュアル書を朝まで読みふけり、スーパーソニックにさまざまな芸を覚えさせようとしていた。もっとも、朝までマニュアル書を読みふけるというのは、ラミレス・グラハムが新しい電化製品を手に入れたときの決まりごとのようなものではあったのだが。とにかくそうしてラミレス・グラハムはスーパーソニックに、たとえば、公園でラミレス・グラハムが放り投げるテニスボールを取ってくることができるように教え込んだ。あるいは、仕事から帰宅したラミレス・グラハムを尻尾を振って出迎えることができるように。そのころのスーパーソニックは間違いなく幸せな犬で、いつも満足げな寝息をかすかに響かせながらラミレス・グラハムのベッドの下で寝ていた。だがそれも、長くは続かなかった。緊急事態が発生し仕事に追われるようになると、ラミレス・グラハムの頭からスーパーソニックのことがすっかり消えてしまった。するとスーパーソニックは明らかに元気をなくし、どことなくしょぼくれた気配を漂わせるようになっていった。

〝……こいつも、もうすぐ終わりだな。電池が切れたら地下倉庫のガラクタか〟

ラミレス・グラハムはキッチンでオールド・パーのロックを用意し、チェリオスを深皿に空けた。毎週土曜日の午前中、ラミレス・グラハムは必ずアメリカの食料品を専門に扱うスーパーマーケットに行き、ドリトス、エム&エムズ、プリングルスを大量に買い込み食料庫に補充していた。

居間に置かれたフラット画面の東芝製ＴＶの電源を入れた。まただ。胃を鋭い痛みが襲う。ラミレス・グラハムはクスリを取りに急いでバスルームに向かった。歩くたびに胃が悲鳴を上げていた。

〝この痛みは、胃を覆い保護してくれているはずの粘膜が剥がれ落ちたからなのか。腸内フローラ、たしかそんな用語だったな。それとも消化を助ける胃液が不足しているからだろうか？〟

ラミレス・グラハムは居間に戻り、ニュース番組にテレビのチャンネルを合わせた。

〝もし〈連合〉が呼びかけている今度の無期限封鎖がうまくいけば、それがきっかけでカンディンスキーが反グローバリゼーションの戦いを象徴する存在になることだって十分に考えられる。やっぱりここは外国だな。これがアメリカであれば、まずハッカー自身、労働組合のメンバーと力を合わせるなど考えもしないはずだ。Fucking weird（まったくおかしなことだ）。俺はいま……、解かなければならないパズルを突きつけられているが、ときどき俺は、それが何語で書かれているのか自分は本当にわかっているのだろうかと、不安に駆られることさえある。ああ、クリプトシティーのオフィスが懐かしい。あのころは、いまよりもっと難しい挑戦を強いられ四苦八苦していた。でも少なくとも、真剣に取り組めば解決できるという可能性は見えていた。

　クリプトシティー、そしてブラック・チェンバー……。だがまあ、たいした家の出でもない俺がここまで上り詰めたのだ。いったい誰がこうなることを予測しただろうか。そもそも俺がこれほどまでに数学に愛着を抱くようになったのも、考えてみればお袋のおかげだ〟

　ラミレス・グラハムの母親は公立学校の教師だった。一日中、教壇に立ち、いつもくたびれ果てて家に戻ってきた。しかし、それでも必ずキッチンのテーブルで、『アラビア数学奇譚』を参考に作ったゲームを使って、ラミレス・グラハムに数論について教えてくれていた。ラミレス・グラハムは、母親とのそうした午後の時間に新たな発見を楽しみながら、自分でも気づかないうちに多くのことを学んでいった。

『アラビア数学奇譚』の主人公、ベレミズ・サミールこと〈かぞえびと〉は、数のなかにいつも詩を見い出し、三十五頭のラクダをアラブ人の三兄弟に、兄弟全員が公平だと納得する方法で分配することさえ見事にやってのける。サミールは言う。４の数字を四つ使うことでどんな数字でも作ることができる、と。ゼロなら44-44、1は44/44、2は4/4+4/4、3は（4+4+4）/4……というように。数の中でサミールがとりわけ好むのは、たとえば４９６。４９９よりは４９６を好むその理由とは、４９６が完全数であるから。完全数とは、その数自身を除くその数の約数の和がその数と等しい自然数のことだ。また１４２８５７という数字にも惹かれている。それは、この数字を一倍から六倍までしたときに出てくる答えがすべて、元の数１４２８５７を構成する六つの数字の順番を変えた数となるから。サミールにかかれば、十人の兵士を各列とも四人ずつかつ五列に分けて配置するのも、天秤を使っての計量は二回までという条件で形も大きさも色も同じ八個の真珠の中から一つだけ重さの違うものを見つけるのも、不可能なことではない。イスラムの判事（カディ）が三姉妹にそれぞれ五十個、三十個、十個と異なった数のリンゴを与え、三人ともがそのリンゴを同じ価格で売りかつ同じ金額を手にするようにしろと命じたのに対して三姉妹がそれをどう成し遂げたかについても、サミールは説明することができる。

　そうしたゲームをラミレス・グラハムは、何度も飽きずに繰り返していた。するいつの間にか、自分でもほとんど意識しないままに今度は、自分でオリジナルのゲームを作るようになっていった。

　やがてラミレス・グラハムは暗号理論に興味をもつようになった。それは、〈数学の秘められた亜流〉

である暗号理論が、数論をさまざまに応用したものだからだ。

そんなときラミレス・グラハムは、ひょんなことからマセマティカという名のソフトウエアを手に入れた。もちろんそれを使ってまず始めたのは、独自の暗号化プログラムの作成だ。そして実際にやってみてラミレス・グラハムは思ったのだった。〝数学を扱う者たちはコンピュータが出現するまでいったいどうやって仕事をこなしてきたのだろう。暗号解読者のように大きな桁数の数字と向かい合っている者にとってはやっぱり、コンピュータのもっているスピードこそがなによりの味方だ〟と。

たしかに、フェルマーの有名な予想の一つとは異なりフェルマー数の中の一つが素数ではないと証明されるまでに一世紀、さらにもう一つ素数でない数字があるとわかるまでに二世紀半も費やされたというのに、同じことをコンピュータで、たとえばマセマティカのようなソフトを使って証明しようとすると、その何世紀もの時間はほんの数秒にまで短縮される。フェルマーが素数だと考えていた数字、$2^{32}+1$。ラミレス・グラハムは実際にマセマティカに、最初に素因数分解用コマンドのFactorIntegerを打ち込み、続けて[2^32+1]と、その数字を入れ込んでみた。すると一秒もかからずに、フェルマーの予測が間違っていると教えてくれた。

ラミレス・グラハムがシカゴ大学に進学できたのは、アファーマティブ・アクションでの優遇措置を受けたおかげだ。高校での成績がことのほか優秀だったというわけではないのだ。ところが大学に入ってからのラミレス・グラハムは群を抜く優秀さを見せ、卒業までにまだ二年もあるという時点ですでに、NSAから名指しで仕事のオファーが舞い込むようになっていた。

〝そうだ……、俺のキャリアはどこから見たって立派なものではないか。敗北感にぶちのめされているような暇があったら俺はまず、自分の過去の栄光のすべてを思い出すべきじゃないのか〟

ラミレス・グラハムは、ブラック・チェンバーから持ち帰った幾冊ものファイルを手に取り肘掛け椅子に腰を下ろした。顔の片側だけがライトに照らされ、反対側は闇に沈んでいる。足元ではスーパーソニックが寝そべり尻尾を振っている。

〝おい、俺の気を引こうとしても無駄だぞ。電気犬も煩わしいという点では本物の犬と変わらないな。いつもこちらの愛情を求めてくる。それでも、まあ、少なくとも、そこら中どこでもオシッコやウンチをするなんてことだけはないからな〟

それらのファイルはすべて極秘資料で、資料室内の特別なセクション、すなわち〈書庫の中の特別記録保管庫〉で管理されているために、ブラック・チェンバーの長官以外には見ることが許されていない。内容は、一九七五年の初頭にブラック・チェンバーが設立されたときのいきさつと、始動してからの数年間の活動状況についてだ。具体的に言えば、この建物がなぜできたのかを説明する覚書、ブラック・チェンバーがどういった特殊任務を負うかが正式に決定されるまでの経緯が官僚言葉で書かれている書類、職員を募集したときの資料といったものを、ラミレス・グラハムだけは自由に見ることができたのだ。

〝俺としてはどうしたって、アルベルトのことをもう少しよく知る必要がある。この建物はアルベルトの魔力に取りつかれている。アルベルトにまつわる数々の逸話がアルベルトを神のような存在に祭り上げ、周囲を盲従させてしまうようなオーラをアルベルトにまとわせている。俺だって、自分のオフィスに入るときに嫌だと思ってもつい、アルベルトがここで働いていたことを思い出してしまう。時には、幽霊のような影が見えたような気がしてゾッとすることさえある。俺の仕事ぶりを観察し、俺の一挙手一投足、言葉、あげくに俺の思考までをも自分の思うままに操ろうとする影。その影は錆びついた鎖でエニグマの機械につながれている。まるで『百年の孤独』に出てくるホセ爺さんのように。いや、俺には ***One Hundred Years of Solitude*** という方がしっくりくる。なにしろ英語でしか読んでいないのだから。たしかにあれは面白い小説だ。でも、あれを読んだクラスメートたちが、あそこに書かれている奇妙でエキゾチックな世界こそがラテンアメリカの現実だと信じてしまうものだから、それが俺にはおかしくてたまらなかった。俺はみんなに言ってやった。〈あっちではもちろんすべてのことがこことはずいぶんと違うさ。でも、エキゾチックってわけじゃない。少なくとも俺が夏休みを過ごすコチャバンバは、この小説のような世界ではないぞ。パーティー、ドラッグ、テレビ、ビールもふんだんにあるし、その点ではシカゴで暮らしているのとなにも変わらない。木に縛りつけられた爺さんも天に昇っていく美少女もいない〉と。俺は本当にそう思っていた。だがここに暮らすいまとなれば、その考えが間違っていたとわかる。もしかしたら、ガルシア・マルケスの描く世界もある真実を表しているのかもしれない。

たしかに、隔離されて死の床についているアルベルトを訪ねみるというのは、我ながらいい考えだ。でもアルベルトの平安を邪魔するその前に、ブラック・チェンバーの成り立ちを理解し、アルベルト伝説がどこまで真実なのかを実際のデータで見極めなければ。この資料はきっと役に立つ。たぶん、いろいろとわかるはずだ。それについでといってはなんだが、これを読んでいる間はしばらくカンディンスキーのことを忘れていられる〟

チェリオスの皿があっという間に空になった。しかしラミレス・グラハムは、起き上がる気にはなれない。

〝間抜けな電気犬！　スーパーソニックなんて、けっきょくのところ犬の形をした動くおもちゃみたいなものじゃないか。ああ、本物のロボットが欲しい。そうしたらそいつに、台所に行ってチェリオスのおかわりとオールド・パーのボトルも忘れずに持ってこいと、そう命令してやるのに〟

ボリビアでは、メイドの一ヵ月分の賃金は百ドルにも満たない。ときどきラミレス・グラハムは、いっそのことメイドを雇おうかと思うこともある。だがやはり、できない。ラミレス・グラハムには、赤の他人が自分のマンションに一緒に暮らし、おまけにその他人が朝の六時から夜の十時までマンションをいいように仕切り自分がいない間に家じゅうの引き出しを詮索して回っているという状況が、どう考えても当たり前のこととは思えなかったのだ。

だがもう一つ、雇いたくない理由があった。

ある年の夏休み、例年通りにコチャバンバに滞在していたラミレス・グラハムにガールフレンドができた。その子の父親に会ったときのことだ。父親は自分の椅子に腰をかけたまま動こうともせずにテレビを見ていた。そして、リモートコントロールが手元にないという理由で、メイドを呼びつけてはチャンネルを変えさせていた。一方メイドはというと、父親がリビングでお気に入りの番組を見ている間じゅうドアのところで、父親のどんなわずかな動きも見逃さないようにじっと目を凝らしたまま立っていた。そのときラミレス・グラハムはひそかに思ったものだ。〝俺はたぶん、この光景をずっと忘れないだろう〟と。

ラミレス・グラハムは資料を読み始めた。しかし文字を目で追いながらも頭に浮かんでくるのはスベトラーナのことだった。

〝もしもスベトラーナとこのリビングで過ごせるのなら、俺はなにも惜しくはない。肘掛椅子に座る俺と、絨毯に寝そべってラップトップで仕事をしているスベトラーナ。ジョージタウンの家でもよくそうしてスベトラーナは、勤め先の保険会社に提出するための報告書を書いていた。

俺の子ども……。ああ、俺とスベトラーナの赤ん坊が絨毯のうえでハイハイしながらスーパーソニックに寄っていく、尻尾にじゃれついている。スーパーソニックはいやがりもせず我慢しているが、それは、やつのソフトウエアが、子どもを認識し子どもの挑発に乗らないようにプログラミングされているからだ〟

ラミレス・グラハムは足元に目をやった。たったいまそこにいたはずの者たちが……、いない。

ラミレス・グラハムが手にしているのは、チューリング・オペレーション関係の書類が綴じられたファイルだ。すでに最初の方は読み終わっていたが、特に引っかかりを感じるような箇所はなかった。

〝アルベルトはつまり、アラン・チューリングには相当な思い入れをもっていたんだな。それでサーエンスにチューリングという名前を与える前にもある部屋をチューリングと名づけたり、極秘の作戦行動にもその名前を使っていたりしたのだろう〟

と、そう思った瞬間だった。

〝いや、まてよ。このチューリング作戦のチューリングとはもしかして、俺の知っているあの資料室長、のことか？　俺の爺さんといってもおかしくないぐらいの、いまや引退を待つばかりのあの役立たずの男……〟

ラミレス・グラハムはオールド・パーを飲み干した。スーパーソニックが、窓ガラスをたたく風の音に唸り声をたてていた。

〝こうして見ていると、一九七五年から一九七七年の間に傍受されたメッセージのいくつかについてアルベルトは、自分の手元に届くとそのまますぐにチューリングに送っているようだが……。まあたぶん、それらが特別に難しい暗号だったから、アルベルトはほかの解読者に任せて時間を無駄にするよりはと、チューリングを選んだのに違いない。つまりチューリングは、ブラック・チェンバーに入ってまだ日も浅いこのときすでにアルベルトの右腕になっていたということだな。アルベルトはおそらく、チューリングに任せておけば間違いないと信じていたのだろう〟

ライトがパチパチ点滅を始めた。テレビの映像が画面から消えていく。また停電だ。ラミレス・グラハムはあきらめてファイルを閉じ、目をつぶった。

〝我慢、我慢。いつもこれでは、この国の人たちが信心深くなるのも当然だな。でも、俺にはやっぱり無理だ。こんな不愉快なことに慣れろといわれても、絶対に無理だ。ああ、仕事に集中したい。この国のインフラが破綻しかけているかどうかなど気にせずに仕事ができたらどんなにいいか〟

十分後、再び明かりがともり、テレビにも映像が戻った。

ファイルを開き、続きを読み始めた。ラミレス・グラハムはふと、引っかかるものを感じた。

〝待てよ……、ある暗号を難しいと判断するためにはまず、解いてみることが必要なんじゃないのか？それとも、アルベルトは一目見ただけでその暗号がどれほど難しいのかがわかったのだろうか。それに知っている限りでは、チューリングはコンピュータがそれほど好きではなかったはずだ。いつも鉛筆と紙で暗号を解こうとしていた。まるでチューリング、いや、本家本元のチューリングがこの世に存在していたことも、暗号解読作業が半世紀以上も前からすでに機械化されていることもまったく知らないと言わんばかりに。しかし本当に難しい暗号であれば、スーパーコンピュータ、クレイの力を借りての攻撃が不可欠だったはずだ。そうしてまずは弱点を見つけておいて、それから暗号解読者が戦いの場に入っていくというのが常識だ。そうした手順を踏んですら解読できなかった暗号だって、たくさんある。それなのにチューリングは、アルベルトが机の上に置いたものはすべて解読している。ということは、七〇年代にボリビアで暗号を作っていた者たちは初歩的な方法でしかそれを行なっていなかったのであろうか。まあ、その可能性も十分にあるが。あるいは、チューリングが暗号解読史上でもっとも天才的な暗号解読者の一人だったということか……。

なにかがおかしいぞ。とにかく、もう少し先まで読んでみるしかないか〟

とそのとき再び灯りが消え、テレビが消えた。ラミレス・グラハムは椅子から立ち上がった。手さぐりで携帯を探し当てた。だが、誰に電話をかけるつもりなのか、なにをしようとしているのか、ラミレス・グラハム自身にさえもわからない。

真っ暗な部屋の中でラミレス・グラハムは、二十五年前のチューリングの姿を思い浮かべてみた。顔にはまだ皺もなく、チューリングは全力投球でブラック・チェンバーの仕事に取り組んでいる。オフィスで書類の山に囲まれたチューリング。チューリングはアルベルトからファイルを受け取るとすぐに仕事に取りかかる。自分を信頼してくれている人を裏切りたくないと顔に書いてある。

初めてだった。年老いてくたびれ果てた男。自分が地下室に追いやり、いつでも首を切ってやると考えていたその男に、ラミレス・グラハムは初めて心を動かされるものを感じていた。

‡ 6 ‡

カルドナ判事は黒いブリーフケースを抱きかかえホテルを出た。空は陰気な雲に覆われ、空気はすでに雨の匂いを含んでいた。

〝ホテルの部屋の方がまだ明るかったではないか。陽もほとんど差していないし、空は灰色の雲に覆われいまにも泣き出しそうだ。俺がいつも思い出すリオ・フヒティーボはこんなんじゃないのに……。いやはや、俺もご多分に漏れず郷愁というやつに取りつかれているってことか。子どものころも少年時代も雲一つない青空の日などはそうは多くなかったはずなのに、思い出の中では毎日が晴天だ。まあ、たいていの人はそんなようなものだろうが。それにしても、人間とはなんとせわしない生き物なのだ。楽園とやらを追い求めていつもバタバタしている。でも楽園は、あらかじめ創られているというようなものではない。自分の記憶、いまや忘却の彼方に押しやられたわずか数週間にも満たない楽しかった日々の記憶から自分自身で作り出すものだ。楽しい日々、それはたぶん人生の最初のころか、あるいは人生の分岐点からどこかに到達したときの記憶。もしかしたら、ちょっとした失敗が楽しい思い出になることもあるのかもしれない〟

ホテルの前の広場では、すでに警官が配置についていた。周辺の通りからは人影が消え、紙や釘、石に煉瓦、木の棒や腐ったオレンジが歩道にまで散乱している。金曜日もすでに午後の時間帯となっていた。

前の日カルドナは、ルスが部屋を出ていったあとでボリビアン・マーチング・パウダーを口にした。それも大量に。そして最後は、激しい嘔吐に襲われそのままトイレの白いモザイク柄の床の上で寝いってしまった。ようやく目を覚ましたのは昼近くになってからで、口も喉もひどく苦く、口の中がカラカラに乾いていた。

「私が寝ている間も、歴史が作られていたようですな」カルドナ判事は顎鬚に手をやりながら、ホテルのドアマンに声をかけた。

「お部屋にいらした方がよろしいですよ」ドアマンが答えた。「なにしろ街の中はどこも、昨日の午後と今日の午前中の衝突のおかげでひどいありさまです。通りはすべて封鎖されています。昨日はデモ隊が広場を占拠していましたが、今日は警察が奪回しています。なんでもデモ隊側は、今日は、市庁舎と県庁舎を狙っているらしいですよ。それで警官たちがああして広場を包囲しているのです。私がもしお客様でしたら、部屋でじっとしています。事態は悪くなる一方ですからね。デモ隊は、今度はもっと大人数でやってくるでしょう。そうなれば警察はおそらく催涙ガスを使ってくるはずです。そうした場面を何度も見てきました。この中央広場で長らく働いているおかげで、私にはこの先どうなるかが手に取るようにわかるのです」

ドアマンは、まるで瞼の筋肉の制御機能が失われてしまったかのようにしきりに目をパチパチさせている。

「いや、せっかくのご忠告ですが、私にはどうしても片づけなければならない用事があるのですよ」

カルドナは右の頬を触りながら答えた。

〝……これではどうやら、歩いていくしかなさそうだな。それにしても、一度ならともかく、俺はどうしてこの街に来るたびになにかしら大変な事態に遭遇するのだ。街がいくら近代化、近代化と必死になったって、市民たちの方は相変わらずなんの進歩もないままだ。経験したことのないほどのスピードでさまざまなことが変化を遂げていく社会の中で、市民たちもケーブルテレビのある近代的な暮らしを手に入れたいと望んでいるはずなのに、ストライキや街なかでの抵抗運動といった、前近代的な過去から離れることができないでいる。それに……、けっきょくはここだって、国内のほかの地域と少しも変わらないではないか。インターネットカフェでさえも夏場はやっていないのだからな。スーパーマーケットもショッピングモールも閉まっている。やはり、俺がこの街を出たのは間違いではなかった。ここで暮らすことを選んでいたとしても長くはもたなかったろう。だがいまはとにかく、目標に向かって進み続けることが一番だ。アカシア通りまではそれほど遠くないはずだ。せいぜい数十ブロックといったところか〟

黒いブリーフケースに手を触れるとカルドナは、それだけで自分の身が守られていると感じることができた。未来から、過去から、そして自分自身からも。

脚のむず痒さと重苦しい気分はまだ続いていた。ボリビアン・マーチング・パウダーが体から抜けきっていないのだ。喉はカラカラで、吐き気もひどい。

〝しばらくのあいだ、頭がはっきりするまで、頭の中の霧が完全に晴れるまで待つべきなのだろうか？　ダメ、ダメだ、ダメだ。俺はもう、十分すぎるほど待ち続けてきた。それにだいたい、この頭がはっきりしていようがいまいが、俺のやろうとしているのが残虐行為だというそのこと自体が変わるわけでもなし。復讐の天使は間違いなくいる。皆殺しをただ一つの目的としてこの地上にやってきた天使。ああ、俺はいったいなにに魂を売り渡そうとしているのか。もしかしたら俺は、広場の向こうの、あの細いヤシの木の後ろの教会に行くべきなのだろうか。後戻りのきかない道に踏み出すための前奏曲としてはぴったりかもしれないな。そうすれば、ワインレッドの痣、体中に広がっているこれだって消えてなくなるかもしれないぞ。痣がなくなったら……、約束したことをやりとげなればという思い、それがお前の義務だと囁く声からも自由になれるのかもしれない。いや、ダメだ。死んだ従姉の仇は誰かが取らなければ。誰かがミルタのことを考えてやらなければ。俺は……、過ちを犯してしまった。たとえ熱に浮かされてのことだったとしても、自分の過ちは自分で始末をつけるべきだ。もう迷わない。この脈が決して動きを止めないのと同じように。それに、やつらが暴力的な犯罪に手を染めた事実を無かったことにすることなどできない。一度狂乱の時間を知った者は、また同じことを繰り返すものだ。遅かれ早かれ、ここぞという選択を迫られたときに再び罪を犯すに決まっている。人は独裁政権下でのひどい出来事をめぐってさまざまな問いを心に抱くものだが、本当に大事な問いはたったひとつだ。いや、正確には、その一つの問いを共通テーマとするいくつかの問い、というべきか。命を落とすことになった者たちの人生について誰が最終的な責任を負うのか？　いったい誰が、自分で自分の行動を自覚していたかどうかは別にして、神のみに許されるはずの権利を勝手に使ったのか？　そうだ……。卑劣な行為を独裁政権という顔のない抽象的な存在の中に閉じ込めておいてはいけない。呼吸をしているある体に、強い目あるいはおずおずした目をしたある顔に特定しなければならないのだ〟

カルドナは、広場にいる警官たちの間を縫うように歩いていった。がっしりした手と白い顎鬚の軍曹がトランシーバーで話しをしていたのをやめ、カルドナの方を向いた。はて、どこかで見た気がするが、とでも言いたげな目つきだ。

〝この痣ですぐに俺だとわかりそうなものだが……、おそらく、顎鬚が邪魔しているのだろう〟

「身分証は？」軍曹がつっけんどんに言った。カルドナは言われた通りに差し出した。そこに書かれたあまりにも有名な名前に軍曹は驚いた表情を浮かべ、目の前にいるのが本当に元の法務大臣なのか確かめるかのように、カルドナの顔に視線を当てた。

軍曹の声が明らかに先ほどとは違っている。「このようなときに街を歩かれてはいけません。二ブロック向こうにはデモ隊がいます」

「緊急の会合があって出席しなければならんのですよ。だがあまりに物騒だ。警官を数人、警護につけてもらえるとありがたいのだが」

軍曹が二人の男を呼んだ。「ママニ、キロス。判事をバリケードのところまでお連れしろ。お連れしたらすぐに戻ってくるのだぞ」

ママニとキロスがカルドナを挟むように両脇に立った。どちらの若者も、大きな目に目やにをつけたまま、不安げに視線をキョロキョロさせている。

〝俺の息子といっても通るだろうな〟

しかしカルドナに子どもはいない。人生の支えとなるような安定した関係を誰かと築きそこから未来の夢を描くというのは、カルドナが苦手としてきたことだった。

〝俺は……、この何年間、何十年間、まるで夢遊病者のように生きてきた。暗闇を手探りで進み、扉や壁にぶち当たり、ある固定観念に責め立てられ、一つのイメージに追いかけられてきた。この何年間、何十年間、俺はたくさんの過ちを犯し、気遣ってくれる人たちを自分の意志で遠ざけてきてしまった〟

あのころ……、カルドナは十五歳で、目の前のものすべてが輝いて見えていた。それまでサッカーと友人たちのことしか頭になかったのが、そうした興味を少しだけ忘れ、異性に関心を向け始めた時期でもあった。しかし当時のカルドナにとって、女は未知の存在で、どことなく怖さを感じてもいた。それはおそらく、カルドナがサン・イグナシオ校という男子校に通っていたせいだ。周りが男ばかりという環境だったお蔭でカルドナは、異性にどう接すればよいのかがわからず、毎日をただひたすら、淫らな空想が蔓延するがさつな男の世界に閉じこもったまま暮らしていた。カルドナは十五歳、ミルタは二十歳だった。ミルタの家はカルドナの家からわずか三ブロックのところにあり、ミルタはときどきカルドナたちに会いにやってきていた。黄色いリボンを額に巻き、それが、黒々とした長い三つ編みによく似合っていた。下は決まって、裾が釣鐘型に広がったジーンズにプラットフォームシューズ。ミルタはいつも上機嫌だった。またカルドナの気の弱さをよく知ってもいて、カルドナが部屋で宿題をしているとやってきては、「早く大人になりなさいよ、待っているから」と、わざと真顔で言うのだった。

そのセリフを初めてミルタから言われたとき、カルドナはまだ十歳だった。一方ミルタは、ほんの数ヵ月前まで男の子のような恰好をして自分のことをミルトと呼ぶ小さな女の子だったのが急に、年頃の少女の雰囲気を漂わせるようになっていた。化粧もせずセクシーな服も着てはいなかったが、それでもミルタはいつも周囲の注目を浴びていた。

ある日のことだった。カルドナはふと思った。僕はもう十分に大人じゃないか……。するとたんに、ミルタが口にする例の冗談がひどく気になるようになった。そして気づくとカルドナは、ミルタに恋心を抱くようになっていた。妹はカルドナの気持ちにすぐに感づいた。妹は言った。「時間の無駄よ。ミルタは従姉よ、同じ血が流れているの」それでも兄の思いを止めることができないとみると、さらに言い募った。「それにミルタはヒッピーなのよ。左翼の気があるし、ギターを弾くような友だちがよく家に集まっているけれどみんなたぶん、ミルタと同類よ。モンテネグロを憎む元大学生たちが政権転覆を企てているのよ、きっと」だがカルドナには、妹がなにを言おうが少しも気にはならなかった。カルドナは恋の熱に身を焦がし、通りに面した二階の窓の白いレースカーテンの隙間からこっそりと、家に入ってくるミルタ、帰っていくミルタの姿を見つめていた。夢の中でミルタはカルドナに言った。もう十分に大きくなったわね、と。しかし現実には、ミルタはただ真っ白な歯を見せて笑いかけるだけで、それ以上のことはなにもなかった。

日曜日だった。ミルタが突然姿を消した。「やっぱり噂は本当だったのよ」妹は言った。「ミルタはマルクス・レーニン主義派共産党員だったそうよ。地下活動にも加わっていたらしいわ」

なにひとつ確かなことがわからないままに、カルドナにとって地獄のような数ヵ月間が過ぎた。

ある朝、カルドナにとっては叔父と叔母にあたるミルタの両親がカルドナの家の呼び鈴を鳴らした。二人は言葉を詰まらせながら助けを求めてきた。「いま……、遺体安置所から呼び出しがあった。遺体の確認に……来るように言われたけれど……、私たちには……、できそうにない。お願いだ……、一緒に来てはもらえないだろうか……」カルドナの両親はためらった様子を見せ、妹も首を横に振った。しかしカルドナは言った。僕は行くよ。そして行った。遺体安置所に一歩足を踏み入れると、入口のところでほかの家族たちが泣き崩れていた。内部は薄暗く、壁には亀裂が走っていた。医師がカルドナをコンクリート製の大きなテーブルに案内した。数人の遺体が積み重なるように置かれていた。医師がシーツを取った。ミルタの顔はどす黒く腫れ上がり、胸には無数の傷跡が走り、髪にはテープが巻かれていた。カルドナはとっさに目を閉じた。

〝俺の恋はあのときに終わった、いまでは俺もそう思っている。それなのになぜ……、これほど時間がたったいまになっても俺は、ミルタを無残に殺した者を裁き、罪をあがなわせようとしているのだろうか？　それは……、あのとき俺はまだ十七歳で、ミルタがどんなに左寄りであろうと〝アカ〟であろうとあんな死に方をしていいはずがないと心の中でわかっていてもなにもできなかったから。それに俺は、ミルタが死んでしばらくして、ミルタが属していたグループがモンテネグロを倒すために若手の軍人たちとともに戦おうとしていたということを知った。その誰もが、理想に燃えた立派なものたちばかりだったということも〟

カルドナの頭上を戦闘機が二機、轟音とともに通り過ぎ、それを追って白い航跡が描かれていく。カルドナはようやく深い物思いから抜け出した。

〝雨になるのだろうか？　多分、いや、間違いなく雨になる〟

バリケードまではあと七十メートル。デモに加っている者たちの怒りに燃えた顔がカルドナにもはっきりと見えた。缶や瓶を投げる者、通りの真ん中では何人かが段ボールや新聞紙を集めたき火の準備をしていた。「国のために、いまこそ〈連帯〉の出番だ！」デモ隊のあちこちからばらばらとシュプレヒコールが上がった。「良識を取り戻すために、抵抗を！」「止めるぞ！　止めるぞ！　グローバル化への流れを！」

バリケードはもう目の前だ。とそのとき、カルドナの右目の上を石の礫が直撃した。カルドナはとっさにブリーフケースを離し両手で顔を覆った。警護役の警官のうちの一人にも石が命中し、地面に倒れ込んだ。左のこめかみから血が流れ出ている。

デモ隊がバリケードを越えなだれ込んできた。警察の分隊がデモ隊の侵入を抑えようとする。空に向かって打ち放たれた銃声にまじってポンと乾いた音が響いた。それが催涙ガス弾だということはすぐにわかった。叫び声が上がり、金属と金属とがぶつかり合う音が広がっていく。「くたばれ、ポリ公！」騒音よりもひときわ高くデモ隊の罵声が響き渡り、警官たちを圧倒した。「帰れ！　帰れ！」

カルドナが手を顔から離すと、血がついてきた。右の眉のところが切れている。錐で刺されたような鋭い痛みと異様な熱さを目に感じる。まともに目を開けることもできず、あまりの痛さにカルドナは気分が悪くなった。

〝病院に行くべきか？〟

カルドナはブリーフケースを拾い上げた。

〝いや、ここで止まることはできない〟

どこに向かっているかもわからないままに歩き続け、それでもようやく交差点にたどり着くと左折した。カルドナは駆け出した。この道はいったいどこまで行ったら終わるのだ、そう思いながら走り続ける。目の痛痒さは治まる気配もなく、おまけに息を吸うたびに苦いような臭いが鼻を刺激した。

「ガスだ！」誰かが叫んでいた。「ガスだぞ！」

〝あのドアマンの言ったことは正しかった〟

カルドナは目を半開きにしてさらに進もうとする。アドレナリンの洪水で息苦しいほど胸がドキドキしていた。

〝ミルタも……、ミルタもデモの最中に警官や兵士と対峙したときにはこんな風に感じていたのだろうか。俺はけっきょく一度も、そうした経験をしないままで終わってしまった。俺はただ、大学が再開して勉強を始められるようになってほしいと、そればかりを願っていた。すぐに大学が再開されなければ、ブラジルかメキシコの大学に行くつもりだった。俺はとにかくキャリアを身につけたかった。自分の将来のことは心配しても、回りで起こっていることにはそれほど関心をもってはいなかった〟

カルドナはそのことをミルタに言ったことがある。その日、ミルタは、妹がお茶の用意をしているあいだカルドナの部屋をのぞきにきていて、いまの政治状況をどう思っているのかとカルドナに尋ねてきたのだ。カルドナの答えを聞くと、ミルタは言った。「あなたの利己主義にはびっくりよ。この国でなにが起こっているのかまったく知らないなんて。私はあなたのことが恥ずかしい」「この国でなにが起きているかぐらいは想像がつくさ。でも言っておくけど、僕はバカなわけじゃない、勇気がないだけだ、僕はヒーローになるようなタイプじゃないからね」「問題はそんなことではないわ」ミルタはポニーテールを激しく揺すりながら言った。「人としての尊厳をもっているかどうかよ」ミルタは居間に戻っていった。そしてそれがカルドナにとって、命あるミルタを見た最後となった。

カルドナはなおも走り続け、四ブロック行ったところで足を止めた。そこから先はエンクラーベ地区だ。あるビルの前にさしかかる。かつて電信会社が入っていた建物で、ドーリア式円柱の奥に新古典派彫刻の裸の女神像が二体飾られていた。七階建てのビルを通り越した。どういったビルなのかを示す看板らしきものはなにもないが、何人もの警察官が警備に当たっているとなれば、それが重要な建物であることはあきらかだった。威嚇射撃音が相変わらず続いていた。テレビのカメラクルーが到着した。レポーターがカルドナにマイクを突きつけ、質問してきた。カルドナはかまわずに歩き続ける。目がひりひり痛かった。

「お待ちください……。あなたはもしかして……？」

しかし幸いなことに、カルドナの背後からインタビューを受けたくてうずうずしている者たちが押し寄せてきていた。

〝俺にはもう、カメラなどどうでもいい。もうずいぶん前から、カメラから遠ざかったままだ。だが昔の俺ときたら……、舞台の中心に立ちたいと、そればかりを考えていた。マイクを独り占めしてやろう、モンテネグロの傍の少しでも良い位置でカメラに収まろうと、いつも必死だった。新しい刑法を発表いたします、か。オフィスは書類の山、インタビューの依頼もひっきりなしだった。週末はいつも政権の支持者のうちの誰かの別荘で過ごすと決まっていた。あの日……、俺はプールの横でキューバ・リブレを飲みながら、モンテネグロのかみさんとおしゃべりをしていた。かみさんはまるでサイのように太っていて、あれでよく大統領は押しつぶされないものだと俺は妙な想像を働かせたものだ。巷では、モンテネグロのかみさんが税関にはびこる汚職の黒幕だというのがもっぱらの噂だった。そのときだ。モンテネグロの代子、たしかどこかの市長をやっていたはずだが、白い顎鬚をたくわえいつも如才ない笑みを浮かべているそいつが、手にウイスキーのグラスを持って近づいてきて俺に言った。「暑くはないのですか？　上着をお脱ぎになればいいのに」「ええ、そのうちに。ご親切にどうも」俺はオフィスに例の一連の書類を保管していた。それといっしょに、代子がある入札の許可を与える代わりに賄賂を受け取ったことを証明する具体的な資料も。モンテネグロに対抗する者たちからは、代子を裁判にかけるよう圧力をかけられていた。モンテネグロは、プールの脇で俺に言った。「書類は焼却してください」「ええ、もちろんそういたします、閣下。当然ですとも」そのモンテネグロがビーチクラフト社製の飛行機を大統領専用機として三百万ドルで購入したときの書類のコピーも、俺は握っていた。書類には購入を許可するというモンテネグロのサインが入っていた。そして、諮問機関の調査報告書には、飛行機を購入するに際して百四十万ドル以上は支払うべきではなかったと記されてあった。そうだよ、いったいこの国のどこにそんな大金があるというのだ？　しかしあのとき、そんなことを大統領にどう聞けた？　度胸のない者がどうあの件に関わることができたというのだ？　プールサイドでその家の女主人が、みんなに声をかけた。女主人は、ほとんど髪ののこっていない頭を、小粋だが素っ頓狂な真っ白な帽子ですっぽりと覆っていた。「どうか、こちらにお集まりくださいませ。皆様ご一緒に、モンテネグロ大統領の奥さまのお誕生日をお祝いいたしましょう」Happy birthday to you, happy birthday to you……。大統領の冷たい視線、耳元でのささやき声。「飛行機のことは忘れてください、判事。判事は我々の味方ですか、それとも敵ですか？」「どうか私を信用なさってください、閣下。ただきちんとした答えができるようにしておきたいのです。おそらく、新聞記者はいろいろと質問をしてくるでしょう。それに反対派もです」太陽の光を浴びてプールの水面がきらきらと揺らめいていた。そのとき俺は、不意に気づいたのだ。俺はみんなからの問いに答えているのに誰も俺の問いには答えてくれていないということに。モンテネグロの代子が俺の背中を軽く叩いた。だが……、俺ははっきり思っていた。〝答えをもらえないのであれば去る方がいいに決まっているではないか。いまさら遅いかもしれないがそれでもやらないよりはましだ。カメラの前から逃げよう、権力から逃げる。こんな恥ずべきやり方で自分の顔を世間に広めるなんて間違っている〟と。そのときモンテネグロが俺に声をかけてきた。「プールには入らないのですか？　判事」「水に入るには少し遅すぎますから、閣下」俺が答えるとモンテネグロは言ったものだ。「何事にも遅すぎるということはありません、いつもそう言っているではありませんか」〟

目がひどくむず痒かった。カルドナは、目を開けたり閉めたりを何度か繰り返してみる。右の眉毛のあたりがズキズキしていた。足の重たい感じが残ってはいたが、ボリビアン・マーチング・パウダーのひどい後遺症はもうない。中央広場でのひどい騒ぎに巻き込まれたお蔭で、眠気もどこかにすっ飛んでいた。

アルベルトが寝ている家まであと四ブロックだ。目を凝らすと、視界の奥にその建物が見えていた。どこにでもあるような、隣人や通行人が気にも留めないような家。通りにはハカランダの木が植えられている。

〝あの家だ……、あそこに、この国の歴史の少なくともある部分を陰で動かしてきた人物が閉じ込められている。過去のことは過去のこと、前だけを見なくてはいけない。とにかくしっかりと、あの家を目指していくことだけを考えなくては。

ルスは、アルベルトと自分の夫がまぎれもなく犯罪者であることの具体的な証拠を、取りに行っているはずだ。それが手に入れば、二人が何人もの人たちを、ミルタを死においやった責任者であることが明らかになる。だが本当は、ルスの口から、俺の推測が間違っていないと確信するに足る言葉を聞けただけでもう十分だったのに。俺にとって証拠などもはやなんの意味もない。それより俺の望みは、信念をもち続け自分自身が揺るがずにいられること。ほかには、ブリーフケースの中の磨き上げられた白い金属、俺が頼りにするこの金属があればそれで十分だ。いや、それともこの金属の方が俺を頼りにしているのだろうか〟

‡ 7 ‡

〝俺はやっぱりエンクラーベ地区を歩くのが好きだ。通りという通りには怪しげな物売りがうろうろしているし、街角には串焼きやサンドウィッチの屋台が立ち並んでいて強烈な匂いを放っている。どの建物も表側の壁は虫食いだらけ。広場のベンチでは年金生活者や国からの恩賞を受けている者たちが新聞を広げている。大きな教会は、まるで物乞いたちの救護所だ。入口の階段にはいつも、たくさんの物乞いが座っている。あれは何年前だったか。リオ・フヒティーボが何度目かのバブル期に入ったとき、市内のいたるところで新しいビルの建設が始まり市民委員会はずいぶん気をもんでいた。だがけっきょくビルの建設ラッシュはやまず、おかげで街の風景はすっかり変わってしまった。たしかに街は近代的で進んだ顔をもつようにはなった。でもそれは、伝統的な街、寛ぎのための場所というイメージのすべてをこの街が失うのに値するほどの意味があることだったのだろうか？　植民地時代に建てられた教会も十九世紀の建造物も打ち壊され、簡素な魅力に溢れた古きものたち、時の移ろいを見続けてきたもの、その存在感によって儚さばかりが支配するこの世の中を圧倒してきたものたちが、次々に姿を消していく。街は急速に近代が進んでいる。そのなかではたしてエンクラーベ地区だけがいまのままの伝統的な街並みを保っていくことなどできるのだろうか？　市民委員会も精一杯努力して、旧市街のエンクラーベ地区にだけは新しい建造物を作ることができないようにしてくれた。たしかにそれは成功した。でも抗争は依然として続いたままだ。新市街はいまだに攻撃の手を緩めてはいない。それどころか、旧市街の自由を奪い四方八方から囲い込み、あわよくば隙をついて完全制覇しようと虎視眈々と狙っている。

とはいえ……、どんなに歴史のある建物であってもそのまま放っておかれれば価値のある立派なものとして存在し続けることはできない、というのも事実だ。それについてはエンクラーベ地区の建物が証明してくれている。たとえば、十九世紀の末に建てられた国営電信会社や鉄道会社の支店、前世期半ばに造られた県立の劇場だっていまはもう廃墟同然だ。ゆっくりと死に向かって進んでいる。もちろん、そうなるまいと逆らっている建物だってある。もとは誰かのお屋敷でいまはパレス・ホテルになっている建物とか、それに、前に『ティエンポス・モデルノス』新聞社が入っていていまはコンピュータ専門学校になっている例のビルも。なにしろ俺はあそこで勉強していたのだからな。

このリオ・フヒティーボの街すべてがエンクラーベのようであればいいのに。そこだけ時間が止まったままの場所、世界全体がハイパーマーケット化しつつあるなかでその流れに背を向けている場所。俺と同じような考えをもつ若者は大勢いる。帝国の中にさえも。一九九九年十一月にシアトルで起こった抗議行動は衝撃だった。あのとき俺は初めて、自分が一人ではない、新世界秩序への不満が世界的な流れになっていると知ることができた。世界でもっとも富める国々の若者たちですらあんな風に怒りを爆発させることができたんだ。だとしたら、貧しくてすべてのことがあまりにも対照的なこのラテンアメリカの地でもっと激しい怒りの爆発が起きたとしても、少しも不思議なことではないぞ。リオ・フヒティーボはボリビアの、いや、ラテンアメリカのシアトルになるべきだ。そのために俺がやるべきは、ほかの活動家と手を携え、この社会に潜在的に渦巻いている不満を表へと引き出してやることではないのか〟

〝革命を起こすには……〟カンディンスキーは両手で頬杖をつき呟いた。〝まずは人集めだ〟

カンディンスキーが身を横たえているのは、ファイバーの部屋の寝袋の中だ。隣ではファイバーが鼾をかいていた。ファイバーもようやくさっきベッドに入ったばかりだった。カンディンスキーは両手の指が痛くてたまらないのに、コンピュータのキーを叩くような指の動きを止めることができずにいた。そんな風になったのは数週間前ぐらいからだ。

〝いったい俺の指は宙になんという言葉を書いているのだ？　それとも、架空の画面に向かって即席のプログラムのコードでも打ち込んでいるのか？〟

すでに夜が明けていた。空中にはまだ冷たい蒸気がただよっているものの、一日の初めの太陽がカーテンの隙間から顔を覗かせている。窓の外では、向かい側の歩道の赤いネオンサインが輝きを失いかけている。街は眠りから覚め、通りに再び乗り合いバスのタイヤのきしむ音や新聞売りの甲高い声が戻ってきていた。

しかしカンディンスキーはなかなか寝つけないでいた。ときどきそうなるのは決まって、頭がパンクしそうなほど革命について考えているときだ。そしてひとたびスイッチが入ってしまうと、いくら考えるのをやめよう、スイッチをオフにしたいと思ってももはや、自分ではどうすることもできない。〝けっきょくのところ、考えている主体は俺じゃない、思考だ。人はその思考によって豊饒な大草原へ、あるいは、それほど豊かでもない場所へと導かれていくだけ。大事なのは、思考を、願望や直感や感情と結びつけること。理性と感情の部分とがうまく調和がとれたときにこそ、初めていい閃きが生まれる〟

〝ラウラ……〟

ラウラのことはときどき、思うことがあった。しかしラウラはバスルームでの出来事以来、カンディンスキーには目もくれようとしなかった。

〝くそ、ラウラのやつ。いったい自分を何様だと思っているんだ！　でもとにかく……、まずやるべきはこのファイバーの家を出ることだ。稼いだ金をすべてつぎ込めば、マンションぐらいは買えるだろう。銀行口座に相当な金を持っているというのにいまだにこうして寝袋に寝ているのは、どう考えてもおかしな話だ。ファイバーは、「いま急に大きなお金を使って目をつけられるのはよくない、警察に疑われるぞ。自分たちの事務所をもったのだからそれで十分じゃないか。そう、焦るなよ」と俺に言う。

だが俺は……、焦らないわけにはいかないんだ。決心はとっくについている。俺の取り分をファイバーに請求して、今週中にここから引っ越す。革命に待ったは効かない。いま必要なのは仲間を、自分と同じ考えをもっている者たちを集めること。現状に不満を抱き、それを変えるためになにかしたいと考えている者を傍に置くこと。若者たちが上の世代に対抗して理想の未来と社会変革への夢を再び語り始めるようになる、それが現実になったらどんなにすばらしいだろう。無気力の仮面を脱ぎ捨て、多国籍企業に買収されたのも同然の政権に対して、そして新世界秩序に対して怒りを爆発させる大勢の若者たちの姿が、ああ、この目に浮かんでくる。不満はすでに空中のあちこちに漂っている。あとはただ、その不満を一定の方向に導いてやればいいだけだ。もちろん、それが簡単でないことぐらいわかっている。でも、サン・イグナシオ校の壁画にも描かれてあったではないか。世の中に不可能なことなどない、あるのは能力の欠如だけだ、と〟

カンディンスキーは大きくあくびをした。カンディンスキーにもようやく眠りが訪れようとしていた。

そのときだった。カンディンスキーは不意にあることに思い至った。

〝俺はいま……、これまでとはまったく違う革命をやろうとしている。街の通りをデモ隊が埋め尽くし、中央広場に面したバルコニーから激しいアジ演説が繰り広げられるのは変わらないだろう。でも少なくとも革命の一部は、遠くから、コンピュータの操作によって行なわれることになる。そうなれば、ともに戦う同士を直接知る必要もなくなる〟

コンピュータのスクリーンセーバに、三次元の幾何学模様が浮かんでいた。〝まるで目だな。夜明けを見つめる目。そうやって俺を監視しているのか〟

想像していた通りだった。ファイバーは、カンディンスキーがコンビを解消したいと告げると怒りをあらわにした。ある午後、二人でインターネットカフェから戻ってくるときのことだった。〈自殺橋〉の上を歩きながらファイバーは、カンディンスキーに向かって大声を上げ罵りの言葉を浴びせてきた。

「もう俺は用済みってことかよ」ファイバーは言った。「お前にはいろいろしてやったのに、そんな俺の親切心をお前は、自分に自信をつけて独り立ちするために利用してきたんだ」

カンディンスキーは黙って聞いていた。

「たぶん、君の言う通りなのだろう」

ファイバーの言葉が途切れるとカンディンスキーはようやく口を開いた。そして心の中でこう呟いていた。〝君と言い争う気はない。少しでも早く君と別れるために、いまはなにを言われても反論はしないよ〟と。

ファイバーが足を止め、すがるような視線をカンディンスキーに向けてきた。

「お願いだ、あと一年、あと一年だけ待ってくれ」

その声の中に、見栄も外聞も捨て哀れを乞う響きがあることをカンディンスキーは感じ取っていた。だがカンディンスキーはつとめて抑えた声で言った。

「もう決めたことだ」

カンディンスキーの中には、自分の計画をファイバーに打ち明け仲間に誘うという選択肢は端から存在してはいなかったのだ。俺たちはしょせん違う人種だと、カンディンスキーはファイバーを前にして、あらためてそう感じていた。

家に着くとファイバーは言った。「お前にはもうこの家に入る資格はない。お前の持ち物はあとで玄関に置いといてやる」

ファイバーはそれきり家に帰りつくまで、一言も口を利かなかった。

「それなら、いまここで稼いだ金を分けよう」

「ふざけるな！　俺が出ていけと言ったわけじゃない、お前の方が勝手に出ていくんだ。金はやらない。お前が戻ってくる気になるまで俺が持っている」

〝誰がそんな脅しにはのるものか。お前と稼いだ分ぐらい、いや、それ以上の金だってそう苦労しなくても稼げるさ〟

カンディンスキーはファイバーに背を向け歩き出した。うしろでファイバーの罵る声が聞こえていた。

〝たった一つの心残りは……、ラウラにさよならを言えなかったことだ〟

ファイバーの家を出たその日からカンディンスキーは、自分の家からもサン・イグナシオ校からも一ブロックの距離にある小さな広場をねぐらにするようになっていた。朝、起きると午前中は、広場のベンチに腰をかけ、通りを隔てて向かい側にあるサン・イグナシオ校の営みを眺めて過ごした。学校は、授業時間中はいっさいの動きを止め長い休憩をむさぼり、休み時間になると、まるでつかのまの喜びを爆発させるかのように生徒たちの賑やかな声を響かせていた。

学校と反対側に目をやると、自分の家の様子も覗くことができた。父親は相変わらず、朝早くから中庭での仕事に精を出していた。弟はまた背が伸びて、体つきもがっしりしてきたように見えた。母親も、誰かの赤ん坊の面倒をみるのかどこかの家の掃除をするのか、早い時刻から出かけていった。

そんなときカンディンスキーはふと、放蕩息子を演じてしまいたいという思いに捕われることがあった。

〝……そうだ、いまからあの玄関を入っていって、ただいま、と親父とお袋に声をかけその両腕に飛び込もう。それからこう言ってやる。ちょっとした悪ふざけのつもりだったのに、あまりにも留守が長くなってしまった。これからは二人を手伝うよ、父さんたちが年をとっても俺が傍にいるから。大人の世界に足を踏み入れても、俺はずっと父さんと母さんの子だから、と〟

だがすぐに、家に戻るのは無理だとわかっているくせに、という心の声が聞こえてくる。

〝けっきょく、一度足を踏み出してしまえば、それがたとえどんな道であっても進み続けるしかないんだ。いまここで家に帰ったからといって、俺はもう元には戻れない。それにだいたい、周りのものや人だってどんどん変わっていく。俺が変わっていくのと同じように。誰だって、他人のことを待ってその歩みを止めたりはしないものだ〟

そうした日々、カンディンスキーのもう一つの日課は、ボヘミア地区にあるインターネットカフェ、ポルタル・ア・ラ・レアリダに通うことだった。店では、右腕に義手をつけた若い女性の店員が迎えてくれた。そしてカンディンスキーは、その店員が義手でガラスのコップをそっと持ち上げ、手帳のページをめくりコンピュータのキーを叩くようすをいつも遠くからじっと観察していた。すると、義手をつけた店員の腕にはすでに脳の支配が及んでいて、腕は、脳から命じられるままに直感的に自身を動かす能力と、対象物の形や構造を見極めそれに自身を合わせる術とを身につけているということがよくわかった。店員の顔は丸顔で器量は十人並み、体つきも平坦だったが、それでもカンディンスキーは店員のことが、というよりおそらくは店員がその右腕との間に築いている関係が気になって仕方がなかった。〝あんな風に俺も直観的に俺のコンピュータと関わることができたらいいのに。そうしたら、キーボードを叩く必要もなくコードを作ることもできるだろうに〟と、腕を見るたびに思わずにはいられなかったのだ。

カンディンスキーは一度、その女性店員を誘ってみたことがある。だがウンと言ってはもらえなかった。

〝きっとあの娘は恥ずかしがり屋なのだ〟カンディンスキーはそう考えることにした。〝あとは、押しの一手だ〟

インターネットカフェには、パンパンに膨らんだ札入れを持ち他人を見下すことが得意な若者たちが大勢たむろしていた。カンディンスキーは、そうした若者たちを相手に金を賭けて、オンライン戦争ゲーム、とりわけ流行の日本の戦国時代を舞台にしたリネージュで、苦も無く財布をいっぱいにするほどの金を稼ぎ出していた。

カンディンスキーが再び個人口座のハッキングを開始したのはそれから間もなくのことだった。いくつかの口座を狙い、得た金をあらかじめ作ってあった自分の口座に移し、その金を引き出したあと口座を閉め、カンディンスキーはインターネットカフェから姿を消した。それから、街の郊外の、丘の頂にあるラ・シウダデーラへと向かう通り沿いに小さなアパートを借り、コンピュータを買った。IBMのクローンコンピュータだ。

〝さあ、これで用意は万端整った。いよいよ、俺の計画を始める時がやってきた〟

その日カンディンスキーは同士を募ろうと、プレイグランドで何時間も過ごしていた。プレイグランドの中に、アナーキストたちのたまり場となっている地区がある。そこの広場やカフェにはいつも、プレイグランドの管理体制に不満を抱くアバターたちがたむろしていた。

〝ここのアバターたちが管理側への不満を口にしているってことは、おそらく、アバターの持ち主たちもまた現実世界で同じような不満を感じているに違いない。もちろん、みんながみんなというわけではないだろうが。ときにはアナーキー風のアバターを操っているのが見るからに従順そうなヤッピーだったり、あるいは、革命家のアバターの持ち主が大統領府で働く者であったりもするからな。でもとにかく、どこからにしろ、ことを始めなければ〟

その瞬間、カンディンスキーの頭をある考えがよぎった。

〝仮想と現実、二つの世界は別々なままにしておいた方がいいかもしれないぞ、少なくとも最初のうちは。そうだ、まずはアバターを集めてプレイグランドの管理側に対して反乱を起こすというのはどうだろうか？　バーチャル世界で練習して、それを現実世界で試せばいいんじゃないのかな〟

オレンジと紫のピクセルの広場。黄色い水を噴き上げる噴水の横で、カンディンスキーのアバターが二つのアバターに声をかける。

カンディンスキーは自分のアバターに、グローバリゼーションへの抵抗を示すためにマクドナルドの店舗を攻撃したフランスの農民の名前をもらい、ボヴェと名づけていた。

二つのアバターのうち一つは両性具有で、もう一つは、ユニコーンのあたまに虎の体がついているデジタル生物だ。

デジタル生物は、想像上の動物もしくは有名人物の頭部と胴体部分とのばらばらな組み合わせによって作られている。たとえば、頭がゴルゴーンで胴体がロナウド、あるいはヒュードラの頭にブリトニー・スピアーズの胴体、というのもある。デジタル生物を生み出したのはあるグラフィックデザイナーだ。その人物は謎の失踪を遂げていた。失踪後しばらくして、デジタル生物の海賊版が大量に出回るようになった。するとグラフィックデザイナーに代わって妹が、対抗措置として、兄の発明の特許を取りそれを誰もがアッと驚くようなさまざまな方法で活用し始めた。そしてそのうちの一つが、プレイグランドを管理する企業にデジタル生物の利用権を売るというものだったのだ。

ある晩アバターたちは、プレイグランドのなかでもソニーやノキア、ベネトン、コカコーラ、ナイキの広告が溢れている場所を狙って、数か所に革命のスローガンの書き込みを行なった。攻撃のすべてにはグループのサインを残した。サインは*R*@。〈革新運動〉（Recuperación）の頭文字のRに、aの代わりに@を付けたものだ。〈革新運動〉。カンディンスキーは自分のグループをそう名づけていた。

プレイグラウンドの警察はすぐにアバターの追跡を開始した。アバターたちは無法地区に逃げ込み大学教授の家に身を隠した。ところがアバターの一つが、仲間のあとを追って塀を飛び越え教授の家の隣家の庭に降り立った瞬間、追っ手に捕まった。治安警察はアバターをタワーに引っ立てていった。タワー、そのおぞましい建物は、プレイグラウンドの管理者が自分たちにとってもっとも有害なアバターを無期限で収監するためのものだ。

攻撃のニュースは、自由ラジオによってプレイグラウンドじゅうに流された。プレイグラウンドにも、少数ながら自由ラジオのように、プレイグラウンドの管理側の追及を逃れて活動を続ける地下メディアがいくつか存在していた。

〈革新運動〉の攻撃のことは、噂が噂をよび、広まるにつれてより大きな話に仕立て上げられていった。プレイグラウンドでのボベ伝説の始まりだった……。

小さなアパートの一室。家具といえば机にコンピュータが一台、白黒テレビ、ステレオ、床に敷いたマットレス。一人きりのその部屋で、カンディンスキーはすでに次に打つべき手を考え始めていた。新聞である記事を読んだのだ。そこには、モンテネグロ政権がリオ・フヒティーボへの電力供給権をイタリアとアメリカの合弁会社であるグローバラックスに売り渡したと書かれていた。

‡ 8 ‡

お前はうんざりしながらも、ブラック・チェンバーの食堂で昼食を取ることにした。

〝ここのスープときたらいつも糊のような味がする。といっても、俺だって糊の味を知っているわけではないからたぶんそうだろうと想像するだけだが。おまけに、フォークやナイフにはたいてい油汚れが残っているし、肉は固くて筋だらけだ〟

もう二度とここでは食べない。お前はどれほど、その言葉を自分に向かって繰り返してきたことか。昼前になると、まるでなにかの儀式のように、「昔のように俺は家に戻りルスとフラービアと一緒に昼飯を食べる。食後はテレビのニュースを見て三十分だけ目にハンカチをあててシエスタだ。シエスタこそは昼を家で食べる人間にだけ許される贅沢な習慣だ」とぶつぶつ呟くのも毎度のことだ。ところがそう呟いたとたん、決まって今度は、少なくとも夜になるまでは家に戻らなくて済むようなうまい言い訳はないかと考え始める。そして心ばかりのお詫びにと、フラービアにメールか、あるいは資料庫内の通路でおどける自分の姿をデジタル写真や三十秒ビデオに撮ったものを送るのだ。

食堂の一番奥のテーブルに一人で座るお前のもとにバエスとサンターナが、プラスチックのトレーに昼飯を載せてやってきた。お前はちょうど、その日の朝に新たに受け取った暗号に再び目を通し始めたところだった。

「ご一緒してもよろしいですか？　先生」

お前はその声の中に自分を嘲るような、あるいは皮肉るような響きを見つけようとする。

いや、それは困る。お前は一瞬、そう言ってやろうかと思う。

〝気分は最悪だし、俺はこの暗号のことが気になって仕方がないのだ。ああ、もう少しで完全に解読できるというのに。だが全部を解読していなくても、これがまた、俺を侮辱する内容のものだということぐらいはわかるさ。どうせまた〈人殺し、殺人鬼、お前の手は血で穢れている〉と書かれているに違いない。とはいえ……、礼儀を重んじる俺としてはやはり二人を拒否するわけにはいかんだろうな〟

お前は暗号のファイルを閉じた。目の前の二人に視線を当てる。

〝この二人、金髪と黒髪という違いはあるにしても、まるで一つの金貨の表と裏のようだな。どちらも黒いズボンに白色のシャツにネクタイ。アルベルトはいつも自分らしくあれと言って、好きな服装をすることを許してくれていた。だがラミレス・グラハムは、自分のことを寄宿舎の舎監とでも思っているのだろうか、勤務中にどういった服装をすべきかについて厳しい決まりを作っている。着ているものを見ればその人のことがわかる、アルベルトはよくそう言っていた。たしかに、アルベルトの全盛期には、このリオ・フヒティーボでも大勢の天才的暗号解読者が活躍していたものだ。まあ、たとえば俺、とか。ところがラミレス・グラハムの口癖はこうだ。「一人の勝利は全員の勝利。たとえ

誰であれ一人だけ目立つようなことがあってはならない〟。あれはきっと、『三銃士』の読みすぎだ〝

「ボスはかんかんですよ」目の前のうちの一人がハンバーガーにかぶりつきながら言った。

「それは無理もないぞ」今度は、金髪とニキビの方だ。「わが政権が〈抵抗運動〉にコケにされたのだからな」

「モンテネグロはこの件で、すでに責任の追及を始めているらしいですよ。いや、モンテネグロじゃなくてモンテネグロ政権が、か。まあ、どっちでも同じだ。いまのモンテネグロはもう、身近な者たちにいいように操られているとしか思えませんよ。家族に。とりわけ奥さんに。やつらだったら、たとえモンテネグロが死んだとしても大統領任期が終わるまでは機械をつけてでも生かしておくぐらいのことはやりかねませんよ」

「ああ、まったくだ。で、最後にすべての責任を取らされるのはこの俺たちなのだからな」

「上のひとたちは、俺たちのことを、なんでもできる魔法使いだとでも思っているのでしょうか」

「ああ、つまりはこの国の通信はすべて傍受しろということなのさ」

「それで解読せよ、と?」

「いつも俺が言っているじゃないか。けっきょく、昔のままのやり方の方がうまくいくんだ。ゴミ捨て場にでも行って敵が捨てたマル秘書類を探した方がいいってことさ」

「クソ、〈抵抗運動〉のやつら! あいつらは、俺たちのよりもっと高性能なコンピュータを持っている。もしかしたら俺たち、相手にもされていないのかもしれませんね」

「大統領が変わったら、俺たち、即クビかもしれないぞ。コカ栽培農民のリーダーが勝ったりしたら、間違いなくそうなるだろうな」

「先生、だから俺たちはあなたのことが羨ましいんですよ」

「ええ、俺たち心からそう思っているんですよ、先生」

二人はせかせかと、口の中をいっぱいにしながら喋り続ける。おかげでお前の平和なひとときが台無しだ。

〝こいつら、なりふり構わずにラミレス・グラハムにおべっかを使い、またたくまに昇進を遂げた。いや、そうではない。最初から上のポストを与えられていたから昇進する必要すらなかった。アルベルトならおそらく、二人を雇い入れることはなかったはずだ〟

「サーエンスさんと同じ時代に生まれていたらどんなに良かっただろうって思いますよ」バエスが声をひそめて言う。その響きから、バエスが心からそう思っているのがお前にもわかる。

「黄金期……」サンターナが、ため息をつくような声で脇から言った。

「そのころの話を聞かせてほしいな」バエスの声が再び大きくなり、言葉の一つ一つがお前の耳にビンビン響く。

「あなたがその目でご覧になったことを、俺たちに話してくださいよ」

「サーエンスさんは、ご自身が歴史の一部となっていらっしゃいます。俺たちにはもう、そんな機会もないでしょうが」

「奇跡でも起きない限り、それは無理だろうな」

「だけど俺たちだって、カンディンスキーを捕まえるのに多少なりとも貢献できたとしたらまだチャンスはあるかもしれないぞ」

「カンディンスキーというのは、まったく、とんでもない野郎だ」

「噂では二十歳にもなっていないらしい」

「カンディンスキーがどこの誰なのか、手がかりをつかんだ者はまだ一人もいない。ということは、誰がカンディンスキーであっても不思議ではないということだ」

「ああ、たとえばカンディンスキーがここで働いている誰かという可能性だってある」

「ボスだったりして」

「おい、いまの言葉、ボスに聞かれでもしたら殺されるぞ」

「いや、ボスは褒めてくれるさ。だってボスの信条は、異常なまでに疑い深くなれ、自分のことさえも信用するな、じゃないか」

「たしかに……。考えてみれば俺だって、カノジョからのメールを見ても必ず疑ってかかるからな。もしかしたらこれは暗号文で、これを解読してみると本当はあなたが嫌いって書かれてあるのではないのか、とかね」

「俺なんて、自分の書いたメモを読んでいるときでさえ思うことがあるよ。これは自分が自分に送った暗号じゃないのか、俺はあらゆるノウハウを使って自分にも解けないような暗号を造り上げたんじゃないのかってね」

お前は、二人のその大げさな仕草と物言いにふと憐みのようなものを感じる。

〝俺はたしかに取るに足らない存在だが、少なくとも博物館の陳列品としての価値はある。だがこの二人には、そうした救いさえもない。暗号解読者にとっては悪い時代に生まれてしまったな。とはいえ俺だって、これがもう少し進んでいる国に生まれでもしていたら、生まれてくる時を間違えたといわれていたに違いない。でも俺が生まれたこの国は、古い時代と新しい時代を同時に生きている。おかげで俺は、なんとかほうき星のしっぽをつかむことができた。バエスもサンターナも俺のことを、せいぜい、古い資料の保管庫くらいにしか思っていやしない。そして俺はといえば、周りからそう見られることにさんざん反発し、時代に取り残されていく自分の運命を呪ってもきた。でも二人の言葉を聞いているうちに、いまの俺というのもそう悪くないと思えてきた〟

「べつに話すようなことはなにもないよ」お前は言った。

〝そうだ、二人を楽しませてやる必要などないぞ。この仕事をするならまず学ぶべきは秘密を守ること。たとえ相手が仕事の仲間であってもだ〟

「そうでしょうとも、そうでしょうとも。ですがサーエンス先生、ご謙遜なさってはいけませんよ」

「アルベルトだったら、いろいろなことを話してくれるだろう。それこそどんなことについても、なにからなにまで知っているからな」

「でも、もう口をきくことはできませんよ」

「そういう結末を迎えるというのも、俺たちみたいな人種にはそう悪いことでもないのかもしれないな」

「それじゃあ、せめて、アルベルトさんについてなにか聞かせてくださいよ。アルベルトさんって、そんなに頭の回転が速かったのですか？」

「ナチスの逃亡者だったというのは本当ですか？　クラウス・バルビーと仲が良かったと、もっぱらの噂ですけど」

「前のモンテネグロ政権、つまり独裁政権時代には、ナチス出身者が二人も政権に入って極秘任務を指揮していましたよね？　たしか一人は民兵の組織化を、もう一人は情報収集を任されていたと聞いていますが」

「俺はブラック・チェンバーができた当初からここで働いてきた」お前の声に揺るぎはなかった。

「断言するが、アルベルトはクラウス・バルビーと会ったこともないはずだ。バルビーが表舞台で活躍していたのは八〇年代、ガルシア・メサ政権下でのことだ。ＤＯＰ（政治秩序局）の顧問だったが、ブラック・チェンバーとはなんの関わりももってはいなかった」

「ちょっとおかしくありませんか？」バエスが口をはさんだ。

「バルビーは、五〇年代の初めにはすでにボリビアに来ていましたよね？　サーエンスさんのおっしゃる通りだとすると、三十年間、なにもやっていなかったということになりますが。八〇年代より前に、ほかの軍事政権下でもバルビーが顧問を務めていたという可能性だって、まったくないとは言い切れないのではないですか？　おそらくバルビーは、ガルシア・メサ政権になって初めて、もう表に出ても大丈夫だと考えたのではないでしょうか。でも、ナチスの亡命者なのだから黙ったままでいるべきだったのですよ。そもそもバルビーが臆面もなく再び公の場に出てきたこと自体が間違いだったのではないでしょうか」

「二人とも、申し訳ないが……」

お前は、ムッとした顔を見せ椅子から立ち上がった。

「なにか気に障ることでも言いましたか?」バエスがあわててお前を引き留めようとする。

〝サンターナもバエスも、俺が怒ったことに驚いているぞ。そりゃあ、そうだろう。あいつらがいつも見ているのは、なにがあろうと平然と受け入れバカにされているとわかっていても顔の筋肉を動かしもしない俺、なのだからな。俺は……、俺自身のことならなにを言われたって構わない。だがアルベルトのこととなると話は別だ、まったく別だ〟

「アルベルトを侮辱するのは許さない」

「そんなつもりじゃなくて……。すみません」バエスが頭を下げた。「本当につまらないことを言ってしまいました」

「俺も、謝ります」サンターナが言う。「話の流れでついあんな風に言ったけれど、俺らにはアルベルトを侮辱するつもりはありません」

お前は二人に向かって、わかったから、という代わりに軽く笑みを浮かべ食堂の出口に向かって歩き出す。

〝あいつら、どっちもしゃべりすぎる、この仕事は長くは続かないな〟

午後の仕事が始まるまでにはまだだいぶ時間があった。お前はアルベルトを訪ねることにした。

〝どうせ月に一度は見舞うことにしているのだから、今月の予定を数日、早めるだけの話だ。アルベルトであれば……、たぶん、送りつけられてきた暗号の謎を解く手がかりを与えてくれる。これまでもそうだったように、アルベルトの譫言が俺にヒントをあたえてくれるはずだ〟

アルベルトが暮らすのはアカシア通りの地味な家屋の二階で、庭に植えられたバラの花は枯れかかり、ゴムの木もしおれている。壁はブルーに塗られ、その上を蔦がはっている。一階は無人だが、外階段がついていて、アルベルトのいる二階まで直接上がっていけるようになっている。警護の警官が戸口に立ち、そこから中に入ることができるのは政権の許可を受けたものだけだ。

お前はアルベルトの家までなかなかたどり着けずにいた。通りが封鎖されていたのだ。車での通行を止められたお前は、しかたなく乗ってきたトヨタを交差点に停め車から降りた。そして封鎖をしている者たちに幾ばくかの金を渡した。するとその直後、ひとりの若者が怒声を浴びせてきた。

「おい、俺たちに金を恵んでやったなんて、間違っても言うなよ！」

だがお前は、言い返しはしない。お札に描かれた独立の父ボリーバルの顔にじっと視線を当てると、向こうもお前を見返してきた。

〝なにか俺に話したいのか？　なんだ？　え？　なんだって？〟

「……だいたいあんたは、自分のしていることをわかっているのか？　もう、外に出ようなんて思うなよ。街は完全麻痺だ。俺たち市民の運動がこれだけ広がりを見せているというのに、なぜあんたは、それに連帯しようとしないのだ！」

それでもお前の頭は相変わらず、お札の中の意志の強そうな顔のことで一杯だった。しかし、嫌でも現実に戻らなくてはならない。お前は、若者にはなにも答えずに歩き出した。

〝俺は……、争い事は大嫌いだ。本当のことを言えば、みんながなにに対して抗議をしているのかもよくわからない。電気事業が民営化されたことか？　月々の電気料金の値上がりに対して怒っているのだろうか？　だが、抗議をするにしたって、こんなにしょっちゅうストライキやデモをやっていたのでは効果も薄れてしまのではないのか？　俺としては、みんながもう少しお上を尊重すればすべてうまくいくと思うのだが。政権に盾ついたり無視したりして時間やお金を無駄にしさえしなければ。まったく俺も大変な時代に生きているものだ〟

警護の警官が『アラルマ（*Alarma*）』誌から目を上げ、お前に向かって軽く頭を下げた。眉毛が白く、皮膚は薄いピンク色をしている。遺伝的欠陥、間違って書かれた遺伝子コード。警官はもちろんお前が誰なのかわかっているが、それでも身分証明書の提示を要求する。お前は渡す、恭しく。『アラルマ』誌の最初のページに、〈就寝中に子どもを絞め殺す〉という見出しが見えた。

〝就寝中に子どもを絞め殺す？　就寝中だったのは誰だ？　子どもか、それとも殺人犯？　夢遊病の殺人犯か……。だとすると、そいつの体が動いているあいだ頭の方はどっかに行っていて、そいつ自身は自分の行動に責任が取れない状態にあったということか。そいつの頭は夢と現実の間をさまよっていて、思考は思考で、思考を制御すべき理性的存在から抜け出し勝手な方向に進んでいったということか。たぶん、俺たちはみんな、夢遊病者のようなものなんだ。俺たちの行動、思考、感覚は、自分自身ではないなにか、あるいは誰かに導かれている。いや、もしかしたらそのなにか、誰かは自分の中にいるのかもしれないが。だが、どちらにしても結果は一緒。つまりは、就寝中に子どもを絞め殺す、だ。そしてその、俺の中か外にいて俺を支配するなにか、誰かは、俺に囁きかけてくる。ほら、いまお前が目にしている言葉たちの中に世界の意味を理解する手助けとなるメッセージがあるのかもしれないぞ、と。で、俺は、目の前の文章を解体しかつ第一原因たる神によって定められた秩序をそこに、いやその宇宙の一かけらの中に戻してやるためのコードを探してくたくたになるというわけだ〟

「ここまでいらっしゃるのはさぞ大変だったでしょう」警官が、お前の身分証明書に目をやりながら言った。「デモ隊側は、相手が誰であろうとも通してはくれませんからね。こうなればもう、あとは軍の出番です。催涙ガスを撒いてやればいいのですよ。そうすればやつらはミサのときのように静かになります」

ああ、とお前は頷く。

〝それにしてもなぜ俺は、こんなにお上を敬うことができるのだろう〟

それはお前がときどき、考えることだった。お前が子どものころ、一家は裕福な暮らしを送っていた。父親は石油公社のエンジニアで、重職に就いていた。背が高くでっぷりとした体形で、太くて威圧的な声をしていた。そしていつも、同僚や部下の先頭に立って労働環境の改善を訴えていた。そんな父親の過ち、もしそれを過ちというのならばだが、それは、労働組合員たちのハンガーストライキに連帯しともに戦ったことだ。ほかのエンジニアは、自分たちの部署以外のためになにかをする必要などないと言い、ストライキを支援しないと決めていた。だがお前の父親は情にもろい性質（たち）で、ほかの者たちのように労働者らを見捨てることができなかった。労働者の中には、父親が親しくしている者も大勢いた。会社側は何度も、自分の地位を考えて連帯をやめるようにと迫ったが、父親は頑として考えを曲げようとはしなかった。けっきょく父親は解雇された。そのあと父親には、すべてを忘れ民間企業に職を求めるという選択肢もあったはずだが、それは望む道ではなかった。父親は最後まで自分の解雇の不当性を訴えて戦うと決めた。ところが雇った弁護士らは、一家の財産を食い物にし、お前たち家族は社会的特権を失っていった。会社側は、時の政権の後押しもあり妥協しようとはせず、父親は裁判に負け、ただ相手を恨むだけの男になってしまった。

〝……俺はいまでもはっきり覚えている。口の中で罵る言葉を吐きながら庭の水撒きをしていた親父。毎晩のように不眠に苦しめられ、家の中をうろつきまわっていた親父。唇をいつも震わせていた。けっきょく俺は、そうした日々を過ごしてきたからこそ、お上を敬い、恐れるようになったのだろうな。いや、それとも……、俺の資質の問題か。俺が、あの経験からお上に絶対服従の教訓を学び取ってしまうような人間だったということなのか。もし、これがもっと違う資質の持ち主だったとしたら、正反対の教訓を得ていたのだろうが〟

「どうぞ、お通り下さい、先生」そう言いながら警官が、再び新聞に目を落とす。「でも長い時間はダメですよ」

部屋に入ると、ユーカリとクスリの臭いが鼻をついた。アルベルトはベッドに横たわり、首のところまですっぽりと毛布に覆われていた。目は開いているが、それでもアルベルトは寝ているのだと、お前は知っている。何本もの管と線が、アルベルトの体とその脇にあるクリーム色の機械とをつないでいる。画面には、アルベルトの生命の証が、ピッ、ピッ、と幾何学的な点滅を繰り返している。

〝……どうしたって俺は、俺の尊敬するこの人、この間まで権勢を誇っていたこの人の前に出ると自分がちっぽけで無意味な存在のように感じずにはいられない〟

最初のうちはお前も、目が開いているのにだまされ、アルベルトが目覚めているものと思い込みなんとか会話を交わそうとしていた。だがなにをしても無駄だった。そうとわかるとお前は、今度はただひたすら、その前に訪ねたときから後にブラック・チェンバーで起こった出来事のすべてを、いっときも休まずにアルベルトに向かって話し続けるようになった。

〝何本もの皺が刻まれたアルベルトの顔、もはや生より死に近くなっている体。それでもこうしているとつい、アルベルトにいろいろなことを喋ってしまう。アルベルトが元気なころにもよくそうしていたように。もっともいまは、アルベルトがなにか応えてくれるわけではないが。いや、応えてはくれないが、ときどき、アルベルトの唇が突然開いてそこから、単語とかフレーズが発せられることがある。初めのうちは俺も、ただ単に支離滅裂なことを言っているだけだと思っていた。だが何度も訪ねてくるうちに、だんだんわかってきた。アルベルトはまるでお告げのように、俺のいまの状況について啓示的なことを言ってくれているのだ。俺だけのための六十四卦、俺専属の女占い師。そうだ、アルベルトは昔からいつも、思考がどう考えているのかを見ようとしていた。アルゴリズムを、神経があらかじめ予測された方向へと枝分かれしていくように一つの考えから別な考えと進んでいく思考の筋道を、見つけようとしていた。それに、アルベルトはいつも言っていたではないか。「もし下界の騒音を聞かなくて済むようになったらかなり時間を節約できるぞ。敵の計画だって、いまよりずっと容易に知ることができるようになる」と。だから……、当然、アルベルトの譫言にはなにかまとまった意味があるはずだ。アルベルトの譫言も、この世界について知らせるための暗号だと考えるべきなのだ〟

お前は、戸口の脇の椅子に腰をかけた。いつもより部屋の壁に隙間が目立つ気がする。よく見ると、アルベルトの写真が数枚、外されていた。四方の壁は、ブラック・チェンバーの誰がそうしたのか、アルベルトのこの国での歩みを伝えるギャラリーのようになっている。オフィスでのアルベルト。口にはいつものタバコを咥えている。若き日の野心に燃えるモンテネグロと握手を交わしているアルベルト。エニグマのレプリカの傍らに立つアルベルト。そのエニグマは、ある日突然アルベルトが自分のオフィスに持ち込んできたものだ。お前と一緒に写った写真が一枚と、大事な仲間たちと撮った写真もいくつか飾られてあった。

〝いったいどの写真が外されたのだ？　まあ、俺の記憶力をもってすればすぐにわかるだろうが〟

アルベルトが譫言を口走るようになったのは三年前のことだ。お前はちょうどアルベルトのオフィスにいた。モンテネグロ政権の副大統領が直々にアルベルトに、ブラック・チェンバーの再編計画を承認するよう要請してきて、そのことについてお前とアルベルトは話しをしていた。アルベルトは言った。「俺は、副大統領のことは虫がすかん。あいつはアメリカかぶれもいいところだ。だが、モンテネグロは信頼できる。けっきょくのところ俺はモンテネグロのお蔭でボリビアに残ることができたのだからな。ブラック・チェンバーがいまあるのもモンテネグロのお蔭だ」そしてその直後だった。アルベルトが突然意味のわからないことを呟き始めたのだ。「私の名はデマラトス、ギリシア人でスサに住んでいる」「私は速記術を発明した」「私の名はヒスティアイオス。ミレトスの僭主」「私はジローラモ・カルダーノ。松明通信とオートキー暗号を考案した」「私は不死身だ」アルベルトは喋るのをやめようとはしなかった。お前は勇気を振り絞り、アルベルトの顔にコップの水をかけた。アルベルトはすぐに我に返り、申し訳ないと、お前に詫びた。だがそのとき、アルベルトの病は、すでにもう手遅れの状態にまで進行していたのだった。二日後、再び同じことが起きた。しかも今度はビジュネルルームで、暗号解読者のあるグループを前にして。アルベルトは突然意味のわからない大演説を始めた。それが数分続き、グループの者たちもようやくアルベルトになにか異常なことが起きていると気づいた。一人がアルベルトに近づき言った。「どうかお座りください、ひどく興奮されていらっしゃるようですが」するとアルベルトは激高し、その男に殴りかかった。机の上のファイルと鉛筆立てを床に払い落とし、誰かれ構わず目の前に居るものに足蹴りを食らわせようとした。グループの中の三人がアルベルトを床に倒し、そのまま、救急車が到着するまで押さえつけていた。

アルベルトは拘束衣を着せられ、連れていかれた。アルベルトは意識を失った。再び目を覚ましたときには、もはや元のアルベルトではなくなっていた。うつろな目をして、口を開こうともしなかった。ただほんのたまに脈絡のないことを口走ることがあり、お前はその意味をなんとか理解しようと必死で耳を傾けていた。そのときから、アルベルトはずっとアカシア通りの家の二階に閉じ込められたままだ。

お前は両手を組み、ベッドのアルベルトに語りかけた。「あなたがいらっしゃらなくて寂しいです。ブラック・チェンバー全員があなたを頼りにし、あなたに信頼を寄せているのです」それから一ヵ月の出来事を報告する。カンディンスキーと〈抵抗運動〉のこと。ラミレス・グラハムがまた、アルベルトの定めた従来の規則に反するような決まりを作ったこと。お前が受け取った不可解な暗号のこと。「あれは私に対する侮辱です、私にはそんなことを言われる筋合いなどありません。こんなに長いあいだお国のために働いてきて、あんまりではありませんか。どうか私を助けてください。あなたが私の横にいらして下さればもっと気持ちを強くもって、どんな罵りの言葉を受けようとも平気でいられるでしょうに」

通りからはほんのたまに、車が行き過ぎる音が響いてくる。窓の向こうには、地平線に浮かぶ山々が見える。お前はいつもその風景にハッとさせられる。お前はじっと待つ。アルベルトからの答えはない。もう息をしていないのではないか、お前は急に不安に襲われる。だが次の瞬間、お前の目が毛布の下のわずかな動きを捉える。アルベルトの体の中を息が苦しげに動いていく。

不意にアルベルトが口を開き言葉を発した。お前はビクッとする。

「カウフ……?」「えっ、ロセン? ヘイン?」「ウェテン……、ハイン?」

だが、それきりアルベルトはなにも言わない。お前はその単語を、いや、耳に聞こえた音をそのまま記憶する。カウフベレン、ロセンヘイン、ウェテンハイン。もう少しここに居たいとお前は思う。

〝アルベルトはほかにもなにか言ってくれるかもしれない。でもここでそれを待っているわけにはいかない。もう、仕事に戻らなくては。しかしいまの三つの単語……、いったいなにを意味しているのだろう。まったく見当もつかん。

だが少なくとも、この部屋で二人ともがこうして黙っている間に、俺のこの頭に、壁からどの写真が外されたのかその像が浮かぶはずだ〟

そう思った瞬間だった。お前は不意に、なぜ急にアルベルトを訪ねたいと思ったのか、自分の心の奥の気持ちがわかったように感じた。しかし本当は、それは、無意識のうちにお前がとっくに気づいていたことだった。お前は、バエスとサンターナが言ったことが嘘か本当か、はっきりさせたかったのだ。

一枚の写真に目が留まった。グループで撮った白黒写真。顔が不鮮明で、お前はそれまで一度もその写真を気にして見たことはなかった。男性が九人、二列に並んでいて、五人が軍服に身を包み、残りの四人はワイシャツにネクタイ姿。その四人のうち、左端がアルベルトだ。

〝アルベルトの横にいるのは……、まさか、嘘だろう?〟

お前の直観が間違いないと告げている。
〝あれは、クラウス・バルビーだ〟

‡ 9 ‡

フラービアはインターネット・カフェ、ポルタル・ア・ラ・レアリダの店内に入った。一階のフロアーは赤と黄色の光に埋め尽くされ、ポール・オーケンフォールドのトランスミュージックがスピーカーから鳴り響いている。高校生あるいは大学生たちが、三列にならべられたゲートウェイのコンピュータの前に陣取っている。壁には映画『マトリックス』のポスター、『オープン・ユア・アイズ』のペネロペ・クルスともう一枚は『バニラ・スカイ』の同じくペネロペ・クルスのポスター、雑誌『ワイアード』(*Wired*)のカバーが貼られ、その横には店の広告、〈ただいま携帯貸出し中!〉のオレンジ色の文字が躍っていた。

フラービアはカウンターでコンピュータ一台分の利用を申し込み、二階のプライベートルームを使いたいと告げた。赤毛で唇ピアスをしている若い女性の店員が、「二階だと倍の料金になります」と答え、画面に目を向けたままフラービアに番号札を差し出した。オンラインゲーム「リネージュ」に夢中なのだ。

〝ここに初めて来た日……〟、ほんと、カウンターで対応してくれたあの店員の子にはすっかり興奮させられたわね。金属製の義手をつけていながらすべてのことをなんでもないようにこなすなんて、あれ以上に不思議なことはないわ。「生まれたときからこうですから」あの子はそう言っていた。「この腕が私には普通で、お客さんように二本腕があることの方がむしろ変に感じます」とも。私ときたら、あれから一週間も、まるで変な虫でも見るように毎日、自分の腕を観察し続けたのよね。触ったり、ときには噛んだりしながら。

それにしてもこの雰囲気、派手すぎない？　ボヘミアらしくない。ううん、ボヘミアはもう昔のボヘミアではないって、いい加減、覚えなければね。前だったらこの場所に似合わなかったものが、いまではもう当たり前の存在になっている〟

そもそもボヘミア地区に人が集まるようになったのは、ボブ・ディランの像で有名な中央広場の周りにカフェが次々にオープンしたことがきっかけだった。新しい空気を感じさせるカフェ。最初に常連客となったのは大学生やバックパッカーで、若者たちはカフェに集っては、アイマラの世界観について、ヌエボ・シネ・メヒカーノ（新メキシコ映画）のこと、ビョークの音楽についてなど、さまざまなことを語り合っていた。やがてテクノミュージック専門のディスコがボヘミア地区に進出を始めた。すると今度は流行のファッションに身を包んだ〝パパの可愛い女の子〟、厚底ブーツにビニール製のミニスカート、まるで下着のようなトップスを身につけた女の子たちと、いつもプレイグラウンドで遊んでいるような金持ち階級の男の子たちが、日本製の携帯電話を手に持ちやってくるようになった。有名になるほどに元来の良さが失われていくというのは世の常だが、ボヘミア地区もまた例外ではなかった。

フラービアは店の階段を上っていった。

〝……たぶん、ううん、ぜったいに私の間違いよ。プレイグラウンドでリドリーがエリンに渡した紙に書いてあったあの暗号を正確に解読できていなかったんだわ。だって、私が読み取った通りだとすると、ラファエルはこのインターネット・カフェの二階で私を待っていなくちゃならないけれど、ラファエルがこんなところにいるわけはないもの。ラファエルは私と同類、エンクラーベ地区の閑散としたインターネット・カフェを好むようなタイプよ。それに私がみたところ、間違いなくラファエルは〈抵抗運動〉となんらかの関わりをもっている。あのグループのハッカーたちにとってはこのポルタル・ア・ラ・レアリダのような店は呪われた場所のはずよ〟

二階に上がると、そこには、一階とはまったく異なった雰囲気の空間が広がっていた。きらびやかな明かりもなければ壁に貼られたポスターもない。部屋は十二室。そのうちの大半は無人とみえドアが開いていた。フラービアの足の運びがためらいがちになった。ドアが半開きになっている部屋を片端から覗いていく。ここも違う、こっちも、いない。

〝なんだかホッとした。でもとりあえずいちばん奥の部屋まで行って、それで家に帰ろう〟

そう思ったときだった。後ろから小さな声で、フラービア、と呼ぶ声が聞こえた。フラービアは足を止め振り返った。たったいま閉まっていたはずの部屋のドアが開いている。フラービアは、額に垂れ下がる前髪をかき上げながら近づいていった。ラファエルだ。黒い革製の椅子に腰かけたラファエルが強ばった表情で、早く入れと手招きしている。フラービアが部屋に入るとラファエルはドアを閉めた。ラファエルは目の下に隈を作り、瞳を不安げにキョロキョロと動かしていた。

〝このラファエル……、何日か前にバスで会ったときはあんなに落ち着き払って自信に溢れていたのに、いまは全然違う〟

「思っていたより賢いんだな、君は」ラファエルが言った。「こうして君はここにいる。君は来ないんじゃないかと思ったりもしたけれど。リドリーからエリンに渡したメッセージはかなり高度な暗号だったからね、あれが君に宛てた暗号だと気づいてくれないかもしれないとか、いろいろ、心配した」

「あなたがもし本当に、自分で思っているぐらいに私のことを良くわかっているのなら、もっと私を信頼すべきじゃないのかしら」フラービアは言った。

〝やっぱりそうだったのよ。私がラファエルのなにに惹かれているって、いちばんはこの太い声。なんて男らしい声なの。もしプレイグラウンドでの出会いだけだったとしたら、ラファエルには恋をしていなかったかも。もっとも、そのうち、わざわざ文字を打ち込まなくてもプレイグラウンドで実際に会話をすることができるようになるのだろうけれど。声でチャットができるようになるわよ、携帯で話しをするように。だいたい、こんなにデジタル化が進んでいるのに私たちは前よりもっと文字を書くようになっている。それって、よく考えたら、なんか時代遅れじゃない〟

「急がなきゃならない。君がここに来たということは、やつらも俺の暗号を解読した可能性があるということだ。いつここに現れてもおかしくない」

「誰なの、やつらって？」

「〈抵抗運動〉だよ」

「じゃあ、もっとわかりにくいところで会うようにすればよかったじゃない」

「いや、誰にでもすぐわかる場所だからこそ、ここを選んだ」

「でもなぜ、〈抵抗運動〉があなたを狙うの？　それに……、リドリーが〈革新運動〉のメンバーだとすれば、それはつまり、あなたが〈革新運動〉に自分のアバターを参加させているってことよね？」

ラファエルが深く息を吸い込む。椅子がギシギシ音を立てている。

「〈抵抗運動〉と〈革新運動〉は同じものなんだ。〈革新運動〉というのは、プレイグラウンドで抵抗運動をするために作られたバーチャルなグループだ。アバターを動かしていたのはハッカーたちで、そしてその同じハッカーたちが〈抵抗運動〉を作った。仮想空間から現実の世界へと飛び出すためにね」

フラービアは眉間にしわを寄せ、ラファエルが言ったことをもう一度頭のなかで考えようとする。と、そのとき、廊下に複数の足音が響いた。ラファエルが右手の人差し指を唇に当てた。足音が過ぎ去っていく。

「考えすぎなんじゃない？」フラービアは言った。

「いや、やつらのことはよくわかっている。俺もその一人だったからな。俺にとっては、最初はすべてがゲームのようなものだった。たぶん、本当のところは、いまもそういう感覚を捨てられないでいるのだと思う。それが俺の厄介なところなのだろう。でもそれが俺だ。物事を真剣に考えるのが苦手なんだ。生きるか死ぬかという問題でも、それは変わらない。だから俺は何時間も、何時間も、プレイグラウンドで過ごしていた。画面上で起こることは、ある意味、すべてがゲームだからね。それに、プレイグラウンドでは情報を得ることもできる。君も知っての通り、俺はラットだ。いや、はっきりとはわかっていなかったとしても、そうじゃないかって疑っていたんだろ？　でも俺は、良い方の、騙さない方のラットだ」

「あなたはハッカーではないの？」

「俺の場合、ハッキングはある目的を達成するための手段だ。情報を得るためにハッキングをすることはあるが、それはほかに手段がないときだけだ」

ラファエルは、君に詳しく説明するだけの根気も時間もないとでも言いたげな表情を浮かべ、フラービアの顔を見た。

〝なんて冷たい手なの、野宿でもしていたみたい。それにひどく怯えている。私は、ラファエルを助けるためにいったいなにをすればいいのだろう。でも……、こんな感覚は初めて。こうして男の人の手に触れていても、嫌だなんて少しも思わない〟

十五歳のころだった。フラービアにも人並みに男の子とつき合おうとしていた時期があった。じっさいに、何人かのボーイフレンドと映画に行ったりパーティーに行ったりもした。しかしけっきょくは、それ以上の関係にまで進むことができなかった。手で触れられた途端にフラービアは決まって、自分の体が逆向きの電流で反発作用を起こすような感覚に襲われていた。だがボーイフレンドたちが悪いわけではない。すべてはフラービア、というより、フラービアの心に植えつけられた男に対する禍々しいイメージのせいなのだ。

「初めはなにもかも、ゲームのつもりだった」ラファエルは言った。「ボヴェに誘われるまではね。俺は、誘われるままに〈革新運動〉の一員になった」

「プレイグラウンドで、でしょ?」

「ああ、そうだ。あれは一種のお試しのようなものだった。プレイグラウンドの管理側を攻撃することで、〈抵抗運動〉の一つのひな型、現実世界でも通用する抵抗運動の形を作ろうと考えていた。もちろん、そのひな型を作り上げるのはそう簡単なことではなかった。それに仮想世界のことがすべてそのまま現実世界にも当てはまるというわけではないからね。でも少なくとも俺たちは、それをやろうとしていた。そして俺は、カンディンスキーの側近の一人として〈抵抗運動〉に加わることになった。それは、君ももう察しがついていると思うけれど、ボヴェがプレイグラウンドでのカンディンスキーのアバターだったからだ。俺は、プレイグラウンドでいろいろなものを手に入れ、それをブラックマーケットで売っては俺たちの活動資金に回していた。どういう風にやっていたかについては、言わないでおこう。ただ、俺が、ラットだったおかげでずいぶん点数を稼ぐことができたのは本当だ。世の中では、ラットはすっかり悪者扱いだ。たしかに、俺たちがプレイグラウンドの運営を請け負っている企業で働いている人を脅しつけては金になるもの、命とか魔法カードとかを獲得するための方法を聞き出しているというのは事実だけれど」

ラファエルが椅子から立ち上がった。よろけて後ろの壁に手をつく。ラファエルが疲れ切っているのが、フラービアには痛いほどわかった。フラービアはラファエルの言葉を必死で追っていた。しかし正直、説明のなかにどこかすっきりしない部分があるのを感じずにはいられなかった。

「ことはそうして始まった」ラファエルが続けた。「やがて〈抵抗運動〉が現実世界で行動を開始すると決まったとき、俺はカンディンスキーに会ってみたいと思った。でもできなかった。で、そのとき気づいたんだ。主だったハッカー、つまり腹心の部下たちの誰一人としてカンディンスキーを直接知るものはいないってことに。でもそれは、密告を避けるためには当然の戦略だ。もちろん、自分の神話を作り上げるための戦略でもあったのだろうが。偉大なハッカーと会った者は誰もいない、それでも全員が自分なりのカンディンスキー伝説を作り上げている。そういう風にして、すでにプレイグラウンドのなかで始まっていたボヴェと呼ばれるアバターの神格化が、生身の人間、つまりボヴェのアバターを操っている者、カンディンスキーとして知られる人物の神格化へとつながっていった。俺の説明は解りづらいかい？　大丈夫だよね？」

「それで私にいったいなにをしろと？」

ラファエルは再び椅子に腰を下ろした。脚を落ち着かなげに動かし、手で顎をさする。

「マスコミはこぞって、〈抵抗運動〉にもっとも批判的なところですら、カンディンスキーにオーラをまとわせようとしている。第三世界の者でありながら第一世界のシンボル、資本主義の勝者のシンボルでもある大企業をひざまずかせることができる人物。非道な新自由主義的政策を取る政権への抵抗を象徴するものとしてはほかを圧倒するほどの存在感を放っている、とね。そうさ、まったくその通りだよ。でもカンディンスキーは神様じゃない」

ラファエルは口をつぐみ、エヘン、と喉を払った。

「カンディンスキーだってべつに完璧な人間というわけじゃない、俺たちと同じように間違いを犯す」

再び、太く低い声が話し始めた。

〝これほど落ち着いて話していてさえもこうなのだから……、もしラファエルが大きな声を上げるといったいどれほど力強い声になるのだろう〟

「カンディンスキーがあそこまでになったのはもちろん、コンピュータ技術を駆使することについては抜群の才能をもっていてカリスマ性もあるからだけれど、ほかにも理由がある。カンディンスキーは組織内で自分に異を唱える者は誰であれ黙らせる、それも非情なやり方で。〈抵抗運動〉は内部の抵抗は許さない、というわけだ。政権や企業と戦う〈抵抗運動〉の強さは内部での話し合いを禁じるカンディンスキーの原理主義的な考え方によって支えられているといえる。実は……、そのことについては、なんとなくだけれど、プレイグラウンドで活動を始めたときから感じてはいたんだ。まあ、俺が、というより俺のアバターのリドリーが、だけれど。〈革新運動〉のメンバーの何人かが殺害された状態で発見されたとき、俺は、自分のその勘が正しかったと確信した。ボヴェは、管理側がやったと決めつけるような言い方をしていた。でも、殺されたのは、その直前の集会でボヴェに反対意見を述べたメンバーだった。偶然といったって、あまりにも偶然すぎるよ」

ラファエルは早口で話し続けた。それはまるで、言いたいことをすべて言うのにはもう残り時間がないとでもいうような、すさまじい速さだった。

「それと同じような事件がほんの数日前に、今度は現実の世界で起きた。二人のハッカーが遺体で発見された」

「ビバスとパディージャでしょ？」

「ああ、そうだ。二人とも〈抵抗運動〉のメンバーだった。でも俺には、カンディンスキーを告発するだけの勇気がなかった。そして、俺の代わりにカンディンスキーの罪を公にしてもらうのに一番いいのは誰かと考えて、君に白羽の矢を立てたんだ。君はハッカーについてのサイトを持っているからね。だから俺は、君に、俺の知っていることのすべてを教えたんだ。もちろん、あのバスで会った日に君に、カンディンスキーの素性についてこのまま調べを進めていけば危ないことになると言ったのは、敵を欺くためだ。俺は監視されていたからね。一つのミスがすなわち一貫の終わりという状況だった」

「あなたが……、そうだったの……」

「ああ。俺は、すべてを自分のサイトで公表してしまう君の勇気に感動していた。いや、ほとんどすべて、というべきだな。カンディンスキーが誰かということについては、君もまだ自分の意見を言ってはいないからね」

「もう少し具体的な証拠が必要だったの。でもそれとなくは言ったわよ。ものすごく頭のいい人だろう、って」

「いや、非難しているわけじゃない。俺は自分で自分が嫌になる、俺は卑怯者だ。君の命を危険にさらしてしまった。ただ申し訳なくて、それで俺はああして君の後をつけたんだ。君に責任を感じて、君のことを守りたいと思った」

フラービアは、困惑した視線をラファエルに向けた。

〝いったいなんと答えればいいの……〟

「リドリーをエリンに接触させたのは」ラファエルが続けた。「リドリーの命が狙われていると思ったからだ。今度は俺自身がこうして、リドリーがエリンにそうしたように、君に接触している。たぶん、やつらは俺を殺そうとするだろう。それでも、少なくとも君だけは、なにがあったのかわかっていてくれる。そしてそれを、世間に明らかにしてくれる」

「だけど……、カンディンスキーが誰なのかわからないままでは、私にできることなんてたかが知れているわ」

「そのことについては、俺たちラットですら君を助けてはやれない」

ラファエルは、フラービアの唇に自分の唇を重ねた。初めはやさしく、やがてそれが嵐のような激しさへと変わっていく。フラービアは戸惑った顔をして見せる。

〝でも本当は……、こんなにキスが遅かったことの方が、私には驚きなのよ。あなたと会えばロマンチックなことが待っていると、てっきりそう思っていた。まさかこんなにややこしいことに巻き込まれるなんて、いったい誰が想像する？　そうね、いつか……、すべてが終われば、ラファエルとも恋人になれる日が来るのかもしれない。でもいまの私たちにはもっと別な、一刻を争ってやらなければならないことがある〟

「これからも、ここか、プレイグラウンドの中で君と連絡を取るようにする。最初に君が部屋から出てくれ。なにがあっても振り向いてはダメだ。君が通りに出たら、すぐに俺もこの部屋を出る」

二人はもう一度、キスをした。フラービアは部屋を出ると、急ぎ足で階段を下りカウンターに向かった。赤毛の店員にルームキーを返し、コンピュータは使わなかったと告げる。店員は訝しげな視線をフラービアに向け、画面をチェックし、たしかにフラービアの言う通りであるとわかると頷いた。

フラービアが店の外に出ると、オンボロの赤のホンダのアコードから黒いサングラスをかけた男が二人、降りてきた。ホンダが店の前の歩道ぎりぎりに、エンジンがかかったままで停められているのを見て、フラービアは妙な感じを覚えた。と次の瞬間、フラービアは思わず声を上げそうになった。その男たちがなにをしにきたのか気づいたからだ。しかし、すでに遅かった。

フラービアが店の中に戻ったそのとき、銃声が鳴り響いた。階段を降りようとしていたラファエルが倒れ込み、何回転かして、金属の手すりに体がぶつかったところで動かなくなった。

黒いサングラスの男たちが店の外へ走り出て車で逃げ去っていく。フラービアは、周囲の騒ぎには目もくれず、床に横たわるラファエルのもとに駆け寄った。学生たちが机の下に隠れたまま大声を上げ、あるいは、ありもしない非常口を探して右往左往していた。ラファエルの真っ白なシャツが赤い血に染まり、最後に胸がドドッ、ドドッ、と大きく波打ち……、心臓は動きを止めた。

‡
10
‡

ルスは、自分の研究室の前で足を止めた。ドアには、ブレッチリー・パークの写真が一枚、漫画『おませな、マファルダ』と『ザ・ファーサイド』の切り抜きが貼られてある。

足が痛くてたまらなかった。ハイヒールを履いたまま歩くのは、もはや限界だった。ルスは靴を脱ぎ、廊下のごみ箱の脇にそれを置いた。警官が、期待と好奇心の入り混じった視線をルスに向けている。

〝あら、上着のボタンをはめたんじゃない。さっきよりは、ちゃんとして見える〟

ルスは、ようやく落ち着きを取り戻していた。鼻からの出血も止まっていた。

〝でも人間の体って、血管から血が溢れ出たりはしないものなのかしら。雨季に川が氾濫を起こして水が溢れ出すように。で、もしそうなったとして、溢れ出た血は突然また、血管に戻るものなのかしら？　私のこのガタがきている体、血管も臓器も、毎日、毎日、いったいどういう風に傷がついていっているのだろう？　そして……、ぼろぼろになった私の細胞を内視鏡で覗くといったいなにがわかるの？〟

ルスは研究室のカギを取り出した。

〝私は、たとえこの体の中でどんなことが起こっていたとしても、パニックになったりはしない。母さんのようにはならない〟

ルスの母親は、自分の体に容赦なく死が迫ってきているという現実を前にして一瞬のうちにすべてを終わらせる道を選び、そのときの恐ろしい光景を、ルスはいまだに忘れることができないでいたのだった。

ルスは警官にお札を数枚、渡した。警官は不服そうな表情を浮かべ、それが偽札でないと確かめるかのように、お札を陽にかざした。

〝こうして袖の下を渡す者がいれば、それを受け取る者もいる。この大陸での汚職の数って、一分ごとで計算するといったいどのくらいになるのだろう。きっとすごいわね。だってそもそも、汚職というのが生きる手段として制度化されてしまっているのだもの〟

疑い深そうな視線、褐色の肌。足を大股に開きいくぶん体を前に傾け挑戦的な姿勢を取る警官。その姿にルスは、自分と警官とを隔てているものの大きさをあらためて感じずにはいられなかった。

〝でも、だからといって私になにができる？　私の責任じゃあない。二度とその手には乗らない。これまで何度、同じような失敗を繰り返してきたと思って？　メイドのローサの足に静脈瘤ができているのを見て、嫌がるローサを医者に行くよう説得して治療代と薬代を払ってやった。ローサから、テレビを買うために貯金をしていると聞かされると、給料とは別に幾ばくかのお金を渡した。なのに、そのお金をローサは別れた夫に渡していた。そうして私はやっと気づいた。どんなに相手のことを考え、良かれと思っていろいろやってあげたところで、変わりようのないものを変えることなどできやしない、と。けっきょくなにをやったところでその成果なんて、私自身が何分間か、じゃなかったら半日かせいぜいその日一日、満足して過ごせるってことぐらいのものなのよ〟

だがルスはさらに数枚のお札を警官に渡し、研究室に入っていった。ドアは半分だけ開けておく。警官は廊下に立ったまま横目でルスを見ている。手を警帽にあてて微動だにしないその姿に、ルスは思わず、まるで写真用にポーズを取っているみたい、と呟いた。

研究室の中はジャスミンと黒タバコの香りが漂っていた。ルスは煙草に火をつけ部屋を見渡した。机の上には講義で配るはずのプリントと、NSAがマルビーナス紛争で果たした役割、というテーマで書く予定の論文用のメモが乗っている。マルビーナス戦争では、戦いが始まる前にすでにNSAがアルゼンチン軍の暗号の解読に成功していて、戦争中にイギリス軍が得た情報の九十八パーセントはNSAからの提供によるものだった。本棚には、デイヴィッド・カーン、サイモン・シン、ルドルフ・キッペンハーンら暗号解読者の伝記と、来学期の授業で使う予定の暗号解読関連のビデオ『U－571』、『ウインドトーカーズ』、『ビューティフル・マインド』と『エニグマ』が並べられ、壁にはドガの絵がかけられている。

ルスは机の右下の引き出しから原稿を取り出した。枚数はおよそ三百枚。それをルスは暗号で、しかもいくつもの異なる方式の暗号を使って書いていた。そうした暗号の中に一つ、ルスが独自に考案したものが含まれていた。それは一種の多表式の換字式暗号で、基にしたのは難攻不落のヴィジュネル暗号。ルスはその暗号のことが自慢でならなかった。

〝原稿の表紙のこのタイトルと、それに自分の名前まで暗号にしてしまった。きっとみんな言うわよね、そこまで暗号にこだわるなんて病的だって。でも、私にとっては少しも変なことではない。暗号との関わり方としてはこれ以外の方法なんてありえない。それに私は……、少なくとも、害のない知的探求以外では暗号に関わらないと決めそれを実行してきた。少なくとも、私は、ブラック・チェンバーでの仕事がどんな目的のために利用されているのかに目を向ける勇気と、そしてあそこを辞めるだけの強さをもっていた〟

「ここから電話をかけてもいいかしら？　お医者様にかけたいの。もし必要ならば、あなたが番号を押してくださっても構いませんが」

「いや、どうぞ、かけてください。ただし急いで」

病院の番号をプッシュする。秘書が出た。

「先生はまだお戻りではありません。道路封鎖にあわれたのでしょう」

「では、検査の結果だけでも教えていただけますか？」

するとと秘書は言った。

「いいえ、検査センターは閉まっています。明日もう一度、お電話いただけますか？」

ルスは、原稿をしっかりと胸に抱えて研究室を出た。ルスと警官は、人影のない中庭に出ると再び門へ向かって歩き出した。人の叫ぶ声と爆発音が聞こえている。警官はしかし、慌てる様子もなく歩いていく。ルスも同じ歩調でついていった。

〝さあ、これでカルドナにこの原稿を渡せるわ。そうすればミゲルも終わりね。家に戻って荷物をまとめて、それからミゲルには、弁護士を通してまもなく離婚の手続きを始めると伝えなくては。まずはタクシーで父さんのところに戻ろう、リオ・フヒティーボの北の地区にある実家に。たぶん、どこかアパートを探すことになるわね。それともいっそ、仕事を辞めてラ・パスに行ってしまおうか。フラービアのことは……、どうすればいいのだろう。一緒に来てくれるのかしら？　それともミゲルと残るというかしら？　いえ、たぶん、どっちも嫌だというわね。あの子はとても独立心が強いから〟

「いったいその紙の束の中身はなんなのです？　そんなに慌てて取りにいらっしゃるなんて」

警官が前を向いたまま言った。

「いま書きかけている研究論文です。私は歴史学者ですから。この封鎖が長引いてこれが手元にないまま過ごす羽目になったらどうしようと、心配でたまりませんでした。でもこれで、少なくとも、家で仕事ができます」

「私の方は、しばらく家に戻れそうにありませんよ。警戒態勢が敷かれている間は兵舎泊まりです」

「ご自宅は？」

「タラタです。いまはこっちに駐屯していますが。ですが、文句は言いません。新しい銃をくれましたし。あっちではリボルバーすら持っていなかったのですよ」

「あなたのリボルバーは、どうなさったのですか？」

「ひと月ほど前に盗まれました」

「代わりの銃は支給されなかったのですか?」

「それが、いままだ私の給料から毎月、新しいリボルバーの代金が引かれている最中なのですよ。全額を払い終わった時点で自分のものになるのですが、それまでにはまだ数ヵ月はかかります。泥棒がその間、待っていてくれるわけではないのですがね。でも、幸い、タラタはそう物騒な街ではありません。ときどき酔っ払い同士の喧嘩はありますが、それ以上のことはありません。それに、ボリビア大統領だったメルガレーホの生家を訪ねてくる観光客から、いくらかはチップをもらえますし。ただ生家といっても、外観はひどいものですし、本当に小さな家です。保存工事で質の悪いセメントを使ったせいです。見学に訪れる学生たちにとってはとんだ期待外れでしょう」

〝これってどこからみても普通の会話よ。でも、叫び声と爆発音がすぐそこで聞こえていて、マクドナルドからは赤い炎と煙が立ち上っているこの状況でこんな話をするのは変なものだわ。ううん、もしかしたら、こうしてこの人と会話していること自体がすでに変なことなのよ。だってこの先、もう一度私が警官という種族と会話をするなんてこと、あるのかしら?〟

「この仕事が楽なんてことはまったくありませんよ」警官が言った。「封鎖を排除しろと命令を受けて現場に行くと、ときどき、向こう側に知った顔を見つけることがあります。知人たちは私に向かって罵りの言葉を投げつけ、金のためならなんでもするのか、みたいなことを言います。まあ、言われても当然でしょうが。でも私は、これ以外でなにか体裁のいいしかも私が気に入るような仕事を誰かが見つけてきてくれれば別ですが、そうでなければ警官を続けるつもりです。とにかくこれが私の仕事ですよ。ほかになにをしろというのです？　誰だってやりたいことをやればいいのです。それか、できることを」

再び脇門が見えてきた。先ほどの警官が引き続き警戒に当たっているのに加えて、増援のためにさらに五人の兵からなる分隊が到着していた。警官らの横では二匹のドイツシェパードが、引きちぎらんばかりの勢いで鎖を引っ張っている。ルスは足を止めた。いや、足が前に進まないのだ。

〝どうすればいいの？　どちらに行くべき？　どの道を取るべきなのだろう……。〟

左手には正門と、炎に包まれたマクドナルド。右手を見ると、通りが封鎖されていて、その通りをデモ隊が反政権のシュプレヒコールを挙げながら近づいてきていた。「グローバル化粉砕！」「グローバル化の暴挙を許すな！」警察車両が二台、サイレンを鳴らしながら車の通行を止めていた。ルスは、二匹のドイツシェパードのうちの一匹に視線を当てた。黒い毛が艶やかに光り、獰猛な牙から涎が垂れている。

〝大学に来ようなんて考えたのが間違いだったのよ。あのとき家に帰っているべきだった〟

携帯にはビデオメッセージが未読のまま残されていた。一つはミゲル、もう一つはフラービアから。しかしルスはどちらも開こうとはしない。

〝ミゲルからのメッセージにはもううんざり。だいたいミゲルったら、資料室での仕事に飽きると、たいした用もないのに電話をかけてくるんだもの。いつも、数分間の暇つぶしのためだけにかけてくるようなものよ。フラービアからのメッセージも、放っておこう。なんの用かはわからないけれど、急を要することなどあるはずないのだから〟

もう何年も前からルスは、フラービアのことがそれほど気にかからなくなっていた。そうなったのは、ミゲルの乏しい時間を、もともとそれほど豊かとはいえないミゲルの愛情を、フラービアと奪い合っている自分に気づいてからのことだ。そしてルスが、自分の方が負けていると悟るのにさほどの時間はかからなかった。

軍曹が、ルスの傍らに立つ警官に近づいてきた。軍曹は太鼓腹を突き出し、右手に軍帽を持っている。

「ここにいるこのご婦人は、いったいなにをしているんだ！」軍曹が言った。

「危険だというのがわからないのか！」軍曹の声が大きくなった。「お前に言ったはずだ。一般市民は全員、退避させろ、大学には誰も残すな、と。」

「全員、大学から出しました、軍曹殿」警官が怯えた声で答える。「ご婦人がいらっしゃったのはその後です。大学の教授だそうです。原稿を取りにご自分の研究室に入りたいとおっしゃって……」

「ところで、お前はなにをやっていたのだ？　まさかご婦人をエスコートしていたわけではないだろうな」

「それは……、軍曹殿」

「それは……、なんだ？　ご婦人をエスコートしたのか？」

「急いでいるとおっしゃったので、つい。ご自宅で作業をしなければならないのだそうです」

「とんだ迷惑だ！　だいたいお前はいつからこの人の秘書になったんだ？　それとも、使い走りか？おい、クソッタレ！　それならいっそのこと、誰でもかれでもここに呼んで整列させて必要な書類を取りに行かせればいいじゃないか！　で、お前がそうしているあいだに世界は破滅するというわけだ。お前をいますぐにブタ箱に放り込むことはしない。人手が欲しいからな。だが、あとから必ずそうしてやる」

「はい、軍曹殿」と、警官が直立不動の姿勢を取った。

軍曹がルスに近づいてくる。ひどく事務的な声で軍曹が言った。

「申し訳ありませんが、その手にお持ちのものを見せていただけますか？」

「将校殿のご関心を引くようなものではありません」

「いえ、私は軍曹です。興味があるかないかは、私が判断します」

ルスは原稿を手元から離さずに、軍曹に見せた。軍曹が、探るような視線を一番上のページに向ける。

「その象形文字のようなものはなんです？」

「いま執筆中の本の原稿です。この国の歴史に登場するさまざまな暗号について書いています。私は歴史学者なもので」

軍曹の目がギラッと光り、頬の筋肉が緩んだ。まるで、俺の抜け目なさがまたもや役立ってくれたぞ、とでもいうような満足げな表情。〝暗号についての本といってるが本当は暗号そのものではないのか〟と、軍曹が疑っているのがルスにもはっきりとわかった。

「ちょっとすみません」軍曹が言った。ルスが返事をしようとしたその瞬間、気づくと原稿はすでに軍曹の手に握られていた。軍曹が原稿をぱらぱらとめくり何ページかに目を通す。〝どの行も意味をなさない文字の羅列ばかりで、理解可能な単語も、まともな文章も、意味のある章もない。すべてに悪の臭いが漂っている〟と、軍曹の顔がそう言っていた。

「申し訳ないですが、先生」有無を言わさぬ口調だった。「これは私がお預かりいたします。落ち着いてよく調べる必要があります。万が一ということもありますからね」

「軍曹殿、それはあんまりですよ！」ルスは大声を上げ、原稿を取り戻そうと手を伸した。「一分でも惜しいのです。すぐに仕事にかからなければならないのです！」

「わかります、ええ、わかります。ですがお考えください、この状況ですよ……」

「いま起きていることは、私とは、なんの関係もありません。なにを疑っているのです？　もしかしてこれが〈連帯〉の暗号だとでも？　それとも、グローバラックスを閉鎖に追い込むための極秘プランだとも思っているのですか？　じゃなかったら、〈抵抗運動〉のメンバーのアジトの住所だとでも？」

「落ち着いてください、先生。一分でも惜しいのは私も同じです。あなたを逮捕するような真似はしたくありません。やましいことはなにもないというのであれば、恐れる必要はないはずです」

軍曹がルスに背を向ける。ルスはその背中をめがけて体当たりを食らわせた。軍曹がタタッと、前につんのめった。バランスを失いかけるが、倒れる前になんとか体制を立て直す。

軍曹はルスの方を向き、部下たちにルスを逮捕するよう命じた。

ルスの鼻からはまた、血が流れ出ている。爆発音が鳴り響いていた。

‡ 11 ‡

雨だ。疲れた。私は疲れた。相変わらず明かりが目に痛い。

私にできることはなにもない……。ただ待つことだけ……。若い肉体となって甦る。希望と……、エネルギーに満ちた時がやってくる……。やろうと思えばなんでもできる。若い肉体……、だが若すぎることのない肉体。私はいまとは別の……、すでに充実した生を満喫している肉体に住み着く。私は……、その肉体の秘められた才能を……、無数の可能性を引き出してやる。

いつも私はそうしてきた。私には子ども時代というものがない。子どもだったことがないのだ。それが人生で一番いい時だと言う人もいる。だが私はそうは思わない。いや、思うも思わないも……、そもそも私にはそれについてなにかを言うことなどできない……。

ときどき悪戯好きな幼い男の子の姿が頭に浮かんでくる。誰なのかはわからない……。どこの子なのかもわからない。男の子は……、村外れの牧草地を駆けていく……。ごみ捨て場で見つけたタイプライターを組み立てたり分解したり。その機械でなにか書いている……。意味をなさない文字の羅列。暗号。

できることなら私も子ども時代を経験してみたい。生涯で一度ぐらいは。

くたびれ果てた体……。この胃の痛み。首も。目は閉じてはくれない。喉に痰が絡みつく……。それでも血はその流れを止めない……。

私の脈拍を計る機械はまだ、動いている。

ああ、できることなら……、いつかは……、死にたい。そしてそのまま目を覚まさずにいたい。たぶんそれは大それた望みなのだろう。私の生をつかさどる誰か……。奇跡でもあり不幸でもあるこの運命を私にお与えくださった御方が私を哀れに思い……、やがて私にも……、本当の最期の時を迎えさせてくれるのだろう。それまでの間……、わたしは何人もの生を生きてゆく。

私はむかし、チャールズ・バベッジだった。ケンブリッジ大学の教授。数々の業績でその名を知られている……。なかでも最大の業績は……、のちにコンピュータの設計に用いられることになる理論を発表したこと。一八二〇年ごろだ。私は機械に数学的な計算を行なわせるというアイデアに夢中になっていた……。解析機関と階差機関を作り上げようと必死だった……。そのためにいったんはケンブリッジ大学からの誘いさえも断ったほどで、ようやく私がケンブリッジの教授の職についたのは、それから七年も経ってからのことだった。けっきょく私は計画を達成することができないまま、七十八歳で死んだ。だが私のアイデアは残った。私の死後、別なものたちによって……、私の解析機関の理論構造は……、コンピュータの基本理論として役立てられることになった。

私が暗号作成に惹かれたのは統計学に興味があったから……。私は、テキストのなかでそれぞれの文字が使用されている頻度を調べるのが好きだった。暗号解読作業に初めて数学の公式を取り入れた何人かのうちの一人が私だったというのも……、それが理由だ。私は……、代数学を初めて使ったうちの一人。暗号解読者らはなぜもっと前から代数学を使おうとしなかったのか。それが私には不思議でならかった。

ほんの小さな一歩……、そのときは。それがのちに、大きな成果へとつながることになる。

私の場合はすべてがそうだ。

嘆かわしいことに……、私は、自分の研究を最後まで続けたことがない。取っていたメモも中途半端なまま放り出す。また別なことへとのめり込んでいく。気持ちが移っていく……。だが自分ではどうしようもできない。それが私の性格。

雨が部屋の窓を、屋根を……、激しく叩いている。リオ・フヒティーボの山が霞んで見える。輪郭が雨に溶け出している。陰気な散光があたりを覆い尽くしている。

いつも私は雨が好きだった。いつもというのは……、ここでの私に限って言えば誇張ではない。私の性格には……、陽射しに溢れた真昼より夕暮れが似合う。眩しすぎる……、この街の太陽は。私は自分だけの暗闇を作らなければならなかった。そこに逃げ込まなければならなかった。

部屋の外が騒がしい。客人のようだ。チューリングか……。ほかの誰かか……。

誰にも会いたくない。なにも望まない。ただ私は待っている。神の残酷ないたずらが終わることを。その悪戯のおかげで私はここに、この地の果ての果てに縛りつけらたままだ。ほかのところで戦闘が繰り広げられているというのに……、帝国の心臓部では、暗号を使っての攻防戦が行なわれているというのに……。人は私自身の責任だというのだろうが……。たしかに……、私がこの地に居ることを選んだのだ。あのときは……、わたしのやっていることに意味があるように思えた。この国は私の存在を必要としていた。そうだ、たしかに私の責任だ。

電気蟻……。

だが……、私の歩みのすべてを私が決めているわけではない。私は私の運命を描く。一方で誰かが私の運命を描いてもいる。

私はホセ・マルティだった。私はホセ・マルティだった。マルティ・ホセは私だった。ホセだった私はマルティ、だった。マルティ、私は、ホセ。私は自由なキューバを夢見ていた……。キューバの解放に私のすべてを捧げていた。私は長いことニューヨークに暮らしていた。私と同じような考えをもつ愛国の士たちと出会った。誰もが自分たちの島をスペインの支配から解放したいと願っていた……。

一八九四年。私は反乱計画を作り上げた。ホセ・マリア・ロドリゲスと、エンリケ・コジャソも一緒に……。フェルナンディナ作戦。味方同士のやり取りが敵に漏れて計画が揺らいでしまうという危険を避けるために……、我々はメッセージを暗号化することにした。私が使用したのは多表式換字暗号……。ファン・アルベルト・ゴメス……、主要な連絡員の一人。その男にメッセージを送るときには、四種類のアルファベットのセットを使うことにしていた。ただしそのいずれにもchは含まれていない。暗号鍵はHABANA。六文字からなる単語。そのうちAの文字については三回繰り返されている……。つまり実際に使われている文字は四つ。なにもメモする必要はない。サイクルを覚えるだけでことは足りる。HABANAの各文字をアルファベットの何番目かという数字で表すと9-2-3-2-16-2。それがサイクル。そしてそれらの数字はそれぞれ、それに相当するアルファベットのセットの種類を示している。たとえば最初の9という数字はアルファベットのセット9を示し、そのセットではAが9で、Bは10、Cは11となる。数字の2はアルファベットセット2を示し、そのセットではAが2、Bが3となる。解読するためには……、暗号の数字の下にこのサイクルをあてはめていけばいい。

たとえば……、

13-13-9-6-30-6-28-2-14-8-32-15-13-29という暗号。その下に9-2-3-2-16-2-9-2-3-2-16-2-9-2とサイクルをあてはめていく。

まずアルファベット9では13がどの文字にあたるかを調べる……。Eだとわかる。つぎにアルファベット2で13が意味する文字は……、L。そうして読んでいくと、ELGENERALGOMEZ（ゴメス将軍）と解読される。少しも難しいことはない。暗号鍵がわかってさえいれば。

エンリケ・コジャソにあてた書簡の中でも同様に、四種類のアルファベットのセットを使用していた……。暗号鍵はMARIAだった。

中世風の塔。廃墟となった要塞。

特別に選ばれた使者がゴメス将軍あての書簡を運んだ。反乱計画についての書簡……。我々はこう書き送った。「これは君がいつでも島で行動を起こせるようにこちらの準備が整ったことを伝えるためのものだ、という国際電報がまず君の元に送られる。そののちに最終電報、島の外でやるべきことはすべて終わったという電報が届くだろう」と。そして……、最終電報を受け取ってから十日間は蜂起するのを待ってくれと頼んだ。我々の指示は次のようなものだった……。「島に根を下ろしているスペイン人たちが好意をもって我々を迎えるか、あるいは少なくとも完全には敵対しないという立場を取るかする可能性があるのかどうかを、見極める必要がある。そのためには、民族主義に走ったり、単に暴力的な行動を取ったりしてはいけない……。しかしスペイン側が武力で向かってくるようであれば、もてるすべての勢力を注ぎ込んで戦わなければならない」

この計画は失敗に終わった。仲間の一人が裏切った……。アメリカからキューバに武器を船で運ぶという我々の計画を漏らした。積荷は没収された。革命を成功させるためにはメッセージをたくみに暗号化するだけでは不十分だ。人は必要以上にしゃべりたがる……。人は……、万能チューリングマシーンには……、なりたがらない。

残念なことだ。

疲れた。部屋の外がうるさい。うるさくてたまらない。

いまは……、雨だけが救いだ。この午後も……、やがては……、これまでのたくさんの午後の上に重ねられていく。

カウフボイレン。ローゼンハイム。ヒュッテンハイン。

‡ 12 ‡

電話はバエスからだった。

「サーエンスさんのお嬢さんが協力してくれるそうです。いま、パトロールカーを迎えにやっています。こちらには間もなく到着するはずです」

ラミレス・グラハムは携帯を切ると、机に築かれた書類の山の上に置いた。水槽に視線を当てた。透き通った水の中を熱帯魚がゆっくりと、ときどき急に方向を変えながら泳いでいる。海底に沈むガレオン船とそれを巧みに避ける魚たち。トランクからぶちまけられた宝石。救助活動のために水面を浮遊するダイバー。

〝俺としては、まだバエスの提案に完全に納得したわけではないが、どんな選択肢も排除しない方がいいに決まっている。Thinking outside the box（枠にとらわれずに考えなければ）……、Thinking outside the box（枠にとらわれずに考えなければ）……。それは俺だって、できれば、カンディンスキーを捕まえるのに姑息な手段など使いたくはない。一方がコードを暗号化するかあるいはシステムの弱点を利用してそこに入り込み、もう一方がコードを解読、あるいは、システムに入り込んだ者が残した指紋を探し出す。そういう知と知の勝負で決着をつけたい。でもそれでもし負けでもしたら……。ああ、考えただけでゾッとする。俺は負けることには慣れていなからな。

これまでの人生で一度も負けた経験のないこの俺が、いま、あいつとの勝負に負けたとしたら、たぶん、二度と立ち直れないだろう〟

ラミレス・グラハムはカップにコーヒーを注ぐと、回転いすに体を沈めた。顔を窓に向ける。光溢れる窓とその脇に飾られた数枚の絵。しかしそうした色のある空間というのは、装飾の施されていない壁と威圧感のある天井に囲まれたブラック・チェンバーのなかでは、唯一そこだけだ。

コーヒーの熱い液体がラミレス・グラハムの舌を焼いた。ラミレス・グラハムがそうしてコーヒーを飲んでいるのは味を楽しみたいからではない、神経を落ち着かせるためだ。豆はユンガス産で、ブラック。

〝朝からいったい何杯目か？　四杯？　これでまた今夜も眠れそうにないな〟

再び吐き気が襲ってきた。〝潰瘍が大きくなっているのだろうか……〟

積み上げられたファイルはいずれも、家に持ち帰っていた例の『チューリング作戦』関連の資料の一部だ。最後まで読んでしまいたいのに、オフィスに来てからはあまり時間が割けずにいた。〈抵抗運動〉との戦いがもはや待ったなしの状況となっていたのだ。

〝だがまあ、ファイルはもうほぼ最後まで目を通しているからな。それに、これから新たに、この謎を解明してくれるようなヤバイ書類やなんらかの決定的な結論へと導いてくれる文章が見つかるとも思えないし。だいたい、そんなことが起こるのは映画のなかぐらいのものだ。むしろ、主要な情報についてはすでにもれなく把握していると考えてもいいんじゃないのか。事の真相を解き明かすためには、あとはひたすら、俺自身の知力を働かせるしかない。いや、もしかしたら、その前にたった一発のひらめきですべてがわかってしまうかもしれない。人間の勘というのは、けっこう侮れないものだ。

おかげで、ずいぶんといろいろなことがわかってきたぞ。だがチューリングの運命を、いや、宿命を思うと……、たまらないな。

……俺はやっぱりスベトラーナといっしょにいてやるべきだったんだ。スベトラーナがいちばん俺を必要としていたときだったのに。スベトラーナが許してくれないのも当然だ。でも正直、俺だってなにもかもが限界だった。近くの庭で遊ぶ子どもたちの歓声を耳にしたり、スーパーで赤ん坊が俺に向けてくる視線に気づいたりするたびに、皮膚を切り裂かれるような痛みに襲われていた。そんな地獄の日々からただ逃げたくてたまらなかった。生まれてくるはずだった俺たちの赤ん坊は、十五週目で、スベトラーナの腹の中でおぼれ死んでしまった。ああ、俺はなんという愚か者だ。いったいなぜあのとき、父親になるという素晴らしいことを受け入れようとしなかったのだ。俺があんなことを言ったせいでスベトラーナは事故を起こし、お腹の子も死んでしまった。俺は……、スベトラーナに電話をかけて、俺のしたことを謝りたい〟

ラミレス・グラハムは受話器を取り、空で覚えている番号を押した。

〝どうか電話に出てくれ、出てくれ、ちくしょう！〟

留守番電話のスベトラーナの声は固く、どこか弱々しかった。ラミレス・グラハムはメッセージを残そうと言葉を出しかけ、やめる。

〝いったいこんなことをしてなんになる？　それよりも……、いつか、朝いちばんで、スベトラーナには知らせずに突然スベトラーナの家の玄関をノックしよう。スベトラーナに許しを乞い、もう一度チャンスをくれないかと頼んでみる。スベトラーナは人一倍、自尊心が強いから、うまくいくかどうかはわからない。でも、だからなんなのだ。スベトラーナがどう答えるかは二の次だ。俺にとってなによりも大事なのは、犯した過ちを正し、なすべきことをなすこと。たとえ遅きに失したとしても、だ。いや、本当は……、スベトラーナ、君がなにをどう答えるかは二の次だなんて、そんなことあるはずないじゃないか〟

ラミレス・グラハムは目を閉じた……。

ドアをノックする音が響いた。ラミレス・グラハムはハッとして、腕時計に目をやった。時刻はすでに朝の十時。バエスだ。その隣には若い女の子。ぼさぼさの栗色の髪、遠くを見るような視線。〝まるでラスタ気取りだな。こういうタイプのやつって、たしかにいる。ジョージタウンのカフェテリアでよく見かけた。とにかく……〟と、ラミレス・グラハムは心のなかで結論づけた。〝親父には少しも似ていない〟

立ち上がるとラミレス・グラハムは、二人を招き入れ、椅子をすすめた。

「さっそくご承諾いただきありがとうございます」

ラミレス・グラハムは冷たくなったコーヒーをすすり、声をかけた。

「我々にはあなたのような方たちからのお力添えがもっともっと必要なのですよ。つまり、あなたもご存じのように、いまは大変な混乱状況にあるということです」

「私がここに来たのは、別に、祖国とやらのためなどはありません」フラービアが両手を組んだり解いたりしながら答える。

「それに、父親みたいな言い方をして私を子ども扱いするのはやめてください。〈連合〉は、私に言わせれば愚か者の集まりです。なんにでも反対するくせに代わりの案を示すこともできないなんて。でも、こういったからといって勘違いしないでもらいたいのですが、モンテネグロがある朝、街灯にぶら下がっていたとしても、たぶん私は、それほど心を痛めないと思います」

〝さて、さて、さて……。このお嬢ちゃんはかなりはっきりとした意見をおもちのようだ。頑固。そこも、親父には似てないな〟

「それではなぜ来てくださったのです？　もしよかったら教えていただきたいが」

「それは、カンディンスキーがラファエル、いえ、私がとても尊敬していたハッカーを殺したからです。それに、今月に入って二人のハッカーが殺されたのも、カンディンスキーの仕業です」

「それはちょっと面白いな」バエスが割って入る。「我々には初めて聞く話です。で、ラファエルの苗字は？」

「いいえ、わかりません」

「バエス……」と、ラミレス・グラハムは声をかけた。「その件で我々がどんな情報を掴んでいるのか調べてみてくれないか。こちらがなにも知らないということはないとは思うが」

「ほかの二人のハッカーとは……」

バエスが、フラービアの顔にひたと視線を充てたまま言う。

「ビバスとパディージャですね。あなたがサイトにアップした記事を読みました。我々が知る限り、二人は別に大物ハッカーでもなんでもありません。〈抵抗運動〉と二人との接点はなにもありません。ましてや二人の死と〈抵抗運動〉が関わりあるはずはありませんよ」

「ええ、関わりを示すものはいまのところなにもみつかってはいません」フラービアが答える。

「ですから、インターネット・リレーチャットのチャンネルで交わされた会話のなかですでに消されたもの、膨大な量になりますが、それを丹念に調べていく必要があります。ハンドルネームを探り、それから……、まあ、私をご信頼ください」

バエスが薄笑いを浮かべ、フラービアを見ている。

〝バエスのやつ……、プロならもう少しプロらしくすればいいではないか。なぜあいつはときどき、ああやって、協力してくれそうな人を怖がらせたりするのだ。だがまあ、文句を言いたいのはお互い様か。バエスから見れば俺はとても理想的な手本とはいえないだろうし。バエスよ、お前はブラック・チェンバーになど来ないで、オフィスに一人でこもって難解なアルゴリズムと向き合っているべきだったんじゃないのか。いつでも怒りをぶちまけられるように。そうすれば、心ゆくまで鉛筆を二つに折り、ノートや計算機を宙に放り投げ、コンピュータの画面を叩き割れたではないか〟

「カンディンスキーのようなものがいるからハッカーの評判が悪くなるのです」

フラービアが続けた。

「ここでカンディンスキーを止めなければもっと多くの人が殺されるでしょう。ああした誇大妄想狂は刑務所に行くべきです」

「これは驚いた」ラミレス・グラハムは言った。

「少なくとも私が知っている限りでは、カンディンスキーのことを悪く言ったのは、あなたが初めてです」

「それにそもそも……」とバエスが再び口を開く。

「カンディンスキーの戦う理由というのが、間違っていますよ」

「いえ、理由は正当なものです」フラービアが言い返す。

「ただ方法が間違っているのです。カンディンスキーは自分と違う意見をもったり、自分がやれと命じたことに対して躊躇する様子を見せたりすることを許そうとはしません。自分への裏切りだと思うのでしょう。でもそういうのは、ハッカーのモラルに反します」

「モラルって……。法律の枠外で活動している者たちですよ？　やつらにいったいどんなモラルがあるというのです？」

「ハッカーはみんな、情報の自由な流れというものが保証されていなければならないと考えています。ハッカーがシステムに潜入するのは、本来は隠ぺいされるべきでないものをオープンにするためです。ですから、手に入れた情報はすべて公開します。いまさら言うまでもないでしょうが、この建物のようなところはハッカーにとっては敵。そしてあなた方のような人たちは、ハッカーが象徴するものとは正反対の存在です。おそらくあなた方には、ハッカーを理解するのは無理だと思います」

バエスの表情が変わった。唇がへの字に曲がり、頬の筋肉がピンと吊り上がる。〝君のいまの答えにはまともに反論する気にもならないが、無遠慮に自分の意見を口にする勇気には感動している〟、バエスの顔は、まるでそう言っているかのようだった。

しかしラミレス・グラハムには、フラービアとその問題について論争を戦わせるつもりはなかった。

「お仕事に必要なものがあったらおっしゃってください」ラミレス・グラハムは言った。

「我々が持っているコンピュータの中でも最良のものをご用意いたします。部屋はどこでもお好きなところをどうぞ。もちろん、報酬はお支払いいたします。前回どのくらいお支払したのかはわかりませんが、今回はそれよりもいいはずです」

「ええ、金額はお任せします。ただ、仕事は、自分の家でやらせてください。あと、あなた方がおもちのカンディンスキーに関する情報をすべて見せていただけますか？」

「ええ、〈抵抗運動〉についての情報をすべてお渡ししましょう」バエスが話を引き取る。

「でも、『トド・ハケル』をやっているおかげであなたはすでに多くの情報を手に入れているのではないのですか？　私たちはそう思っていましたが……」

「それに……」ラミレス・グラハムは言った。

「あなたは先ほど、ハッカーが殺された件で犯人はカンディンスキーだと、あれほどはっきりおっしゃったではありませんか。お嬢さん、てっきりあなたの方が我々よりもっと多くのことをご存じだと思っていましたが」

「ええ、その通りかもしれませんね」フラービアが切り返す。

ラミレス・グラハムの脳裏に一瞬、スベトラーナの顔が浮かんで消えた。

〝この自信たっぷりの口調、素早い反応……。フラービアにはどこかスベトラーナと似たところがある〟

‡ 13 ‡

雨に打たれながらカルドナ判事は、開け放たれた民家の門をくぐりアルベルトがいる建物へと向かった。庭を通りぬけ階段を上る。壁のツタに手を触れた。乾いた葉がぱらぱらと落ちる。二階の入口は閉まっていた。カルドナは思い切りドアをノックした。

ハンカチを右の目に押し当てた。出血は、治まってきてはいるもののまだ完全には止まってはいない。目に写る景色はぼやけ、一向に引かない痛みが、傷が深いと告げていた。だが、やらなければならないことはやらなければならない。そのあとでならたっぷり時間はある。病院に行くこともできる。雨に濡れたカルドナの髪は渦を巻き、水滴が頬を伝っていた。

ドアを開けたのは警官だった。顔がおそろしく長い。眉毛は真っ白で肌は薄いピンク色をしている。

〝アルビノ〟か。俺の同級生にも一人、アルビノがいた。クラスのやつらはいつもそいつのことを、いいようにからかっては泣かせていた。お前の肌の色はトイレットペーパーといっしょだ、とか、神様が窯から早く出しすぎたせいでそうなった、とか言って。俺も、一緒になってからかっていた。そりゃあ、俺だって、もしもあのとき、やがて自分の肌が痣だらけになるとわかっていたとしたら、街のまんなかで子どもたちに物珍しげに眺められるようになるとわかっていたとしたら、あんなことはしなかっただろうさ。人生の早い時期に神の怒りを買うような行動を取って忘れたころになって手ひどいしっぺ返しを食らうとは、まさにこのことだな。だが人というのは、生きていく間には二度や三度、後になって唾を吐きかけられても仕方ないようなことをしてしまうものなんじゃないのか〟

警官が身を引き、中へ通してくれた。いかがわしいものでも見るような視線をカルドナの足もとに向けている。ぐしょ濡れのカルドナの靴が床に染みを作っていたのだ。靴を脱いでくれと言われるに違いない。カルドナはそう覚悟した。しかし警官はなにも言わずに、座りの悪いテーブルの後ろの椅子に再び腰を下ろした。

視線を上げると、亀裂の入った壁には去年のカレンダーと、リオ・フヒティーボを描いた絵が何枚かかけられている。橋、川、黄土色の山々。

〝この絵を、アルベルトが？〟

考えてもみないことだった。

〝酷いことばかりやってきたというのに……、アルベルトも心をもった一人の人間だったということか。だがいまは、そのことは考えまい。絵は、誰かほかの者がアルベルトのためにここに飾ったのに決まっている。おそらくはこの家の持ち主か、あるいはこの家を借りた者が。アルベルトは、ここに連れてこられたときにはすでに意識を失い、拘束服を着せられていたというではないか。あまりに多くの暗号を扱ったせいでアルベルトの脳はボロボロになりニューロンは混乱を来たし、おまけにその暗号が悪意に満ちたものばかりだったおかげでシナプスの力までもが弱まっていたに違いない〟

「おや、お怪我をされているではありませんか。医者にお見せになった方がいいのでは」警官が言った。

「それほどでもないと思っていたのですが……、ええ、たしかに、そうですね」

「二、三針は縫うことになるかもしれませんよ」

机の上にはメモ帳と、小さな白黒テレビが置かれている。カルドナはブリーフケースを手にしたまま、テレビの画面に目を向けた。広場でもみ合う警官隊とデモ隊の様子が生中継されている。ほんの数分前まで自分もいたその混乱の現場をテレビの画面で見るのは、妙な気分だった。

〝そのうちあそこにひょいと俺が出てきたりして。ブリーフケースを持って警官に護衛されながら広場から脱出しようとしている俺が〟

「アルベルトさんとはお約束でも？」

カルドナは首を振った。

〝なんとバカなことを聞くのか。執事……、そうだ、執事のなかには、自分の主人がいままさに部屋で息絶えようとしているそのときに主人宛てのパーティーへの招待状を受け取っても落ち着きはらってご主人様は行くことができませんと答える者もいるというが、そういう輩といっしょだな。いや、それとも……、警官はああ言って、俺がアルベルトを訪ねる許可を取っているのかどうかを確かめたのかもしれないぞ〟

警官の、思わず眠気を誘われるようなトロンとした目。足元の靴は磨き上げられ、オリーブグリーンの制服はアイロンがかけられたばかりと見えしわひとつない。そして頭にはグリーンの警帽。

警官がときおり、カルドナの目を盗むようにチラッと床に視線を走らせる。

〝そりゃあ、こいつにしてみれば、磨き上げたばかりの床が俺の血で汚されるのも、俺の体からポタポタ垂れる水滴で床に水たまりを作られるのも、さぞ嫌なことなのだろうさ。この警官は地方の出だな。おそらく村の者たちからは、変わった虫でも見るような目を向けられてきたのだろう。田舎にはいまでも、白子が生まれるのは村全体に神様が罰をお与えになったからだと信じる者が多いからな。たぶん村人たちは、神父に頼んでこいつの悪魔祓いをしてもらうか、あるいは悪霊を鎮めるためにとリャマを生贄に捧げるかぐらいのことはしたのだろう〟

「身分証明書をお願いします」と警官が手を差し出し、カルドナは濡れた手で渡した。

「雨のせいでさんざんでしたね」

「ええ、本当に。今日はすべてがうまくいかないようです。ホテルから出るべきではなかったのかもしれません」

「上着をおかけになりますか？」

「いえ、ご心配なく。長居はしませんから」

「この雨、早くやむといいですね」

〝今日の天気、か。エレベーターやタクシーの中で知らない者同士が会話を交わすとなると、どうしたってこの話題になる。それに、間がもてなくなったり会話が続かなくなったりしたときでも、天気の話をもち出せば互いに救われる。話の接ぎ穂を探して必死に言葉を繰り出すようなこともしなくてすむ〟

警官はノートにカルドナの名前を書き込むとサインするように促した。

「身分証をお預かりしてもよろしいですか？」

「ええ、構いませんよ」

〝おお……、自分のやるべきことがはっきりしていると、どんなことにもおたおたしないものなのだな。もっとも、俺の方ももともと名前を隠すつもりはなかったが。遅かれ早かれ、どうせすべて知られてしまうのだ。俺がなにをしたかを知ったら、世間の者たちはきっとこう言うだろう。あんな冷酷な真似がよくできたものだ、大臣の職を追われて自暴自棄になっていたのに違いない、と。いや、もしかしたら世間は、俺が自分から辞めたと思っているのだろうか？　どっちも、少しずつ正しい。俺は政権によって辞職するように追い込まれたのだから。俺は……、命じられたことはどんなことでもやった。最初のころは喜び勇んで、後の方は嫌々ながらに。たしかにやる気を失っていたし、そのことには政権側も気づいていたはずだ。それでもできることなら、任期を最後まで全うしたかった。そうだ、俺は決めていたのだ。任期が終わっての退任のスピーチでは、カメラの前で指を突き立て、大統領以下シタッパ役人に至るまでの政権の汚職を糾弾し強烈なパンチを食らわせてやろう、と。いまのモンテネグロは、形式から言えばもはや独裁者とは言えない。だがそれは、モンテネグロが汚職をやらなくなったことを意味するものではない。現在の政権になってからは以前のように市民が殺されることがなくなったというのはその通りだが、政権が汚いことをやっていないかというと決してそんなことはない。

モンテネグロはこの国を私企業化、いま流行りの言い方をするなら、国の資産を資本化してしまった。それも、本来なら国の利益のために最高の入札額を提示した業者に売却すべきところを、もっとも自分に賄賂を贈ってくれそうな者、もっとも賄賂の術に長けた者に払い渡してしまった。

政権はけっきょく、俺に最後の花道を飾る機会を与えてはくれなかった。俺は、裏口から政権を追われた。あの日、陽はもう西に傾いていて、窓の向こうの地平線には茜色の雲が見えていた。いきなりだった。軍警察の兵士が三人、部屋にやってきたと思ったら、ご同行願いますときた。俺はとっさに、これで最後かと観念した。でも兵士らが俺を連れてジープで向かった先は俺の自宅だった。門の前で俺を下ろし、役所にはもう来ていただかなくて結構ですと言った。それからオフィスの鍵を取り上げると、丁寧な口調で、しかしその裏で言うことを聞かなければ恐ろしい報復があるぞと匂わせながら、マスコミには公表するなと要求してきた。それが……、この俺に対して取るべき態度なのか？　俺が冷酷だって？　そりゃあ、そうさ。俺にはもう失うものも、生きる目的もないのだからな。おお、いよいよだな。これまで準備を進めてきたすべての計画を、さて、実行に移すとしようか。それにしても驚いたぞ。俺の計画が綿密で完璧なものだというのは本当だとしても、ここまですべてが思い描いた通りに進むとはな。軍も警察も市内で続く混乱に対処するのに手いっぱいでほかに気を回す余裕がないというのも、俺には幸運だった。おかげで俺はこうして、身元を偽ることも人目をはばかることもなくすべてをやろうとしている。だが、街が平穏だったとしても俺はおそらく、同じようにして、やるべきことをやっていたのだろうが〟

カルドナは、アルベルトの部屋に向かって廊下を歩き始めた。

「すみませんが……」警官が声をかけてきた。「ブリーフケースをお持ちのままで部屋の中にお入りになることはできません」

〝やっぱり……、そう簡単にすべてがうまくいくはずはない、か。チューリングの女房は、すべてを知ったらなんというだろうか？　あの哀れなお人よし。いまごろ例の原稿を取りに行っているはずだ。自分の話したことが事実だと証明するために。チューリングとアルベルトが犯した罪のすべてが記された原稿。だが本当は、二人の男に死刑を宣告するには、俺に証言してくれたことだけでもう十分だったのに〟

カルドナはブリーフケースを机の上に置いた。屋根を叩く雨の音が一段と強くなっていた。

「アルベルトさんへのプレゼントを持ってきたので、ここでブリーフケースから出しても構いませんか？」

「ええ、どうぞ」

警官は、テレビの画面を食い入るように見つめたまま答えた。

グローバラックスの社長がカメラのフラッシュを浴びながら会見を行なっていた。社長はいかにもラパスの出身者らしく、RとSを、そこに命を懸けているとばかりに思いきり力を込めて発音している。

〝多国籍企業のくせに社長はボリビア人というわけか。なんて頭のいいやつらだ〟

うっすらと顎鬚を生やしたラパス生まれの社長は話をやめる様子もなく、「こちらには、法に訴え百万ドル単位の損害賠償を請求する用意があります」と、カメラに向かって脅しつけていた。

カルドナはテレビの画面から視線を外した。突然、映画のタイトルが頭に浮かんだ。『アルビノ・アリゲーター』。

ブリーフケースの中から、サイレンサー付きの銀色の拳銃を取り出す。まだ大臣の職にあったときにボディーガードの警官から買っておいたものだ。カルドナは素早い動きで右腕を伸ばすと、警官めがけて弾を二発、撃ち込んだ。

帽子が落ちる。警官のトロンとした目がカッと見開き、体が鈍い音を立てて床に崩れ落ちた。グリーンオリーブの制服が赤黒く染まっていく。

カルドナにとって、そうした類の行為は初めての経験だった。根っからの小心者で、それまでずっと、できる限りの方法で暴力的な事柄から自分を遠ざけてばかりきたのだ。子どものころカルドナは、道で車に轢かれた猫や犬が腸を飛び出させたまま死んでいるかあるいは死にかかっているのをみると、いつも吐きそうになっていた。祖父母の農園に行くのが嫌だったのは、行けば必ずいとこたちからスズメやハチドリを空気銃で捕まえに行こうと誘われ、それを断るたびにバカにされていたからだ。いとこ達はカルドナをマグダラのマリアと呼んで囃し立て、カルドナは目の端でミルタの姿を探し、せめてミルタだけでも攻撃を止めてくれないだろうかとすがるような目を向けた。しかし無駄だった。昼食の席で惨めな思いをしたときの記憶は、カルドナの脳裏にこびりついたまま消えさることはない。マグダラのマリア、お前はいつもマグダラのマリア。お前はいつもマグダラのマリア。いとこ達と妹は昼食のテーブルでその文句を、声をそろえて節をつけがなり立て、カルドナがたまりかねて席を立ち祖父母の部屋へ逃げ込むまでやめようとはしなかった。

〝ときどき俺は、自分でも感じていた。こういう性格の人間にはおよそ相応しくない国に生まれてしまった、と。だからこそ俺は、法律の勉強へと逃げ道を求めた。俺は必死で法律を学んだ。それは、この世にはびこる理不尽な暴力には法律という理性で対抗するしかないと信じていたからだ。でも、すべては無駄な努力だった。クーデターの数が世界一という記録をもつこの国では法律など単なる道具、操り人形も同然だ。ことが起こるたびに簡単に焼き捨てられてしまう〟

カルドナは、床に横たわる警官をしげしげと眺めた。横向きに倒れ、銃弾が胸と腹を貫通している。

〝名前を聞いておけばよかった。俺と一緒だ、この警官も。俺が、ただの痣の男として行きずりの者たちの記憶に留められるように、警官も、ただのアルビノの男としてこの俺の記憶に残ることになる〟

カルドナはふいに、不当な死を迎えなければならなかった警官と、嘆き悲しむであろう警官の家族のことが哀れでならなくなった。

〝こうした者たち、罪なき者たちなのだ、いつも犠牲を払わされるのは。どんなときでも、こうして無実の死に対する復讐が行なわれようとしているときでさえも、そうなのだ。そして俺は……、その罪なき者たちをこそ判事の立場で守りたいと思っていたのではなかったのか。そうだ、少なくとも初めのころは、司法制度そのものがいかにえげつないか、裁判を巡っていかに多くの汚職が行なわれているかに気づくまでは、確かにそう思っていた。この俺にも、一途に理想を追い求めていた時代はあったのだ。いまの俺を見たら、従兄弟たちはいったいどう思うのだろう。ミルタはなんと言うだろうか。人というのは、そうするように運命づけられていないことであっても、いや、表面的にはそうするように運命づけられていないように見えることであっても、それをやり遂げることができるものなのかもしれない〟

カルドナはアルベルトの部屋に入っていった。簡素ながらも、机の上にはカーネーションが、壁には写真が飾られてある。写真はどれも、アルベルトの輝かしい歴史を物語るものばかりだ。

〝アルベルトは……、独裁政権下での諜報活動の顧問役としてＣＩＡから送り込まれたうちの一人で、すぐに、政権にとってなくてはならない人材としてモンテネグロに頼りにされるようになった。アルベルトは……、アメリカに戻ることを望まずにＣＩＡの職を辞し、いや、本当はナチスの逃亡者なのかもしれないが、いずれにせよこの国のなかに、国内の治安を維持し、反対派を監視しその会話を盗聴し、暗号を傍受し解読するための機関、それも有能な機関を作り上げるという偉業を成し遂げた。あまりにも有能すぎる機関。おかげで、ミルタも仲間たちも監視の網から逃れることができなかった。そしてチューリングは、ミルタたちのグループが秘密の集会場所を伝えるために流した暗号を解読し情報をアルベルトに伝え、アルベルトがそれをさらにＤＯＰに上げ、ＤＯＰはグループに相応の報復を与えた〟

雨が窓にしなだれかかるように降り注いでいる。カルドナは思わず体を震わせた。衣服が雨に濡れ冷たく湿っていた。

〝俺の唯一の誤算は、風邪をひくことまでは考えなかったことかもしれないな〟

男は、老人臭と肉の腐乱する臭いとユーカリの臭いが入り混じったなかで、シーツとシーツに挟まれるようにベッドに横たわっていた。男の体、骨と皮ばかりになったその体には数本の管や線がつけられ、いずれも先はベッドの脇に置かれた機械へとつなげられている。心臓の鼓動が画面に波形を描き出していたが、それもおそらくは、その機械によって人工的に維持されているのに違いなかった。

カルドナはベッドのすぐそばまで近づいてみた。アルベルトが目を開けている。カッと見開かれた目、ペソペソの皮に覆われたアルベルトの頭蓋骨のなかで唯一の命の証。

〝もし俺がなにもやらなかったとしても、どのみち、この男はもうすぐ死ぬだろう。だが俺は、この手に持っているリボルバーで、判事として最後の判決を言い渡さなければならない〟

眉の傷の鋭い痛みが間断なくカルドナを襲ってくる。もはやぐずぐずしてはいられなかった。

カルドナはアルベルトの胸に狙いを定めた。アルベルトの目は相変わらず大きく見開かれているが、視線は一点に当てられたままだ。

〝まるでアルベルトは、ここではない、どこか違う空間を見ているようだな〟

カルドナがそう思った瞬間だった。

「カウフボイレン」

突然、アルベルトの声が響いた。

〝いや、譫言だ、これは単なる譫言だ……〟

カルドナはそう自分に向かって言い聞かせると、おもむろに口を開いた。

「私の従姉、ミルタのためだ……」重々しく力強い口調、久しく使っていなかった太い声。カルドナは一語一語、区切るように言葉を発した。

「ミルタにはもっと良い人生があったはずだ。ミルタは有能で、賢く、繊細な神経をもっていた。生きていればきっと、この国に多くの良いことをもたらしてくれたはずだ。この国のために多くの貢献をしてくれたはずだ。あのころ、ミルタのような目にあったものがどれほどいたことか。そしてミルタは生きていれば、私のためにもきっと多くのことをしてくれただろう。そうだ、この私のために」

カルドナの銃口が火を噴いた。一発、二発、三発。

‡

14

‡

お前は再びブラック・チェンバーへ向かって車を走らせていた。一部の通りでは、警察側によってすでにバリケードが取り払われている。だがあちらこちらの交差点では相変わらずタイヤや木材が燃やされちろちろ赤い炎が上がっている。お前はそれを、ミント味のガムを噛みながら目の端に収める。

そうした衝突の光景は、市民たちが上からの命令を拒んでは抵抗運動を繰り広げるこの国で、お前が子どものころからしばしば目にしてきているものだ。とはいえ時には、地面が動く気配もみせないまま年月が物憂げに怠惰に過ぎていくこともあるにはある。しかしそうした場合も必ず、その平安も揺れと揺れとの合間の一時の休みでしかなかったと、後からわかることになる。次の揺れが来るまでの待ち時間でしかなかったのだ、と。震源地はそのときどきで変わる。鉱山であったり国立大学であったり。熱帯地方のコチャバンバ、あるいは高原地帯のラパス、そのほかの都市のこともある。理由もさまざまだ。クーデターへの抗議。庶民にとっての生命線である最低賃金の額やガソリンや生活必需品の値上げを巡って。軍の弾圧やコカ栽培の根絶計画、アメリカへの依存に反対して。不況やグローバリゼーションへの不満。つまり、この国では、不満を感じ取る神経核といくつもの抗議のための理由が常にどこかに存在しているという状況が、途切れなく続いてきているのだ。

お前とて、そうしたことをわかっていないわけではない。いや、わかっているからこそ、お前はそれまで、周囲のすべてのことから自分を遠ざけておこうと必死で頑張ってきたのだ。お前は、仕事にだけ集中して周囲のことについては考えまいとできるだけの努力をしてきた。だがどうあっても、完全に、というのは無理だった。というより、そもそも、お前が生まれたこの地では誰であれ、周囲とまったく無関係でいることなどできようはずもないのだ。しかしそれでもお前は、そうしようと努力はしてきた。それは、周りのことすべてに対してバリアを張るのがお前にとっての唯一の生き延びる道、目の前を吹きすさぶ強風にさらわれないためのたった一つの方策だったからだ。

お前は携帯に目をやった。ラナ・ノバが最新のニュースを読み上げている。

「デモ隊が市役所と県庁を占拠しようと試みましたが、七人の死者を出し行動は失敗に終わりました」

〝ああ、ラナ……〟

お前は思わず呼びかける。

〝君はなぜ、胸に突き刺さるようなむごい現実を前にしても顔の表情一つ変えずにいられるのだ？たしかに君は人間の表情や仕草をある程度は身につけ感情をそれとなく表現することもできる。でも、人間になりすますにはまだまだだな。ラナ、君がいくら人間にそっくりで人間の振りをしようとも、俺たちを騙すことなどできやしない。誰だって、君が人間でないことぐらいすぐにわかるよ〟

ラナのニュースは続く。

「同市の市長は、デモ参加者が死亡した責任は自分にあるとして本日、辞任を表明しました。市長は辞任演説のなかで、今後は車の販売総代理店の経営者としての平穏な生活に戻りたいと述べるとともに、――グローバラックス社はこの街から撤退することになる。しかしそれは同時に、今後五十年間は電力の十分な供給が行なえなくなるということでもある。我々の子どもたちもそのまた子どもたちも停電に悩まされながら生きてゆくことになろう。ピュロスの勝利、我々がこれまでいやというほど経験してきたピュロスの勝利をまたここで繰り返すことになるのだ――と、あたかも予言者であるかのような発言を行ないました」

「大規模なデモ隊がグローバラックス社の事務所を取り囲み、火をつけると威嚇し、一方同企業の担当者は、このまま混乱状態が続くのであれば、会社は契約を破棄し多額の賠償請求を国に起こすことになるだろうと、怒声を上げました」

「〈抵抗運動〉が、新たなコンピュータウイルスの散布について犯行声明を出しました。ウイルスは政府機関のコンピュータにおいて急速な勢いで感染、増殖を続けており、その過程でコンピュータ内のファイルが破壊されるという被害が出ています」

「市民委員会の委員長および教会関係者が〈連合〉との話し合いを試みましたが、最終的に政権は、軍の投入とリオ・フヒティーボの武装化を宣言しました。また同時に、閣僚らを緊急に交渉のテーブルに送り込んだことも明らかにしました」

さらにニュースは続く。チャパレでの抗議行動と道路封鎖、チチカカ湖の畔にあるアイマラのコミュニティーでの反乱……。

お前は携帯を閉じた。多すぎる情報は自分のためにならないと、お前にはわかっているのだ。

〝……情報を断ち切らなければ。俺が気づかないうちに情報が勝手にこの頭に入り込んでくるのを止めなければ。俺の想像力が情報に乗っ取られるのを阻止しなければ。そうでなければ俺は、たちまち悪夢にうなされることになるだろう。市民に向かって発砲する兵士、無実とは言い難い白い手、血に汚れた手の悪夢に〟

ブラック・チェンバーの入口には、いつもより多くの警官が配置されていた。その警官らが身元調査のような質問をしてきた。

〝おいおいお前ら、まさか、この俺を初出勤の新人と勘違いしてるわけじゃないよな〟

警官たちはお前の身分証をチェックし、スキャナーに写るお前の指紋と身分証の指紋とを見比べている。

〝だが……、こいつらが悪いわけではない。そうしろと命じているのはラミレス・グラハムにきまっている。あいつはいつも、やりすぎだ。今日のこの警備だって、これではまるで、デモ隊にどうぞ標的にしてくださいと言っているようなものではないか。ラミレス・グラハムはまったくわかっていない。ブラック・チェンバーというのは、エンクラーベ地区の片隅の、電信電話会社のビルや文化人類学博物館からも近いこの場所で看板も掲げずにひっそりと存在しているからこそ、これまで力を保ってくることができたのだ。ブラック・チェンバーは、この地区の平凡な一居住者であるべきだ。さすがアルベルト、なんと賢いことか。もしブラック・チェンバーが、モンテネグロが主張したようにラパスに造られていたとしたら、世間の憎しみを一手に引き受けることになっていたはずだ。リオ・フヒティーボにあるおかげでブラック・チェンバーは、誰からも気づかれることなく存在し続けることができた。陰謀を捉える網をゆっくりと編み上げることができたのだ〟

お前はガムをゴミ箱に吐き捨て、新しいガムを口に入れた。

一人の警官の上着の襟に、赤と白の縦縞模様の盾形のバッジが光っている。

〝あれはなにを意味しているのだろう？〟

お定まりの問いかけ。お前はいつもそうして、意味が隠されている巣穴がどこかにないかと探さずにはいられない。それはたぶん、お前が、自分の目が捉えたものでその通りのものなどこの世にはなに一つないとわかっているからだ。

〝……すべてはなにかの象徴、メタファー、あるいは別なものを意味する暗号。たとえば、この警官が手を伸ばしたままあぁして、あたかも耳の不自由な者たちと手話で会話をしてでもいるかのようにせわしく手の指を動かしていることも、たとえば、警官のベルトがベルト通しを一つ外したままで締められていることも。だがけっきょく、どんな問いでも突き詰めていくとたった一つの答えに行きつく。なぜなら、この世のあらゆることを動かしているプログラムが数学的なものである以上、当然、そのプログラムの構造を決めているアルゴリズムが、他のすべてのアルゴリズムの根源として存在するはずだからだ。そしてそれをコンピュータのプログラムだと仮定してみると、アルゴリズムとはすなわち、三行から四行ほどのプログラミングコードということになる。眩暈の原因についても、豹の斑点や多様な言語が存在することの意味も、右手の動き、ハエが飛び回ること、天の川の誕生についても、ダ・ビンチやボルヘスがなぜこの世に生まれたのか、フラービアの髪の毛がもじゃもじゃなわけ、しだれ柳が作る影、アラン・チューリングのことも、すべてそれによって説明することができるコード。ああ、もううんざりだ。こうやってひっきりなしにこの脳から砲撃が浴びせられることが、ときどき嫌でたまらなくなる。寝ているときでさえも脳は休んではくれず、だから俺はいつも問いというもののもつ意味について自問し続け、あげくに自分に向かってこう言う始末だ。問いの意味について自問する意味とはいったいなんなのだろうか、と。

たぶん俺は、俺自身にとって理解不能な存在であるように運命づけられているのだ。そしておそらく、こうして暗号が嵐のように俺を取りまき俺を悩ませていることの意味を捉えようとしたところで、しょせん俺には、わかるはずはないのだろう。つまり、すべてのことは俺にとって、本質的には不可解以外のなにものでもないのだ〟

ブラック・チェンバーの警官たちはお前に、手間を取らせたと詫び、どうぞお通り下さいと頭を下げた。

廊下が騒然としていた。

サンターナが寄ってきた。

「ブラック・チェンバーのコンピュータをすべてチェックしました。新しいウイルスにやられているものもありましたが、全部ではありません。前回もそうでしたが、ウイルスがなぜコンピュータによってついたりつかなかったりするのか、はっきりとした理由はわかりません。とにかく資料室のコンピュータは完璧に機能しています」

「それからもう一つ、メールを開けるときにはご注意ください。もしなにか変ったことがあったらすぐにお知らせください」

変わったことならもう何日も前から起こっているさ。お前は一瞬、そう言いたい衝動に駆られる。誰かが俺の非公開のアカウントに入り込み脅迫メールを送りつけてきた、と。しかしなにも言わない。

トイレに行きたくなった。膀胱を突き刺すような尿意が襲い、それにつれてお前の眉間にしわがよる。メガネを取り、汚れたハンカチでレンズを拭いた。

〝カウフベレン、ローセンヘイム、ウェテンハイン〟

お前は口の中で繰り返してみる。

〝これらの単語が暗号と関わりがあるということだけは間違いあるまい。それほど有名でない暗号解読者で俺がまだ知らない誰かの名か。それとも、アルベルトが妄想のなかで別な人物に生まれ変わったつもりになってその者の名前を口走ったのだろうか。なんと哀れでなんと滑稽なのだ、自分のことを不死身だと思い込むとは。ルス、か。ルスは歴史学者だ、これくらいすぐにわかるだろう。ルスに聞けばいい〟

資料室に降りていくエレベーターの中でお前は、なぜか急に、扉を開けると馬に乗ったナポレオンが待っているかもしれない、と思う。

〝そうだ、地下に着いたらきっといまの現実から俺を救い出してくれるような、思いもかけない素晴らしいなにかが俺を待っているはずだ。

……いやはや、俺はもともと信仰心の薄い人間だったはずだが。俺にもそろそろ教会に戻る時期が来たということか。もうずいぶん前から教会には行っていないな。子どものころは親父たちと通っていたが、それきりだ。なんだかこの数日、妙に胸がざわつくが、もしかしたら、自分もいつかは死ぬということを忘れるなという神からのメッセージなのか？　俺が本当に探し求めている暗号とは、神によって書かれた暗号のことなのだろうか？〟

お前はメールを開けてみた。カルラからのビデオメッセージが入っている。そのカルラが、あまりにフラービアと似ていることに、お前はあらためて驚きを覚える。カルラはほとんど素顔のままで、顔がやつれて見えた。肌の色も髪型も違うもう一人のフラービア。人生が早くも老いに向かって進んでいるもう一人のフラービア。

カルラはお前に、今晩、訪ねてきてくれないかと言ってきた。

「六時に待っているから。急用なの、あなたの力が必要なの。私にはあなたのほかに頼る人がいないのよ。パパもママもダメ。また無視されたわ」

お前とて、もうそうした言葉に惑わされたくはない。カルラの罠にはまるつもりはない。だが自分でも気づかないうちにお前は、自分の助言も保護も受けられなければフラービアもカルラのようになっていたかもしれない、と考え始める。人間誰しも、そこを突かれるとどうしようもないという弱みをなにかしらもっているものなのだ。

そしてお前の論理はあらぬ方へと展開していき、しまいには目の前に、カルラのようになったフラービアの姿が浮かんでくる。すると、もう駄目だ。父親としての本能が、カルラを捨てるなと囁く。

〝けっきょく今晩もまた、カルラに会いに行くのだろうな〟

お前は携帯を閉じた。

資料庫の奥へと入っていく。アルベルトの家を出たときからずっと考えてきたことを実行に移すためだ。資料庫の中の記録保管庫と呼ばれる場所には、〈ブラック・チェンバー創設の歴史〉というタグのつけられたファイルが何箱にも納められ保管されている。

お前にはそれらの資料を読むことが禁じられている。

〝だが……、読んだところで誰が気づくというのだ？　あそこにはおそらく手がかりがあるはずだ。アルベルトの正体へと俺を導いてくれる手がかりが〟

‡
15
‡

〝〈革新運動〉がなぜプレイグラウンドで、警察側の弾圧にさらされながらも最初の数ヵ月間を生き延びることができたのか。その答えはけっきょく、俺自身にもよくわからないままなのかもしれない。まず、グループの力が見くびられていたわけではないというのははっきりしている。その証拠に、管理側はあらゆる手を使って俺たちを抹殺しようとしていたではないか。こうしてアパートのフローリングの床の上に寝そべってイヤホンでテクノミュージックを聞きながら俺は、いったいどれほどこの問題について考えてきたことか。ときには、〈革新運動〉の構成員が高度な技術力を備え、なおかつその力を駆使して機能的ではあっても創造性のない管理側の監視システムをかいくぐって活動を続けてきたからこそ生き延びることができたと、もう少しで確信しそうになることがある。またときには、グループがゲリラ戦という戦い方を選んだことで、大部隊が往々にしてそれに対して打つ手をもたない行動の柔軟性を手に入れたのが勝因かもしれないと思ってみたりもする。あげくに、管理側は、自分たちに批判的な者が言うほどには抑圧的ではないと証明するためにわざと〈革新運動〉を消さずにいるのかもしれないと、そんな考えが浮かんでくることすらある。いや、もし本当にそうだとしたら……、それはつまり、こちらが戦いを挑めば挑むほど管理側を利することになり管理側はますます力を増す、ということではないか。じゃあ、もしかして俺たち〈革新運動〉は、望みもしないのに管理側の共犯者になっているのか……。

俺たちが生き延びることができた要因についていろいろ考えられることはあるが、どれも、いまひとつピタッとこない。けっきょく、グループに起こったことはすべて、歴史によくある〝たまたまそうなった〟というやつなのだろう。とにかく、だ。いつ失敗してもおかしくないような危機はいくらでもあったのに、いまだに俺たちは無事でいる。そして、グループが最初の数ヵ月間の厳しい戦いに生き残ったことですべてがやりやすくなったことだけは間違いない。なにしろ、〈革新運動〉伝説がプレイグラウンド中に広まってくれたおかげでいまや、体制に反発する者、プレイグラウンドの技術的ルールに手を加えることができるようなたいした能力をもつ者、現実世界でプレイグラウンドの繁栄を支えている権力構造への批判をせめてプレイグラウンド内でその管理側を攻撃することで示したいと考えている者たちがぞくぞくと集まってくるようになったのだからな〟

カンディンスキーの指が床の上で、エールの音楽に合わせてリズムを刻んでいた。フランスのバンドのエールは、その数日間のカンディンスキーのお気に入りだった。

〝この指はもうずっと、こうして動き続けている。寝ているときも、止まってはくれない。手の骨ぜんぶが痛い。これが手根管症候群というやつなのか？　ネットには、症状として挙げられるのは指や手、手首の痺れ、むず痒さ、痛みだと書かれてあったが、どれにも当てはまる。もし本当に手根管症候群だとすれば、治療すればすぐに良くなるはずだ。でも……、医者に行くのは嫌だ。だいたい、このリオ・フヒティーボに、コンピュータのキーボードの叩きすぎが原因でこうなっている俺の手を治せる医者が居るとも思えないし。いや、そうじゃないな。本当のことを言えば俺は、病院とかクリニックとか聞くだけでゾッとするんだ。医者にこの身をすべて任せなければならないのかと思うと、怖くてたまらない。これまでだって、医者に麻酔を打たれて目が覚めなくなる夢をなんど見たことか。だがまあ、考えようによっては、そうなるっていうのもまんざら悪いことじゃないのかもしれないぞ。なにしろ、俺の望みどおりに、他人との物理的接触を完全に絶つことができるのだからな。

それでも……、俺だって時には不安に襲われることもある。ああ、このまま手の痺れが続いたら俺はいったいどうすればいいのだ。残りの人生を一文字すら書けないままで過ごさなければならないとしたら？　まだ、二十五にもなっていないというのに……〟

夜の闇のなか、コンピュータ画面の青みがかった光を浴びながらカンディンスキーは、ため息をついた。嵐のような風が窓をはげしく揺らしている。

〝アルパカのセーターを着ているのに、まだ寒いな。……それにしても、これほどの短い間によくここまで来たものだ。いまでは、〈革新運動〉に入りたいと志願してくる者を断らなければならないほどだ。といってももちろん、志願者たちに直接会ってというわけではなく、俺はすべてのことをネット上でアバターを通してやっているわけだが。べつだん、アバターを動かしている本人たちと現実の世界で知り合いになりたいとは思わない。思わないが……、だんだん、そうとばかりも言っていられなくなってきているのも事実だ。とにかく、これからはますます鼻を効かせ相手を執拗なまでに疑ってかからなければならない。プレイグラウンドでは、偽のアイデンティティーを作るなんて造作もないことだからな。もっとも、それだからこそグループも防衛できるというものだが。俺など、十五以上のアイデンティティーを作り上げ、それらを使って常に、〈革新運動〉に入りたいと申し出てきたもの、あるいはすでにグループに入っている者たちの監視を続けている。警戒心の強い腹心の部下たち、本当に俺が信頼をおいているいくつかのアバターたちも同様に監視を続けてくれている。おかげで、これまでにもグループに潜入してきた者が何人かいたが、そいつらをみんな、大ごとになる前に追い出すことができた。俺はほとんど寝ていない。睡眠時間は少なくなる一方だ。だが、〈革新運動〉がいまのまま完璧な組織であり続けるためにはこうして執拗な監視作業を続けていくしかないんだ。生き残ることができるリーダーの条件とは、何事も当然と思わずに疑うこと。少しぐらい偏執狂であることは、いや、かなりの偏執狂であったとしてもそれは、トップに立つものにとっては決してマイナス点などではない〟

カンディンスキーはイヤホンを耳から外し上体を起こした。運動不足の筋肉を思いり伸ばす。関節が、まるで箒の柄が折れるかのような不気味な音を立てた。暗闇のなかを手探りで冷蔵庫に向かい、食べ物を探る。紙の容器に入った甘酸っぱい匂いのするスープに手が触れた。それを深皿に空け、電子レンジにかける。その数日間、カンディンスキーは一歩も外には出ていなかった。だらしなく伸びた髭も髪ももういい加減、切り時だった。

窓の向こうには、丘の頂にそびえるラ・シウダデーラの建物の輪郭がぼんやりと浮かび上がっている。情報省の出先機関だ。

〝もしあいつらが、自分たちの建物の中にあるコンピュータと同じくらいに俺のコンピュータにも政府関係の情報が大量に保存されてあると知ったら、どんな顔をするのだろう〟

カンディンスキーの机の上には、ネットからダウンロードした、リオ・フヒティーボの電力供給権の入札に関わる全情報が入ったファイルが置かれてあった。

〝しかしそれにしても……、市の電力事業を担うのがグローバラックスとかいうイタリアとアメリカの合弁企業になるとはな。モンテネグロの新自由主義的政策がひどいものだとわかってはいたが、これはひどすぎる、最悪だよ。政権は、とにかくすべてを民営化してしまおうとばかりに、この国の経済にとって根幹をなす分野においてさえも国営企業の売却を次々に進めてきた。といってもそれは、歴代政権だって同じだったが。おかげでもう、国営企業と呼べるものはほとんど残っていない。鉄道はチリの企業の手に渡ったし、電信電話部門はスペイン企業に握られている。国営の航空会社は、一時的にブラジル企業の所有となってからいまはボリビアのある企業グループのものになっているが、その後ろにはアルゼンチン企業が親会社としてついているというのがもっぱらの噂だ。そして今度は、リオ・フヒティーボの電力供給権、ときた。アメリカとしては、ガスと石油を喉から手が出るほど欲しいがいまは取りあえずイタリア企業と手を結び電力供給権を手に入れておこうってことか。しかしこれはまさにダメ押しだな。俺に言わせれば、政権が完全にグローバリゼーション推進派に取り込まれたなによりの証拠だ。これで、国には売るものがなにもなくなる。となれば、いよいよ、来たか。

俺たち〈革新運動〉がプレイグラウンドの仮想世界のなかから飛び出し、くだらない現実に支配されているこの世界でも戦いを始めるべきときが〟

カンディンスキーは、スープを飲み干した。

〝さあ、外に出て抵抗運動を始めるぞ。いや、もちろん、外に出てというのはたとえだ。本当はこうだ。さあ、いよいよだ。コンピュータに侵入して抵抗運動を始めるぞ〟

〝俺は……、ファイバー・アウトカストとコンビを組んでいたときから、あらゆる手を尽くして、世の中から自分の痕跡を消そうとしてきた。いまでは、女と遊びに出かけることすら控えている。もちろん俺だって、女と触れ合っていた時間が懐かしくなることはある。甘えてイヤイヤをする顔、ハッとさせられるような頭の良さ、男にはわからない繊細さ。女には近寄らないと決めたことで俺は、間違いなく、なにか大事なものを失ったのだろうな。でも、たとえどんな類のものであっても女とのつき合いが、俺が自分に課した任務にとっては危険なものだということもわかっている。だから俺は、また前のようにプレイグラウンドの街を歩きまわって適当なアバターに声をかけてうまいことその持ち主の女とつき合ってやろうかと思いかけてはそのたびに、名前を隠してまでそんなことをしてどうなると、自分で自分を戒める。差し詰め俺は、十九世紀の修道士で、このアパートは修道院、そしてコンピュータは、社会から孤立せずに部屋に閉じこもっているための道具といったところか。だったらいっそ、髪を剃って、チュニックを着て、ついでにこんな運動もやめて新興宗教でも始めるか……。

とは言え、俺の素性が誰にも知られていないというのがかなり有利に働いているのは間違いない。プレイグラウンドでボヴェが神様のように祭り上げられているのも、ボヴェを操っているのが誰なのかが一切明らかにされていないからこそ、だ。しかし現実の世界で抵抗運動をやるとなると……、グローバラックスや政権を攻撃するというのに、いままでのように仲間のハッカーたちのことを直接知らないまま、というわけにもいくまい。それにそもそも、プレイグラウンドの中で〈革新運動〉のアバターを操っているからと言って、そいつらのことを無条件で信用することはできるのだろうか？いや、無理だ。なかには、本人とはまったく似つかわしくない振る舞いをプレイグラウンドでアバターにさせている者もいるからな。プレイグラウンドは仮想の世界。いくつものアイデンティティーを試すことができる空間。誰もが、まるで街を上げての盛大なカーニバルに参加してでもいるかのように、さまざまなアイデンティティーで身を覆い、そして祭りが終わると脱ぎ捨てる〟

夜もすでに深まっていた。カンディンスキーは、人通りが絶えた街を、雨に濡れた石畳を踏みしめながら歩いていった。通りの向こうに両親の暮らす家が見えた。近くへ寄ってみる。窓に影が映っている。弟だ。

〝……、あのとき俺が感じたことは正しかった。俺は、後戻りのできない道をすでに歩き出している。家族との距離は遠いものになってしまった。いままでずっと俺は、放蕩息子を演じて家族のもとに戻る自分の姿を、心の中に描き続けてきた。でも、どうあってもそれは無理だ。それでも俺は家族のために戦う。親父とお袋が自分たちの仕事に誇りを抱き価値を見い出すことができる、そんな世の中にするために、弟に未来を与えるために、俺は戦う。いつかはきっと、みんなも、わかってくれるはずだ〟

散歩のおかげでカンディンスキーはすっきりした気分になっていた。

アパートへ戻ると、ようやくカンディンスキーの心は決まった。

〝やっぱり、まだ世間に顔を出すには早すぎる。それよりやるべきは、〈革新運動〉のメンバーとなっているアバターの後ろにいるものたち、アバターを操っている本人たちのファイルをハッキングし徹底的に調べることだ〟

カンディンスキーはすぐに作業に取りかかった。そして数時間後、一つの結論にたどりついた。

〝この中で信頼できるのは四人。まず、ラファエル・コルソ。ボヘミア地区のショッピングセンター近くで活動するラット。次がピーター・バエス。情報学部の出身で、プレイグラウンド関連の仕事をしている。残る二人は、ネルソン・ビバスとフレディ・パディージャ。どちらもエル・ポスモ紙の電子版で働いている〟

カンディンスキーは、夜が明けきらない前にその四人に暗号メールを送り、プレイグラウンドの中の非公開のＩＲＣでチャットをしようと呼びかけた。カンディンスキーは集まった者たちに自分の計画を打ち明けた。すると四人は、すぐに賛同の意を示してきた。

その数週間後……、〈抵抗運動〉、カンディンスキーがそう名づけたグループが活動を開始した。最初の攻撃相手に選んだのは大手の企業。ブエノス・アイレスのコカ・コーラ社の財務システムにウイルスを送り込み、ブラジルAOLとサンタ・クルスのフェデックスにDoS攻撃を行なった。ラナ・ノバはニュースで、「この件について警察側は、現時点ではっきりわかっているのは攻撃がリオ・フヒティーボから行なわれたということだけだと、述べています」と報じた。ラナ・ノバは、少し前に新たなヴァージョンに代わっていて、顔の表情も、以前にもまして多彩な表現が可能になっていた。

いっぽう論説委員の反応はまちまちで、なかには、グループの技術力の高さを取り上げ、「この者たちは、我が国の若者たちが技術力において先進国の若者たちに引け目を感じる必要はまったくないということを見事に証明して見せた」と誇らしげに論じる者もいた。

それから数ヵ月が過ぎた。

グローバラックスがリオ・フヒティーボの電力供給を担うことが正式に決まり、会社はなにをやるよりも先に、平均八十パーセントの電気料金の値上げを発表した。企業の中には二百パーセントの値上げを課せられたところもあった。

市民たちはこれに反発して、グローバラックスの事務所の前で激しい抗議行動を開始した。この問題での人々の不満がいかに大きいかを示した最初の出来事。しかし政権は、関心を示そうとはしなかった。

それからほどなくして、各マスコミが、リオ・フヒティーボで〈連合〉が結成されたというニュースを流した。〈連合〉とは、各政党、労働組合、製造業の労働者、農民などによって構成されたグループで、政権との対決姿勢を前面に打ち出していた。

そのニュースを聞いたカンディンスキーはすぐに、〈連合〉の戦いと歩調を合わせて〈抵抗運動〉の戦いを進めることを決めた。そしてその決断に一人ほくそえんでいた

〝あの〈連合〉にハッカー、か。まったくいい取り合わせだぜ。この俺のおかげで、昔ながらの戦いをするものと新しい戦い方を目指すものが互いに気づかないまま、力を合わせて同じ敵に立ち向かうことになるってわけか。たしかに、ハッカーの戦いは〈連合〉の戦いよりもはるかに格が上で、ハッカー集団はいわばボリビア国内で蠢めくグローバリゼーション派の中核を狙う精鋭部隊だというのが誰でもが思うことだろう。でもはっきり言わせてもらえば、コンピュータの画面を通してしか現実世界と向き合うことができない若いハッカーたちと手にダイナマイトを持って街での抗議行動に参加している日に焼けた労働組合員たちとが手に手を携えてともに歩いていく、というのがこの戦いの構図だ〟

コンピュータの前に座ったままカンディンスキーは、次に打つべき手について思いを巡らせていた。左手の指の痛みは、相変わらず続いていた。

〝少しは休んだ方がいいのはわかっている。でも俺は休まない。俺には、体の痛みを克服する力がある。自分が強くなったような気がするぞ。そうだ、俺は、特別な任務のために神に選ばれた人間だ。もう、なにものも俺を止めることはできない。やるべきことをやるだけだ。たとえどんな犠牲を払おうとも。たとえ周りで誰が倒れようとも〟

第三部

1

フラービアはコンピュータの前に腰を下ろした。父親も母親もすでに出掛けたあとで、家の中はしんとしていた。隣の家のシャム猫のニャーニャーいう声だけが聞こえる。発情期に入っているらしく、一晩中うるさく鳴きたてるおかげで近隣の者たちはみな寝不足だ。

半開きの窓から、朝の心地よい風が流れ込んできた。かすかな空気の動きが木々の枝を揺らし、フラービアの背中に触れ、愛撫する。

〝この仕事が終わるまでは外には出ない。もし……、もしラファエルがあのとき死んだりしなかったら、私たち、恋人になれたのだろうか。ううん、そんなこと、わからないわよね。でもこれだけはわかる。たぶん、あれほど私と似ている人なんてもう二度と現れてはくれない。人が死ぬところを目の前で見たのは生まれて初めてだった。床に倒れ込んだラファエル。その姿が頭から離れない。息もしていないのに大きく見開かれた目。心が痛くて、それに本当はすごく怖い……。ダメ、ダメよ。私は決めたはずよ。カンディンスキーを見つけ出すまでは負けないって。

私はラファエルに夢中だった。といっても、私がエリンで、ラファエルがリドリーとしてのことだったけど。あれも恋っていえるのかしら？　そもそもアバターと人間との関係ってなに？　エリンとリドリーは私たちの分身なの？　それともまったく別の人格をもつ存在？　考えてみれば、私たち人間って、単なる遺伝子の通り道よね。だって、けっきょくは遺伝子が、私たちの体を通って命をつないでいくのだから。もしかしたらアバターとの関係でも、私たち人間は、自分たちのアバターがコンピュータの画面上で命を得るための道具にすぎないのかもしれない。私自身もあるアバターに操られているアバター、その私がプレイグラウンドの中でいくつものアバターを操つり、そのアバターたちが、プレイグラウンドの中のコンピュータでアバターを操っている……〟

ハッカーの正体を探るにはさまざまな戦略があるが、フラービアが試したなかでもっとも成功率が高かったのはなんといっても〝良き友人になりすまし作戦〟だ。ハッカーであれば誰でも、ネット上では偽名を使い正体を明かすことはない。それはつまりフラービアにとって、というより誰にとっても、容易にハッカーになりすますことができるということでもある。

フラービアは、あるハッカーについて知りたいと思うとたいてい、そのハッカーのネット上の友人を演じる作戦に出た。作戦のためのアイデンティティーは、プレイグラウンドやＩＲＣ用に過去に作成しすでに何度か使用しているものの中から選ぶか、あるいは、必要に応じて新たに作り出すこともある。そうして手持ちのアイデンティティーを増やしてきたおかげでフラービアは、たとえ相手がとりわけ危険といわれているハッカーであろうともその良き友人役を演じるためのアイデンティティーには事欠かなくなっていた。フラービアはそれらのアイデンティティーの口を借りて相手のハッカーたちと、自分でもうんざりするようなマニアックな話をしたり、攻撃を仕掛けるサイトについて語りあったり、あるいはハッカー界の噂話に花を咲かせ、体制への嫌悪を共有し合い、時には自分の生活をちらりとのぞかせたりもした。とにかくまずは相手の信用を勝ち取ること。それができれば、しめたものだ。相手のハッカーもまた同じように、フラービアに接してくれるようになる。

そうした友人役の中でもフラービアがとりわけ得意としたのは従順さと傲慢さを合わせもつ男の友人という役回りで、それを演じればたいてい成功した。しかし女の友人の役をやるとなると、何度か試したことはあるが上手くいったためしがない。それはおそらく、ハッカーの世界がまだ男社会だからだ。たしかに女性がハッカーとして活動しているケースもあるにはある。だがそうした者たちは、相手にされてもいないという立場に甘んじるか、あるいは、たえずハッキングの標的にされ続けハッカーを辞めざるをえなくなるかのいずれかだ。幸いフラービアに対しては、『トド・ハケル』で活動することを認めてくれてはいるが、それはフラービアが、ハッカーではなくハッカーたちの情報を集め発信するジャーナリストとしての役割を果たしているからだ。

フラービアは、ハードディスクに保存してあるカンディンスキー関連の情報をすべて読み直してみた。だがすべてといっても、そういくつもあるわけではない。たとえば、カンディンスキーが一時期ファイバー・アウトカストという名のハッカーとコンビを組んでいこと、そのファイバーがしばらく前にネット上から姿を消したこと、カンディンスキーがサン・イグナシオ校に反感をもっていること、カンディンスキーの政権に対する攻撃方法がプレイグラウンドの中のグループ〈革新運動〉によるそれとよく似ていること、くらいのものだ。

さて、フラービアはいったいどうやってその情報を手に入れたのか。実は、すべて、ＩＲＣやプレイグラウンドのチャットルームでのハッカーたちの会話から盗んできたものだったのだ。

〝ハッカーの世界というとたいていの人は、単なるイメージから、覗き見のできない秘密の場のように思い込んでいるけれど、ほんとうはそうじゃない。ハッカー同士で互いに会話を交わさなければならないこともあるし、そういうときにはちょくちょく公開チャンネルを使ったりしたりしている。ハッカーはみんな、チャットルームに書き込む言葉など何分もしないうちに消えてしまうのだから安全だと信じきっている。でもね、私のコンピュータは、いつも作動中で、キーワードを頼りにチャットルームやＩＲＣの中でもハッカーが好みそうな一万五千ものチャンネルをくまなくチェックしながら掴んだ情報を片端から保存してくれている。

まあ、たしかに、カンディンスキーは一般的なハッカーに比べれば用心深い方ね。でも私に言わせれば、これだけの情報があれば十分。すぐにでも追跡を始められるわ。人は、ブラック・チェンバーの人たちでさえも、ハッカーの正体に迫るためにはそのハッキングの手口を見破るか、あるいは使用されたプログラミングコードの特徴を見つけ出すしかないと考えているけれど、それは違う。私は、二十一世紀のこの巨大なコンピュータ社会にあってもやっぱり、十九世紀の偉大な先人たち、たとえばオーギュスト・デュパンやシャーロック・ホームズらが得意としてきた演繹法が大切だと思う。世界でもっとも偉大なハッカー、ジョン・ブラネセビッチの言葉、「私が研究するのは拳銃のメカニズムについてではない、引き金を引く人間についてだ」というのは、まさに私の信条そのもの。とにかくカンディンスキー追跡の第一歩は、カンディンスキーのかつての仲間か、現在の仲間の誰かに接触すること〟

フラービアは、ファイバー・アウトカストと打ち込みデータベースを探ってみた。コンピュータが、そのハンドルネームをかつて使用していたことのあるハッカー七人の名前を表示した。フラービアが怪しいと睨んだのはそのうちの四人だ。

フラービアは新たな作戦に使う名前をウォルフラムに決めると、手始めに、四人のハッカーが所有するコンピュータのすべてに監視システムを潜り込ませた。そうして昼近くになってフラービアはようやく、四人のうちの一人に的を絞り込んだ。ハンドルネームは、グサノファタル。ファイルを検索すると、年齢は二十歳、二十一世紀タワーの中のアンチハッカーのセキュリティーサービスを提供する企業に勤務、と出てきた。

その日の午後、フラービアはウォルフラムの名前でグサノファタルにメッセージを送った。内容は、アンチハッカーのセキュリティーシステムが本質的に抱える弱点について。グサノファタルは疑った様子も見せずに長々とした返信をよこし、その中で、国内で自分が破ることができなかった唯一のセキュリティーシステムはFireWall（ファイアー・ウォール）だけだと言ってきた。ハッカーにとっては、面識のない別なハッカーがチャットルームで会話を求めてくるのは別に珍しいことではないのだ。

それから二人は二時間もの間、セキュリティーシステムをテーマにチャットを続けた。

突然フラービアはウォルフラムに「phirewall（ファイアー・ウォール）の秘密を知っている」と言わせてみる。

グサノファタル　どういう

グサノファタルが乗ってきた。

一か八かの賭けだ。

〝それにしてもphirewall（ファイアー・ウォール）だなんて。ハッカーというのはなぜfの代わりにphを使って書くのだろう。たしかに英語だったらそれもカッコいいかもしれないけれど……。でも万が一、ということもあるものね。ハッカー相手に書くときにはハッカーのやり方でやらなくちゃ〟

ウォルフラム　俺はKのダチだった　ずいぶん前にKは怒っていると俺に言っていた　phirewallのことを知っていた　Kはなんでも知っていた

さて、どうしたものか……。グサノファタルはすぐに、自分が難しい状況に追い込まれたことに気づいた。そこでもし、カンディンスキーのことを知っていると認めファイバー・アウトカストと名乗っていたころにカンディンスキーとコンビを組んでいたと告白すれば、それはすなわち、アンチハッカーシステムのサービスを提供しているのがハッカーだと自分から告白することになってしまう。グサノファタルは、チャットルームから消えることを選んだ。

深夜、グサノファタルが再びチャットルームに現れた。自分はカンディンスキーの友だちだと世間に知らせたい思いを抑えきれなくなったのだ。

グサノファタル　やつは良心をもった偉大な活動家って顔をしているがとんだphuck（ファック）野郎だ
ウォルフラム　友だちだったのか
グサノファタル　だいぶ前だ　わざわざ言うほどのことじゃない

〝わざわざ言うほどのことじゃない？　そんなこと思ってもいないくせに。カンディンスキーをじかに知っていてしかも昔コンビを組んでいたんでしょ？　それが世間に知られれば、ハッカーたちに一目置かれるようになるわ。ほら、もうぜんぶ話しちゃいなさいよ〟

グサノファタルは、酒を断った人間が酒におぼれていた日々を懐かしく思い出しているかのような口調で、カンディンスキーがいまのカンディンスキーになることができたのは自分おかげだという、そのいきさつを語り始めた。フラービアは、グレーのショートパンツに長袖のシャツ姿で、チャットを読みながらその中の重要と思われる単語を次々にキーボードに打ち込み検索にかけ、会話が終わるころにはある具体的な情報にたどり着いていた。

〝間違いないわ。カンディンスキーは、サン・イグナシオ校近くのひどく貧しい家に暮らしていたのよ〟

次の日の朝、フラービアはラミレス・グラハムに連絡を取り、その情報を伝えた。ラミレス・グラハムからは、「こちらも調べたことは君に伝える」という返事が返ってきた。

フラービアは両親のベッドルームに行ってみた。シーツはピンと伸ばされたままだ。母親のルスは家に帰ってはこなかったのだ。

リビングのソファーにはクランシーが寝転んでいた。父親がそこに寝るときに決まって使う毛布も、見当たらない。

「パパとママはどうしたの？」フラービアはローサに尋ねた。

「さあ、どうなさったのでしょう。お二人のことは見ていませんよ。朝食にも降りていらっしゃいませんでした」

〝あら、珍しいこと。食事だってなんだって決まった時間に決まった通りにやらなければ気がすまない人たちなのにね。道路封鎖のせいかしら。でもそれならそれで電話をかけてきてもよさそうなものだけれど……〟

ようやくフラービアはベッドに横になった。だが、眠れそうにない。

〝まだこれではやり足りない。もっと別な手も考えなくては……〟

2

独房は狭く、すえたような臭いが立ち込めていた。限られた空間に七人もの女たちが押し込められ、おまけに二人は腕に赤ん坊を抱えていて、片方の赤ん坊は悲痛な声で泣き叫んでいる。赤ん坊の頬っぺたは煤で汚れ顔が黒ずんでいた。お腹が空いているのよね。ルスは怒りで唇を震わせながら呟いた。

〝赤ん坊がお腹を空かせているっていうのに、なぜ知らん顔をしているのよ!〟

ルスは独房の鉄格子に近づき、中庭に通じるドアに所在なげにもたれかかっている警官を大声で呼び立てた。背の高い、口髭を蓄えた警官がやってきた。手には警棒を持っている。

「私たちを罰するというのならそうすればいいわよ。でもなぜ、赤ん坊まで? ミルクを飲むまでは泣きやみませんよ」

「いや、泣きやみます。何度も経験していますから。赤ん坊はそのうち、泣き疲れて寝てしまいますよ」

「それが人間に対してすることですか!」

「そうはおっしゃいますが、あなた方は誰に頼まれたわけでもない、自分で勝手に抗議行動に加わったんじゃないですか。街の中で騒ぎを起こしても女だから手出しはされないだろうと高をくっていたのでしょうが、今度ばかりはそうはいきませんよ」

「動物に対してだって、こんな扱いはすべきじゃないでしょ！」

「じゃあ、どんな風に扱えばいいというのです？　見たところ、あなたがここに来たのは今回が初めてのようですが、そのうち慣れますよ」

警官はルスに背を向けると、廊下の奥へ姿を消した。ルスは警官に向かって口の中で罵りの言葉を投げつけた。

ふと気づくと、裸足のままだ。

〝どうりで……、足の裏が痛いわけだわ。ううん、そんなことより原稿よ。けっきょくあのまま返してはもらえなかった。原稿が手元にないと、まるで丸腰で危険に立ち向かっているようで不安でたまらない。おまけに携帯が入ったバッグまで取り上げられるなんて。だいたい、こんな大変な日に大学に行ったのが間違いだった。なぜあんなに急いだのだろう？　封鎖が解けて軍が引き上げるまで待っていればよかった〟

ルスは独房の隅の床に腰を下ろすと、壁に背中をもたせかけた。手を鼻にあて指で鼻腔をさぐった。鼻の中が熱い。鼻血が出そうな予感を覚える。

〝お医者様にちゃんと聞かなければ。あしたの朝一番で電話をしよう。

大丈夫、きっと心配ないわよ。鼻血が出るくらいのことは、前にも何度かあったもの。きっとこの数週間のストレスがひどかったから、そのせいね。それにほら、私ってひどい憂うつ症だから、今度のことだって、心配しなくてもいいのに心配しているだけなのよ。……そうじゃない。母さんだって、いまの私と同じようになにかしら兆候があったはずよ。それなのに母さんは、自分の体の中でなにが起きているのか考えてみようともしなかった。細胞がすごい勢いで壊れていっているなんて、想像もしていなかったのでしょうね。で、けっきょく死んでしまった。でも私は、少なくとも自分の体の声を聞こうとしている。お医者様にも診てもらっている。あとは検査の結果を聞くだけ。そうよ、お医者様と話をする前に勝手な想像をしたって仕方がないじゃない。癌が遺伝する可能性があるのは事実だとしても、必ずしもその遺伝的偶然が私を襲うとは限らないのだから〟

もう何年も前のある午後、仕事が終わってからルスが母の家に寄ると、母は、自分の部屋のベッドに枕を二つ並べそこに寄りかかるように横になっていた。羽織っていたガウンは痰の染みで汚れていた。

薄暗がりのなかに浮かび上がる母の頭はすでに毛が無く、艶やかだった頬はげっそりと肉が落ち、まるで中身を空けた後の革製の袋のように皺しわになっていた。ルスは言葉を失った。わずか二ヵ月前までは生き生きと円熟期の暮らしを楽しんでいたはずの母が瀕死の病人と化していた。

母は泣いていた。ルスは慰めようと近くに寄った。

「触らないで」強い声で母は言った。

「私を見ないで……。見られると恥ずかしいから」

「いやだ、母さんったら。病気でも色気は忘れないのね」

ルスがわざと明るい声で答えると、母は再び言った。

「出ていって欲しいの……。あなたも、ほかの子たちも、父さんも……。おねがいよ、私を独りにして！」

母は両手で追い払う仕草をし、息をぜいぜいいわせていた。そんな母をルスは慰めようとして言った。

「ごめんね、母さん。ちょうど母さんの具合が悪いときに来てしまって」

しかし本当はルスにもわかっていたのだ。あのときから二ヵ月間、母さんの具合が良かったことなど一度もないのだからこれからだってあるわけない、と。

あのとき……、そう、あの晩、母は突然、胸が痛いと父に訴えた。翌日、母が病院に行くと、診察した医師は最悪の事態を疑っていると告げ、すぐに母を専門病院に送った。その日の遅く、癌の専門医から診断が下された。「やはり癌でした。すでにかなり進行していて肝臓と肺にも広がっています。もってもあと六ヵ月です」痛烈な宣告だった。「でも、私、そんなにたばこは吸っていなかったわ！」母は病院の廊下で叫んだ。しかしそれは嘘だ。一日二箱は吸っていた……。

ルスは母のベッドの端に腰をかけた。母が枕の後ろに手を伸ばした。なにを探しているのだろう、そう思った瞬間ルスは、母の両手に拳銃が握られているのに気づいた。母が拳銃を振り回し始めた。

「だめよ！　母さん、放して。どこから持ってきたのよ！」

それは、隣家に泥棒が入ったときに父が買っておいたものだった。

「ルス、母さんはもう耐えられそうにない」

ルスは母から拳銃を取り上げようとした。だが母はその手を振り払うと、自分の胸に銃口を当て引き金を引いた。

ルスの横に座っている女が突然、自分の手をルスの手に押しつけてきた。丸顔で、大きく見開いた目が充血している。

「ねえ、おばさん、あんたがこのムショを出るときには、あたしたちのこともちゃんと取りなしてね」

「なに言っているの。あなたの方が先に出られるかもしれないじゃない」

「そんなわけないよ。着ているものを見たって、わかるもの。もうすぐあんたは、ここを出られる。そういうものだよ、世の中は」

「あなたたちはどうして捕まったの？　私の場合、話はそれほど単純じゃないのよ」

「あたしら、空港に向かう道路にバリケードを張っていたの。そしたらポリ公がやってきてあたしらをこん棒で追いかけまわして、あたしらも、旦那たちも捕まってしまった。でも、抵抗はやめない。電気料金がものすごく高くなって、あたしたちのわずかな稼ぎじゃ、とてもじゃないけれど払えやしないもの。もう、お上の言いなりになるなんてまっぴら」

「あなたの言う通りだと思う。この街のみんなが同じ気持ちよ」

「ここにいるあたしたちのこと、忘れないで。あたし、エウラリア・バスケス」「こっちがファニータ・シレス」と、隣の女性を指差した。

「もしあなたたちが先に出られたら、私のことも忘れずに取りなしてね。私はルス・サーエンス、よろしく」

ルスが手を差し出すと女たちも握手を返してきた。

ルスは瞼を閉じた。疲れがどっと押し寄せてくる。

〝やっぱりあのとき家に帰ればよかった。そうすればいまごろは、湯船で温かいお湯に首までつかって、ゆったり手足を伸ばしていたはずなのに。お風呂……。お風呂のことではいつもフラービアと喧嘩になってしまう。フラービアったら、入ったら最後、何時間も出てこないんだもの。いったいどうすればあんなに長いことお風呂に入っていられるものなのかしら。でもミゲルは、ママの言うことを聞きなさい、とは言ってくれない。いつもフラービアをかばって、フラービアの思う通りにさせている〟

赤ん坊はまだ泣いていた。

〝あの口を……、塞いでしまいたい。それに、この女たちの涙も叫び声も、もう、うんざり。この人たちの気持ちは理解できる。どんな目に合っているのかもわかっている。それでも、周りでこう絶望的な声ばかり上げられると、つい、イライラしてしまう。いま私はとにかく、この頭をちゃんと落ち着かせておきたいのに〟

私の人生が狂ったのは全部、ミゲルのせい。ルスは不意にそう思う。

〝ミゲルに最初に会ったとき、私は、あの人が黙ったまま何時間でも一人で黙り込んでいるところや、人の目をまともに見ようとないところ、できるだけ人の注意を引かないように控えめな態度でいるところに惹かれていっぺんで好きになった。自分でも驚いたわ。でも、内向的でインテリなミゲルは、たしかに、私が男に求めていたものすべてをもっていた。ミゲルと知り合う前、十代のころや二十代になってからも男の子とつき合ったことはあったけれど、しばらくするといつも嫌になってしまって、けっきょく誰とも長続きしなかった。みんな騒々しくて、不器用で、それでいてやたらに男くさくて。それに……、ミゲルは、私の暗号に寄せる熱い思いを理解してくれていた。ほかの人たちがうんざりした顔を見せ、揚句の果てには、この国でそんなことをやってなんになるとまで言うなかで、ミゲルだけが私のことをわかってくれていた。あるボーイフレンドは言ったわ。「人はもう少し国の役に立つようなものに情熱を傾けるべきだよ」と。私は言い返してやった。「なにかに情熱を傾けるのに、それが国の役に立つかどうかなんて関係ないじゃない。それにそもそも国なんて人間が勝手に決めたものよ。どうせ言うなら、国の役に立つような、じゃなくて、世界の役に立つようなものに情熱を傾けるべきだ、じゃないの」それから何年か後にミゲルにその話をすると、ミゲルは、よく言ったとほめてくれた。ああ、ミゲル。ううん、チューリングさん。あなたは私に暗号を教えてくれとせがみ、いつのまにか先生である私を凌ぐほどになった。そして、それだけでは終わらずに、自分の周りにはそれしかないとでもいうように暗号解読にのめり込んでいった。人はなにか行動を起こすときに周囲の状況に捉われるべきでないというのは、その通りよ。でもそれは、すべてを忘れていいという意味ではないはず〟

ルスは知らず知らずのうちに、頭の中でミゲルと言い争いを始めていた。

〝私は……、これまでいったいどれほど、こうして、目の前にいないミゲルと言い争いを繰り返してきたのだろう。おかげでいままでは、二人がどんな言葉をぶつけ合い、相手をどんなもって回った言い方で批判し、それに対してもう一方がどんなきつい言葉で答えるのか、そのセリフの一つ一つが考えなくてもスラスラ出てくるほどよ。たしかに数ヵ月前ぐらいからは、私も、勇気を振り絞って面と向かってミゲルに言いたいことを言えるようになったわ。でもたぶん、遅すぎたのよ。口から出すことのない言葉を何度も何度も繰り返してきたことで私の心には、深い傷が刻みつけられてしまっている。いまごろになって自分の気持ちを素直に言ったところで、私の中に積もり積もった怒りや苦い思いをすべて消すことなどできやしない。バランスを失い深い溝に向かってゆっくりと沈み始めている二人の人生を再び浮き上がらせることなど、できるわけがないのよ〟

ルスはいつのまにか眠りへと吸い込まれていった。身も心もくたくただった。

落ち着かない夜だった。ルスは何度も、赤ん坊や女たちのすすり泣く声で起こされ、しかし疲れていたからまたすぐに眠りに落ちていった。

嫌な夢を見ていた。フヒティーボ川の真っ赤な血に染まった水面に自分の原稿が漂っている。すると今度は本を手にしている自分の姿が現れる。読もうと本を開く。だがそこに並んでいるのは暗号。その暗号を解こうとしてもどうしても解くことができない。

翌日、午後になって口髭の警官が独房に近づいてきて、ルスの名前を呼んだ。ルスは驚いて、体を起こした。ほかの女たちが入り口のそばに集まってきて、外に出してくれと口々に叫び始める。警官が戸をあけ、ルスに一緒に来るように促した。

戸口を一歩出た。窓から差し込む淡い光が、ルスの目を突き刺した。そのときルスは初めて気づいた。独房がどれほどの深い闇の中にあったのか。そして、独房にいる女たちの姿かたちを見分けるために薄闇の中でどれほど必死に目を凝らしていたのか、を。

外は雨が降っていた。昼間の景色を幾筋もの線で切り分けるように勢いよく空から落ちてくる雨粒。ルスは、そこになにか救いになるものを見いだそうと窓の外に目をやった。

「急いでくださいよ」警官が不機嫌な声を出した。「ボスがあなたと話をしたいそうです」

3

ラミレス・グラハムは、事務所の椅子に腰をかけブラックコーヒーを一口すすった。資料庫から持ち出したファイルはすべて読み終わっていた。

〝けっきょくアルベルトについてはたいした収穫はなかったが、チューリングのことはだいぶわかったな。だが知れば知ったで、気が滅入る話だ。俺は一刻も早く政治から足を洗う、アルゴリズムの世界に戻る。このブラック・チェンバーから逃げ出さなければ〟

電話が鳴った。

「ボス、いそいでモニタリング室まで来ていただけますか?」

バエスの声だ。ラミレス・グラハムはしかし、立ち上がる気にはなれない。バエスの口にかかると、どんなことでも急用になってしまうのだ。

「チューリングの娘がどうかしたのか?」

フラービアと話をしたのはわずか数時間前のことだ。そのやり取りのあとラミレス・グラハムはすぐに、リオ・フヒティーボにオフィスを置くボリビア国家警察情報局のモレイラス局長に電話をかけた。そしてそのモレイラスが数分前にこう言ってきたのだ。「サン・イグナシオ校の近辺でそちらのおっしゃるような貧しい家というのを探してみましたが、ほんの数軒しかありませんでした。なにしろあのあたりは裕福な中産階級が暮らす住宅街ですからね。ですが、喜んでください。実はその中に自転車の修理店をやっている家がありまして、そこの長男が、二十歳ぐらいらしいのですが、行方知らずになっているというのですよ。これはつまり、いよいよ捜査の網が絞られてきたということではないでしょうか」、と。

「いえ、フラービアのことではありません、問題はチューリングの方です」バエスが答えた。

ラミレス・グラハムは思わず顔をしかめ、椅子から立ち上がった。

〝このブラック・チェンバーにいるかぎり束の間の休憩すら許されないのか。考えてみたら、NSAにいたときの方がもっと休んでいた気がする。仕事量は間違いなくいまとは比べ物にならないほど多かったはずなのに。おそらく、NSAではいまと違ってトップの地位にいたわけではなかったからほんの何分の休憩であってもそのときはすべての責任から解放されていた、ということはあるだろう。だがそれだけではあるまい。たぶん、もう一つの原因は文化の違いだ。このリオ・フヒティーボには、俺に言わせれば自分の責任でなにかを決定する能力をもっている者など誰もいない。だから、このビル全体で毎月どのくらいのトイレットペーパーを補充すればいいのかというようなことにまで、俺の指示を求めてくる。まあ、それでもバエスについては……、やつは能力と自立心という点では間違いなく俺の部下の中でも五本の指に入る。いや、いまでこそ俺もそう思うようになったが……〟

まだ〈抵抗運動〉が問題になり始めたばかりのころ、ラミレス・グラハムは、その件についてはいっこうに相談してこようとはしないバエスに業を煮やし小言ばかり言っていた。バエスは、こんなのたいした事件ではありませんよ、と言わんばかりの顔をしてカンディンスキー問題への対応を一人で背負い込み、事態の深刻さについてラミレス・グラハムにすら伝えようとはしなかった。バエスがラミレス・グラハムに初めて報告をあげてきたのは、〈抵抗運動〉による政府機関のサイトへの最初の攻撃が行なわれた二週間後のことで、しかもそれは、もはやバエス一人ではにっちもさっちもいかなくなってからのことだった。バエスはあきらかに失態を犯した。しかしラミレス・グラハムは、誰にも頼るまいとするバエスの姿を目の当たりにし、いつしかバエスのことを高く評価するようになっていた。そして迷うことなく、バエスを腹心の部下の一人に加えると決めた。だがそうした決断に、ブラック・チェンバー中が大騒ぎになった。なにしろバエスがブラック・チェンバーに入ったのはそのわずか三ヵ月前のことで、それにもかかわらずラミレス・グラハムはバエスを中央委員会のメンバーに取り立てたのだ。当然のことながら、職員の間ではさまざまな憶測が飛び交っていた。

ブラック・チェンバーのモニタリング室には閉回路システムのモニターが備えつけられ、常時、建物内部とその周辺の監視が行なわれている。

モニタリング室ではバエスが、監視員の肩に覆いかぶさるようにモニター画面を覗き込んでいた。ラミレス・グラハムはズボンのポケットからスターバーストを一粒、取り出し、二人の方に歩いていった。その視線が、二人が見ている画面に充てられる。チューリング、たしかにチューリングだった。ラミレス・グラハムが資料庫の中の記録保管庫と呼び自分以外のものが立ち入ることを禁じている小さな空間、そこでチューリングがファイルを調べていた。

〝だが……、資料室の責任を負っているというのにその書類の大海原の真ん中に触れることのできない島があるとしたら、それは誰だって悔しいと思うはずだ。そこになにが隠されているのか、ブラック・チェンバー創設の神話とはどういうものなのか知りたいという欲望に勝てないのも、よくわかる。ブラック・チェンバー創設の神話……、ああ、俺はそれをこれからチューリングに話さなければならない。アルベルトの本当の姿とブラック・チェンバーの真実について、チューリングにはっきりと教えてやらなければ。酷だとは思うが、いつかは誰かがしなければならないことだ。身の毛のよだつような計画、それにしてもなんと大胆なことをやったものか。俺だってショックを受けている。〈その計画が大胆でなければ、試みる意味がない〉というのは俺の先生の口癖だったが、たしかにそれは正しい。しかしいくら大胆な計画であったとしても、それが人を欺くためのものであったとしたらそんな計画は試みてはいけないに決まっている〟

「ボス、チューリングをクビにするおつもりですか？」バエスが心配そうな声を出した。

「もしあの人をクビにするなら、全員、クビにしなければならないな」

「おっしゃっている意味がわかりませんが」

「俺も、自分で意味がわかって言ったのかどうか自信がないよ」とラミレス・グラハムは、スターバーストを噛みながらバエスに背を向けた。

「サーエンスさんには、私が部屋で待っていると伝えてくれないか」

チューリングが部屋に入ってきた。じっと下を向いたまま視線を上げようともしない。

〝なんだかまるで、どうかお見逃しくださいと、懇願されてるような気分だな。この姿を見れば、同情するなと言われたって同情してしまう。メガネをかけた幽霊か。いや、幽霊の方がまだチューリングより存在感がある〟

「どうぞおかけください。コーヒー？　それとも甘いものでも？」ラミレス・グラハムはチューリングに、スターバーストの箱を差し出した。

「いえ、お構いなく」

「それはありがたい。これを手に入れるに苦労しましたよ。輸入食品を扱う店に行けば売っていると聞いていたのですが、どこにもないじゃないですか。そうしたらブレバードで、ある年取ったご婦人が売っているのを見つけて、ようやく買うことができました」

ラミレス・グラハムは椅子から立ち上がり窓のそばによる。再び椅子に腰を下ろした。

〝やっぱり、俺がいま思っていることをすべて話してしまうべきだろうか？　ほかに選択肢はないのか？〟

「サーエンスさん、この建物内の各部屋と廊下に隠しカメラが設置されているのはご存知ですよね？　そのカメラに、もう何度も、あなたが資料室で妙なことをなさっている姿が写っていました。ところで、あれは衛生上よくありませんよ」

チューリングが椅子の上で体をもぞもぞさせた。

「マクドナルドのコップ、コヨーテとロードランナーの絵の……」

「あの……、それについては釈明させてください。私には健康上の問題があるのです。尿失禁症です。医者の診断書をお見せします」

「そのことについては、まあいいです。誰に迷惑をかけるわけでもないですから」ラミレス・グラハムはコーヒーカップを持ち上げ、いつもの癖でついそのまま、手を空中にとどめてしまう。

〝まるでカップのことなど忘れているみたい、か。スベトラーナ……。君は俺のこの仕草を見ては笑っていたね。そしてこう言って俺のことをからっていた。もしかしてカメラのフラッシュを待ってじっとポーズを取っているのかしら、と〟

「ただこちらの方は、まあいい、と言うわけにはいきません。何分か前にカメラが、書庫内の立ち入り禁止区域にいるあなたの姿を捉えているのですよ。ええ、わかっています。あそこの資料は完全に独立した場所に移し、きちんと扉をつけ、鍵を七重にかけて誰も入ることのできないようにしておくべきでした。あんな風に手のとどくところに置かれてあれば、あなたが見たいという誘惑に駆られるのも無理はありません。私たちはしょせん、人間なのですから。私はこのブラック・チェンバーに来たときにいろいろな問題点に気づきましたが、そのうちの一つがそれでした。でもいくらやる気があっても、なかなかすべてに目を配る時間はありませんよ」

「私はなにも悪いことはやっていません。書類を盗んだわけでもありませんし。単なる好奇心です」

「いや、本当は、アルベルトのことでなにか知りたいことがあったのではありませんか？　あなたの恩人であるアルベルトのことで」

「このブラック・チェンバーの者がアルベルトを侮辱するようなことを言ったからです。私は、そうではないということを証明したかったのです」

「でもあなたは、書類を見つけることができなかった。それもそのはずです、私がここに持っているのですから。私もあなたと同じように、興味があったのです。アルベルトのことは誰にとっても、大きな謎ですからね。ところで侮辱とおっしゃいましたが、どんなことだったのです？」

「アルベルトが……、ナチスの残党だと」

「その噂なら聞いたことがあります。残念ながら私にも、噂がある程度は真実を含んでいるのか、あるいは根も葉もないものなのかはわかりません。でも、あれは単なる噂だと思いますよ。もしアルベルトが本当にナチスの残党だったとしたら、この国に民主主義が戻ったときに、クラウス・バルビーのように本国に送還されていたのではないでしょうか」

「ええ、たしかに。政権は、アルベルトに対してはなんの措置も取りませんでした。アルベルトは一九八二年に長官の職は退きましたが、それからも顧問の地位にとどまっていましたし、実質的にはアルベルトがここのすべてを牛耳っていたことはみんなもわかっていたはずです」

「アルベルトは運がよかったのです。ブラック・チェンバーの中でのことは外部には漏れないようになっていますから、アルベルトが独裁政権時代に果たしていた役割についても、大方の人はそう簡単には気づかなかったはずです。えーと、さて、どういう風にお話していいのかわからないのですが……。ええ、いまの話とは別なことですが、あなたに大事なことを申し上げなければなりません」

チューリングが、咳払いをするようにエヘンと喉を鳴らした。

「私が最後にアルベルトを訪ねたとき……」

再びチューリングが話し始めた。

「アルベルトは三つの言葉を口にしました。カウフボイレン、ローゼンハイム、それから、ウェテンハインとかなんとか。最初の二つはドイツの都市の名前だということがわかりました。なかなかきちんとは聞き取ることができなかったのですが、いろいろ調べてようやく正しいスペルにたどり着きました。しかし三つ目については皆目見当がつきません。たぶん、私の聞き取り方が悪かったのでしょう。妻ならなんのことかすぐにわかるのでしょうが、まだ妻とは連絡が取れなくて。何度も電話をしているのですが、どうやら携帯を切っているようです」

「つまりあなたは、ドイツの都市の名前がアルベルトの口から出たことで、アルベルトがＣＩＡの工作員ではなくナチスの残党だったのではないかとお考えになったわけですね。でも、どうでしょうか。おそらくは、アルベルトがＣＩＡのスパイとして冷戦時代にドイツで活動していたということではないでしょうか。しかし、私がお話したいのはそのことではありません。もっと大事なことをお伝えしなければなりません」

〝たしかに……、確実な証拠があるかと言われたら、それはない。だが俺には、間違っていないという自信がある。俺は、物事はなんでも正面から話すべきだという文化のなかで育った人間だ。それはもちろん、この話をすればチューリングがどれほど傷つくことになるかというのは俺だってわかっている。でも長い目で見れば、いま知ることはきっとチューリングのためになるはずだ。これでもうチューリングは、嘘のなかで生きていかなくても済むようになるのだから〟

「サーエンスさん、あなたはこのブラック・チェンバーのもっとも偉大な暗号解読者のお一人です。だからこそ私は、こんなことを申し上げなければならないことが辛くてたまらないのです。ここでの最初の数年間のことを覚えていらっしゃいますか？　あのころのあなたは、一つのミスもなく完璧な仕事をなさることで有名でしたよね？　アルベルトがあなたの机に置く暗号はすべて、完璧に解読していらっしゃいましたね？　私はこれから、どうしてあなたがそうできたのかをお話いたします」

ラミレス・グラハムはいちど軽く咳払いをして、喉の詰まりを払った。

「それは……、すべての暗号が解読されることを目的として作られていたからです」

「意味がわかりませんが」

「簡単なことです、ですが同時に、非常に複雑な話でもあります。最初からお話いたしましょう。私が読んだ極秘書類によれば、一九七四年、つまりモンテネグロ独裁政権三年目ということですが、その年の末に、ＣＩＡの顧問としてボリビアに滞在していたアルベルトは内務大臣に会見を申し出ています。アルベルトは単刀直入に、こう内務大臣に訴え出ました。この暮れに自分は別な国に送られることになっているが、もし仕事をもらえるのであればＣＩＡを辞めてボリビアに残る用意がある、と。そして、こうも。モンテネグロ政権のような独裁体制下では諜報活動を専門に行なう機関の設置が必要であり、自分であれば、ＣＩＡでの経験をモンテネグロのために役立て諜報機関を作る任務を負うことができる、と。それに対して内務大臣もはっきりと答えました。ボリビアにはすでに諜報機関が存在している、と。もっともこうあなたにお話ししてはいますが、両者のやり取りを録音したテープを書き起こしたものがあってそれを私が読んだ、というわけではありません。内務大臣から大統領に送られた報告書を読んだだけですがね」

ラミレス・グラハムは水槽に近づくと、熱帯魚を呼び寄せるように何度かガラスを軽く叩いた。餌をやっていないのを思い出したのだ。ラミレス・グラハムは餌を水槽に落としながら、話を続けた。

「しかしアルベルトは、政権にはまだＮＳＡのような機関がないと、大臣に反論しました。電気信号や暗号化された情報を傍受し解読する作業を専門に行なう機関があれば、政権は反対派の計画をもらさず知ることができる。今後に備えてそうした機関の設置を急ぐべきだと、そう言ったわけです。南米諸国への共産主義者の潜入、国内のマルクス主義政党やゲリラグループに対するソビエトやキューバからの資金提供、そうしたことに対して、国家としてはもちうる限りのすべての手段で武装して戦うべきだ、と。すると内務大臣が、でもあなたはＮＳＡで働いていたわけではないと、そう指摘しました。アルベルトはすかさず答えました。「私は一時期ＣＩＡとＮＳＡの連絡員を務めていたことがあります、嘘ではありません」と。ですが大臣は感じていました。それにしてはなにかおかしいぞ、と。たとえばアクセント。アルベルトのスペイン語のアクセントは、普通のアメリカ人がスペイン語をしゃべるときのそれとはかなり違っていました。たとえて言うなら、ドイツ生まれの人が英語を学んでその後でスペイン語を勉強したような、何語風とも言えないアクセントでした。しかしそれでも大臣は、アルベルトという人物に興味をそそられていました」

「ええ、ええ、いまおっしゃったことはすべて私も知っていますが」チューリングが苛立たしげに、言葉をはさんだ。

「まあ、もう少し我慢をして聞いていてください。これから申し上げることについては、確実な証拠はありません。とはいえ、書類の行間には多くのことが潜んでいるものですよ。表には出ないもう一つの真実、というやつが。私は、いまからあなたにお話ししようとしていることに私の地位を賭けてもいいと思っています。さて、話の続きに戻りますが、アルベルトの提案を受けて大臣は、あるひらめきを得ます。もともと大臣はさまざまなアイデアを考えつくことから、軍事学校の同期生の中でも一番の切れ者だと評判でした。大臣は思っていました。アルベルトの言うような諜報機関を作ればなんだってできるではないか、と」

ラミレス・グラハムは息をつき、コーヒーを一口すすった。

「それまで政権内部では、反対派を消さなければならない事態になっても一部の良識派の軍人が軍の権威を貶めるという理由でそれに反対するということが、たびたび繰り返されていました。そうした良識派軍人たちは〈威信〉という名のグループを形成していました。グループはさまざまな要求を出していましたが、なかでも強く政権に求めていたのが、〈政治的犯罪〉の定義の明確化でした。〈政治的犯罪〉、その言葉は当時の政権が、たとえば政権に反対するものを逮捕、あるいは国外追放するときに、またそれ以外でも反対派の者たちになにかを行なおうとするときに、自分たちの行為を正当化するために好んで使っていたものです。それに対して〈威信〉の軍人グループは、具体的な証拠がないまま誰かを逮捕するようなことはすべきでないと、訴えていました。あなたもご存じでしょうが、証拠など元々ない、というようなこともしばしばありましたから」

ラミレス・グラハムは、暗号解読機エニグマを覆うガラスケースに手を伸ばした。

〝いったい……、エニグマを実際に使うのはどういう感じだったのだろう？　コンピュータプログラムなどない時代にどうやって、暗号解読システムのプログラミングに成功したのだろう？〟

「内務大臣は、なにもしないよりはたとえどんなことであれやれることはやる方がいいと考えたのです、チリやアルゼンチンの政権がそうしたように。共産主義の煽動者を生かしておくより悪魔に魂を売り渡すことを選んだわけです。いわゆる汚い戦争においては、誰であれ、手を汚さずにいることなどできません。しかしそんな理屈だけでは、〈威信〉グループの将校たちを納得させることはできない。でももし、ある者たちが陰謀に関与したというはっきりとした証拠を示すことができれば、〈威信〉の将校たちに、その者たちを消すこともやむなしと納得させることができます。そこで大臣は考えたのです。アルベルトを利用しよう、と」

「利用とは？」

「ある暗号文をでっちあげ、それを反対派の暗号を傍受したものだと偽って情報機関に解かせ陰謀計画の証拠として使うということです。大臣はアルベルトに、後日あらためて話の続きをしようと言いました。大統領と相談する時間が必要だったからです。一週間後、ブラック・チェンバーをひそかに立ち上げるための計画が承認されました。そしてブラック・チェンバーは、ボリビア国家警察情報局の管轄下に置かれ、アルベルトがその責任を負うことになったのです。もっとも最初のころは、正式に長官として任命されていたわけではありませんでしたが」

「嘘だ。アルベルトが誰かに利用されるなど、あるはずない。あの賢いアルベルトに限って断じてありえない」

「一九七五年の最初の数ヵ月間は、アルベルトはたしかにモンテネグロ政権の強硬派に利用される存在でした。しかし、年が終わるころには、アルベルト自身が計画の片棒を担ぐようになっていました。実際のところアルベルトは、すでに早い段階から自分は利用されていると気づいていましたが、しばらくの間はなにも言おうとしませんでした。そして年の暮れのある日、突然、こう宣言しました。なにが起こっているのか自分は知っているがいまの仕事を続けるつもりだと。たぶん、ほかに道がなかったのでしょう。あまりにも知りすぎていましたから、そこで辞めると言ったらおそらく消されていたはずです」

チューリングの目に戸惑いが浮かぶ。その顔が悲しみで歪んでいるのが、ラミレス・グラハムにもはっきりとわかった。しかしそこでやめるわけにはいかないのだ。ラミレス・グラハムはコーヒーを飲み干した。

「そのころになると、この作戦にもさまざまな凝った手が使われるようになっていました。たとえば、新聞に、偽の暗号を紛れ込ませた広告を載せます。そして誰かがそれを見つけるのを待ち、反対派のグループのどれかに、お前たちがこの暗号を作成しそれを新聞に載せたのだろうと、罪をかぶせるのです。そうしたやり方で、たとえば、政権打倒を目指してタラパカ計画に加わった者たち、軍人と市民たちが消されました。政権は、計画に関わっていた者たちを一掃するのに十分な証拠を握っていたわけではありません。ですから謀議をうかがわせるような暗号をでっち上げ、まずは加担していた者たちを消しておいてから〈威信〉グループに、自分たちのやったことは正しかったと、その暗号を証拠として示して見せたのです」

「で、私はそのなかでいったいどんなことをしていたというのです？」

ラミレス・グラハムはいったん口をつぐみ、再び続けた。

「アルベルトは、ブラック・チェンバー内部で疑念を抱かれることがないように偽の暗号文を手にする者の数はできるだけ少なくすべきだ、と提案しました。それ以外の、つまり大半の者には本物の暗号を解かせるようにした方がいい、と。アルベルトにはお気に入りの暗号解読者が一人いて、その者に、でっち上げの暗号文のすべてを託していました。アルベルトがなぜその暗号解読者を選んだのか。それはその者が、政治がどう変わろうが関心を寄せることもなく、自分の仕事がどういった結末を招くのかなど考えもしない、あるいはその結末に心を痛めることもしない、いや、できない人物だったからです。歴史の只中に生きていながらまるで自分だけ部外者のような顔をしていたからです」

チューリングがそのとき初めて視線を上げ、ラミレス・グラハムの目を見た。

「残念ですが、サーエンスさん。あなたが解読されたメッセージはすべて、アルベルトが、暗号解読の教科書から抜いてきたものです。それを証明するのはそう難しいことではありません。第一章は単一換字式暗号。第二章は多表式換字式暗号……、たしかそうですよね？　はっきり申し上げてしまいますが、あなたにしてもこのブラック・チェンバーにしても、モンテネグロ政権の非道さを世間の目から覆い隠すというのが、政権から課せられた唯一の使命だったのです。それにしてもあの政権の非道さといったら……、刃向おうとするものに対してはどんな残忍なことでも平気でやりましたからね。しかし時代が変わり、すでにブラック・チェンバーは不要な存在となっています。それでもいまだにあなたがここで働くことができているのは、このブラック・チェンバーが機能し続けているのは、もはや、行きがかり上そうなっているにすぎないと言っていいでしょう。私の話を信じてください、サーエンスさん、いま申し上げたことのすべてがどれほどの苦しみをあなたに与えるのか、私にもわかります。でも私にとってもこれは、大変なことなのです。私がすべてを知ってもなおここにいられるとお思いですか？」

4

赤いネオンの光の下で、エル・ドラードのフロント係が、コンピュータでプレイグラウンドに入っていた。フロント係のアバターがいるのは、有名なポルノ女優そっくりの売春婦がたむろしているプレイグラウンド内の売春宿。ちょうど、ロングブーツを履いて胸を露わにした背の高い女と交渉が成立したところで、女がフロント係のアバターの腕を取り、絹のカーテンをくぐって廊下へ出ていった。両側の赤い壁に部屋が並んでいる。

お前はフロント係に、いまの女は誰なのかと尋ねてみた。なぜか無性に誰かと、普通の会話をしてみたかったのだ。

〝もしかしたら、こうすることで俺は、昨日までの平凡な日常に戻ることができるのかもしれない……。なんて、あるわけいないよな。どうせダメに決まっている。人は知るための心の準備ができていないことは知ってはならないというが、本当にそうだ〟

「ブリアーナ・バンクス23です」

初めて耳にするフロント係の声。そのあまりのか細さに思わずお前は心の中で呟く。

〝声帯の筋肉が萎縮してしまっているのか？　だからまともな声を出すことができないのか？〟

「ブリアーナ・バンクスのアバターを商標登録している人たちがコンピュータ上であげる稼ぎは、全部合わせれば、ブリアーナ本人が稼ぐものよりもっとすごい額になるはずです。プレイグラウンドにはなにしろ、ブリアーナ・バンクスの複製アバターが七十人以上いますから」

フロント係が一時中止のボタンを押した。プレイグラウンドの映像が止まった。

〝ブリアーナ、か。考えただけでたまらんな。銀色のショートパンツの下で固く盛り上がった尻、長い脚、ぴんと突き出た胸、キュッとしたウエスト。ブリアーナを見ていると、ときに、もしかしてあれは人の手で作られたものではないのか、と思うことさえある。マニアックなグラフィックデザイナーが一晩かけてカタログに載っているピンナップに片端から目を通し、その中のどのモデルよりもいい女に作りあげたその作品なのではないのか、と〟

フロント係が、492号室のゴールドの鍵を手渡してくれる。

「またカルラですか」意味ありげな笑いを口元に浮かべながら、フロント係は聞き取れないほどの声で言った。「まあ、私たちにとってはお客様がご満足なさることが一番ですが」

お前は思わず視線を落とした。みるみる顔が赤らんでいくのが自分でもわかった。逃げるようにフロントを離れると、お前は、足をふらつかせながらエレベータへ向かった。

〝生きていくというのは、楽なことじゃないな。もちろん人生が楽なものだと思ったことなど一度もないが、それでも、これほど辛いと感じるのは初めてだ〟

1．2．3．4．5．6。お前は六個の白い数字にじっと目をやる。エレベータの扉の横に並ぶ六つの黒いボタンと、それぞれのボタンの真ん中に浮かび上がる白い数字たち。お前は4のボタンに手を伸ばした。だが押そうとした瞬間、お前の頭を疑問がよぎる。

〝だしかにこれほど単純な数列も滅多にないが、だからといってここに暗号がぜったいに隠されていないといえるのか？

そうだ、はなからそこには暗号が隠されていないと決めつけていいものなどなに一つないのだ。どれほど暗号とは縁遠いように見えるものであっても、そこに暗号やサインが隠されている可能性は十分にある。ああ、まただ。俺はいつもこうして、誰の目にも触れたことのない、まだ解かれていない暗号がどこかにないかと探してばかりだ。たぶん、俺にとって暗号は神の奇跡と一緒だ。おいそれと見つけることができないとわかっているからこそどうしても見つけたいと思ってしまう。

大きな音を立てて動く金属製の箱、鏡のような壁に囲まれたこの埋葬所から出たくない。せめてあと数時間、俺は、このままでいたい。エレベータがどこまでも高く昇っていってくれたなら……。その行きついた先で俺はドアを開ける。一歩足を踏み出すと、そこは俺の知らない世界。いまのこの苦しみから俺を解放してくれる場所。知らない世界？　だが……、そもそもこの世の中だって俺にとっては知らない世界みたいなものじゃないのか？　俺がそうだと思って実際にもその通りのものなどなに一つないのだから。明らかに透明な水だって、どうせ、俺にはそう見えるというだけで本当は濁っているのだろう。おまけに、俺が良いと思った女が実はクスリをやっていたとは。おかげでいままでは、どんな女を見ても、やっぱりその腕にはクスリの注射の痣があるのだろうかとつい疑ってしまう。そして仕事のことも……。俺はどんな暗号でも完璧に解くことができた。周りからは伝説的な暗号解読者といわれていたし、自分でもそうだと思っていた。それがどうだ。いまでは若い者たちから、役立たずの年寄り扱いをされている。だがまあ、それはいいとしても、そうして国のために休むまもなく仕事をしてきたこの俺を犯罪者呼ばわりするものがいるのだからな。俺のやってきたことがすべて犯罪の記録だって、そう言いたいのか？　冗談じゃない。でも……、本当はそいつらの言う通りなのかもしれない。いや、俺は別にそんなことを知りたくはなかったぞ。たしかに俺はなにも本当にはわかっちゃいなかったのかもしれない。だがなぜいまごろになって、俺のやってきたことは犯罪だ、俺の人生の大半は嘘で固められていたと他人から知らされなければならないのだ〟

お前は、エレベータの内側から見知った空間へ抜け出る。

〝いまから俺が歩いて行こうとしているあの扉の向こうで、俺はいったい誰と会うのだろう……〟

お前は足を止める。

〝カリフォルニアのチアリーダーに化けたカルラか、それとも素のままのカルラか。なにがどうなるのか俺自身にすらわからないこれからの人生にカルラはどう関わってくるのだろう？　すべてのことは、俺の想像の及ばないある意図のもとに作られたある計画の一部なのだろうか？　そして、俺がこんな人生を歩んできたのも俺がこんな人間なのもすべて、その秘密の計画のせいなのだろうか？

アルベルトに会いたい……。アルベルトなら、妄想狂は悪いことではないと言ってくれただろうに。尊敬すべき人、俺を見い出してくれた恩人。だがそのアルベルトでさえ、今日、知った事実に俺自身が耐えられるほどには俺のことを鍛えてはくれなかった。ラミレス・グラハムめ、いったい何様のつもりなのだ。だが、最悪だな。正直言うと、俺はいま、あいつの言ったことはおそらくすべて正しいと感じている。いや、ダメだ！　絶対にダメだ！　いまここであいつの話を認めてしまったら、生きていくのがますます辛くなってしまう。

アルベルトと過ごした年月は、俺にはかけがえのないものだった。アルベルトが同じ建物の中にいる、数メートト歩けば自分の部屋にでんと座っているアルベルトに会うことができる、その威圧的な太い声と並外れた知性に触れることができる、そう思うだけで俺は心が震えてくるのを感じずにはいられなかった。俺は実によく働いた。与えられた仕事に夢中で取り組み、そして心から信じていた。平凡な自分には不釣り合いなほどの大きな目的のために戦っているのだ、と。俺は人生のすべてをあの外国人に捧げていた。あのころの俺は、物事の裏側に隠されているものを見つけるために生きていたようなものだ。だから、人間は誰でも人生に謎の部分を抱えているものだとわかってもいた。でも俺は、アルベルトだけはそうではないと思い込んでいた。いや、違うな。本当は、アルベルトの俺への接し方がほかの者に対するのとは違うと気づいていた。なにか俺に隠していることがあるのではないかと疑っていた。しかしまさか、ブラック・チェンバーでの俺の仕事がなんのためのものかという肝心な点について完全に隠していたとは……。まったくひどい嘘をつかれたものだ。これほどの大嘘を暗号化するとしたら、いったいどんな暗号法を使えばいいのだ。

アルベルト。アルベルトはこの俺にひどい仕打ちをした。それなのに俺ときたら、アルベルトのことを許そうとしている。少なくとも、アルベルトのことをわかろうとしている。救いようのない話だな。だが……、いったいどの俺が厚かましくもアルベルトと同じところに立ち、アルベルトに批判の目を向け、アルベルトがそんなことをした本当の理由を暴き立てることができるというのだ。俺はいつも、表向きの理由の後ろに隠れているもう一つの理由を見つけようとしてきたが、それでもアルベルトのことだけは、俺にとっては手を触れてはいけない聖域なのだ〃

ドアが開く音がした。カルラだ。カルラが、エレベータから部屋に向かう途中で足を止めたまま動こうとしないお前のことをじっと見ている。そしてそのカルラはといえば、裸足で、上は紫のベビードール。

〝よりによってなぜいまその恰好なのだ……〃お前は思わずそう呟かずにはいられなかった。

その恰好……。カルラが何度目かの癇癪を起こし荒れ狂ったあの日、お前にとってカルラとの出来事の中でもっとも忘れ難いものとなっているあの事件が起きたときも、カルラは同じ紫のベビードールを身につけていた。

お前とカルラはベッドの中でテレビを見ていた。コトが終わったばかりで、お前は煙草を口にくわえ、カルラは、缶入りのキューバリブレを飲んでいた。突然カルラが、お前のモノを見ながら言った。「先週一緒にいたお客さんのモノを思い出すわ」。冗談だとわかっていてもお前は、その言葉に傷ついていた。カルラがまだほかの客を取り続けていると察しがついたからだ。だがそのことには触れまいと心に決め、カルラにもそうしてほしいと願っていた。お前は、ラミレス・グラハムが作成した新たな就業規則のファイルを手に取り読み始めた。十分が経った。カルラがテレビを消し、許しを乞うてきた。だがお前は答えなかった。カルラがお前のファイルを取り上げ、中身を一枚一枚破っては床に落とし始めた。お前はベッドから起き上がるとズボンに足を通した。「君の怒りが収まったらまた来るよ、君の機嫌が直ったらね」靴下は裏返しで、ネクタイを首に引っかけたままお前は、カルラに顔も向けずに言った。「でも、君の機嫌がよくなることも俺が来ることも金輪際ないと思うがな」「あなたが私の人生のなにを知っているというのよ！」カルラのヒステリックな声がお前の耳をつんざいた。「私の悩みなんか、これっぽっちもわかっていない癖に。たしかにあなたは私のことを助けようとしてくれたのかもしれない。でもそれだって親身になってやってくれたわけじゃない。麻薬中毒と戦うのがどれほど大変なことか、あなたになんか理解できっこないのよ」「この豚やろう！」カルラはますます喚き立てた。「ホモ男！ エゴイスト！ 本当の苦しみがどんなものかぜんぜんわかっちゃいないくせに！」カルラは、部屋を出ようとするお前に向かって、飲みかけのキューバリブレの缶を投げつけた。缶は壁に当たり、中の液体がお前の上着に飛び散った。あまりの怒りに我を失っていたお前は、自分でも気づかないうちにエレベータではなく階段を選んで、下へ降りていった。自分の車に乗り込んだとき、お前は、このままカルラの人生から逃げ出してしまいたいと思っていた。だが、車を出すことができなかった。あんなことを言わなければよかった……。お前は何度もそう心の中で繰り返しながら、トヨタの座席に座ったまま、それまでのカルラとのことを思い返していた。けっきょくお前は492号室に戻っていった。俺がカルラを助けなければ、いったい誰が助けてやれるのだと、そう呟きながら。

「なにかあったの？　ずっと待っていたのに、あなたったらぜんぜん来ないんだもの。さっきフロントに電話をしたら、お客さんはもう上がっていきましたよって言われたわ。それからいったいどのくらい経ったと思って？」

〝ああ、カルラ、君のその質問に俺はどう答えればいいのだ？　俺の人生の中のこの二十五年間が偽りのものだったことにたったいま気づいたと、どうすれば言えるのだ？　あれは本当だった、俺の手は間違いなく血で汚れていたなど、君に言えるわけがないではないか。しかも俺の手を汚した多くの血の中には罪なき者の血までもが含まれていた、などとは〟

お前はカルラのもとに駆け寄り、その腕に倒れ込んだ。

5

灰色の雲が勢いよく流れていく。遠くに雷鳴が聞こえている。一瞬、稲妻が空を照らし出す。私のこの体はもはやピクリともしない……。異臭を放つシーツと掛布団の間で……。股間は尿で濡れ、半開きの口からは涎が垂れている。さてさて、この私がこうして、さも死が間近にせまっているかのような振りをしなければならないとはな……。

私には死は訪れないというのに。死がやってくることなどないというのに。

私は電気蟻……。

いまと同じような状態になったことは何度もある。五世紀前にはナイフで腹を刺された。一世紀ほど前には弾丸が脳の中でさく裂した。それでも私は生き続けている……。ほかにどうすることもできない……。

チューリングが出て行ってからもうだいぶ経つ……。帰ってくれてよかった……。チューリングはこれからの時間を、私が口にしたあの三つの言葉に頭を悩ませながら生きていくのだろう。なにか特別な意味があると信じて……。いや、もしかしたら本当に意味があるような気もするが。はて、どうだったろう。記憶が曖昧になってきている。おかしなことではないか。自分自身の記憶のはずなのに。

私以外のものの……、たとえば……、私がかつてそうであったことのある何人もの者たちの、あるいはいま私が身を宿しているその人物の記憶などであるはずはないのに。

いまの私は、私自身として存在している。いや、本当はいつもそうなのだ。そしてそのおかげで私は、こうして、自分自身の思考に悩まされ続けている。くたくたでもう感情に身を任せることもできやしない。

私はたくさんの者……。だが私というのは同じ一人。

歴史学者が目を向けるのは戦争の指導者。戦いの場で勝敗に最大の責任を負っているのは軍隊を指揮する者だと信じている。兵士にも目を向ける。兵士らが勇気あるか否かによって国の運命は変わると、学者らは言う。しかし暗号に携わる者にはあまり興味を示さない……。暗号を作る者と暗号を読み解く者。机に向かって行なう仕事は、傍から見れば面白味はない。数学ばかり……。まったくの理屈の世界。

だが実際には、暗号に携わる者たちもまた戦いにおいては重要な存在。その活躍が戦いの流れを決めることすらあるのだ。

それが事実だというのは、第一次世界大戦を例に取るとよくわかる。あの大戦下の日々、各地で、朝から晩まですさまじい戦いが繰り広げられていた……。五十万人のドイツ人が命を落とした。ヴェルダンとソンムを含めれば三十万人のフランス人と……、十七万人のイギリス人も……。

しかし本当の戦いは……、暗号作成者、暗号解読者らが陣取る部屋の中で行なわれていた……。すでに無線が開発されていた。兵士らは無線に夢中になっていた……。離れた地点にいるもの同士が線を使わずに情報を伝達しあうことができる……。無線の開発、それは、メッセージのやり取りがそれまで以上に増えることを意味していた。と同時に、発信されたメッセージのすべてが傍受されうるようになるということをも意味していた。フランス人は優秀だった。我々フランス人はもっとも優秀だった。戦いの間中我々は……、ドイツ側から発せられる大量の単語を傍受していた。ドイツ側によって暗号が作成され……、それを我々が解読し……、また別な暗号が作成され、また解読し、というのが何度も繰り返された。けっきょくドイツはこの戦いで、歴史に残るような暗号を作り上げることはできなかった。暗号制作者たちは努力をしていた……。しかし試みはすべて失敗に終わった。暗号はことごとく我々によって破られた。

第一次世界大戦のとき私はジョルジュ・パンヴァンだった……。パリの電報翻訳課で働いていた……。ドイツ軍の暗号の弱点を見つけだそうと必死だった。ドイツ軍が使用する暗号の中でもとりわけ手ごわかったものの一つがADFGVX暗号……。ドイツ軍はその暗号を一九一八年の三月に使い始めた。ドイツ軍による大規模攻撃が始まる直前だった。換字式と転置式が複雑に組み合わされた暗号……。そのころは、暗号文の通信にはモールス信号が使用されていた。そのためこの暗号は、A、D、F、G、V、Xという六つの文字を使って作成されていた。これらはモールス信号の中でもっとも識別しやすい文字。ほかの文字と混同されるおそれはなかった。

一九一八年三月パリは陥落寸前だった。ドイツ軍はすでにパリから百キロ地点にまで達していた。

総攻撃の準備が進められていた……。連合軍側にはもはや……、ADFGVX暗号を解読して……、ドイツ軍による総攻撃の目標地点を突き止めるしか道は残されていなかった。

私……、ジョルジュ・パンヴァンは……、ひたすらADFGVX暗号攻略に没頭した。体重が落ちていった。一キロ。二キロ。十キロ。十五キロと……。ついに六月二日の夜……、ADFGVX暗号で書かれた一通の暗号文の解読に成功した……。それによってドイツ側の暗号文はすべて解読することができるようになった。

解読した暗号の中に至急に弾薬を送ってほしいという内容のものがあった……。暗号は、パリから八十キロ離れた地点から発信されていた……。モンディディエとコンピエーニュの間にあるその場所。そこに弾薬を送るように求めているのはそのあたりに向けて総攻撃を仕掛けるつもりだからだと、すぐにピンときた。我々の読みが正しいことが偵察機によって確認された。連合軍は兵を送り戦線の増強を行なった……。その時点でドイツ軍の奇襲作戦は奇襲の意味を失った。ドイツは戦いに敗北した。

喉に痰が絡む。息が……く、る、し、い……。すべての景色が……、消えていく。いくら不死身のこの体でも……、痛い……。間違いなくもうすぐ死ぬような……、気がする。

私は電気蟻……。いくつもの管や線が体につけられている。できることなら逃げ出したい。あの窓から自由を求めて飛び出していきたい……。あの昔にそうしたように……。

それにしても、次に宿るべき肉体が見つかるのを待つこの時間はひどく疲れる……。今度は誰に生まれ変わるのだろう。暗号解読者の魂であるこの私は誰の中で生き続けるのだろう……。

たぶん次に私がなるのは若者……。部屋に引きこもったままクロスワードパズル……、アクロスティック……、アナグラムをやり……、そうでないときにはコンピュータでなにやら計算しながら自分だけのさまざまなアルゴリズムを、そして自分の思考の動きについて論理的に分析するためのアルゴリズムをも作り出そうとしている若者。人間の知能にはどこか人工的なところがあるとはよくいわれることだが……、それはつまり、人間が、コンピュータという人工知能を基準に自分たちの知能について評価しているということだ。人工知能はプリズム。人間はそれを通して自分たちの姿を見ている……。

たったいま銃声が聞こえた……。私にはどうすることもできない。入り口に立っている警官が撃ったのか。それとも警官が撃たれたのか。おそらく狙いはこの私だ。だが私は驚かない。どんなことにも驚かない……。ただこの長い待ち時間だけは……。いったいいつまで待たせるのだろう……。子どものときの自分がどこに居たのかはわからない。私に子どもだったときがあったのかどうかもわからない。

私はカウフボイレンで働いていた。

雨が降っている。雷だ。あの銃声は雷だったのか。いや、違う。聞き間違えるはずなどない。だがパイヴァンが成し遂げたこと……、この私が成し遂げたことは……、戦いの趨勢に影響を与えたか否かという点から見れば、さほど意味のあるものではなかった。ツィンメルマン電報のときとは違って……。ツィンメルマン電報の解読成功についていては、そうだ、こう言っても過言ではない。それによって戦いの行方が決定づけられたようなものだ、と。そのことに異論を唱える者はいないだろう……。たとえ暗号のことなどなにも知らない歴史学者たちでも……。いや、もしかしたら、そうではないと言い張る者もいるのか……。

一九一七年……。ドイツ軍は一つの結論に達していた。イギリスを倒す唯一の方法はイギリスを兵糧攻めにすること……。そして立てた計画とは……、潜水艦を使ってイギリスに向かう船舶をことごとく沈めるというものだった……。中立国の船でさえも……。アメリカの船までをも……。だが攻撃を受けたアメリカが反撃に出ないとも限らなかった……。戦いに参入してくるかもしれない。なんとしてもそれは避けなければならない……。ドイツ軍の参謀たちは頭をめぐらせ、なんとも愚かしい計画にたどり着いた。それは了承された……。

ドイツはアメリカとメキシコが緊張関係にあると知っていた。ドイツ側の計画とは……、メキシコをそそのかしてアメリカに対して宣戦布告をさせるというものだった。メキシコの先制攻撃を受ければ……、アメリカは……、ほかのことにまで手が回らなくなる。自国の防衛に忙しければ……、アメリカも……、ヨーロッパの出来事に注意を向けてばかりはいられなくなると、そう考えたのだ。さらには日本が戦いに便乗してカリフォルニアに軍を上陸させる可能性だってあるかもしれない、と。当時……、メキシコは日本と良好な関係にあった。そのことでアメリカは神経をとがらせていた……。

足音が近づいてくる。私の方に向かって来る。部屋に入ってきた。目を開けてみる。だが私の視線はうつろそのもの。これでは誰ひとり、私の目にはすべてが見えていると気づくわけがない。

私の知らない男。頬に痣がある。赤紫色の痣。

潜水艦を使ってイギリスの息の根を止めるというドイツの計画は……、上シレジアにあるプレス城で承認された。ドイツ軍の参謀司令部が置かれていたところ。ホルヴェーク宰相は計画に反対した……。しかし戦いの指揮権を握っていたのはヒンデンブルクとルーデンドルフ……。二人は皇帝を説得した。

男がベッドの脇で足を止める……。手に拳銃を握っている。サイレンサー付き……。でも……、なぜわざわざそんなものを使うのだ。私を殺すつもりなら、私に呼吸をさせてくれているこの管を引き抜くだけで十分なはずなのに。

私を……、電気蟻にしている……、この管を。

計画が承認されてから六週間。いよいよアルトゥール・ツィンメルマンの登場だ。外相に任命されたばかりのツィンメルマンが駐メキシコ大使フェリックス・フォン・エックハルトに電報を送った。

その中のもっとも主要な部分……。こう書かれてあった。

「我々は二月一日に潜水艦による無制限攻撃を開始する予定である。米国に対しては、引き続き中立の立場を維持してくれるよう説得を試みるつもりである。しかし、試みが失敗に終わる可能性も否定できない。その場合には貴国に以下の条件での同盟関係の締結を提案したいと、我々は考えている。両国が共同で戦いを遂行する。停戦を行なうさいも共同でこれを行なう。メキシコが失った領土……、テキサス、ニュー・メキシコ、アリゾナの三州を取り戻すためにドイツは全面的にメキシコを援助しメキシコと協調する……」

胸に銃弾が撃ち込まれる。

当時の電報は電信回線を通して送られていた。だがメキシコにはまだ……、ベルリンからの電報を受電できるほどの技術力を備えた無線局がなかった。

弾が骨にまで達する……。

そこでひとまず電報はワシントンのドイツ大使館に送られることになった。ウッドロウ・ウィルソン大統領との合意によって……、ドイツは……、ベルリンとワシントン間での暗号文の送受信にアメリカの回線を使用することが許されていた。そのためドイツはこのときも、なんのためらいもなくワシントンに向けて電報を送った。

血がパジャマの中を流れ落ちる。

ドイツは知らなかった……。ベルリンとワシントン間で行なう暗号のやり取りはすべてイギリス経由で送られていた。

血の海が広がっていく……。命が流れていく……。

もっと正確に言うと……、ルーム40を経由していた。英国海軍情報部の精鋭部隊である暗号解読班……。海軍大将のいる建物で働く八百人の無線技士と八人の暗号学者たち。

血の海など消えていくはずなのに。だが、消えない。

頬に痣のある男が部屋を出ていく。アルベルトは目を閉じる。アルベルトは死んだ……。私は死んだ……。さあ、いよいよだ。別な肉体に移らなければならない。

私はローゼンハイムで囚われの身となっていた。市場。廃墟。中世に建てられた塔。谷。子ども。

当時の無線技士たちは、コードブックを使用しての暗号化、つまり、それぞれの単語やフレーズを、あらかじめ配られていたコードブックの対応表に従って数桁の数字に変換するという方法での暗号化を行なっていた……。原始的で危険な方法。敵の船を撃沈したとき……、最初に行なうのはコードブックを探すことだった。

一九一四年の末……、ドイツの駆逐艦が撃沈された。アルミ製の箱から何冊ものコードブックと資料が発見された……。ルーム40の諜報部員たちはその中にコードブックのVerkehrsbuchが含まれていることに気づいた。ベルリンと各国に駐在する公館付き海軍武官との通信の暗号化にもっぱら使用されていたものだ。

ツィンメルマン電報がルーム40に届き……、二人の暗号解読者……、偉大なる師モントゴメリーとナイジェル・デ・グレーが最初の行に目を落とした。
130. 13042. 13401. 8501. 115. 3528. 416. 17214. 6491. 11310.
当時は一行目に……、その暗号文に使用されたコードブックの番号を書くのが一般的なやり方だった……。

一行目の13042という数字を見て二人の暗号解読者はすぐに別な数字を思い浮かべた……。13040……。すでに手に入れていたドイツ軍の例のコードブックに載っていた数字。それと似た数字がいくつも載っている別のコードブックも入手していた。だから私、モントゴメリーには……。そして私、デ・グレーには……。少なくとも電報の主要な部分を解読するのは難しいことではなかった。

私は死んだ。さあ、また別な肉体へ。

コードブックを使用して暗号作成を行なうとき……、ドイツはたいてい一度暗号化したものを再度暗号化する手法を取っていた。用心のため。しかし……、ツィンメルマン電報のときにはそれを怠った。一九一七年二月……。アメリカのウイルソン大統領に電報の内容が伝えられた。三月……。なんの前触れもなく……。ツィンメルマンが電報の件は事実だと認める発言を行なった。四月六日……、アメリカはドイツに宣戦布告を行なった。

私は……、死んだ。

私は死んでいない。

別な肉体へ。それともこのままか。

電気蟻。

6

カルドナ判事は、アルベルトの家から二ブロック歩いたところで薬屋を見つけた。ちょうど交差点の脇だ。戸は閉まっている。呼び鈴を鳴らすと小窓の隅から女が顔を覗かせた。目の細い鷲鼻のその女が戸を開けてくれた。「どうぞ、中へ」女はそう言うとカルドナに背を向け、引き出しをごそごそしてアルコールとガーゼを取り出した。カルドナは鞄を床に置いた。洋服から水滴がしたたり落ち、絨毯を濡らしていた。

「申し訳ない、店を汚してしまって」

「いいえ、お気になさらないでください」

〝手も脚も冷たくてたまらない。おまけに湿った服が体に張りついて気持ちが悪い。ああ、つい想像してしまう。ホテルの部屋でくつろいでいる俺の姿を。ヒーターかストーブの隣に座ってこの体を温めることができたならどんなにいいか……〟

「そこにどうぞ」女が椅子を指で示した。椅子の上にはペルシャ猫が一匹、丸くなっている。

「ずぶ濡れじゃありませんか。すぐに傷の手当てをした方がいいですね。化膿するかもしれません。いったいどうなさったのです？」

「ありがとうございます、奥さん」カルドナはしかし腰をおろそうとはせず、床の鞄をあらためて胸に抱きかかえた。

「あんなときにあんな所に行くべきでないとわかってはいたのですが……。案の定、広場でデモ隊と鉢合わせをしてしまいました」

「それはまあ、大変でしたこと。でももし言ってよければ、今回のことでは、私は、デモをやっている人たちを全面的に支持しますよ。だって、たった一ヵ月で、電気料金は八十パーセントも値上がりしたのですよ。まったくグローバラックスもひどいものですよ。こんな貧しい国にわざわざやってきて利益をむさぼろうとするのですから。でもまあ、ともかくはお座りください」

カルドナは、椅子に近づいた。猫はカルドナに撫でられても、動く気配も見せない。猫のオシッコの臭いが鼻をついた。毛が薄くなりかけていて、背中の所々に地肌が透けて見えていた。

女主人が手でガラスの陳列棚を叩いた。猫が飛び起き、店の奥へ逃げていった。

カルドナは椅子に腰を下ろした。

〝「まったくグローバラックスもひどいものですよ。こんな貧しい国にわざわざやってきて利益をむさぼろうとするのですから」、か。あのときバルディビアも言っていたが……〟

大統領宮殿の廊下。カルドナはそこで財務大臣のバルディビアと立ち話をしていた。その日は、国有資源や国有企業の民営化入札に反対する勢力が同盟を結成した問題で話し合いを行なうために閣議が招集され、二人とも閣議から出てきたばかりだった。バルディビアが顔を曇らせて言った。「判事殿、我が国民は我慢ということを知りません。誰もが景気の回復を望んでいるのに、外国から投資家がやってくると怒りの声を挙げます。国民は、資本主義の企業が慈善団体ではないことを理解しようとはしません。企業はこの国に投資をしてくれます。でもそれは、金を儲けたいからです。悪循環ですね。いったいどうすればこの悪循環から抜けだせるものやら……」「たぶん、解決策はないのですよ」カルドナは答えた。「貧しい国の人間というのは、誰かと争ってまで儲けてやろうとは考えないものです。つまり我々にはそもそも、自分の家族を養うため以上のものを稼ぐという発想がないのです。だからこそ私たちは、稼ぐ、の代わりに、生計を立てる、という表現を好んで使うのですよ。そしてこの国において生計を立てるといえば、それは当然、まっとうな仕事をして、でのことなのです。そういうなかでもし金を儲けている人がいるとしたら、大金を溜め込んでいる人がいるとしたら、それはエゴイストか、汚職に手を染めているか、あるいはその両方か、ですよ」「ええ、たしかに。それにもう一つ問題なのは、この国の人たちが、近代化や進歩を望んでいながら同時に伝統を失うことを恐れてもいるという点です。進歩も伝統もなんて、どだい無理なことですよ。そんな国では、いくら政権が新自由主義的なモデルを根づかせようとしたって失敗に終わるに決まっています。いや、すでに失敗しているのかもしれませんが」それに対してカルドナはとっさに、問題にすべきことはほかにもあります、と言いかけて言葉を飲み込んだ。政権がそうしたモデルを強引にこの国にもち込もうとしている、それこそが問題なのです。本当はそう言いたかったのだ。だが代わりにカルドナは、バルディビアにこう質問をしてみた。「この国の者たちはけっきょくのところ、投資家全員を追い出す結果になっても構わないと考えているのでしょうか？　もしそうであれば、我々としてはいまのうちから国境を閉鎖しておかなければなりませんな」バルディビアは言った。「ええ、たぶん、あの者たちは投資家たちを片端から追い出そうとするのでしょうね。それで投資家たちがすべていなくなったその翌朝に目覚めて初めて、なにもかもを失ったことに気づくのでしょう。勝負に勝ったつもりになっていても望んでいたものはなに一つ手に入れることができないままなんて、いかにもこの国らしいではありませんか」

薬局の女主人が顔を近づけ、カルドナの傷を見ていた。

「数針、縫った方がよさそうですね」有無を言わさない声。

「麻酔なしで、ですか？」

「ええ、でも大丈夫ですよ」

「痛くないでしょうか？」

「あっという間に終わりますから」

カルドナは目を閉じ、体の力を抜いた。

〝まだチューリングの家に行くぐらいの力は残っているのだろうか……。なんとしてでも行かなくては。始めたことは最後までやり通さなければ〟

カルドナは薬局を出た。雨の勢いはだいぶ弱まっていた。傷の焼けつくような痛みは相変わらずだったが、少なくとも傷口がぱっくり開く心配はなくなった。傷はかなり深くまで達していて、けっきょく三針縫った。

チューリングの自宅は郊外のニュータウンの一角にあった。

〝そこまでたどりつけるのだろうか？〟

カルドナは足を止めた。

〝通りの名前はすべてこの頭に入っている。幸いリオ・フヒティーボでは、通りが碁盤の目状に東西南北に走っているから迷いようもない。ただ問題は、道路が封鎖されていて車が使えないことだが……。いや、たとえ封鎖がなかったとしても、これから人を殺しに行くというのに、タクシーを捕まえ運転手にそこまで運んでもらうことなどできるものか。歩いていけば、チューリングの家まではおよそ四十五分だ。街にはデモ隊や警官が溢れているだろうから、危ない目にあうかもしれない。雨はどうせ強くなるだろう。そうすれば雨宿りか。俺はもうくたくただ、服はぐしょ濡れで、血の染みもついている。……また、俺お得意の言い訳。俺はいつもこうして、できない理由を探し出しては、やるべき行為をやらずに済ませてきた。で、俺はいま、どうする？　ホテルに戻ってシャワーを浴びるのか？　ベッドに寝転んでクスリをやるのか？　すべてを明日に回すのか？　いや、ダメだ。明日になればルスもアルベルトが死んだと知ることになる。そのときルスは必ずや、俺のことを犯人だと疑うはずだ。責任者たちを裁判にかけるという俺の話も嘘だったと気づくだろう。そうさ、嘘さ。だが俺の本当の目的をルスに知られるわけにはいかないではないか。どうせこの国では、法律とはなんの役にもたたないもの。そもそもこの国の法律には、力のある者が物事を自分の思い通りに動かすための道具という以上の意味などないのだ。本当のことを言えば、俺は最初からそのことに気づいていた。なのに、その事実を自分で認めようとはしてこなかった。もしかしたら俺は、どこかで信じていたのかもしれない。俺の言葉、俺の信念が最後には勝つはずだ、と。なんという傲慢。いや、本当にそう信じていたのだとすれば、だが。でも、違う。そんなことは思っていやしなかった、俺はただ心の中で、自分も力ある者たちの一人になりたいと、そのことばかりを願っていた。そんな俺が自分で自分のことを許せるようになるためには、法律に代わって俺がこの手で制裁を加えるしかないではないか。俺自身が判事と死刑執行人の役を務めるしかないではないか。法を破ることで俺は勝利を手に入れることができる。そうだ、俺が自分の墓場から抜け出すためには、もはや銃を撃ち放すしか道は残されてはいない〟

カルドナはすっかり汚れてしまったハンカチで顔を拭いた。その頬には紫の痣がいつにもましてくっきりと浮き出ていた。

〝やはり行くしかない〟カルドナの心は決まった。

〝市民による暴動が始まって二日目の午後、俺はいまこうして、民意のうねりには目もくれずにリオ・フヒティーボの街を歩いている。でも間違いなく、俺がやったこと、これからやろうとしていることは民意を代弁するものだ。この国の歴史に刻まれることになるだろう今日という日に、俺はここにいる。これまでの歴史が壊され新たな歴史が造りだされようとしているこの瞬間に、俺もまたその手助けをしているのだ〟

カルドナが行き当たるどの道もどの角も、石ころや木材、ガラス瓶の破片で埋め尽くされていた。ときおり車が封鎖を無理やり突破しようとしてはタイヤをパンクさせている。先ほどまでの雨にもかかわらず、かがり火が盛大に炎を上げていた。薪代わりにくべられているのは、使い古された椅子や家具、新聞紙で、消防士が必死になってホースで火を消そうとしても、火の勢いには追いつかない。下町の方からやってきた若者の集団が、市の中心部へと向かっていく。兵士と警官が通りに置かれた石を片づけながら、デモ隊を後ろから催涙ガスで追い立てる。マイクを手にしたレポーターとカメラを抱えたカメラマンが通りを駆けずり回り、目の前で激しい衝突が起こるたびにそれを生中継で伝えるか、あるいは、日曜日に放送される週間ニュースや歴史アーカイブスで流すためもしくは新聞記事にするために衝突シーンを片端から記録するか、していた。

誰も、カルドナに気づく者はいない。カルドナもまた、気づかれるような真似はしない。

カルドナは、大通りを避け裏通りを歩いていった。封鎖をしている者たちと言い争う羽目になるのが嫌だったのだ。

〝そうだ。これでよかったんだ。俺はちょうどいいときに政権から離れた。崩壊する政権のなかにいなくて本当に良かった。でもそれは……、全部俺の本心か？　本当の気持ちを隠すために必死にそう自分に言い聞かせているだけではないのか？　俺は自分から辞めたのか、それとも辞めさせられたのか？　政権は俺に、自分から辞表を提出させるように仕向けた。おそらく政権は、俺が自分たちの仲間ではないと気づいていたのだ。いや……、本当は、俺は仲間になりたくなかったわけじゃない。なりたかったのだ。ただそのことに政権が気づかなかっただけだ。俺は、大統領宮殿での昼食会や夕食会に出られるのが嬉しくてたまらなかった。すっかり有頂天になっていた。あまりに丁寧な扱いをされて戸惑うことまでが、俺には快感だった。

そうだ……、そうした席でモンテネグロは、ときどき、奇妙なしゃべり方をすることがあったな。葉巻を口に咥え、噛みながら話し始める。すると一つ一つの言葉が、まるで酔っ払いがしゃべっているかのように震えてモンテネグロの唇から発せられ、聞いている方は、それをなんとか聞き取ろうと必死で耳を傾けなくてはならなかった。けっきょくモンテネグロというのは、どんな些細なことにまでも自分の権力を行使しなくては気が済まない男なのだ。だからこそ俺のような者に対してはわざと、こちらが最大限の集中力をもって耳を傾けなければ理解できないような話し方をしたのだろう。つまりモンテネグロはそうして、俺が自分の手中にあることを思い知らせようとしていたのだ。この葉巻と同じように歯の間にお前たちを咥えている、だからいつでも思い切り噛んでこなごなにすることができるのだぞ、と〟

カルドナは足を止めた。すでに何度そうして休んだことか。体はくたくたで、痛みも相変わらずだ。カルドナの頭にまた同じ疑問がよぎる。すべてのことは、いったいどういう結末で終わるのだろう？モンテネグロは本当に失脚してくれるのか？

〝いやいや、楽観は禁物だ。政権はこれまで何度となく崩壊の危機に直面してきたのに、そのたびになんとか踏みとどまってきている。反対勢力はたしかに、政権の土台を再び揺さぶろうと本気で考えてはいる。それでも、政権の崩壊につながるような留めの一撃を加えようとまでは思っていない。それはたぶん、この国の歴史を徘徊するクーデターの亡霊を呼び覚ますことが怖いからだ。こんな現状に満足しているものなど一人もいないはずだが、一方では誰もが、二十年前、民主主義を奪還するために払った犠牲の大きさをいまだに忘れることができずにいる。それでも……、これほどの混乱と先行きの不透明さを前にすれば、俺がアルベルトにしたと同じことを誰かがモンテネグロにしようと考えても不思議ではない。モンテネグロのすぐそばまで行き、至近距離から心臓に向かって弾を撃ち込む。それで一巻の終わり。そうして一つのバロック調の政権がボロボロになり、その次には必ずまた、負けず劣らずのバロック調の政権が登場するのだろう。だがそれをどうするかは、次の世代の者たちの問題だ〟

カルドナは角を曲がったところでふうっとため息を漏らした。道のつきあたりに新興住宅地が見えていた。

〝あと三ブロック。あそこに、チューリングが暮らしている〟

7

その夜カンディンスキーは、ふと両親を訪ねてみる気になった。玄関のドアをノックする。それからドアが開けられるまでの時間がどれほど長く感じられたことか。出てきたのは母親で、カンディンスキーを見るなり目を輝かせ腕に抱え込んだ。母親は、その前に見たときよりも一段と細くなり、カンディンスキーが母親の背中に手を回すと背骨の感触が伝わってきた。

「さあ、さあ、お入りなさい。でもどうしたの、突然？　それにあなた、ひどく顔色が悪いわよ」

〝……そういう母さんだって痩せたじゃないか。そうだよ、俺も母さんもみんな、少しずつ体重が減っていって、そして最後はこの世から消えてしまうんだ〟

廊下で、父親の無愛想な顔に出くわした。油染みのついたオーバーオールに裾の綻んだグレーのTシャツ。「てっきり俺たちのことは忘れたのかと思っていたよ」父親は冷ややかな表情のままカンディンスキーに手を差し出した。

〝……こうしてしばらくぶりに見てみると、まったく狭苦しい家だな。なにもかもが薄汚れているし、おまけにそこいら中に嫌なにおいが漂っている。俺は本当にここで十五年以上も暮らしてきたのか？いったいどうやって我慢していたのだ？〟

廊下にはいくつもの箱が積み重ねられ、カラーテレビの置かれた小さなリビングでは電球が不安定に明るくなったり暗くなったりを繰り返している。壁はといえば湿気のせいで表面が崩れかかっていて、台所には、聖ヨゼフのポスターと、足元に蝋燭がともされたウルクピーニャのマリア像が飾られてあった。

〝でも、親父の仕事場だけはやっぱり懐かしい。自転車が見たい。ガタガタになった車体を上に向けたまま、親父の器用な手が、木製の机の上にある工具と床に転がるネジとチェーンとを使って修理してくれるのを待つ自転車たち〟

カンディンスキーは子ども時分、といってもまだキジャコージョにいたころのことだが、それこそ日に何時間でも父親が仕事をしているところを眺めて過ごしていたものだ。そして気づくと、いつのまにか自分でも、手に入ったもの、たとえばゴミ捨て場から拾ってきたラジオやテレビなどを片端から組み立てたり分解したりするようになっていたのだった。

しかしカンディンスキーは、父親に声をかけようとはしなかった。

〝俺だって……、この家がもう俺の居るべき所ではないのかもしれないと、なんとなくは思っていたさ。でもこうして本当にそうなのだと実感させられると、辛い。いや、想像していた以上に辛い。ああ、今日ここに来さえしなければ完全に希望が絶たれることはなかったのに。親父たちの家は俺の家でもあると、心のどこかでそう思い続けていることもできたのに。でももう、遅い。で、俺としてはいったいどうすべきだ？

俺は……、親父とお袋に、俺の傲慢さを許してくれと頼みはしない。いや、本当のことを言えば、こうして家を訪ねてきたこと自体が、俺には許しを乞うているのと同じことだ。俺がいまなにをしているのかも二人には話さない。親父とお袋に札束を渡して出ていく。父さんと母さんをがっかりさせるようなことはしていない、いつでも困ったときには俺に知らせてくれ、そう言って別れを告げる〟

カンディンスキーは、弟のエステバンと共同で使っていた部屋に入っていった。汚れた服とよどんだ空気が発する異臭に思わず顔を背けた。カンディンスキーのベッドはすでに片づけられていた。エステバンは自分のベッドに寝そべり、タバコを咥え、スタンドの明かりで本を読んでいた。カンディンスキーよりがっしりしていて背も高い。カンディンスキーは、エステバンに右手を差し出した。だが弟はそれには応えず、ナイトテーブルの上の灰皿にタバコの灰を落としていた。

「元気なのか？」

「最悪だよ。でも俺はまだ正直者でいるよ」

その言い方から、エステバンに会話を続ける気がないのは明らかだった。カンディンスキーの方も、弟になにを話していいのか、なにを聞けばいいのか思いつかない。とそのときふと、エステバンの着ているものに目がいった。なんという違いだろうか。カンディンスキーが身につけていたのはおろしたてのジーンズに上着、一方のエステバンは、コーヒー色の古ぼけたズボンと色の褪せた赤いシャツ。

「なにを読んでいるんだ？」

「兄さんには興味がないものさ」まるで、カンディンスキーがそこにいることが嫌でたまらないのに我慢してやっているんだと言わんばかりのぶっきらぼうな口調だ。

「マルクスだよ」

「俺には興味がないと、なぜ決めつける？」

「だって、兄さんが読むようなものではないから」

「じゃあ、お前を驚かすことになるな」

〝そうか……。エステバンがなぜあんなことを言ったのかがやっとわかった。「最悪だよ。でも俺はまだ正直者でいるよ」か。あの金のせいだ。このあいだ家に寄ったときに親父に渡した金のことでなにか誤解をしているんだ。

家族は誰一人俺がどうやって日々の暮らしを立てているのかを知らない。でも当然、考えたはずだ。なにか悪いことでもしない限りこんな大金を手に入れられるはずがない、と。そうさ、まったくご想像通りさ。だけど、あれだけの金を稼ごうと思ったら、ほかにどんな方法があるというのだ。そもそもこの国は、まっとうなやり方で金を儲けられるほど甘くない。そんなことは奇跡でも起きない限り無理だ。ところが俺の家族ときたらみんな、絵にかいたような正直者だ。おまけに、俺に比べたってはるかに見栄っ張りだ。だから俺に対しても、長いこと音信不通だったことはともかくとしても貧しさから抜け出すために世間に顔向けできないようなことをやったのだとしたらそれは許せないと、そう思っているに違いない〟

「みんな、なにか誤解しているようだな」

「まあ、なんとでも言っていろよ。でも、自分がなにか言える立場じゃないってことだけは忘れるなよ」

カンディンスキーは部屋の外に出た。声もかけずに父親の脇を通り過ぎると、母親に急いでキスをして玄関へ向かった。

〝いつかは、父さんも母さんも本当のことを知るだろう。いつかは俺のことを、わかってくれるはずだ〟

カンディンスキーは、サン・イグナシオ校の第一校舎の脇の歩道を歩いていった。両方の手の指は相変わらずせかせかした動きを止めてくれない。手と手首の痺れも戻ってきていた。ときどき、痛みが耐え難いほどになる瞬間があった。

一匹のマスチフ犬が、鉄柵の後ろの松の木の間から姿を現した。開いた口からは涎が垂れている。突然、犬が牙をむいて鉄条網に飛びかかってきた。カンディンスキーはとっさに身を引き、犬に向かって唾を吐きかけ、駆け出した。

カンディンスキーはアパートに戻ると、プレイグラウンドの非公開チャットルームで、計画の次の段階の協力者として〈革新運動〉のメンバーの中からカンディンスキー自身が選び出した四人、コルソ、バエス、ビバス、パディージャを呼び出した。チャットは１２８ビット暗号化キーによって暗号化されている。それは、市場に出回っている中でももっとも安全性が高いとされているシステムの一つだ。

カンディンスキーは自分のアバター、ボヴェの口を借りて、それまでプレイグラウンドの管理者に対して行なってきた戦いはあくまで小手調べにすぎず本当の戦いはこれからだ、と告げた。

カンディンスキー　いよいよ戦いだ　新たな形の戦い　君たちはもっとも困難なことのために選ばれた　誇りに思ってくれ

バエス　敵は誰だ

カンディンスキー　政権とこの国を狙う多国籍企業のセキュリティーシステムとサイト

コルソ　目的は

カンディンスキー　完全なる勝利　それのみ

コルソ　でかすぎる

カンディンスキー　抜けるならいまだぞ

パディージャ　全員君の味方だ　具体的な目標を知る必要がある。

カンディンスキー　グローバラックス　あとは君たちの創造力にまかせる　DoS攻撃にグラフィティ　なんでもいい

バエス　俺たちは〈連合〉に加わるのか

カンディンスキー　どこにも属さない　だが俺たちは抵抗運動だと思われている　俺たちは抵抗運動になろう　俺たちは抵抗運動だ

カンディンスキーはさらに、情報機関によって攻撃の手口の類似点が発見されそこから組織が一網打尽にされるという事態を避けるためにも各自が独立して行動するように、と、つけ加えた。

「一週間に一度、あらかじめ指定したチャットルームで報告し合うことにしよう」カンディンスキーがそう締めくくると全員、チャットルームから退出した。そして再びプレイグラウンドのアナーキストがたむろする地区にもどり、なに食わぬ顔で〈革新運動〉のほかのメンバーたちと合流し、それぞれ、秘密のチャットルームでの話し合いなどなかったかのようにメンバーたちとのお喋りに興じたのだった。

〈抵抗運動〉による第一回目の一連の攻撃は、〈連合〉が電気料金の値上げに反対する抗議行動に入ったのと時を同じくして実行に移された。攻撃はすべて、グループ名〈抵抗運動〉の署名入りで行なわれた。またこのときに市民らが行なった抗議行動については、実際には全国規模のもので、リオ・フヒティーボ以外でも国内の主要な都市のすべてでさまざまな街頭デモが実施されたのだが、それらは、リオ・フヒティーボでの動きの陰に隠れてほとんど注目を浴びることはなかった。

〈抵抗運動〉と〈連合〉が同時に抗議行動を起こしたことで、国内の主要なマスコミ各社も内務省顧問らもいっせいに、二つのグループは協同行動を取っているとの見方を示し、「従来型の抵抗運動、つまり、二十世紀後半を通じてもっとも有効な抗議手段であった大衆動員による抵抗運動を展開する〈連合〉が、その自らの勢力と、新型の抵抗運動、すなわち、デジタル技術を駆使してメッセージを送りつけ政府機関や大企業の情報システムを何時間も、時には何日間も麻痺させるという新たな手法を取る抵抗運動の勢力とを結合させることに成功した」と結論づけた。

国内で頻発する大規模な反政権デモの模様はもらさずマスコミによって報じられ、そしてそこには必ずコカ栽培農家のリーダーの姿があった。リーダーはことあるごとに、新自由主義反対、帝国主義反対の演説をぶちあげ、十五年ものあいだ分裂状態にあった左翼勢力をも抵抗運動のなかに取り込むことに成功していた。それにもかかわらず政治評論家たちは、農民リーダーを、翌年に控える大統領選挙の有力候補者リストに加えようとはせず、農民リーダーへの支持は農村部に限られたもので熱帯地方の各県にまで広がることはないだろうとの見方を示していた。

マスコミ各社は、〈抵抗運動〉とコカ栽培農家のリーダーの動向とを同じぐらい熱心に、日々、伝え続けていた。

マスコミはカンディンスキーにすっかり夢中になっていた。そしてマスコミによってカンディンスキーは瞬く間に、サイバー版ドンキホーテかロビンフッドか、といった存在に仕立て上げられていった。

カンディンスキーに関しては、写真もなければ、そのほか身元の特定につながるような情報はなにもない。ベールに隠された人物像。そのことが、カンディンスキーをめぐるさまざまな憶測に拍車をかけていた。ある者は言った。「そのハンドルネームからしてもカンディンスキーは外国人に違いない。だいたい、あれほどの技術力を国内で身につけられるはずはないのだから」一方、こう主張するものもいた。「いやいや、カンディンスキーはこの国の人間だ。政権もむしろ、カンディンスキーはたいしたことをやっていると誇りに思うべきだ」

そして若者たちはというと、階級を問わず多くの者が、カンディンスキーが象徴するもの、すなわちグローバリゼーションに抵抗する姿勢と、負け犬同然の政権と対決する決意、を自分の信条とするようになり、またその多くが実際にハッカー行為に手を出すようにもなってもいた。そうした新米ハッカーたちはすっかりカンディンスキーの模倣犯気取りで、地元の市庁舎や県庁舎や地方の開発業者を相手にサイバー攻撃を行なっていた。

カンディンスキーはアパートの部屋の床に置いたマットレスに寝転がり、手を休める合間に携帯でラナ・ノバのニュースを見ていた。ニュースは〈抵抗運動〉関係の、それも好意的な報道で溢れていて、それがカンディンスキーには嬉しくてならなかった。だがそれ以上にカンディンスキーを喜ばせていたのは、部下たちの攻撃成功の報だった。

四人の中でもっとも独創性にとんだ攻撃を行なっていたのはバエス。バエスは、アルゼンチンやチリの若者グループが独裁政権時代に将校だった者たちの居場所を突き止めると行なうある行為と同じことを、インターネット上でもできないかと考えたのだ。

両国の若者たちは、軍政時代の将校らを発見すると家の壁にその者の過去について示唆する文句を書きつけ近隣の住民やマスコミに対し虐殺や拷問に関わった者がそこにいると知らせる、という抗議活動を続けている。それは、〈エスクラチェ〉という名で知られる、両国ではおなじみの攻撃方法だ。

それにヒントを得たバエスは、モンテネグロ独裁政権時代の元官僚たちの名簿を手に入れ、その者たちに痛烈な一文、「人殺し、お前の手は血で汚れている」というメッセージをメールで送りつける作戦に出た。〈サイバー・エスクラチェ〉、バエスは自分の攻撃をそう名づけていた。バエスが手始めに攻撃の相手に選んだのは、職場であるブックラク・チェンバーの同僚たちだ。そして攻撃の第二段として、次に、その者たちの名前を公にすることを計画していた。

ある週末だった。カンディンスキーの四人の仲間のうちのネルソン・ビバスとフレッディー・パディージャが、一日違いで相次いで殺害された。ビバスは土曜日の明け方、エル・ポスモ新聞社のビルを出たところをナイフで刺され、パディージャは自宅の玄関で、首の後ろを銃で撃たれた。マスコミは二つの殺人事件をそれぞれ独立したものとして報じ、そのことからもまだ、二人が〈抵抗運動〉のメンバーだと知られていないのは明らかだった。

〝諜報機関だ、俺のグループは諜報機関に壊滅させられた〟カンディンスキーの頭に真っ先に浮かんだのは、そのことだった。

〝すぐに残りのメンバーにも手を伸ばすはずだ〟

カンディンスキーは、数日間は誰とも接触しないと決めた。しかしなにも起こらなかった。

数週間が過ぎた。ビバスとパディージャの身に起きたことについては相変わらず、はっきりしたことはなに一つわからないままだった。だがそんななかで、カンディンスキーが頻繁に訪れるサイト『トド・ハケル』が大胆にも、〝殺された二人は〈抵抗運動〉のメンバーであったと推測され、殺害を指示したのがカンディンスキーである可能性がある〟という記事を掲載した。さらに殺害理由についても、「カンディンスキーは妄想狂であり、それゆえ、政権と戦うよりもむしろ自分の力を維持することを優先させ二人を殺害した」と記されてあった。

〝妄想狂か……、この俺が〟

しかしそのことよりもカンディンスキーが気になっていたのは、『トド・ハケル』の責任者がどうやってビバスとパディージャが〈抵抗運動〉のメンバーだと知ったかということだった。

〝いったい誰が漏らしたのだ？　俺の周囲にいる誰かか？　それとも、あの女が今度もまた政権のために働いていてその筋からの情報なのか？〟

カンディンスキーはまず、バエスとコルソを容疑者リストから外した。

〝俺ともあろうものが、そこまで読みを間違えるはずはない。それでも、二人のことは近くで監視することにしよう。犯人はやはり政権だ。政権はすでに俺の跡を追っていて、俺が思っている以上に多くのことを知っているのかもしれない……〟

カンディンスキーは、『トド・ハケル』のサイトにハッキングを仕掛けてみた。そして確信した。サイトの主催者、フラービア・サーエンスという名前の女子高生は自分でサイトに書き込んだ以外のことはなにも知らないのだ、と。

〝あの娘は、なにかはっきりとした根拠があって俺を犯人だと言っているわけではない。単なる当て推量であんな記事を書いたんだ。だったら一つ、あいつが青ざめるようなことをこちらから仕掛けてやろうじゃないか。そうだ、〈抵抗運動〉に加わらないかと言ってやろう。あいつには脅しをかけて、俺たちがすぐ後ろに迫っているとわからせる必要がある〟

カンディンスキーは、非公開チャットルームにコルソとバエスを招集した。二人に、翌週の月曜日に攻撃を再開し、攻撃については各自の判断で自由に行うことにする、と伝え、加えて言った。「政権が腰を抜かすほどの大規模な攻撃にする。月曜から一日ごとに規模を拡大させ、最大の攻撃は、〈連合〉が道路封鎖を計画している木曜日に、封鎖に合わせる形で行なう」しかしコルソの反応はどことなく鈍かった。

次の週の水曜日、三人は総力を挙げ、政府機関とグローバラックスのコンピュータに〈抵抗運動〉としての攻撃を仕掛けた。そしてその日コルソは、ボヘミアのインターネットカフェで銃撃され殺害された。

〝俺は包囲されている〟

もはやそれはほとんど確信に近かった。

〝コンピュータのスイッチを切ろう。なにが起きているのか調べがつくまではアパートの部屋を出ない方がよさそうだ。でも……、コンピュータを消してしまったら、いったいどうやってそれを調べればいいのだ？〟

8

カルラが手を添えお前を部屋に運び入れてくれる。お前はベッドに倒れ込んだ。カルラが隣に体を横たえ、お前はカルラの胸に顔をうずめる。二人を、赤みがかったランプの煌めきが包み込む。夕暮れもすでに夜の闇に取って代わられようとしていた。

「疲れているんだ。ひどく疲れている」

「でも、それだけじゃないはずよ」

「いや、君にどう話せばいいのかわからないんだ。どんなふうに言っても、安物のメロドラマのように聞こえてしまいそうだし、それにきっと、信じてはもらえないよ」

お前はカルラにそう言いながらもカルラの方を見ようとはしない。そうした場面でのお前のいつもの癖。お前は、それが自分の感情を隠すため、あるいはごまかすために必要な言葉であればすんなり口にすることができるのに、心の内を語る言葉となるとどうしても、口に出すことに躊躇いを覚えてしまうのだ。

「いいから、ねえ、話してみて」カルラがせがむ。

お前は黙り込み、通りを走る車の音だけが部屋に響く。長い沈黙のあと、ようやく口を開く。今度は遠回しな言い方はしない。

「俺は、自分のものではない人生を生きてきてしまった」

「ダメダメ、それだけじゃ、なんにもわからないわ」

ああ、このまますとんと眠りに落ちてしまえたら……。

お前は不意にそう思う。

〝そして、目が覚めたときにいまのこの現実が別な現実と入れ替わってくれていたとしたらどんなにいいか。現実、か。あのころの俺は間違いなく激しい時間を生きていた。そりゃあ、この数年は、激しさとは無縁の平凡な日々がすっかり当たり前のものになってしまってはいたが、それでも、あの激しい時間は俺にとっては紛れもない現実だった。いや、てっきりそうだと信じていたのに……。まったくなんということだ。すべてが嘘っぱちの現実だったとは。その筋書きを書いたのはアルベルト。俺の尊敬するボス。アルベルトは俺のために、人を陥れる行為に明け暮れる人生を用意してくれた。俺の行為によって多くの者が死に追いやられていった。俺は……、取り返しのつかないことをしてしまった。いまさら、どうやったところで、暗号解読者としての俺の才能の犠牲となった者たちをこの世に呼び戻すことなどできやしない。ああ、せめて何度かしくじっていれば。でもアルベルトは、俺がしくじらないとわかっていたからこそ俺を選んだ。……そうじゃない。俺がしくじらなかったのはただ単に、アルベルトが渡してくれた暗号がそれほど高度なものではなかったから。俺の力相応に作られた問題だったからだ。

それなのに俺ときたら、自分の人生のすべてをアルベルトに捧げていた。おまけに俺は、そうさ、いまだって本当は捧げてもいいと思っている。完全な屈服。なんと甘美で苦しさに満ちた屈服〞お前は、沈みかかっている体を支えようとするかのようにカルラにしがみついた。

〝カルラはこのまま、俺が沈まないように支えていてくれるのだろうか？　いや、それは望みすぎというものだ。カルラの腕をこうして撫ぜ、静脈注射の打ちすぎで化膿したこの傷に触れられるだけでいいと思わなければ。カルラは、あまりに多くのメタドンを体に入れすぎたせいでもはや責任能力すら失ってしまっているのだから。この何ヵ月間、しがみついていたのはカルラの方だ、カルラが俺にしがみついていた。俺はカルラにせがまれて、クレジットカードを使ってアパートの家賃を払い、エル・ドラードの借金を肩代わりし、麻薬中毒の治療費と、あろうことか俺に隠れて一度だけ買ったメタドンの代金まで払ってやった。でも……、俺は本当に、カルラを地獄から救い出すことができると信じていたのだろうか？　もしかしたら俺は、良きサマリア人のような振る舞いをすることで、ともすれば頭をもたげそうになる罪悪感を無意識のうちに消そうとしていたのではないのか？　けっきょく……、ルスの言うことが正しかったってことか。それにあの、「お前の手は血で汚れている」というメッセージも〞

「ミゲル、なにを言っているのかよくわからないのだけれど」

「別になにも言ってないさ」

「私には、あなたがぶつぶつ言っているように聞こえたわよ」

「気にしないでくれ。自分でも気づかないうちに妄想でもしていたのかもしれないな。仕事のしすぎだ、それにストレスもたまっているし」

「いったい、なにがあったの？　あなたにはちゃんとしていてもらわないと困るのよ。お金が底をついてしまって、今晩、寝るところがなくなっちゃったの。部屋を追い出されたのよ。おまけにトランクまで取り上げられて、家賃を入れるまでは返さないと言われたわ」

カルラの声が大きくなる。

〝お願いだ、カルラ。怒りの爆発は勘弁してくれ〟

「渡した金で週末まではやっていけるはずじゃなかったのか？」

「たった数枚のお札で、いったいいつまでもつと思うの？　もうたくさん。ねえ、ミゲル、このまま二人の関係を続けるのは無理よ」

お前にも、カルラの言いたいことは十分にわかっていた。

〝たしかに、カルラがなんの見返りも期待せずに俺との関係を続けるわけなどないからな。でも俺にだって責任はある。俺は、カルラの肌を楽しむために甘い声を出し、必要以上のことまでしゃべった。ルスとはすでに夫婦の関係は破たんしていて、二人の間に残っているのは愛情ではなく淡々とした友情だけだと、そうカルラに言ったんだ。おまけに、二人がこのままずっとうまくやっていけるのであればルスに離婚を申し出てもいい、みたいなことまで仄めかしてしまった。ああ、なんということを口走ったのだ。安易に口約束などして。だいたい俺は、カルラと俺の未来が作れると本気で信じているのだろうか？　本当はただカルラに良い顔をしたいだけなんじゃないのか。なにしろ自己欺瞞は俺が得意とするところだからな〟

お前は想像してみる。二人で借りたアパートの一室でお前がコンピュータの前で『クリプトロジー』の最新号を読んでいて、その傍らでカルラが、ベッドに横たわったカルラが、汚い注射針を静脈に突きさしお前に向かって注射器を抑えていてくれとがなり立てている……。

〝俺がカルラに対して、同情と愛おしさとが入り混じった感情を抱いているのは確かだ。でもそれは、愛情とは違う。そして俺は、認めたくはないが、本当はそれほど性行為を楽しいと思っているわけではない。まるで檻に入れられた動物のように激しい行為に及んだそのあとで、俺は決まって空しさに襲われ、若さの只中にいたころの自分が愛おしくてたまらなくなる。あのころの俺は、愛が続いていくのに性行為は必要ないと信じていた。いや、そんなことを思っていたのはもっと昔の、まだ十代だったころのことか〟

「別にあなたになにかをしてほしいと言っているわけではないわ」カルラが言った。

だがお前には、それが嘘だとわかっている。

「ただね、ちょっと前までサンタ・クルスに行ってしまおうかと思っていたの。それでもここに残ったのは、あなたが私にいてほしいと言ったからなのよ。ああ、あなたのことなんか考えたりして、ほんと、バカみたい」

カルラの胸から香水が薫っている。カルラが好んでつける香りはどれも、お前の神経を麻痺させるようなものばかりだ。ライバルを踏みつけにしてでも生き残ろうとするかのような有毒植物、あるいは腐った花を連想させる香り。一方ルスの方は、間違ってもそんな香りは選ばない。もっと品のいい、ジャスミンやほのかなアーモンドの香りを好んでつけている。

〝でも俺は……、もしかしたらもう、そうした品の良さを好ましく思う感覚を失ってしまっているのかもしれない〟

お前は不意に悲しくなる。

〝ブラック・チェンバーの無味乾燥な世界で、資料室の孤独な時間のなかで俺が恋しく思うのはルスの香りではない、カルラの香りだ〟

「いまここで、そんなことを言わなくてもいいじゃないか」

「じゃあ、いつならいいの？　言っておくけど、もしこのまま二人の関係が変わらないのであれば、私たちが合うのも今日が最後よ」

カルラの声には、脅迫めいた響きが込められていた。

〝こうして薬漬けの娼婦がさも当然のような顔で俺に難題を突きつけている。いまの俺にふさわしいといったら、これ以上相応しい状況はないな。

けっきょく、アルベルトの言っていたことはぜんぶ嘘だったじゃないか。世の中のことにはすべて理屈があるというのがアルベルトの口癖だったが、俺は、俺の思考に考えるべきことを考える力がなかったおかげここまで来ることができたのだ。これは理屈からいえばおかしな話だ。理屈が通らない。

ということは、俺の思考にも、本当は理屈などないのかもしれないぞ。きっと、俺の思考がどの方向に進もうが、どういう思考へとつながろうが、そこにはなんの理屈も存在しないのだ。そうだ、思考だろうがなんだろうが、互いにおよそ無関係なもの同士をあえて関連づけてしまうなど、俺流の言い方をさせてもらえば、数式化不可能なものを数式化するようなものだ。そんな大それたことが許されるのは、すべてを超越したお方ぐらいのものだ〟

カルラがお前のしわの寄った頬を撫でる。お前はもう少しで、泣きそうになる。

〝こんな気持ちになるのは、子どものとき以来だ。あのころは、世界全体が若さに溢れていて、俺の感性もまだまだみずみずしかった。いったいなぜ俺は、自分というものを出すことにこれほどまでに臆病になってしまったのだろう。いったいなぜ俺は、こんな分厚い殻を身にまとうようになったのだろう。この殻に逃げ込んで俺はずっと、周りのすべてと、曖昧なことばかりのこの世の中と、関わらずに生きてきてしまった。ああ、時の流れというのは恐ろしいものだな。十五のときには想像してもいなかったような自分がいまここにいる。そういえばあのころ、親父はよくウイスキーの瓶を持って部屋に閉じこもっていた。部屋からは、押し殺したような声が聞こえていた。それは、俺たち兄弟の前では決して上げることのなかった親父の怒りの声。どれほど働いても家族を養うことのできない現実に慟哭する声。俺は、それを聞くたびに自分に向かって言い聞かせていた。親父みたいにはならない、自分からも他人からも逃げたりしない、と〟

お前はカルラにキスをする。唇と唇が触れ、ほんの数秒の間、穏やかな愛撫が続く。そして、いつにする。

もそうだ。カルラの舌が、がつがつとお前の口の中に入り込んでくるカルラの舌が、すべてを台無しにする。

お前は目を閉じた。もう力は残ってはいない、一握りの力も残ってはいなかった。

朝だ。窓から差し込む陽の光りにお前は思わず目を細めた。まだ早朝といってもいい時刻。けっきょくお前はあのままカルラの部屋で眠り込んでしまったのだ。膀胱はもはや極限状態にまで達している。カルラが隣で伸びをした。

「おはよう、お寝坊さん。この部屋の超過料金は結構高いの。でも可哀そうで、起こせなかったのよ」

「俺は教会に行きたい」お前はその言葉を、なぜだかわからないままに、自分でも驚くほどきっぱりと口にしていた。カルラが、わけがわからないわ、という顔でお前を見る。お前はトイレに駆け込む。

「本気だ……」お前はトイレの中から話し続ける。「俺にはしばらく一人になる時間が必要なんだ。君のためにここに戻ってくると約束するから」

「思ってもいないことは言わないで」カルラはベッドの上に座り込み、血走った目でお前を見ている。

お前は立ち上がった。お前の頭は、お前がカルラの傍らで寝ている間に、どうお前が進むべきかその道筋を描き出してくれていた。

〝カルラとの未来があるのかどうかはわからない、だが少なくとも、ルスとの未来がないことだけははっきりしている。俺は、ブラック・チェンバーに行って、ラミレス・グラハムに辞表を提出する。教会にも行く。そして犯した罪を告白する。神に許しを乞いたいなどと本気で思っているわけではないのは自分でもわかってはいるが、それでも教会に行く。ルスには、離婚してくれるよう頼もう。そして自分の荷物をまとめ、アパートを借りる。そこにカルラを連れていって一緒に暮らす。自分の人生を、血で穢れた手を、いやすべてをもう一度やり直すことができるかどうか、試してみる〟

お前はカルラに、これで家賃を払えと言ってお札を数枚、渡した。

「ここの部屋代は俺が払っておく。今晩、ここで会おう。六時か、七時に」

お前はカルラの頬にキスをして、部屋を出た。

9

フラービアはベッドから起き上がり、床に足をおろした。口の中が粘つき、頬を触ると枕カバーの線の跡が手にあたった。

数時間、前後不覚に眠り込み、夢を見ていた。奇妙な夢だった。なぜかデジタル生物の姿でプレイグラウンドにいる自分。その自分がプレイグラウンドの中のある大使館に亡命を申し出る。リオ・フヒティーボには戻りたくありません。すると亡命は認められ、夢の中でフラービアは大きな解放感に浸っていた。

のろのろとした足取りでフラービアは、バスルームに向かった。鏡を覗き込む。目の下には隈ができている。白目の部分が、まるで千本もの静脈が裂けたかのように赤い。歯ブラシを手に取った。洗面台に手をついた。と、再びいろいろな思いが込み上げてきて、強がってみせる気持ちが萎えていく。

〝やっぱり辛いものは辛い……。

ラファエルがこの世からいなくなってしまったなんていまでも信じられないけれど、本当にラファエルはもう、生きてはいないのよね。別なアバターとなって戻ってくることもできないのよね。プレイグラウンドで死んだのとはわけが違うもの。けっきょくラファエルは、あんな悲惨な瞬間に向かって毎日を生きていたってことなの？　人の一生が終わるのはなんとあっけないものなのだろう。時間と空間の座標時期に沿っていつのまにか進んでいって、終わるとなったらあっという間に終わってしまう。

でも私は泣かない。一滴の涙だって流さない。たとえ相手が誰であろうとも、ラファエルの身に起こったことの責任は取ってもらう〟

さあ、もう一度攻撃を仕掛けるわよ。そう呟くフラービアの心にもはや迷いはない。カンディンスキーとの勝負はまだ完全に決着が着いたわけではないのだ。フラービアはすでに、カンディンスキーにたどり着くための新たな方法を考えついていた。

クランシーが台所で寝ていた。ローサのひそやかな足音。外から聞こえてくるのは、スズメの鳴き声と、芝刈り機が途切れなく響かせているモーター音、隣の住人が車庫に車を入れようとしている音。大きな黒い雲がすっぽりと太陽を覆い尽くし、すぐにも雨が降り出しそうな空模様だ。

〝でも農家の人たちはきっと喜んでいるわね、去年のような干ばつにはならなくてよかったって。雨が降らなければ作物は育たないもの。それにしても、よく降ること。十一月でこれなら、十二月から一月にかけてはいったいどれくらい降るのだろう？〟

「一月がちょっとなら二月はたくさん、一月がたくさんなら二月はちょっと」と、フラービアは口の中で繰り返してみる。昔、フラービアがまだ幼かったころに父親がよく口にしていたフレーズだ。

オレンジジュースをコップに注いだ。一口飲むと、舌が切れるかと思うほど酸っぱく感じられた。

アリがぞろぞろ流し台の下の穴から這い出してきて、砂糖壺に襲いかかる。そのアリたちの動きをフラービアは、目で追う。しかし追い払いはしない。

父親も母親も、まだ帰ってきてはいなかった。父親の方は留守番電話にメッセージを残していた。「ブラック・チェンバーにいる。まだ外に出るのは危ないから、状況が落着くのを待ってから帰るよ」

フラービアはコンピュータの前に腰を下ろした。フラービアの後を追いかけてきたクランシーが、足元にゴロンと寝転がる。

〝やっぱり、この手で行くしかないわね。そう簡単にいくわけがないのはわかっているけれど、なにもしないよりはましよ〟

フラービアはプレイグラウンドに入ると、ハッカーが好みそうなチャットルームを片端から訪ねて回った。そして次に、それまで使っていたアイデンティティー、ウォルフラムを捨て、新たなアイデンティティー、ペスタロッツィを作り出した。サン・アグスティン校出身のハッカーという役回りで、そのアバターにフラービアは、「サン・イグナシオ校のやつらを絶対に許さない」と言わせてみる。そのまま数時間、フラービアはペスタロッツィの口を借りて同じメッセージを流し続けた。

〝誰か……、必ず餌に食いついてくるはず〟

すでに時刻は午後になっていた。フラービアは、新たに別なアイデンティティー、ドリームウィーバーを作り出していた。こちらはサン・イグナシオ校出身のハッカーという役回りで、フラービアはそのアバターにペスタロッツィと口論させ、これでもかというほど〈抵抗運動〉の悪口を言わせた。フラービアは同時に二台のパソコンを叩きながら二つのアバターに会話を続けさせた。確かにそれは大変な作業ではあったが、幸いフラービアは、すでに何度か経験済みだった。日が落ちるころ、何人かのハッカーがようやく会話に加わってきたものの、すぐに出ていってしまった。

〝そりゃあそうよね、サン・イグナシオ校がどうのこうのという話題で熱い議論を戦わせようという気になるような人って、そうはいないはずだもの〟

それまでの、一人二役を演じる奮闘で手が痛くてたまらず少し休憩をしようとしたそのときだった。誰かがチャットに入ってきた。ドリームウィーバーを罵り、ペスタロッツィを擁護している。自分のことをＮＳＡ２００２と名乗っていた。二つのアバターにそれぞれＮＳＡ２００２と会話をさせながらフラービアは、別なコンピュータでＮＳＡ２００２の追跡を始めた。

〝いったいどこからネットにアクセスしてきたのだろう？〟

その答えにたどり着いた瞬間、フラービアは、文字通り息をのんだ。ＮＳＡ２００２がアクセスしてきていたのは、ブラック・チェンバーのコンピュータからだったのだ。

〝もちろん、追跡を避けるために別のコンピュータからのテルネットでブラック・チェンバーを利用している可能性だってないわけじゃない。でも、この会話の主が本当にブラック・チェンバー内のコンピュータを使っていると考える方が自然よ。だって、サン・イグナシオ校が好きか嫌いかなんていうどうでもいい会話に、なんでわざわざテルネットを使う必要がある？〟

フラービアはもはや、少しも疑ってはいなかった。

ＮＳＡ２００２はカンディンスキーだ。〈抵抗運動〉の伝説的ヒーロー、そしてラファエルの死を後ろで操っていた人物。カンディンスキーはブラック・チェンバーで働いている……。

10

ルスは警官のあとを、一歩離れてついていった。警官が階段を上り始め、ルスもそれに続く。コンクリートの階段はあまりにも急で、バランスを崩すまいとつい力が入ってしまう。廊下から、アンモニア臭が漂ってくる。踊り場にさしかかったとき、足元を小さな影がすり抜けていった。

〝やだ、ネズミ？〟

「あなたは運がいいですよ」警官が言った。

「運がいいって……、もともとなにも悪いことはしていないのだから出してもらって当然じゃないですか」

「いや、あなたがたはみんな、多かれ少なかれ悪いことをしたのですよ。でないとすると、全員が無実、なにも悪いことはやっていないということになりますが。私はやっぱり、あなたがたは悪いことをやったのだと思いますよ。それでも、何者でもないこともないのは何人かでだいたいは何者でもない」

「え？　それって早口言葉かなにかですか？」

「余分なことは言わないで、黙ってついてきてください。……ハァ、ハックション」

警官が思い切りくしゃみをした。だがルスは、クシャミをした相手にかける決まり文句も口にせずただ黙って警官の後を追った。

エウラリア・バスケス、エウラリア・バスケスと何度も口の中で繰り返す。もう一人の方の名前はもうすっかり忘れていた。壁と天井の向こうから、激しい雨音が響いていた。家の庭に植えたカーネーションたちはこの雨を喜んでいるはずだ。

警官に促されルスも署長室に入っていった。署長はでっぷり太っていて、そのせいなのか汗がひどい。年は五十前後。マホガニー製の机を前にして、椅子に座ったまま銀色のサムスンで話し中だ。背後にはボリビアの国章とモンテネグロ大統領の写真、右手にはリバー・ボーイズとジェット・リーのポスターが貼られてある。床のタイルにはひびが入り、四方の壁と、背の低い脇机に置かれたファイルにもハエが群がっていた。

「やあ、どうも、どうも」署長が携帯を切り立ち上がった。

「たったいま電話がありましてね、ここの留置所に政府高官の奥さんが入られていると聞かされました。いったいなんでまたそんなことになってしまったのか」

「私もそのことを……」

「まあ、まあ。ええ、もちろん、なにがあったのかはわかっています。ちょっとした手違いでした」

「本当にたいした手違いですこと。私はここにまる一日以上も閉じ込められていたのですよ」

「どうかご理解下さい。いまは国家の非常時です。警察全体が厳戒態勢に入っています。我々としては当然、どんなことについても、あらゆる事態を想定して先手、先手で対抗策を講じるべきなのです。

後になってあのときあれをやっておけばよかったと後悔するのは嫌ですからね。とはいえ、そうしてやったことが本当に正しかったのかどうかというのは、しばらくたってみなければわかりません。そういう意味ではたしかに難しい問題です。でも、あなたにはわかっていただけるはずです。もしご納得いただけないというのであれば……、それでも、やってしまったことはいまさら取り返しがつきません。それにおそらく、現場の警官がそうするのが一番いいと判断してやったことなのでしょうし。今度のことはいい教訓にさせていただきます。お誓いしますよ。あなたにはお詫びいたします。いますぐ、ここから出られるように手続きをいたします」

「ここで私はお礼を言うしかないのでしょうね、えーと……」

「フェリペ・クエバスです。どうぞ、よろしく」

「では、私から取り上げたものも返してくださいますね」

「そう、そう、そのことについてですが……、いえね、なにもあなたがどうこうのというわけではなくて、ちょっとこちらの方に問題が生じましてね。ちょうどそれをこれからお話ししようと思っていた所なのですよ。実は、警官の一人がうっかり、あなたの原稿を燃やしてしまったらしいのです。それについてもぜひあなたに謝っておいてほしいと頼まれました」

〝ああ、やっぱり。そう来るのではないかと思っていた。原稿を誰かに読まれる前に取り戻したいと思っていたけれど、それももう無理。たぶん原稿はブラック・チェンバーに送られて解読作業にかけられるはず。ブラック・チェンバーの暗号解読者は優秀だもの、私の書いたあれがこの国で行なわれてきた政治犯罪のすべてを記したものだとすぐに突き止めてしまうわよ〟

ルスは両手を組み、右手の人差し指を口にくわえ、爪に歯形がつくほどきつく噛みしめた。

〝バスケス？　なにバスケス？　名前の方はなんだった？　ああ、思いだせない〟

「原稿を返してもらえずにここを出ていくなんて……」ルスはほとんど叫ぶように言った。

「それじゃあ、なんの意味もないわよ。だったら、中にいる方がましよ！」

「いえ、ここにいらっしゃるのは無理です。あなたにいていただくような余分なスペースなどありませんから。大量の逮捕者が出たおかげで、今日は署内中が大混乱です。昨日よりもっとひどい。昨日だって十分に混乱状態でしたが、今日はその二乗ですよ。いや、三乗、か。とにかく、昨日よりもっと混乱しています。いまのこの状態はもう、混乱という言葉では表せないほどですよ」

ルスは黙り込んだ。絶え間なく窓を打ちつける風と雨の音だけが耳に響く。

「ダメです」ようやくルスは口を開いた。「ダメ、ダメ、ダメ、ダメ、ダメダメダメダメ……」

「ほうらね、こうなるだろうと署長殿には申し上げていたはずですよ。署長殿、とにかくご婦人にサインをしていただいて、それから出口までおつれしたらいかがですか？」と警官が言った。

ルスの視線が、湿気で表面が剥げ落ちた壁、亀裂の走ったタイルの床、クモの巣の張った天井をなめるように移動していく。ハエが一匹、ルスの手にとまった。腕を這いあがってくる。しかしもはや追い払おうという気にすらならない。

ルスは戸口の方を向くと、署長の後について歩き始めた。

言われたことをただ機械的にやる。サインをしろと言われたものにサインをし、狭い廊下を歩いて外に出た。署長はルスに靴と携帯を手渡すと、挨拶もせずに引き返していった。

ルスは靴を脱いだまま通りを歩き始めた。風が体に心地よい。太陽は相変わらず鉛色の雲の向こうに姿を隠したままだったが、先ほどまでの激しい雨は霧雨へと変わっていた。

〝家に戻ったら、まずはクリニックに電話をして結果を聞かなければ。それからミゲルが帰ってくるのを待とう。ミゲルとの話は長くなるわね。それともあっという間に終わってしまうのかしら。というか、もしかしたらそもそも話し合うべきことなんてもう、なにもないのかも。

それが終わったら次はカルドナ判事に連絡を取ろう。判事にはなんと言えばいいのだろう〟

ルスの足取りがしだいに力強さを取り戻していく。

〝とにかく家に戻ったら、やるべきことはすべてやらなくちゃ。なにを真っ先にやるかは、そのときに考えよう〟

11

私の一生はある一人の人間の人生だけで完結するわけではない……。私の一生は多くの者の人生を介して続いていく。

そう口に出して言ってみる……。この、辛く悲しい午後に。すでに死んでしまった肉体と、でも死ぬことができない私。窓の向こうは……、雨上がりの夕暮れの色々が層をなしている。あたり一面を包む残光の淡い紫色。そよ風に巨体を揺らすコショウボクの緑。空を覆うくすんだ水色。

私を銃で撃った男は出ていった……。何発もの弾を撃ち込まれたおかげで、私の胸はまるで蜂の巣のように穴だらけだ。その穴のことごとくから血が流れ出ている……。シーツにねっとりした染みが広がっていく。普段ならシーツを汚すものといえば私の口から垂れる唾液……、皮膚の穴からしたたり落ちる汗、酸っぱい臭いのするおしっこぐらいのものなのに。いま私は真っ赤な血の海を泳いでいる……。

一分、二分、三分……。このまま終わることができないことはわかっている。せいぜい私に許されているのは、いまのこの人生を閉じ別の誰かになって戻ってくること……。場所はおそらく、ニュージーランドかパキスタン……。そこで私は、暗号制作者になるのか暗号解読者になるのか……。誰にでも理解可能なメッセージを暗号化することで第三者には理解不能なものとする役目を担うことになるのか、あるいは、その理解不能なものを元の理解可能なメッセージに戻す役目を担うことになるのか。

疲れた。私はアルベルトだ。アルベルトだった。いや、もっとたくさんの人物でもあるのだ。ヒュッテンハイン。私はヒュッテンハインであったことなどない。

私が撃たれてからもう一時間は経ったろうか。当番の警官、色の浅黒い出歯の男が私の異変に気づき緊迫した声で上司を呼ぶ。早く救急車を、と叫んでいる。できるものなら……、落ち着きなさいと言ってやりたい。そしてこうも。すべては私の運命なのだから。私を創った方が定めたことなのだから。私たちすべてを創ったお方が定めたことなのだから、と。私たちすべてを？　いや、私の場合は違うな……。私はたぶん、悪戯好きのデーミルゴスによって創られたのだろう。そう考えれば……、こんな悪ふざけを仕掛けられていることにも納得がいく。よくもこの私を、限りのある肉体にやどる無限の存在にしてくれたものだ。

私は……、滅びる運命にある肉体の中で永遠に生き続けなければならない。

私の呼吸が動きを弱めていく。まるで自分の動きを恥じてでもいるように。死に物狂いで抵抗するよりは従順さを選ぶとでもいうように……。たぶん呼吸は、てっきり死がやってくるものと思い込んでいるのだろう。本当は、そんなことにはならないというのに。

二人の看護師が無造作に私を持ち上げ担架に乗せる……。この者たちにとって私はもはや荷物と同じなのだ。私は部屋を後にする。いつかこの部屋のなにかを懐かしく思うようなことがあるとしたら、それは窓だろう。ほかのものは思い出しもしないかもしれない。写真ですらも。そうだ、写真に写っているあの人物とももうすぐ、なんの関係もなくなってしまうのだ。

救急車に運び入れられる……。リオ・フヒティーボの街を車で走るのもおそらくこれが最後だ。橋。物乞いや犬の死体をその下に隠す橋。自殺者と……、自殺に追い込まれた者たちも……。私が最後の移動を行なうのに……、これ以上ふさわしい方法はない。救急車はここでの私の人生と縁が深い。この国の治安部隊はよく救急車を使っていた……。幾度となく繰り返されたクーデターでも民兵が救急車で移動していた……。善意の象徴であるはずのものが、なんと多くの犯罪に使われたことか。

そしてそのうちのいくつかについては、この私も背後で関わっていた。暗号を解読することで、いや、解読させるための暗号文をでっち上げることで、この世から消えるべきものを消すために。

私は電気蟻。

私の心は、はっきりと善か悪かに決まっているわけではない。だからいまのように、下劣な人間に姿を変えることもあれば、ときには悪と戦う人間になったりもする。まあもっとも、人間というのは本来そのどちらをも一つの顔の中にもっているものなのだろうが。

私は……、たとえば……、マリアン・レイェフスキだったことがある。エニグマの複雑なシステムの解明に貢献したポーランドの暗号研究者。ナチスの強力な暗号作成機エニグマ……。エニグマの登場で……、紙と鉛筆を使っての暗号化は過去のものとなった。代わりに機械がその作業をになうようになった……。暗号化技術の機械化。エニグマの形状は携帯用のタイプライターに似ている……。ある文字をキーボードで打ち込む……。キーボードはケーブルによって……、文字をスクランブルするローターへとつながれている……。そのローターを通ることで……、打ち込まれた文字は別な文字へと変換される。一つの文章がまったく別なものへと変わる……。ローターの先にあるのはランプボードで……、その二つの間もまた別なケーブルでつながれている……。ランプボードの一つ一つがある文字を意味している……。ランプの小さな灯りがともっていくたびに文字が暗号化され……、一つの暗号文が作り上げられていった……。

だが仕掛けはそれだけではない。

一つの文字を暗号化するたびに……、ローターは二十六分の一回転した。そのために同じ文字を二度繰り返しキーボードに打ち込んでも……、そのたびに別な文字に暗号化される。別なランプが点灯することになる。そのうえエニグマには、三枚のローターが内蔵されていた。26×26×26……。１７５７６通りの変換が可能になっていた。リフレクターのことには触れない方がよさそうだ。刻み付きリングのことも。それを説明し出すと話がもっとややこしくなる。

エニグマは……、一九一八年にドイツ人のアルトゥール・シェルビウスによって発明された……。一九二五年に大量生産が始まった。翌年にはドイツ軍がこれを使い始めた。ドイツ軍は三万台を購入した。第二次世界大戦が始まった時点では……、ドイツほど安全な通信システムを有する国はほかにはなかった。エニグマのおかげで……、ナチスは連合国側よりはるかに優位な立場にあった……。だがその優位性も、連合国側の多くの者の働きによって失われることとなった。とりわけレイェフスキの働きによって。

そしてイギリス人のアラン・チューリングの働きによって……。

むかし私はレイェフスキでもありアラン・チューリングでもあった。私はナチスを降伏させるのに一役買った。

私はかつてレイェフスキだった。生まれたのはブロンバーグ……。第一次大戦以降そこはポーランド領となりビドゴシュチュと名を変えた。私はゲッティンゲンで数学を学んだ。小心者だった。牛乳瓶の底のようなメガネをかけていた……。保険会社への就職を目指して統計学を勉強していた……。一九二九年……、ポズナン大学の助手にならないかという誘いを受けた……。ビドゴシュチュからは百キロ離れている。そこで私は、真の天職と呼べるものにめぐり合った。本当の自分というものを知った。ポーランド政府の暗号局が暗号学講座を開設し、私にも誘いがきたのだ……。政府がポズナンを選んだのは、一九一八年まではドイツ領であったために……、その街の数学者の大半がドイツ語に堪能だったからだ。暗号局の意図は……、数学を専攻する学生に……、ドイツ軍の暗号を解読するための高度な技術を身につけさせることにあった……。それ以前は……、有能な暗号解読者になれるのは言語を扱う者だというのが一般的な考え方だった。エニグマの登場がすべてを変えた。暗号局は、数学者の方が解読作業をよりうまく行なえるのではないかと思いついた……。その読みは当たった……。少なくとも私に関しては。

二人の看護師は私を死んだものと思い込んでいる。これまで私のこうした状況に立ち会ってきた者たちもみな、そうだった。

いったいこれで何度目なのだ。救急車はさっきから止まってばかりだ。走り出した、ほら止まった……。運転手が車を降りて、道路封鎖を続けている者たちに話をしに行く……。会話が断片的に聞こえてくる。お願いです。通してくれませんか……。瀕死のお年寄りを搬送中なのです。相手は金を要求している……。また誰かが後ろの窓から中を覗き込んでいる……。担架に乗せられ……、口を開けて横たわる私を見ている……。

他人が見たらこの私は、さしずめ、電源が抜かれた電気蟻というところか。

再び救急車が走り出す。

エニグマの攻略にあたって私は……、すべての暗号化システムは文字が繰り返されることに弱点があるという基本的な事実を出発点に、論理を組み立てていった……。エニグマの場合……、もっぱら反復は、暗号文の文頭で行なわれていた。三文字で構成されるメッセージ鍵……。もしメッセージ鍵が受け手に正しく伝わらなければ復号は不可能になる。その危険を避けるために鍵は、二度繰り返して入力されていたのだ……。一方、ローター設定とリング設定は事前に日鍵に従って行なわれていた。日鍵はあらかじめドイツ軍のコードブックに定められてあった。暗号作成者はこうして……、その通信に使用する鍵を知らせていた。メッセージを受け取る側はメッセージ鍵の三文字を読み……、受電用のエニグマのローターをそれに合わせると……、暗号化された文書が自動的に復号されていった。

あるとき私はふと気づいた……。ひどく単純な話だ。暗号文の最初の六文字……。それは三文字からなる同じ鍵が二回繰り返されたもの……。となれば、たとえば暗号文の最初の六文字がDMQAJTの場合……、最初のDと四番目のA、二番目のMと五番目のJ、三番目のQと六番目のTはそれぞれ平文では同じ文字を表していて……、ただその日の日鍵の設定によって別の文字に置き換えられているだけということになる。

もし同じ日に発信された……、つまり同じ日鍵を使用したエニグマ暗号のメッセージを十分な量、手にすることができれば……、六文字からなるメッセージ鍵のすべてについてそれぞれの一番目と四番目の文字、二と五番目の文字、三と六番目の文字とを対照させていくことで、その日のエニグマ暗号の文字の置き換えの規則性についてかなりの情報を得ることができるはず……。そのころ我々が傍受していた暗号文は一日に最低でも百通……。こうしてエニグマの日鍵、ひいてはメッセージ鍵の攻略へと近づいていった。暗号解読方法を確立するのに一年かかった。そののちドイツ軍の通信はすべて我々によって解読されることとなる。一九三〇年代を我々は毎日……、エニグマの鍵と戦って過ごしていた。

我々が行なったことについてはたとえ誰であろうとこれを過小評価すべきではない……。私の功績を……、見くびってもらっては困る。

我々は暗号解読のための機械を作ることまでやった。ボンブという名の機械……。二時間以内にエニグマの初期設定として考えられる可能性を総当り的にチェックして……、日鍵を見つけ出す能力をもっていた。

だが、すべては一九三八年の十二月に終わった……。ドイツ軍はエニグマをさらに強固なものにしようと考えた。そして二種類の新たなローターをエニグマに加えた。たったそれだけのことで、エニグマ暗号はまた解読不可能なものになってしまった。一九三九年九月一日。ヒットラーはポーランドに侵攻した……。戦いが始まった。ああ、だがもはや私には、なす術がなかった。まさに私の活躍が求められていたときだったというのに！

救急車が再び止まる。ドアが開けられる。光が目にあたる。網膜を光が伝っていくのを感じる……。病院に到着した……。看護師が担架を担ぐ。救急処置室に入っていく。急を要することはなにもないと看護師らに伝えるべきだろうか……。これからなにが起ころうとそれは私に定められたことなのだから、と。

たぶん、私はあの世に行ってしまうのだろう。いや、たぶん、行かない。

ああ、もうどっちでもいい……。

いま私が置かれているこの状況は、私への罰なのかもしれない。

カウフボーレン。ローゼンハイム。はて、なにかの名前だったろうか。

子ども……。子どもの私？　どこだろう。谷が見える。子どもの姿も。あの谷に私は暮らしていたのか？　子どもは私なのか？

私はアラン・マシソン・チューリングだった。一九一二年にロンドンで生まれた。一九二六年にドーセットの……、シャーボーン学校に入学する。内気で……、科学にしか興味のない少年だった。クリストファー・モルコムに出会うまでは……。クリストファーも科学が好きだった。私たちは友だちになった。四年後の一九三〇年、悲劇が襲った。クリストファーが結核で死んだ……。クリストファーは私の思いに気づいてはいなかった。私もクリストファーに自分の気持ちを打ち明けることができずにいた……。クリストファーは……、人生でたった一人……、私が……、愛した……、相手。

私は科学に身を捧げようと心に決めた。クリストファーは亡くなる前に……、ケンブリッジ大学の奨学金を受けることが決まっていた……。私は、その同じ奨学金を自分も得たいと思った……。クリストファーができなかったことを変わりにやるために……。一九三一年に私は奨学金を得ることができた。勉強机にはクリストファーの写真を飾った……。必死で勉学に励んだ。四年後……、私は一つの論文を書き上げた……。プリンストン大学でも数年間、学んだ。一九三六年、数学理論に関する私の論文の中でももっとも重要なものとなる論文を発表した。『計算可能数について』。その中で私は、ある仮想機械についての概念を披露した。掛け算……、足し算……、引き算……、割り算……。すべてを定められた手順に従って計算を行なってくれる機械。特別な機能をもつチューリングマシーン……。そしてそこから私は……、万能チューリングマシーンを考えついた……。あらゆるチューリングマシーンのすべての機能を備えたチューリングマシーン。

この私の考えをもとにやがて、世界で初めてのコンピュータが生まれることになる。だがそれは……、相応の技術が開発されてからのことだ。

私が人間の脳を機能させているアルゴリズムを発見したいと考えたのも……、単なる偶然ではない……。思考が思考を発展させていくそのすべての道筋について論理的な説明を与えてくれるアルゴリズム。人間の頭の中である思考が突然まったく別な思考と結びついたとしてもその裏には必ず理屈があるということを証明してくれるアルゴリズム。

私たちは誰でも……、それぞれなりの……、万能チューリングマシーン。この世界もいってみれば万能チューリングマシーンのようなものだ。そして間違いなく、この世のすべての鼓動をつかさどるアルゴリズムというものは存在している……。たぶんそのアルゴリズムとは、数行からなるコード……。ものごとがどう進んでいくのかその道筋を定めるコード。ある物事が単純な道筋をたどるのか複雑な道筋をたどるのか、すべてはそのコードしだい。

このことについてはやがて正しいと証明されるだろう。ただし、それに必要な技術が開発されてからの話だが……。あと何年待たねばならないのだろう。何十年。いや何世紀、か。ただ一つたしかなのは……、いま病院の整然とした部屋で血を流して横たわっているこの私がその現場に立ち会うだろうということだ。

一九三九年、私は乞われてイギリスのGC&CS（政府暗号学校）で暗号解読者として働き始めた。それは、暗号の傍受および解読作業を中心となって担う政府の組織。ロンドンから四十マイル北にあるブレッチリー・パーク内の貴族の屋敷に……、その暗号学校は置かれていた。総勢一万人もの人が働いていた。我々は……、第一次世界大戦で名をはせたルーム40の任務を引き継いでいた。ブレッチリーでの最初の数ヵ月……。私は……、エニグマ攻略をレイェフスキの考案した方法を基に行なおうとしていた。しかしすぐに……、別なアプローチが必要であると気づいた。

いよいよ戦争が始まると状況は一気に厳しさをました。エニグマのローターは八枚になっていた。一九四〇年五月。ドイツ側の暗号文から、冒頭についているはずの三文字の繰り返しが消えた。ドイツはメッセージ鍵を送るのに、それまでのように本文に先立ち二度繰り返して送信するという方法を採らなくなっていたのだ。

私がエニグマ攻略のために作り出したボンブは……、レイェフスキの作ったものよりさらに高度なものだった……。私は一九四〇年の初めにボンブの最初の設計図を完成させた。同じ年の三月にはボンブ第一号がブレッチリーに届けられた……。ビクトリアと名づけられた。それは……、日々、その日に傍受した膨大な量の暗号文を短時間で調べ上げ、その中からドイツ側が平文メッセージの作成に好んで使う傾向のある単語やフレーズに相当する文字のかたまりを見つけ出す、という能力を備えていた……。たとえば最高司令部を意味する oberkommand も……、平文メッセージに頻繁に使われていた単語の一つ。そして暗号解読者は、そのボンブの成果をもとに仕事に取りかかる。

ボンブによる解読の仕組み……。エニグマによる暗号化では、ある文字がそれと同じ文字へ変換されるということはありえない。したがって、先の oberkommand の場合、暗号文中でそれに相当する可能性のある文字のかたまりは o を頭文字とするもの以外のどれか、ということになる。ドイツは平文メッセージ作成に当たって、いつも同じような単語やフレーズばかりを使用していた。そのため我々は、どんな暗号文についてもその元のメッセージにどういう単語やフレーズが含まれているかを容易に予測することができた。そうした単語やフレーズをボンブに示すと、ボンブはそれを、自動的に設定を変えながら総当り的に、その日に傍受したすべての暗号メッセージ中の文字のかたまりの中で相当する可能性のあるものへと置き換えていく。そしてある瞬間、ある文字のかたまりと最初に示した単語あるいはフレーズとの置き換えが正しく行なわれているというサインがボンブに現れたとすると、そのときのボンブの設定が、暗号文作成時のエニグマの初期設定、つまりエニグマ暗号の日鍵となる。実際のところ……、ボンブはコンピュータの前身といえるようなものであった。

始めは……、鍵を探り当てるのに一週間かかっていた。さらに高性能なボンブが開発されると……、ときには一時間以内で鍵までたどりつけることもあった。

一九四三年の時点ですでに六十台のボンブが稼働状態にあった……。ボンブのおかげで……、戦争が始まったその年のうちに……、すでにイギリスはドイツ軍の暗号を解読できるようになっていた。ボンブによってチャーチルはイギリス征服というヒットラーの企みを知った……。それに備えることができた……。

早い段階でエニグマ暗号が破られたこと。それがナチス敗北の大きな要因の一つであったのは間違いない。

部屋の中で何人かがぼそぼそ喋っている……。私のことを話しているらしいがよく聞き取れない。静脈に注射針が入れられる。麻酔で体が痺れてくる。電気が消される……。

頭の中にぼんやりと人の姿が見える。ああ、ミゲル・サーエンスだ。ブラック・チェンバーに初出勤してきた日のサーエンス。机に向かって背を丸めている。

ひどく熱心に仕事に取り組む男というのが私の印象だった。気を散らすことなどほとんどなく……、まるで万能チューリングマシーンのようだった……。とにかく論理論理……。ひたすら入力し……、ひたすら出力するマシーン……。だから私はチューリングという呼び名を与えた。

サーエンスはずっと……、チューリングという名は暗号解読者としての自分の才能ゆえに与えられたものだと信じていた。

だが、そんなことが理由ではなかったのだ。

12

ラミレス・グラハムはマンションの自室でサンドイッチを作り始めた。携帯が鳴った。フラービアからだ。声が慌てている。

「カンディンスキーがいまブラック・チェンバー内からコンピュータを操作しています」

〝つまり俺の部下の誰かがカンディンスキーだったってことか？　そんなことあるわけないじゃないか。いや、まてよ……、そうとばかりも言いきれないぞ。もしかしたら俺自身が、このラミレス・グラハムがカンディンスキーだったりして。まあ、それはともかくとして、俺の部下だというだけでなぜあいつらのことを信用できると決めつける？　相手が誰であろうと常に疑ってかかるべきだ。NSAでは、自分自身のことでさえも疑えと教えられたではないか〟

「君の勘違いでないと断言できるのか？」

「いえ、その可能性がまったくないとはいえないでしょうね。でも、私に協力を求めていらしたのはそれなりの理由があってのことではないのですか？　急げばまだ間に合うはずです、カンディンスキーを捕まえられますよ。私がカンディンスキーをチャットにつないでおきますから。ただし、カンディンスキーがテルネットをやっているということも考えられます。それでも、行かれてみて損はないと思います」

「もう一度聞くが、君の言っていることに間違いはないのか？　警官を動員したあげくにあれはけっきょく誤報でしたなんて、俺の立場がないからね」

「じゃあ、さっさと話を切り上げたらいかがです？　そうでなければ、本当にご心配の通りの事態になってしまいますよ。私も確証があるわけではありません。頼まれたことはやりました。あとはそちらの問題です。それに、万が一誤報だったとしてもどうってことないじゃないですか。それで世の中がおわるわけでもあるまいし。急がれた方がいいのではないですか」

ラミレス・グラハムは電話を切ると、モレイラス警視を呼び出した。ブラック・チェンバーに非常線を張り誰も外に出さないようにしてほしいと、警視に伝える。

「今日は大変な一日でしたが、どうやらまだ終わらないようですね。ご自分がなにをお頼みになっているのか、わかっていらっしゃいますか？」

「ええ、でも、大事なことなのです。いまは私の言うとおりにしていただけませんか？　詳しいことは後でお話いたします」

モレイラス警視はなおもぶつぶつ言いながら電話を切った。

ラミレス・グラハムは作りかけの卵サンドを完成させた。

マンションに帰り着いたのはわずか三十分前だ。広場で抗議行動を行なっていた人々が周辺の通りになだれ込みエンクラーベ地区にまで流れ込み通りという通りを封鎖してしまったために、警察側によってその封鎖が解除されるまではオフィスから出ることができなかったのだ。

〝……ほんとうに、どうしようもないな。とにかく、早く終わってくれよ。解決の糸口をくれるのがあの小娘だとしても、そんなことはこの際どうでもいい。俺はもう、カンディンスキーを捕まえてジョージタウンに帰ることができれば、それだけで十分だ〟

マンションの前の通りに立ち、ラミレス・グラハムは雨上りのすがすがしい空気を胸いっぱいに吸い込んだ。

〝そうか……、俺はもうすぐ大変な場面に立ち会うことになるのか。でそのとき俺は、いつか見た映画のワンシーンみたいだ、なんてことを思うのだろうか。ブラック・チェンバーの何階かで警官に取り押さえられている犯人。警官隊の隊長がトランシーバーに向かって大声で指示を飛ばし、力強い足取りで、いや、エレベーターに乗って最終対決の場所へ、犯人のいる階へと向かっていく。そしてついに、カンディンスキーの顔を拝むことになる。といっても、フラービアの情報が間違っていなければの話だが。まあ、いまはとりあえず、フラービアを信じるとしよう〟

ラミレス・グラハムは車の中から再び、モレイラス警視とフラービアに電話をかけた。

「ブラック・チェンバーの出入口はすでに封鎖済みで私ももうすぐ現場に到着します」と、モレイラス警視が電話の向こうで言った。

「それから、職員には全員、ヴィジュネルルームに集まってもらっています。ただ指示に従わない者がいまして、そいつは最上階の一室に立てこもっているそうです」

〝最上階？　あそこには中央委員会のメンバーたちの部屋があるが……。じゃあ、カンディンスキーは俺の側近の誰か、なのか？　サンターナ、バエス、それともイバノビッチ？　この俺が騙されていたなんてことがあるのか？〟

フラービアの声が、カンディンスキーはまだチャットを続けていると告げた。

「そのままあと十五分間、カンディンスキーをつないでおいてくれ」とラミレス・グラハムは答えた。

「でも……、なんとなく引っかかります。だって、これまでカンディンスキーはぜったいにシッポを出さなかったのに、今度ばかりは簡単に食いついてきて」

「大物の犯罪者ほどつまらないミスを犯すものだよ」

「ちょっとガッカリですね」

ブラック・チェンバー周辺の通りはいつにもまして、明かりが少なかった。

〝こんなに暗いのは家やビルの持ち主の方が無駄な電気の使用を控えているからなのか？　それとも、グローバラックスがまた突然電気を切ったせいなのか？〟

前方に、兵士の一団が装甲車に乗り込もうとしているのが見えた。とそのとき、車のラジオから、政権と〈連合〉が合意に達し、政権が市内に展開する軍に対して武装解除を命じたというニュースが流れてきた。

〝それにしても……、ブラック・チェンバーは実に見事にこの闇に同化しているな。その点じゃあ、ほかの家やビルの比じゃない。いくら目を凝らしても、輪郭すら見えやしない。いや、もしかして本当に、建物の真上にブラックホールがあってそこからブラック・チェンバーがすぽっと宙に吸い込まれてしまったんじゃないのか〟

ラミレス・グラハムは、ブラック・チェンバーの玄関を入った。一瞬、強い光に視力を奪われる。モレイラス警視と三人の警官が、ブラック・チェンバーの大きな紋章、「机に向かって背を丸めている男と、モールス信号で標語が書かれている帯をその鉤爪の間に挟んでいるコンドル」、の下でラミレス・グラハムを待っていた。

「部下たちがいま職員への聞き取りを行なっています。全員、いや、最上階にいる一人を除く全員に、です」

「では、その欠けている一人とはいったい誰なのです？」

「実は、全職員の中でいまいないのはその者一人だけというわけではないのですよ。あなたが電話を下さったときには、すでに一部の職員は帰宅した後でしたし。ですから、最上階に残っているのが誰なのかはわかりません。上がってみますか？　長官なら、各階がどうなっているのか、部屋の配置のこともよくわかっておいででしょうから。エレベーターはやめましょう、危険すぎます」

モレイラス警視は、がっしりした体形に立派な二重顎の持ち主だ。だがその容貌には、どことなく甘さが漂う。

〝この手の顔は警視という職にはおよそ不向きだな。いや、もしかしたら、これくらい人がよさそうに見える方が非情な決断を下すには都合がいいってこともあるのかもしれないぞ〟

「我々がここにいることは、最上階にいる者もわかっているのでしょうか？」

そういいながらラミレス・グラハムは、ブラック・チェンバーの紋章に描かれた背中を丸めている男、に目をやった。と、ふいに頭の中に、ミゲル・サーエンスの顔が浮かんできた。

サーエンスとはその日の午後、辞表を持って部屋にやってきたときに会っていた。ラミレス・グラハムは辞表を受け取り、手を差し出しながら初めてサーエンスさんではなくチューリング、と呼びかけた。背中を軽く叩き、たわいない話を交わしエレベーターまで送っていった。ところがサーエンス、いや、チューリングは、市内の混乱が続いていたせいで足止めを食らい、しばらくのあいだブラック・チェンバーから出ることができずにいたのだ。ラミレス・グラハムがそれを知ったのは後になってからのことだ。部下たちは言った。「チューリングは自分の持ち物の入った箱を両手に抱えたまま廊下をウロウロしていました。そして壁や窓の前で足を止めては、まるでその中にある暗号を読み解こうとするかのように真剣な顔で見入っていましたよ」と。

「ええ、間違いなく、わかっているでしょう」モレイラス警視が答えた。「ただし、最上階の電気も切られてしまっています。すでにすべての出入口には見張りを立たせていますが、真っ暗な中では、それ以上の手の打ちようがありません」

「そのことでしたらご心配なく。緊急用の発電機を用意してあります。すぐに電気をつけさせますから」

〝ああ、スベトラーナ……〟

ラミレス・グラハムはスベトラーナのことが恋しくてたまらなかった。その黒い巻き毛も、部屋の暗闇に浮かぶほっそりとしたシルエットも。

〝……どうしたらいいんだ。最上階になんか行きたくない、撃たれたくない。もうこれ以上、俺の運命に皮肉な展開などいらないよ。どうか、スベトラーナにもういちど会うことができますように。会って、どんなに大切に思っているかを伝え、俺のしでかしたとんでもない過ちを赦しくれとスベトラーナにすがって頼みたい。きっとスベトラーナはもう、俺がなにを言ってもどんなことをやっても冷ややかな反応しか返してくれないのだろが、それでもいい、俺自身がやるべきことをやるためのチャンスが欲しい。そのチャンスもないままに死ぬなんて、俺は嫌だ〟

警官たちが、黄色いライトに照らされた階段を上っていく。ラミレス・グラハムもその後ろに続いた。

〝できることなら、このまま一階に残っていたい。警官たちに、後のことはよろしく、と言ってしまえたらどんなにいいか。だが俺は、ブラック・チェンバーの責任者だ。率先して勇気あるところを示さなければならない。それに、裏切り者の顔も見たいではないか。だが本当に、俺の側近の誰かなのだろうか？〟

ラミレス・グラハムが忌まわしい一歩を刻むたびに、スベトラーナの微笑んだ顔も一緒についてくる。

〝そうだよ……、もしかしたら何事もなく終わるかもしれないじゃないか。いや、きっとそうなる〟

最上階に到着した。すでに明かりが点けられている。モレイラス警視が警官らを振り返り、用意はいいか、と声をかけた。警官らはハイと答える代わりにわずかにクビを縦に振った。

〝あれはもしかして、ハイと答えるほどの自信はありませんが、という意味なのか？　じゃないとしものでたら……、そうか、警官らはたぶんわかっているのだ。警視がああ言うのはお決まりの挨拶のようなもので返事を求めているわけではないのだ、と。だから警官らの方も、そういうときのお決まりの応え方として軽く頷いて見せたのだ〟

モレイラスが体当たりでホール入口の扉を押し開け、右側にある机の後ろに体を滑り込ませた。ほかの警官も続いてホールに突入する。一人はモレイラスの居る場所に、残りの二人は左に向かった。

〝これだ、これ。本当に起きていることだぞ。現実だ。俺は夢を見ているわけでも映画を見ているわけでもない。と、いくら自分に言い聞かせてみても、ぜんぜん実感がわかない。すべてが嘘っぽく思えて仕方がない。映画でこれと似たようなシーンを見るときはつい胸をドキドキさせたりもするのに、いまはなにも感じやしない。もっとも肩に弾が当たったりすれば、これは現実の話なのだと嫌というほど思い知らされることになるのだろうが。そして俺はこう言うのだろうな。なるほど、現実とは痛いものだ、と〟

誰もが無言のままで数分が過ぎた。

「この階に残っている者は投降しろ」モレイラスが叫んだ。

誰も答えない。

「もう一度だけチャンスをやる、これが最後だ」

誰も答えない。

モレイラスが両手で拳銃を握りしめ、右、左とジグザグに体を動かしながら廊下を進んでいく。警官たちが後に続いた。二十メートル行ったかどうかというそのとき、突然、ガラスの砕け散る音と銃の爆発音が響き渡った。ラミレス・グラハムは飛びのき身を伏せた。だがとっさのことで、弾がどの部屋から発せられたのかまではわからなかった。

再び身を起こし扉の向こうに目をやると、そこにはすさまじい光景が広がっていた。モレイラスが廊下に横たわり、顔は一面の血しぶきだ。警官の一人がモレイラスに必死で呼びかけ、もう一人が二人を護るように前に立ちはだかり、残る一人が銃を連射しながら前に進んでいく。

突然叫び声があがり、別の体が床に倒れ込んだ。ラミレス・グラハムのところからでは、倒れている者の姿をはっきりと見ることができない。警官が、倒れたのはモレイラスを撃った者だと知らせてきた。ラミレス・グラハムは身を起こし廊下の方に駆け出した。モレイラスを抱きかかえていた警官が、絶望的な表情でラミレス・グラハムを見た。

「息をしていません！」警官は叫び、モレイラスの体を再び床に横たえた。銃を撃っていた警官が振り向き、もう大丈夫ですと、手でサインを送ってきた。ラミレス・グラハムは警官のところまで行き、警官と二人で廊下の奥に横たわる者の方へと歩いていく。

もはや顔を見るまでもない。カンディンスキーはバエス、バエスがカンディンスキーだったのだ。

〝俺のキャリアもこのリオ・フヒティーボで終わりってわけか。

けっきょく、フラービアの情報は間違っていなかったってことだな。それにしても、こうもあっけなく終わってしまうとは俺だって驚いたぞ。いや、あっけなさすぎやしないか。もしかしたら……、今晩、カンディンスキーをこんなに簡単に捕まえることができたのはカンディンスキーがそれを願っていたからじゃないのか。きっとそうだ、そうとしか考えられない〟

13

カルドナ判事は、住宅街入り口の鉄製監視ボックスに目をやった。窓ガラスの奥に、警官たちの姿が見える。

〝あれは防弾ガラスか？　別に、驚くほどのことでもないが。なにしろこの国じゃあ、なんの騒動も起こらない日など一日もないのだから。暴力沙汰もしょっちゅうだ。しかもたいていは、思いもかけないときに突然起きる。だが、それも、当然といえば当然だがな。人が暴力行為に及ぶのは、ひょんなことがきっかけでつい、という場合がほとんどだ。あらかじめ計画したうえで、ということなど滅多にない。暴力……、か。そういえばなんだったっけ？　俺の好きだったあのフレーズ。学生時代に読んだ小説の中の一節。〈私はこの心の赴くままに生きてきたが、暴力が私の心を、私から奪い去ってしまった〉［エウスタシオ・リベラの『渦』］たしかそんなような感じだった。でも、それが正確かどうかというのはたいした問題ではない。それより大事なのは、いま、俺はどういう風にそれを記憶しているのかということ。というより、俺の脳が、どういう生物学的メカニズムによって元のフレーズからいまこの頭の中にあるフレーズを俺の記憶として作りあげたのかという、そのことだ〟

警官の一人は新聞を読んでいた。顔を上げる。斜視だ。もう一人はテレビでニュースを見ている。

こうした監視所では訪問者に対してどういった手続きが取られるものなのかということは、カルドナとてよくわかっていた。

〝警官らは俺に身分証明書を見せろと言うだろう。それからサーエンスの家に電話をして、俺との約束があるかどうかを確かめるはずだ。ここを通りぬけるのは無理だな。ひとまず退却するとしよう。そうだ、数ブロックもどるとバス停があったはずだ。そこに腰をかけて、この夕暮れの景色のなかで雨上りの湿った風に吹かれてタバコを吸うのも悪くない。そして、ミルタの思い出にでもひたろうか。それとも……、俺が記憶に蘇らせるのはやっぱり、大統領宮殿での栄光の日々と政権から追い出されたあのときのことなのだろうか〟

バス停のベンチに人影はなかった。カルドナはベンチに腰をかけ鞄をひざの上に抱えた。と急に、深い疲労感が襲ってきた。右目の上の縫い傷の痛みも引かず、足が重たく感じられる。ぐしょ濡れのシャツとズボン、雨水をたっぷり含んだ革靴のキュッキュッという音が、容赦なくカルドナの神経を刺激する。

カルドナは頬の染みに手を当ててみる。

〝もっと大きくなるのだろうか?〟

そればかりは予測がつかないことが多いが、ただし、緊張を強いられる場面では必ずと言っていいほど染みは大きくなる。ときには、小さな島程度の染みが、巨大な列島状のものへと化すことさえあるのだ。

〝ああ、ボリビアン・マーチング・パウダーが欲しい。あれで神経を麻痺させ、この体の感覚を失くしてしまうことができたらどんなにいいか。ミルタ……、こんな俺をミルタが誇りに思うわけなどないな。俺のことを誇りに思ってくれる者など一人もいやしない。俺も含めて。俺はいままでやるべきことをやらずに来てしまった。俺の犯したこの過ちは弁明のしようもない。俺は最低の人間だ。そんな俺が救われるためには……、もういちど鏡に写る自分の姿を堂々と見ることができるようになるためには、そうだ、いまやりかけていることをすべてやるしかないではないか。いや……、本当は俺だってわかっているさ。けっきょくすべては悪あがきでしかないのだ。いまさらなにをしたところで、俺が救われることはない。誰の額に弾を撃ち込もうが、救われないのは同じだ。俺はもう二度と、鏡の前に立って自分の姿を見るなどということはできないのだろう。だがそれでも、俺は撃つ。それはもう決まったことだ。やるのとやらないのとでは、やる方がいいに決まっている。それとも俺は……、やっぱり、廃墟になったファランステール[工員住宅]にでも身を隠すべきなのか？　その方がいいのだろうか……〟

カルドナは不意に、血が動脈の中を勢いよく流れているその音が聞こえたように感じた。

〝俺の血液はいま、この体の中をどんな風に流れているのか？　制御不能の激流のようにか？　怒りに駆られたようにか？　それとも、陽のさす午後に穏やかに流れる小川のように、なのか？　いまの俺は、他人からはおそらく、小川のようにゆるやかに血が体の中をめぐっているように見えているのだろうが、本当はそうじゃない。いまにも溢れ出しそうなほどの勢いで血が流れているのだ。そうだ、こうしてじっと座ってなどいる場合ではないぞ〟

カルドナは警官のいる監視ボックスに向かって歩き出した。

〝警官らになんと言えばいいか、まだいい案が浮かばない。だがまあ、その場になればなにか思いつくだろう〟

斜視の警官がカルドナに気づいて窓を開けた。もう一人の方は相変わらずテレビの画面に釘づけだ。

「こんばんは。どうなさいました？」

「ルス・サーエンスさんを訪ねてきたのですが。グスタボ・カルドナと申します、判事です。サーエンスさんとお目にかかる約束をしています」

「身分証をお願いできますか？」

カルドナ判事は財布を開け身分証を警官に渡した。警官は写真に目を走らせると、今度は探るような視線をカルドナの顔に向けてきた。

「あの……、あなたのお顔をよく存じ上げているような気がするのですが」

「ええ、私も。朝になるたびに鏡を見ては、見慣れた顔がいるな、と思いますよ」

「真面目に言っているのですよ」

「私だって、そうです。何年か前のことですが、私は法務大臣でした」

「前の政権の？」

「いえ、いまの政権です。そんなに長い期間ではありませんが。正確には、四ヵ月です。あなたもご存じでしょう。私たちはまるでトランプのカードのように政権に入れられたり政権から出されたりするのです」

「大臣のお顔を忘れるなんて、ほんと、申し訳ありませんでした。記憶力がどうも悪くて……。サーエンス夫人は、昨日からお見かけしておりません。それにしても、この数日間はまったくひどいものでしたね。道路封鎖なんてやらなきゃいいのですよ。でもどうやら合意が成立したようです」

「よくぞおっしゃってくださいました。この縫い傷を見てくださいよ、忌々しい道路封鎖のせいです。いったいつになったら我々ボリビア人は賢くなるのでしょうか。もっとも、政権も政権ですがね。なにしろ国民の声に耳を傾けたことなど一度もないのですから。ところでご主人の方はいらっしゃるのでしょうか？」

「ミゲルさんですか？　やはり昨日からお見かけしておりませんね。いつもだいたい七時にはお戻りなのですが、今日はどうでしょう。もう七時、ですよね？　とにかく電話をしてみましょう。お嬢さんがいるはずですから。そうそう、新しいニュースはまだご存知ではありませんか？　グローバラックスとの話し合いのために政権側の代表団がやってきたと言っていました。契約を白紙に戻すつもりではないでしょうか」

　警官が受話器を取り上げ番号をプッシュした。カルドナは思わず視線を逸らすと、わずかに足を踏みかえた。内心の動揺に気づかれたくなかったのだ。テレビの画面に目を向ける。新聞記者が中央広場の近くで若者たちにインタビューしていた。「県知事の辞任についてはどう思いますか？」「グローバラックスの事務所が占拠されたことについては？」「グローバラックスの経営陣がこの国を出るという決定を下し、莫大な額の賠償請求を政権に対し行なったことについては？」若者たちは口をそろえて、これは国民の勝利、〈連合〉の指導の下で勝ち取った勝利だと答えている。

〝勝利、だって？　そんなに単純に喜んでいていいのか？　この二日間で、どれだけ街が破壊されたと思っているのだ。おまけに十人以上もの犠牲者が出ているのだぞ。これでは、〝一歩前進二歩後退〟どころか、一歩前進二十歩後退、じゃないか。それにそもそも君らはいったいなにをもって勝利だと言っているのだ？　市民たちがグローバラックスを追い出したことか？　だがそれで、肝心の電力不足問題は解決したのか？　まあそれでも、市民らにとって救いなのは、モンテネグロは間違いなく耄碌していていままでにないほどに弱っているということだ。もはやその命は風前の灯だ。ただ問題は、副大統領がモンテネグロを追い落とす勇気をもてるかどうか、だが。いや、たぶん、無理だ。その気にはならないだろう。ほかの者も同じだ。やつらは忠誠を尽くすべき相手を間違えている。そしてそのおかげでモンテネグロはおそらく、任期を全うすることになるのだろう。だがそうしている間にも景気はさらに悪くなり、この国は沈んでいく〟

「お嬢さんが、どうぞ、とおっしゃっています」警官が言った。「ご両親はご不在だそうですが、家でお待ちくださいとのことです」

警官が門を開けた。カルドナはありがとうと言う代わりに頭を下げ歩き出した。足を止める。

「私のカバンを調べなくていいのですか？」

「ええ、そこまではいいですよ。サーエンスさんのお宅は二ブロック目の、通りの右側の四軒目です」

カルドナ判事は、住宅街のなかの石畳の広い通りを歩いていった。右を見ても左を見ても、寸分違わない家々が建ち並んでいる。屋根の煙突の形、煉瓦の壁が剥き出しになっているところ、ガレージへの入り口が曲がりくねっているところまでもがそっくり同じだ。違いといえば、庭の植物がよく手入れをされているかほったらかしのままか、あるいは二階の窓の明かりが黄色味を帯びているか青っぽいかというような、些細な点だけだ。もし違う家に入って強盗に間違われて撃ち殺されでもしたら……。そう思ったとたん、カルドナは背中に冷たいものが走るのを感じた。

二ブロック目。一軒、二軒、三軒、四軒目。

玄関の前に立つ。呼び鈴を鳴らす。少女がドアを開け、カルドナを中に通してくれた。

〝これがルスの娘か〟

素足のままで、上はジャージ姿。ジャージは、グレーの地に黄色のバークレーのロゴマークが入ったもの。

〝これじゃあ、ボブ・マーリーの娘と言っても通用するな。ただし、髪の色がブロンドという点だけは似ていないが。それにしてもやけにせかせかしているな〟

「こんばんは。さあ、どうぞ、お入りください。実は、母はいまどこにいるのかわからないのです。父からは電話があって、少し帰りが遅くなると言っていました。ゆっくりしていてください。なにかお飲みになりたければ、冷蔵庫にビールもレモネードもありますから。ごめんなさい、私は部屋に戻らなくてはならないので」

「ずいぶん慌てているみたいだね」とカルドナは、少女の体に視線を這わせた。

「いったい部屋でなにをやっているんだい？　よほど大事なことなんだろうね」

「申し訳ないけれど、それはお答えできません。それに、もし言ったとしても、おそらく信用してはいただけないと思います」

「じゃあ、試しに言ってみてごらんよ」

「極秘のことなので」

「誰にも喋らないと誓うから。絶対に言わない。ここには秘密を漏らす者など誰もいないよ」

少女が、なにかを思い迷っているかのように目を軽く閉じた。額に寄せたしわが傲慢そうな表情を作っている。

〝しょせんは子どもだな。自分を抑えられないでいる。しゃべりたくてたまらないのだろう。期待して損をした。型からはみ出しているどころか、まさにこの年頃の女の子の典型だ〟

と、カルドナがそう心の中で呟いた瞬間、少女はくるっと背を向け、階段を二段跳びで駆け上がっていった。

〝おいおい、ホントかよ……〟

カルドナはキッチンに入ってみた。冷蔵庫からビールを取り出しコップに注ぐ。苦い。一杯目を飲み干し、二杯目を注いだ。机の上に腰をかけ、生活臭の漂う空間をぐるりと見回した。壁際には、ニンニク、オレガノ、クミンシードといったハーブの小瓶が並べられ、オリーブオイルの缶も置かれている。床のタイルにはコーヒーの染みがこびりつき、ジューサーの脇には割れたコップがそのままにされていた。

〝チューリング。あれだけ平然と手際よく仕事をこなし多くの人間を死に追いやってきたその同じ人間が、ここで朝食を取っていたのか。温かいコーヒーをカップに注ぎ、日曜日には、朝食のスクランブルエッグに塩を振っていたのか。で……、だからなんだというのだ？　あいにくだが、俺は、そう簡単に感情に流される人間ではないぞ。もちろん、ここまできていまさら計画をやめるつもりもない。さて、ルスとミゲル、どちらが先に帰ってくるだろうか？〟

カルドナは、拳銃をカバンから取り出し上着の右ポケットに入れた。壁の時計の針がゆっくりゆっくり、進んでいく。

三十分もたたないうちに玄関が開き、ミゲル・サーエンスが姿を現した。自分の家だというのに、躊躇いがちな足の運びだ。キッチンからカルドナは、自分のいるべき場所に居ながらにして居心地悪そうにしているその男にじっと目を向けた。分厚いフレームのメガネに、しわの寄った上着と黒の革靴。

〝俺だって全身濡れ鼠で、人から見たらそれは惨めなものだろう。いまはほかの人間の外見についてどうこう言える立場にないということぐらいわかっている。しかしそれでも、これが言わずにいられるものか。サーエンスのあのいかにも痛ましげな雰囲気、あれはどうみても敗者のそれだ。この男が、俺の従姉やほかにも大勢の者たちを陰から死に追いやった犯人なのか？　もっと自信たっぷりで、一目見た瞬間にその才能にこちらが圧倒されるような、そんなやつかと思っていた〟

カルドナは机から立ち上がり、玄関ホールとキッチンの境目のドア枠に手を添えた。サーエンスが顔を上げ、カルドナに視線を当てる。

「どなたです?」

「グスタボ・カルドナです。判事です。こんばんは、チューリングさん」

「ここでなにをしていらっしゃるのです?　誰が家に入っていいと?」

「お嬢さんです」

「娘は、娘は大丈夫ですか?」

「ええ、ご心配なく」

「私はあなたを存じ上げませんが。妻にご用ですか?」

「いいえ、あなたをお待ちしていました。あなただけを、です」

「なにか私に大事な用でも?」

「そうです、あなたには想像もつかないくらい大事な用があるのです」

14

〝けっきょく俺は、家にも戻らず教会にも行かなかった。たぶんこれが習慣の力というやつなのだろうな。気づいたらこうしてブラック・チェンバーに向かおうとしている。それでもまあ、どっちみち、辞表を出しにいかなくてはならないわけだし〟

お前は、ブラック・チェンバーに向けて車を走らせながらしきりにそう呟いていた。

しかしお前とて、心の底では、その言葉が単なる言い訳にすぎないことはわかっていた。お前は車に乗り込んだ瞬間に決めていたのだ。ブラック・チェンバーに行って人生の半分以上を過ごしたその建物にお別れを言おう、と。

ところが、あと二ブロックというところまで来てお前は、車を降りる羽目になった。道路封鎖で通してもらえずに、悶着を起こすよりはと車を諦めたのだ。封鎖をしている者たちに金を渡し、ようやく歩いて通ることを許可してもらった。

〝まったくなんということだ……〟

だがお前が憤っていたのは、むしろ軍に対してだ。

〝なぜこの肝心なときにここらに兵士が一人もいないのだ。おそらく、軍の主力部隊は、広場と市内の各橋に配置されているのだろう。軍としては猫の手も借りたいこの状況のなかですべての街角に兵士を立たせて置くわけにはいかないというのもわかる。それでも、ブラック・チェンバーは国家の治安を守るためになくてはならないものだ。その近くに兵士がいないなど断じて許されることではないぞ〟

お前は慌てて携帯を開き、状況を把握しようとニュースサイトにアクセスした。

Ｏｔｉｓのエレベーター、それまで幾度となく乗り降りしてきたそのエレベーターに乗り込むと、お前の胸に切なさが込み上げてきた。

〝なにかを終えるときというのは、なぜこうなのだ。これで終わり、と、あっさり諦めがつくことなどめったにない。たいていは、いつまでもぐずぐずと悲しい思いを引きずることになる〟

お前は地の底へ下っていく、黄泉の国へと。資料室の扉を開ける。

〝……いつの間にかここが俺の居場所になっていたって、つまりはそういうことなのかもしれないな〟

お前は自分の机を片づけ、私物や書類を段ボール箱に詰め込んだ。コンピュータのファイルを消去し、メールもすべて消し、資料庫の中に入っていった。通路を一つ一つ、別れを告げながら歩いていく。

〝この中のどの棚に俺のファイルは保管されることになるのだろうか？　それともここにある物はなにもかもが処分され、俺の痕跡、俺がこれまでやってきたことのすべても単なる数ビット分のデータとしてコンピュータのメモリーに納められることになるのか？　けっきょく、これが俺の定めだったということなのだな。俺はコードで、コードに帰っていく〟

部屋の隅で数滴おしっこをした。ロードランナーの絵柄のコップはもう使わない。

〝いまのもカメラで写されていたのか？　まあ、別にどうでもいいが〟

お前は、地下室を出てラミレス・グラハムの部屋に向かった。辞表を手渡すためだ。ラミレス・グラハムが言葉をかけてくる。それを聞きながらお前は気づいていた。ラミレス・グラハムの声がいつもの事務的なものと違ってどこか温かい、と。

〝この男も、結局のところ悪い人間ではないのかもしれない。ただ残念ながら、アルベルトの後釜としてアルベルトに引けを取らないぐらい立派にここの長官を務めるには器が小さすぎる。でもそれだからといって、この男の責任にするのはかわいそうだ。そもそも、アルベルトを凌ぐほどの器の者などこの世にいるはずはないのだから〟

お前が建物を出ようとすると、警官らがお前を止めた。リナーレスが、「新たな指示が出るまで職員は全員、建物内にとどまるようにとの命令が出されました」と告げた。「木曜の夜には一時、軍が事態を掌握したのですがね。状況はまた悪い方へ向かいつつあります。中央広場では、小競り合いが続いています」

だがそう言われても、お前は少しも困らない。

〝外は雨だ。雨がやむまで屋根の下で待つ方がいいに決まっている。それに、お上は間違いなく秩序を回復してくれるはずだ。だからここは一つ安心して、ゆっくりとこのブラック・チェンバーに別れの挨拶をすることにしよう〟

のろのろとした行進だった。お前は時間をかけて部屋の一つ一つを回り、歴史的瞬間に何度も立ち会ってきた壁にさよならを言い、ついでに、そこに働く者たちにも別れを告げた。そしてそうしながら、お前はしきりに自分に言い聞かせていた。〝俺がここを辞めても俺のすべてが消え去るわけではないというのは、俺自身が一番よくわかっていることじゃないか。そうだ、俺の暗号解読者としての精神は、なんらかの形で受け継がれていくのだ〟と。

道路にできた水たまりが、ときおり思い出したように瞬たくナトリウムランプの弱々しい光に照らしだされていた。お前がブラック・チェンバーを出たときには、周囲の通りには明かり一つなく、あたり一面がまったくの闇に閉ざされていた。それから数十ブロック歩き、ようやく、明かりにお目にかかったのだった。ランプの数を数えながらお前は、パチ、パチ、というその点滅がモールス信号のあるメッセージになっているのかもしれないと目を凝らしてみる。

〝なにしろ、いつどこにどんなメッセージが隠れているとも限らないからな。こうしていつも気をつけていなければ。世界はひっきりなしに俺に話しかけてくる。俺の務めは、それに耳を傾け理解しようとすること。だが……、世界が吐きつけてくる言葉に意味が込められていることなど滅多にない。たいていの場合そこには、支離滅裂に記号やらフレーズ、映像などがちりばめられているだけだ〟

携帯が鳴った。サンターナがビデオメッセージで、ブラック・チェンバーが非常事態にあると伝えてきた。「この建物内にいる職員は全員、国家警察情報局の警官の指示に逆らうようなことはせずに協力するようお願いいたします。みなさん、ヴィジュネルルームにお集まりください」

〝いったいなにが起きたのだ？　だいたい俺がブラック・チェンバーを出たのは、たった四十五分前だぞ〟

だがそれは、もはやお前が心配すべきことではないのだ。

〝俺はもうブラック・チェンバーを辞めた人間だ〟と、お前は何度もそう、自分に向かって繰り返す。

ふと気づくと、携帯にルスからのメッセージが残されていた。

「急いで話したいことがあるの」ルスの声が言った。「大変な目にあったのよ。仕事熱心な警官のおかげで、昨日の晩からずっと刑務所に入れられていて、少し前に釈放されたばかりです。いまは市内を歩いているところで、家に戻るのは遅くなりそう」

〝……ということは、フラービアは一人きりで夜を過ごしたのか。何事もなければいいが〟

お前はルスの携帯の番号を回した。

〝ルスのやつ、俺が家を出ていくと言ったらさぞ驚くだろうな。ましてや、別れてくれ、離婚するつもりだ、などと言ったとしたら。それを考えると、俺だって辛いよ。だが俺はカルラに、離婚してくれるようにルスに頼むと約束してしまったのだ。とにかく、まずは何ヵ月かルスと別居し、カルラと暮らしながらそれがどんなものかを試してみて、それから、たとえば本当に離婚するかどうか、最終的なことを決めればいい。それにしても……、俺とルスはなんと多くのものによってつながれているのだろう。まったく、年月とは無駄には過ぎないものだ〟

ルスが電話に出た。その声を聞いた瞬間、お前の気持ちが変わった。

〝やっぱり、いまこの話をするのはよそう。ルスの顔を見ながら、直接、話をした方がいい〟

「とんだことだったな。俺も早く家に戻るよ」

「私の方は、家までたどり着くにはまだ時間がかかりそう」

「俺、ブラック・チェンバーを辞めた」

「え？　どういうこと？　詳しく話してよ」

「あとだ、あと、あと」

「それより、君に頼みがある。君は歴史に詳しいだろ。カウフボイレンとローゼンハイムという街についてなにか知っていることはあるか？」

「カウフボイレンは、第二次大戦中にドイツ軍のもっとも重要な情報センターの一つが置かれていたところよ。ローゼンハイムは……、当時、連合国側は、ドイツ人捕虜の中でも諜報活動に携わっていた者たちだけを特別に収容する施設をいくつかの街に作っていたけれど、たしか、ローゼンハイムにもあったはずよ。捕虜の中にはもちろん暗号解読者もいたわ。でもなんでまた、そんなことを？」

〝ああ、ルス、なにを聞いても必ず答えてくれるルス。やっぱり俺には君が必要なのかもしれないな〟

お前の中で少しずつ、アルベルトの物語ができあがっていく。

「もう一つだけ、教えてくれ。ウエテンハインと聞いて、なにかピンとくるか？」

「綴りを言ってくれる？」

「Ｕｅｔｅｎ・ｊａ・ｉｎだ」

「ああ、エリック・ヒュッテンハインよ」ルスの答えは早かった。

「最初はUじゃなくてH、それでtが二つ。戦後、ナチスの暗号解読者が別な人物としての身分や名前を与えられてアメリカ政府やイギリス政府のために働かされるというケースが多くあったけれど、ヒュッテンハインもその一人。しかもナチスの暗号解読者の中でも大物だった人。ナチスによる暗号解読の成功例では必ずといっていいほどこの人の貢献があったの。秘かにアメリカに送られて、冷戦時代にはアメリカのために働いていたわ」

〝戦争犯罪人を自分たちの政府のために働かせるか……。なるほど、アメリカ人というのはプラグマティックな生き物だな。いや、まてよ。ということはもしかして……？〟

「君は……、アルベルトが実はヒュッテンハインだという可能性はあると思うか？」

「いいえ、だって年が合わないじゃない。ヒュッテンハインの息子だったらありえるかもね。ねぇ、ちょっとは私の体のことを心配してくれてもいいんじゃない……」

ルスが電話を切った。お前は物語を組み立ててみる。

〝アルベルトの物語。カウフボイレンで働く一人の若きナチスの暗号解読者、その若者は連合軍に捕えられローゼンハイムの捕虜収容所に移される。才能溢れる若き暗号解読者にはヒュッテンハインという名の師がいた。ある日ヒュッテンハインに連合国側は、別の人間になってアメリカ政府のために働くことを承知してくれれば自由にしてやるともちかけた。ヒュッテンハインはこの提案をのむが、そのとき、弟子である若者に対しても同様の処遇をしてくれるように頼む。そうして若者は、アルベルトという新たな名前と身分を与えられ、冷戦時代にＣＩＡでキャリアを積み、七十年代にボリビアに送り込まれた。そこでアルベルトは俺と会い、かつてのヒュッテハインと自分との関係を俺との間に再現させようと考えた……。

どちらの噂も本当だった……。アルベルトはナチスだった、ただ、逃亡者ではなかったが。そしてアルベルトはＣＩＡの工作員だった。そういえば、アルベルトは譫言でしょっちゅう、歴史的に重要な役割を果たした暗号解読者や暗号制作者たちの名前を口走ってはその人物になりきって喋っているのに、一九四五年から一九七四年までの間に活躍していた者たちのことにはいっさい触れようとしないじゃないか。一九四五年はおそらくアルベルトが密かにアメリカに渡った年で、一九七四年はボリビアにやってきた年。つまりその間の数十年は、アルベルトがＣＩＡのために働いていた期間、か。なるほど……。ドイツ人であるアルベルトにとって、一九四五年当時はまだ、アメリカは敵国以外のなにものでもなかったはずだ。そのアメリカのために、アメリカに命じられたままに働かなければならないということになって、アルベルトはたぶん一九四五年までの自分の人生の記憶に封印しようと決意したに違いない。だが、精神的にもおかしくなり死も近づいてきているいま、こんどは、祖国を裏切る行為に明け暮れていた数十年間の記憶の方に封印をしようとしている……。アルベルトは、ブラック・チェンバーに来ることで、敵国アメリカのために働き続けるという宿命から解放されたのだ。

いや、考えれば考えるほどこの推理が正しいような気がするぞ。むろん、アルベルトの人生にはもっともっと俺のわかっていないことがあるのだろう。だがとにかく、偉大な暗号解読者の縦のつながりの末端にこの俺がいるということだけは間違いないのだ。こうしてそれがわかっただけで、俺はもう十分だ。師であるヒュッテンハイン、弟子のアルベルト、そしてアルベルトの弟子でありヒュッテンハインの孫弟子の俺〟

一台のジープが歩道に寄ってきて止まった。隣人が、お送りしますよと、ドアを開けてくれる。ジープの中で二人は当然のように、社会を揺るがしている騒動での政権の対応を話題にした。

「政権はいったいなぜこれほどの大事になる前に手を打とうとしなかったのでしょうか」

「ええ、まったくです。放っておけば手に負えなくなるとわかっていたはずなのに」

隣人が突然言った。

「でも正直言うと、私は、道路封鎖ぐらいはどうってことないと思っているのですよ。もうみんな、封鎖には慣れっこですからね、たいして気にも留めていません。それよりいま私がなにを心配しているかおわかりになりますか？　コンピュータウイルス、ウェブサイトへの攻撃ですよ。少し前までは、この国でそんなことが起こるなんて誰も考えちゃいませんでしたが、いまは現実に起こっています。私たちも真剣に考えければなりません。私は空港で働いていますが、空港というのは、そういう攻撃にはもっとも弱い場所の一つです。ウイルスはある日突然、襲ってきて、すると我々は否も応もなく機能不全に陥ることになるのです」

「ですが、〈抵抗運動〉のメンバーなどほんの数人です」お前は隣人の顔を見ないで答えた。「この国の大半の犯罪者は、たいした技術はもっていませんからね。サイバー犯罪が社会的問題になるなんて、とうぶん先の話ですよ」

〝いや……、そうは言ったが、本当は、事態はもっと深刻だ。〈抵抗運動〉のおかげでブラック・チェンバーが追い詰められている。しかも組織全体がというだけでなく、特定の個人までもがその攻撃にさらされている。やつらは俺の非公開アドレスにメッセージを送りつけてきて、いや、俺としては間違いなくあれは〈抵抗運動〉の仕業だと信じているのだが、とにかくそのメッセージを通して俺の潜在意識に入り込み、ルスが何年かけてもできなかったことを成し遂げた。おかげで俺は……、たしかに、罪の意識を感じている。

だからこそ俺はこうして、俺に罪はないことを理屈で自分自身に納得させようと必死になっているのだ。そのために俺は、俺の思考を最大限に働かせている。すると時に、ついに思考が俺の望む通りのことを考えてくれた、と感じる瞬間がある。だがすぐに、それが勘違いだったと気づく。けっきょく思考は、思考自身が行きたいと思う方向にしか動いてはいかない。自分の思考をプログラムしたい、俺はいつもそう思っている。思っているのに、逆に俺の方が思考にプログラムされている〟

「それでも」と隣人が言った。「いまはどのコンピュータも互いにつながっていますから、わずか数人でも、その気になればなんでもできるはずです。サイバー犯罪がいつ大きな社会問題になってもおかしくはありませんよ。それなのに政権は、どうやら、やるべきことをやるためのお金は持ってはいないようですな。サイバー犯罪に備えて専門の機関を作るべきです」

〝だがここでまさかこの人に、ブラック・チェンバーの本当の役割がなんなのか打ち明けてしまうわけにはいかないしな〟

「それに企業も……」隣人は話を続けた。「相変わらず無関心のままです。ですが私は、今回のことはほんの予兆にすぎないと思っています。もしこのままなんの手も打たなければもっと大変な事件が起こってしまうかもしれませんよ、しかもここ数年のうちに」

「我々ボリビア人は、先の計画を立てるのが苦手なのです」お前は話を打ち切るように言った。「けっきょくはその場その場で、起きたことに対処していくことしかできないのでしょう」

二人は黙り込んだ。

お前は携帯を開けニュースサイトにアクセスする。ラナ・ノバだ。頬骨に沿ってピンクの頬紅を入れ、胸のラインがくっきり見える細身の黒いシャツを身に着けたラナ・ノバが、「警察の弾圧によりリオ・フヒティーボで十一名、ラ・パスで二名、チャパレで一名が死亡しました。なお、警察側も三名が死亡しました」と伝えていた。

「また政権はすでに、各方面からの攻撃に屈する形で、〈連合〉側の要求を受け入れる決定を下し、さらに、ラ・パスでストライキに入っている警官たち、チャパレのコカ栽培農家、チチカカ湖周辺のアイマラ人たち、サンタ・クルスの企業家らとの会談を早急に行なうことを表明しています。これはつまり、モンテネグロ大統領が、残り数ヵ月の任期を全うする決意を固めたということだと思われます。大統領は、問題を根本的に解決することを避け、来年の八月に誕生する新たな政権に丸投げすることを選んだのです。大統領選挙まではあと七ヵ月です。一月には大統領選に向けて各陣営が選挙運動をスタートさせます。現段階では大統領選に、コカ栽培農家のリーダーと、前コチャバンバ市長が立候補を表明しています」

〝でも俺には、なぜモンテネグロがこれほど弱腰なのかが理解できない。もしここで強い態度に出なければどうなるか、それは一番モンテネグロがわかっているはずなのに。間違いなく混乱が広がり社会全体が無政府状態に陥り、不安分子らは、自分たちには国家を脅かすだけの力があると自信をつけるに違いない。事実、すでにそうなっている。俺は政治のことを良く知っているわけではないし、こんどの騒動の争点となっているさまざまな問題について分析するつもりもない。でもこれだけは言える。それは、この国がこんな状態になっているのは、お上の言うことを素直に聞こうという気持ちが国民の側に著しく欠けているせいだということだ〟

携帯を切った。そのときだった。お前は、たったいま自分が頭の片隅でなにを思っていたのかに気づき、愕然とした。〝今度また反政府グループの暗号解読を仕事にするとしたら、俺はやっぱり、これまでと同じように、それがどんな結末を引き起こすのかなど気にすることもなくただ成果だけを求めてやるのだろう〟と、そう思っていたのだ。

〝因果応報というが……、人は、なにかをやれば当然それ相応の報いを受けるものなのだな。罪の意識ももたずにやってしまったと弁明したところで、そんなことは通らないのだ。だがそうはいっても、自分の行為が最終的にどこまで影響するのかなんて考え出したらなにもできなくなってしまうのではないのか。それに、人は、やるべきことをやるためにこの世に送り込まれた以上、そのやるべきことを能力の限りにやるしかないのだ。もしアルベルトが本当に俺を利用していたのだとしたら、俺の無邪気な信頼を笑っていたのだろうか？　俺は……、俺はなにも悪くない。悪いのはすべてアルベルトだ。俺はただ、アルベルトにやれと言われたことをやっていただけだ。自分が騙されていたと知らなかったとしても、それは俺の責任ではない。それとも、そこまでこの俺が知っておくべきだったとでもいうのだろうか。

あのときに教会に行きたいと思ったのは、一瞬、気が弱くなっただけだ。だいたい、なぜ俺が後悔しなければならないのだ。どの時代でも、ひたすら政権を信じてどうしようもない政権のために尽くす哀れな人間は、大勢いた。そうした人間たちの無邪気さも、汚れているということになるのだろうか。たぶん、そうなのだろう。だが、その者たちに責任があるわけではない。それに……、歴史は単なるゲームなんかじゃない。良心的で公明正大な政権のために働いた者たちしか報われないなんておかしいではないか。だいたい、この世界にそんな立派な政権などあるものなのか？　人殺し、お前の手は血で汚れている……。そうだ、その通り。俺もそのことは認めよう。でもそれは、あの時代にこの国に生きていた者たちのほぼ全員にいえることだ。ある者は実際に手を下し、ある者は自分の周りに起きていることに無関心を装うことで、誰もが犯罪者になっていた。俺が仕事をうまくやったせいで殺されなくていい者が殺されてしまったことについては、俺も辛く感じている。心から申し訳ないと思っている。だが俺には、自分にも責任の一端があると認める以外にできることはないのだ〟

車が止まった。住宅街の入口だ。警官が黄色いバーを上げる。隣人がお前を家の前で下ろしてくれる。玄関を入ると、知らない男がお前を見ていた。背が高くがっしりとした男で、頰に痣がある。その姿から雨に祟られたのだろうと容易に想像がついた。

〝いったい俺の家でなにをやっているのだ？〟

「グスタボ・カルドナです。判事です。こんばんは、チューリングさん」

「ここでなにをしていらっしゃるのです？　誰が家に入っていいと？」

「お嬢さんです」

「娘は、娘は大丈夫ですか？」

「ええ、ご心配なく」

「私はあなたを存じ上げませんが。妻にご用ですか？」

「いいえ、あなたをお待ちしていました。あなただけを、です」

「なにか私に大事な用でも？」

「そうです、あなたには想像もつかないほど大事な用があるのです」

「私はなにも想像したくなどありませんよ。どうぞ、早くおっしゃってください。さもないと、警察を呼びますよ」

「私は、一九七六年に殺されたある女性の従弟です。その人は、あなたと、あなたの上司のアルベルトのせいで殺されたのです」

「あんたが、私に暗号を送りつけてきた犯人なのか」

「いえ、私は暗号など送ってはいません。実はですね、私は考えたのですよ。あなたが罰を受けないままでいることはできないと誰かがあなたに教えるべきではないのか、とね。私以外の判事たちは民兵を、実際に引き金を引いた民兵らを罪に問うてくれています。そしてもっと野心家の判事たちは、やがてモンテネグロを裁いてくれるでしょう。ですから私は、あなた方を裁きます」

「あんたは妄想に取りつかれている」

「我々はみんな、そうです。ただ、中にはそれほど穏やかとはいえない妄想に取りつかれている者もいる、というだけの話ですよ」

カルドナと名乗るその男が拳銃を取り出し、引き金を引いた。お前は胃に強い衝撃を受け、息を吸うことができない。血しぶきがメガネにかかる。メガネが床に落ち粉々に砕けた。お前は胃のあたりを掴んだまま倒れ込んだ。床に横たわったお前の目が、二階の階段の手すりから身を乗り出す人影を捉える。その影が叫び声をあげる。お前の娘、フラービアだ。

〝俺はまだ……、考えることができている。だが考える以外にはもうなにもできない。この思考も……、俺が死ねば止まってしまう。そうか、いまになってすべてのことがはっきりした気がする。やっとわかった。俺は、いつかはコードの中のコードにたどり着けるかもしれないと信じてあらゆるコードを解こうとしてきたが、その大半は無駄な努力に終わった。でもそれが俺の運命だったのだ。俺はけっきょく、コードを解読するようには運命づけられてはいなかった。解読するための努力を続けること、それが俺に与えられた運命だったのだ。たしかにこの俺も、ささやかながら勝利を収めたことはある。だがそんなものは、この不可解な世界の謎を読み解こうとするにはたいして役には立たなかった。でも俺には、世界が不可解なものであるということ自体が、この世界が高みにいる誰かによって丹念に作りあげられたものだということのなによりの証拠であるような気がしてならない。コードというコードを知り尽くした存在、あらゆるコードを作りあげている張本人。俺もまた……、その存在によって作りあげられたのだ。俺も、コード。俺を撃ったこの男も、俺の可愛いフラービアもルスもアルベルトもコード。人間はみんな、道に迷ったコード。そして、ほんのいっときの悲しみに満ちた年月をそこで過ごさなければならない人生という迷宮の中で、別なコードを探している。

俺は……、本当は、考えるという行為をしたことなど一度もなかったのだ。俺のしていたことは妄想。俺はいつも妄想していただけだ。あの男の言ったことは正しい。みんな、妄想に取りつかれている。俺も、妄想に取りつかれている。だがそもそも、考えるということ自体が、ある意味妄想しているようなもの。ただ、人が抱く妄想の中には穏やかなものとそう穏やかとはいえないものがある、というのは事実だ。

ああ、俺の妄想が、人に害を及ぼすことのない穏やかな妄想であったと信じることができたらどんなにいいか。でも……、わかっている、俺の妄想はそんなものではなかった。俺はいま、そのことを認めよう〟

お前の頭の中にはもうなにもない。

お前は安らかな気持ちになる。
お前は目を閉じた。

エピローグ

　ドアをノックする音が聞こえた。カンディンスキーはドアを開けようとして、その手を止めた。数日前から、アパートの外には出ていない。

〝でももし警察だとしたら、こんなにやさしくノックするものだろうか〟

「誰だ?」カンディンスキーはドアに向かって声を張り上げた。

「バエスです」

　カンディンスキーはとっさに身構えた。

〝バエスがここに来るはずないではないか。これは罠か?〟

「そんな名前の者は知らない」

「あなたは、いや、君は、俺のことを知っているはずだ。俺を信じてくれ。警察とはなんの関係もない」

　カンディンスキーがわずかにドアを開けると、そこにいたのは、目をキョロキョロさせ、ジーンズの上からコーヒー色のシャツを垂らした若者だった。

　カンディンスキーはバエスに、部屋に入るよう促した。バエスが殺風景なリビングの真ん中で足を止める。

「君が……そうなのか？」

「ああ、君が……」

二人は遠慮がちに抱き合った。

〝……なんか気恥ずかしいな。こいつが俺にとっていまやたった一人の同士だというのはじゅうじゅうわかってはいるが、こうして体を触れ合わせて挨拶するのはどうにも落ち着かない。だが考えてみれば、それも仕方がないことなのかもしれない。なにしろこれまでずっと、チャットルームやプレイグラウンドでバエスのアバターとばかり話をしてきたのだから〟

カンディンスキーは黙ったまま、バエスの言葉を待った。

〝いったいバエスはなにを話しにきたのだろう？　いや、そもそもなぜバエスが俺の目の前にいるのだ？〟

「君の部屋はもっと違う感じかと思っていたよ。どんなふうに違うのかと言われると困るけれど。とにかくこれほどなにもないとは思わなかった。君がここまで徹底したミニマリストだったとはね。もっと部屋の中が雑然としていて、壁はポスターで一杯かと思っていた」

「尊敬するハッカーのポスターで、か？　あいにくだが、俺には、尊敬するハッカーなどいない」

「いや、革命を象徴する絵とか、まあ、そんなようなものでという意味だ」

「で、壁一面にスローガンが書かれているとでも？　だがな、俺には、部屋の壁にわざわざスローガンを書きつけるような趣味はないんだ」

バエスが部屋の隅に置かれたコンピュータに向かって歩いていく。キーボードに触れる。

「いま俺がこうして偉大なカンディンスキーの前に立っているなんて、信じられない気分だ」

「どうやってここがわかったんだ？」

「簡単な事さ。俺は、プレイグラウンドでの〈革新運動〉のボス役のアバターを操っているのがどこの誰かというのを知っていたからね。それを知っていれば誰にだって、すぐに突き止められるよ。忘れちゃいないとは思うが、俺はプレイグラウンドの管理を請け負う会社に勤めていたんだぜ。ブラック・チェンバーに入る前に。しかも俺は、プレイグラウンドにアクセスしてくる客たちの本名や身分を保管しておく極秘ファイルの管理を任されていたんだ。もちろん、俺たち社員は、客のことについては家族にも言うなと厳しく命じられていた。もし誰かに言ってそれがばれでもしたら、即刻クビだ」

カンディンスキーは、いつもの鋭い痛みに思わず手をぎゅっと握りしめた。

「痛むのか？　医者に見せた方がいいじゃないのか？　大事にしてくれよ。俺たちみんな、君のことが頼りなのだから。話の続きだが、実は俺、ときどき、ラットをやっている友だちに客の本名を教えていたんだ。あるときプレイグラウンドのシステムの弱点に気づいて、それ以来、その弱点を利用しながらハッキングを繰り返すようになった。でも遠隔操作でやっていたから、疑われるような心配はなかった。会社を辞めてからも俺は同じように、システムに侵入して客の個人情報を盗み出し、それをラットに売ってもらっては小銭を稼いでいた。だからボヴェを操っているのが誰なのかを知るのもわけないことだった。もうずいぶん前のことだ。君がどこに住んでいたのかも知っていたが、黙っていた。本当に必要になったら会いに行こうと思ってね。これで納得いったかい？　俺には君がどこの誰なのかがわかっていたから、それで、簡単に君の居場所を突き止めることができたんだよ。でも警察だって、いますぐというわけじゃないだろうが、いずれは君の身元を割り出して君のもとにやってくるはずだ」

カンディンスキーは笑みを浮かべた。

〝……俺の思った通り、バエスはやはり大したハッカーだ、すごい能力をもっている。プレイグラウンドの管理を請け負っている会社には、ハッカーであれば誰でも、一度や二度は必ず攻撃を仕掛けたことがあるはずだ。だが俺の知る限り、あそこのセキュリティーシステムを破ることができたのは、このバエスただ一人だ〟

「で、君はいったい俺になにを話しに来たのだ？」

「ラミレス・グラハム、ブラック・チェンバーの俺のボスだが、そのボスが〈抵抗運動〉を追っていて、きっともう少しで君にたどり着くはずだ。『トド・ハケル』の管理者に協力を要請した」

「でもあれは、ものを知らないそこら辺の女の子じゃないか。恐れる必要はないと思うが」

「いや、俺はたいした娘だと思うよ。俺たちのことはなんでも知っている。あの娘の能力は危険だ。これまでにも、何人かのハッカーがあの娘のおかげで葬り去られている。しかも大物ハッカーが」

「相手は女だ」

「そんなことは、わかっている。女のハッカーはいないと言われているからな。いや、いることはいるが、どれも大したハッカーではない。でも、必ず例外はある。そしてあの娘がそうだ。べつに恐れろと言っているわけじゃない。ただ、俺たちの敵を甘く見るなと言いたいだけだ」

「じゃあ、その娘の助言を受けて君のボスは、俺たちの仲間を殺させたというのか？」

「いや、ちがう。あれは俺がやった」

〝冗談、だよな？〟

カンディンスキーは、バエスの顔をまじまじと見つめた。

〝……いったいなんなのだ、この真剣な顔は。え、ってことは、冗談ではないのか！〟

「俺のボス、ラミレス・グラハムは、遅かれ早かれあの三人にたどり着いていたはずだ。なにしろ周りにいるのがみんな、第一級の者たちばかりだからな。それに三人とも、捕まればなにもかも喋ってしまうに決まっている。だから俺は、友だちのラットに頼んで始末してくれる者を見つけてもらった。ただ気になるのは、最後に殺ったラファエル・コルソのことだ。やつは、こちらがやつを殺す直前までフラービアと会っていたんだ。ラファエルがフラービアにすべてを話したのか、フラービアがどの程度まで知っているのかは、わからない。だが俺たちとしては、最悪の場合を想定して、それ相応の思い切った行動を取る必要がある。三人には大義のために犠牲になってもらった。俺だって、その大義のために命を投げ出す覚悟はできている。俺たちの大義、〈革新運動〉の大義。〈抵抗運動〉の大義のために」

〝しかし……、こいつがこんな人間だったとはな。この声の響きはまさに狂信者のそれだ。たしかに、バエスが熱心な活動家だというのは俺も知ってはいたが。プレイグラウンドのアナーキー地区で活動していた頃から、そうだった。そういう意味では、俺がバエスを〈抵抗運動〉の同士に選んだことは間違いではなかった。でもこの男のなかに、なにか嫌なものを感じる。たぶん俺は、バエスがほかの人間たちのことを使い捨ての道具としてしか考えていないというところが許せないのだろう。バエスは、三人の同士を殺したのは自分だと言った。しかも平然とした顔で。けっきょくバエスも、プレイグラウンドにのめり込みすぎて頭がおかしくなっている若者の一人、ということなのか。日に何時間もコンピュータの中のプレイグラウンドの世界で過ごしているおかげでプレイグラウンドでの仮想の死と現実世界での本物の死との区別もつかなくなっている若者たちの仲間、なのか。俺はそんな風に混同したことなど一度もない。いつも、仮想と現実の世界をはっきりと区別して考えている。現実世界の方が仮想世界よりも退屈でつまらないとしても、それはまた別な問題だ。どんなに欠陥だらけで不正がまかりとおっていようとも、この現実世界にこそ、俺たちが戦うべき相手がいる〟

「君が殺させたのか？　俺たちの戦いの同士を？　なんとも思わずにか？」

「やろうと決心するのはもちろん、大変だったさ。だが俺には考えがある。それを君に話せば、君も、あれが俺たちの〈抵抗運動〉を救ういちばんいい方法だったと納得するはずだ。おい、大丈夫なのか？」

カンディンスキーの両腕が、力なく脇腹のあたりで揺れていた。

〝だめだ、腕に力が入らない。それに手の感覚がまったくない。俺の両手……、もしかしたら本当に麻痺してしまったのだろうか〟

初めのころ、そうした症状が出ていたのは左手だけだった。それが右手に代わり、いまでは右手と左手の両方がおかしくなりはじめていた。

「続けてくれ。俺のことは気にしないで」

「俺は、君と知り合う前はどこの誰でもなかった。目的もなく、ただ仕事に行って帰ってくるだけの毎日を過ごしていた。でもいま考えると、プレイグラウンドの管理を請け負う会社に勤めたのは俺にとって決して無駄なことではなかった。おかげでいろいろなことに気づくことができたのだからね。勤めていなければ、本当の敵が誰かということもわからなかったはずだ。俺はあるとき思ったんだ、敵のために俺はこの才能を捧げている、とね。それに、いい仕事をもっていてもそれだけではだめだとも気づいた。人間には心から信じることのできる大義が必要なんだ。人生をかけることのできる大義、そのためには死ぬことさえもできる大義が」

バエスが喋りながら部屋の中を歩き回り、腕を動かし、カンディンスキーに熱っぽい視線を向けてくる。カンディンスキーは、その場を支配することに慣れてはいても、一度取られてしまった主導権を取り戻す方法までは知らない。口を半ば開けたままカンディンスキーは、バエスの言葉の一つ一つに耳を傾け、そのたびにカンディンスキーの中に驚きが積み重ねられていった。

「君に出会って俺は、自分の行くべき道を見つけることができた」バエスの話は続いた。

「俺は、自分がなんのために生きているのかがやっとわかったんだ。君は俺にたくさんのことを教えてくれた。しかも、何人も君に従う者がいるなかで俺を選んでくれた。いまだってまだ、こうして君の前に自分がいることが信じられない気分だ。でも君は本当に俺を選んでくれた。俺は、君のその信頼に報いたい。どうかお願いだ、俺が君の身代わりになることを許してはもらえないだろうか。君の代わりに俺がカンディンスキーになるよ」

「君が俺になる?」

「ああ、プレイグラウンドで君が使っているアイデンティティーを俺が代わりに使えば、フラービアを騙すことができる。俺のボス、ラミレス・グラハムは部下たちに俺の跡を追わせるだろう。やがて部下たちは俺にたどり着き、俺のことを捕まえる。俺がカンディンスキーだと信じて。俺を刑務所に放り込み、勝利を喜びあい、これで万事解決とほっとする。カンディンスキーはヒーロー、新自由主義とグローバリゼーションへの抵抗運動の象徴として人々の記憶に残っていく。君は数ヵ月、身を隠して、それからもう一度、今度は別の名前でネットに出てくればいい。そうだ、カンディンスキーに教えを乞うたちの一人で師の戦いを受け継ぐ、ということにでもすればいい。そうすればまた同士を集めて、〈抵抗運動〉を再生させることができる。俺がカンディンスキーとして刑務所に入れば、偉大なるカンディンスキーはもう警察に追われることもない。そして自由になった君は、その天才的な技術力を心おきなく大義のために役立てることができる」

バエスがいったん口を閉じ、喉を払った。

「気が変になったんじゃないかって顔で俺のことを見ているな。俺は正気だ。俺が、仮想世界と現実世界を混同しているとでも思っているのか? そんなことは絶対にない。俺がなぜ自分の命を差し出そうとするのか、俺がなぜ君に生きていてほしいと思うのか。それはすべて大義のためだ」

バエスがようやく口をつぐんだ。

〝あまりに危険で突拍子もない計画、だがこれは間違いなく素晴らしい計画だ。そして目の前にいるこの男、こいつは間違いなく、俺よりも賢くて熱い気持ちをもっている。俺が誰かのことをそんな風に思うなんて初めてだ。それなのにこの凄いやつは俺のことを尊敬してくれていて、おまけに自分の才能と情熱とを俺を逃がすために使おうとしている。本来なら俺はこういうべきなのかもしれない。バエス、自分の身を犠牲にするのは俺の方だ、俺こそが、お前を生き延びさせるために犠牲になるべきなのだ、と〟

だがカンディンスキーはなにも言わず、バエスに歩み寄り抱きしめた。

「いつか刑務所に会いに来てくれよ」バエスが言った。「もちろんそのときは、カンディンスキーではなく別な人間として」

カンディンスキーはあらためてバエスの顔に視線を当てた。バエスの顔は暗く沈み、おどけた物言いとは裏腹に悲しげな雰囲気を漂わせていた。

二日後カンディンスキーは、バエスが、ブラック・チェンバーでの銃撃戦で死亡したと知った。メディアは、十代の頃のバエスの写真をカラーで載せ、一斉に、「カンディンスキー死亡、〈抵抗運動〉は解体」と報じた。さらに、失敗続きのモンテネグロにとってこれは唯一の勝利である、との論評も加えていた。

その写真を見たときだった。カンディンスキーは不意に、すべてがわかった気がした。

〝俺は……、どこの誰でもない者が栄光に包まれて死ぬその手助けをしてしまったのだ。バエスがなぜああいった行動を取ったのか、いまなら納得がいく。まちがいなくバエスの計画には、自己顕示欲と自己犠牲の精神という、まったく相反する二つのものが同居していた。バエスがこの計画を考えついたとき、神のような心で身を犠牲にする覚悟をしたのは本当だろう。でもその一方で、それによって自分の存在を人々の記憶に永遠に刻みつけることができるような神話を作り上げ英雄として世の中に別れを告げたいと、そう思ってもいたはずだ。カンディンスキーは……、カンディンスキーは死んでなどいないぞ。ここにいるこの俺がカンディンスキーだ。バエスの計画に乗ったときにはこんなことになるとは想像すらしていなかったのに。たぶん俺は、あのままカンディンスキーでいるべきだったのだ、たとえどんな最後になろうとも。でも俺には、泣き言を並べている時間などない。さあ、これからなにをどうしていくべきなのかを考えなくては〟

カンディンスキーの指が痛々しげに宙を叩き、自分の未来をプログラミングしていく。

〝とにかく、まずは医者にこの手を見せよう〟

カンディンスキーは、サンタ・クルスのクリニックの玄関を出た。両手は包帯でぐるぐる巻きにされている。とそのときカンディンスキーは、なぜか不意に思った。〝俺が親父とお袋のところへ戻ったってなにも悪いことはないじゃないか〟と。

カンディンスキーはタクシーを降り、運転手にスーツケースを持たせて家に入っていった。弟のエステバンがそれを黙って見ている。

〝あいつ、俺のことを止めないのか？　たぶん、俺があまりにも堂々と、当然の顔をしてここに入ってきたものだから、面食らってなにも言えないでいるのだろう。そうだよ、俺が俺の家に帰ってきてなにが悪い？　それにそもそも俺は、この家と完全に縁を切ったことなど一度もないぞ〟

カンディンスキーは、父と母をぎゅっと抱きしめた。

「僕はずっと、父さんと母さんに会いたくてたまらなかったよ」

「おい、その手、大丈夫なのか？」

「ああ、喧嘩で指を折っちまったんだ」

カンディンスキーは、家を出る前に使っていた部屋に入った。

「エステバン、悪いな、急に戻ってきたりして。邪魔にならないようにするから」

カンディンスキーは、寝袋を床に広げ潜り込んだ。

長い昼寝のあと、夕食のテーブルで家族から矢継ぎ早に質問が浴びせられた。

〝手のことでは、本当のことを言っておく方がよさそうだ。喋ったところで、別にヤバイことにはならないはずだ。俺のことについては、バエスから聞いた話をうまく使わせてもらおう。プログラマーの資格を取ってからプレイグラウンドの管理を請け負う会社に勤めていたけれど、この国の敵のために働いていると気づいて会社を辞めたって、そう言えばいい。おお、なんという正義の物語だ。これなら家族も文句は言うまい。

まあ、ともかく数ヵ月はこのまま家にいよう。少なくとも二十一歳の誕生日までは。コンピュータには一切触れずにこの指を休ませてやる。その後は、また俺の任務に戻る。新しいグループの名前はもう、決めてある。〈不死身のカンディンスキー〉だ〟

著者ノート

私にとって自分の作品の新たな版を出すというのは常に、原稿を見直し、細かなところの手直しを行なうための機会となっている。誤植はもちろん余分な形容詞に至るまで、そして時には、今回のように、全体の筋立てにはあまり影響のない範囲で小さな筋立ての手直しを行なうこともある。『チューリングの妄想』は最初、二〇〇三年の六月にボリビアのラ・パスで出版された。その後、二〇〇四年の一月にはスペインでの版が出版されたが、手直しに関して私が行なったのは、ボリビアでの版の誤植の訂正のみだ。しかしこのたびアルゼンチンで新たな版が出版されることになり、私は徹底的に手直しを行なうことにした。これで原稿は完成とみなそうと私自身が決めた時点からすでに三年が経過していることを考えれば、当然そうすべきだと思うからだ。

この作品はいま、読者の方たちにとって一段と読みやすいものになったと思っている。だがもちろん、どんなに手直しをしてもこれで完璧ということはないというのは、その通りである。

エドムンド・パス・ソルダン　イスランティィージャにて　二〇〇五年七月

訳者あとがき

本作品 *El delirio de Turing*（『チューリングの妄想』）は、ボリビアを舞台とする長編テクノスリラー小説である。作者はボリビア生まれのエドゥムンド・パス・ソルダン。ラテンアメリカ文学界の若い世代の作家としてもっとも注目を浴びている一人である。本作品の初版は二〇〇三年にラ・パスのアルファグアラ社から出版された。

時は二十一世紀初頭。インテリジェンスビルの立ち並ぶ、ボリビア国内でも有数の近代都市リオ・フヒティーボは、激しい政治的混乱に見舞われていた。街の至る所では連日のように市民による抗議行動が続けられ、通りにはピケが張られている。抗議の原因は、電気料金の高騰。リオ・フヒティーボ市の電力事業が民営化され、電力の支配権を得たアメリカとイタリアの合弁企業グローバラックス社が過酷な値上げを課し、それが市民の反発を招いたのだ。その民営化を断行したモンテネグロ大統領には、民政移管がなされる前の七〇年代に独裁者として君臨していたという過去がある。リオ・フヒティーボの街には、〝グローバラックスは出て行け〟、〝グローバリゼーション反対〟、〝新自由主義反対〟のスローガンが溢れ、あらゆる階層の市民によって結成された〈連合〉が道路を封鎖し、それに呼応するかのように反政権の動きがボリビア全土へと広がる様相を見せ始めていた。

物語は、そうした緊迫した状況下でのリオ・フヒティーボの数日間が、主だった七人の登場人物それぞれの身に起きた出来事を通して描かれていく。

リオ・フヒティーボ。この名の都市は、ソルダンの作品のなかでテクノスリラーとして分類される他の二作品、『デジタルの夢（*Sueños digitales*）』（二〇〇〇年刊）、『欲望の物質（*La materia del deseo*）』（二〇〇一年刊）においても、物語の舞台として登場している。リオ・フヒティーボとは、作者が生み出した架空都市なのだが、作者自身が〝コチャバンバのオルター・エゴとして誕生させた場所〟（*El País* 二〇〇二年十二月十四日付）と述べているように、作者の生まれ故郷コチャバンバがモデルとなっている。

まずここで、作中の〝電気料金の値上げをめぐっての政治的混乱〟について触れておく。これはボリビアで実際に起きた事件〝コチャバンバの水戦争〟に題材をとったものである。当時、政権の座に就いていたのはウゴ・バンセル・スアレス大統領。一九七一年から七年間にわたり独裁政治を行ない、一九九七年にふたたび選挙により大統領に就任した人物で、その点では、作中のモンテネグロ大統領と重なる。バンセル政権は一九九九年、世界銀行の主導の元で進めてきた公共事業の民営化政策の一環として、コチャバンバの市営水道会社 SEMAPA の民営化入札を行ない、唯一の参加者であったアグアス・デル・ツナリ社がこれを落札。同社は、アメリカに本拠を置く多国籍企業ベクテル社の子会社である。この落札によりコチャバンバの水道事業の支配権を手に入れたアグアス・デル・ツナリ社は、そのわずか一週間後、水の供給能力向上を理由に水道の基本料金を三十五パーセント引上げ約二十ドルにすると発表。さらに水道メーターの設置により、各農村においてそれまで自主管理がなされてきた井戸と灌漑用水路の使用についても料金が課せられることになった。当時のボリビアの最低賃金は七十ドル。その約三分の一が水道料金として徴収されるとなれば、とうぜん支払が不可能な者も出てくる。ところがアグアス・デル・ツナリ社は、未払いに対しては水道の供給を止めると宣言。そうした措置は、とりわけ貧困層にとっては、パンか水かの選択を迫られるのに等しいものであった。むろんこれには、市民たちも黙ってはいなかった。一九九九年十一月ごろから水道民営化に反対する抗議行動が散発的に行なわれるようになり、それが徐々に拡大し、翌二〇〇〇年一月には、労働組合、農民組合、コカ栽培農家連合、各地区の隣組などさまざまな組織や市民グループが〝水と生活を守る市民連合〟として結集し、ゼネストを実施。コチャバンバの街は封鎖され四日間の機能停止に陥った。その後も抗議行動は続き、四月に入りふたたび大規模な抗議行動によりコチャバンバが機能停止に陥ると、政権は、世界銀行からの圧力を受ける形で、武力によるデモ隊の鎮圧へと踏み切った。しかしこれが人々のさらなる反発を招き、政権への抗議が全国規模にまで広がりついにアグアス・デル・ツナリ社は事業撤退表明へと追い込まれたのである。

さて、話を物語へと戻そう。まずは、七人の登場人物の紹介である。

一人目は、物語の主役であるミゲル・サーエンス。暗号分析を専門とする国家諜報機関ブラック・チェンバーの暗号解読官で、独裁政権下ではブラック・チェンバーきっての優秀な暗号解読者として輝かしい業績を挙げてきたものの、民主主義がボリビアに戻って以降は暗号解読の仕事そのものも激減し、またコンピュータ化の波についていけないという自身の問題も災いして、オフィスで暇を持て余すようになっている。ことに、ラミレス・グラハムが新たな長官に就任してからは暗号解読室も追われ、資料室長という閑職に甘んじている。ブラック・チェンバーでの呼び名はチューリング。これは、デジタル・コンピュータの数学的基礎を築きエニグマ暗号の解読に貢献したアラン・チューリングからとって上司のアルベルトが付けたものだ。このチューリングを主人公とする章ではすべて二人称で語られているのだが、なぜそうなのかという理由については作者の、〝僕は、登場人物の心の中の問題、あるいはその人物の行為の道徳性をテーマにするときには二人称を使うようにしている〟(*Quaderns Digitals.NET* 二〇〇三年)という言葉がもっともよく説明している。

登場人物の二人目は、チューリングの娘のフラービア。カトリック系の私立高校に通っている。幼いころからコンピュータおたくで、その趣味がこうじてついには『トド・ハケル』(オール・ハッカー)という自分のサイトを立ち上げるまでになり、もっぱらラテンアメリカ諸国のハッカーについての情報を発信している。

三人目はチューリングの妻のルス。幼いころから暗号の面白さに取りつかれ、一貫して暗号への情熱をもち続けている。若き日のチューリングの暗号解読の師でもあった。独裁政権時代に一時期、チューリングとともにブラック・チェンバーに暗号解読官として勤務していたものの、仕事と良心との折り合いを付けることができずに辞職し、それ以降は歴史学者として大学で教鞭をとっている。

四人目は、ブラック・チェンバーの新たな長官に就任したラミレス・グラハム。ボリビアの副大統領にスカウトされ、サイバー犯罪に強い組織にブラック・チェンバーを変革するという使命を負ってNSA（アメリカ国家安全保障局）の暗号解読官から転身。

五人目は、ブラック・チェンバーの生みの親でありブラック・チェンバーの元の長官のアルベルト。七〇年代にCIAの軍事顧問としてボリビアに送り込まれていらいボリビアにとどまり、独裁政権下では反政権派の弾圧に暗躍していた。チューリングが心から慕う人物でもある。神経を犯され死に近づきつつあるアルベルトだが、実はそれは仮の姿。その正体は、過去から現在に至るまでさまざまな暗号解読者の体を借りて生きつづけている暗号解読者の魂だ。なにかの偶然でアルベルトの姿となっているその魂が、ベッドに横たわったままモノローグで、延々と、暗号解読にまつわる歴史的事件を語り続ける。

登場人物の六人目は、カルドナ判事。モンテネグロ政権で法務大臣を努めていたが、辞職に追い込まれてからは、従姉のミルタの敵を討つためだけに生きている。ミルタは、少年の日のカルドナが初めて恋心を抱いた相手であり、モンテネグロ独裁政権下でのある日、突然連れ去られ、政権転覆の陰謀に関わっていた罪で拷問を受け殺害されたのだ。

七人目は、もう一人の主役、カンディンスキーである。反グローバリゼーション、反新自由主義の騎手としてサイバー攻撃による政権転覆を目論む天才ハッカー。世間では、隠されたカンディンスキーの素性をめぐってさまざまな憶測が飛び交い、その神秘性ゆえに神のごとき存在にまで祭り上げられている。このカンディンスキーというのはハッカーとしてのハンドルネームであり、読者にも最後までその本名が知らされることはない。

本作品は、大きな物語の流れのなかで、時間と場所を共有する七人の主だった登場人物たちのストーリーが互いに絡み合いながら同時並行的に進められていく、という構成になっている。

話は、主人公のミゲル・サーエンスことチューリングがブラック・チェンバーに出勤してくるシーンから始まる。

チューリングはその日、いつも通りに、誰よりも早くブラック・チェンバーに入った。するとオフィスのコンピュータの非公開アドレスに、〝人殺し　お前の手は血で汚れている〟という奇妙な暗号文が届いていた。いっぽうブラック・チェンバーは久々に活気を取り戻し、建物中が、独裁政権時代を思い起こさせるような慌ただしい雰囲気に包まれていた。その数日前、カンディンスキー率いるハッカー集団〈抵抗運動〉が、リオ・フヒティーボ市民たちの激しい反政権の動きに呼応するように、政府機関のコンピュータに大規模な攻撃を仕掛けてきたのだ。政府のサイトはことごとく乗っ取られ、情報の流通は痺状態に陥っていた。新たな長官ラミレス・グラハムのもとサイバー犯罪に対抗する準備を整えてきたブラック・チェンバーの、まさに活躍の時がきたのである。だが、もはや暗号解読の仕事から外されているチューリングには出番がない。ブラック・チェンバーではすでに、若手のコンピュータ技術の専門家たちによる、カンディンスキーを追い詰めるための作戦が始まっていた。チューリングの娘でありコンピュータに抜群の知識を持つフラービアもまた、カンディンスキーの正体を追い始めていた。そのころ、従姉ミルタの復讐を誓うカルドナ判事が、混乱のさなかにあるリオ・フヒティーボにやってくる。目的は、従姉ミルタを死に追いやった陰の主役、独裁政権時代のモンテネグロの悪行を裏で支えていた暗号解読者のアルベルトとチューリングを殺すこと。その計画を実行に移すべくカルドナ判事は、アルベルトが寝たきりになっている家を目指す。リオ・フヒティーボの街には軍が投入され、デモ隊も一歩も引かず、いよいよ一触即発の危機が高まっていた。ふたたび〈抵抗運動〉によるサイバー攻撃が、今度は、国家の防衛拠点であるブラック・チェンバーに向けて仕掛けられ、恋人のカルラとの密会から家に戻ってきたチューリングにも招集がかかる。そんな騒ぎのさなかチューリングは、ラミレス・グラハムからとつぜんある事実を告げられる。自分の輝かしい暗号解読者としての歴史を否定するようなその事実にチューリングは打ちのめされ、救いを求めるようにふたたびカルラのもとに足を向ける。そのときチューリングの頭に浮かんでいたのは〝人殺し　お前の手は血で汚れている〟という、差出人不明の暗号メッセージのことだった。そして物語はいよいよフラービアとカンディンスキーとの対決、ブラック・チェンバーでの銃撃戦へと向かいカンディンスキーは追い詰められたかに見えたのだが……。

本作品は、テクノスリラー小説として一級の読み物である。謎の天才ハッカー、カンディンスキー率いる〈抵抗運動〉と国家諜報機関との攻防戦を主軸に細かなストーリーがいくつも絡み合い、物語の最後には思わぬどんでん返しが待っている。その筋を追っていくだけでも読者は十分に楽しめる。だが本作品の真価は、実は、作中に重要なテーマがいくつもちりばめられ、それを通して二十一世紀の社会とそこに生きる人たちが共通して抱えているさまざまな問題点が浮き彫りにされているというところにある。本作品の初版は二〇〇三年であり、それからすでに十年以上が経過しているが、それでもソルダンがここで描いていること、あるいは問いかけていることは古さを感じさせないどころか、いま私たちが直面している現実や社会問題とも重なるものなのである。

そうしたテーマのうち主要ないくつかを挙げてみる。

まず一つ目に取り上げるべきは、コンピュータとネットワークの技術に関する問題であろう。それは、本作品の最大の特色が、情報通信技術を駆使してのハッカーと国家諜報機関との攻防戦が主題になったテクノスリラーだという点にあるからだ。

作中に登場するこの種の技術については大きく二つに分けられる。その一つは、すでに存在している技術である。本作品では、プログラミングやハッキングの手法、サイバーセキュリティーなどに関わる最先端の、といっても初版の二〇〇三年当時でのということになるが、その技術がさまざまな場面で紹介され、また、チャットやSNS、オンラインゲーム、デジタル生物なども物語の時代背景として、登場人物たちの日常シーンを彩っている。そしてもう一つの技術とはいまだ開発途上の技術、というより正確には、それによりさらに進化した世界をインターネット上に実際に作り出すことを可能にする近未来の技術、である。ソルダンは最新作のSF小説 *Iris* についてのインタビューに答えるなかで次のように述べている。〝十年ほど前に『チューリングの妄想』を書いたときに最初はサイエンス・フィクションを目指していましたが、けっきょく私の中の現実的な部分が勝ってしまい実現しませんでした〟

(*EurolatinPress* 二〇一四年二月二十一日)。だが、その試みの片鱗を私たち読者は、プレイグラウンドに見ることができる。作中でプレイグラウンドは、二〇一九年を時代設定としたオンライン・コミュニティーとして登場する。人間がそこで自分の分身ともいえるアバターを使ってほとんど現実世界でと同じような体験をすることができる夢のような三次元空間。まさにSFの世界である。とはいえ、もちろん、そうしたバーチャルワールドについての着想自体はすでに二〇〇三年当時も存在していた。また実際に、二〇〇三年六月にはリンデンラボ社が、〝自由な夢の世界〟と称する三次元コンピュータグラフィックス(3DCG)で構成された仮想空間、〝セカンドライフ〟の運営を開始している。それでも、ソルダンが本作品を執筆していたのがセカンドライフの誕生以前であったこと、また、そのセカンドライフですらいまだ、本作品中に描かれるプレイグラウンドのように利用者の誰でもが気軽に、携帯からでも参加でき楽しめるものとなるまでには至っていないことを考えれば、やはり本作品においてソルダンはプレイグラウンドを、近未来の技術の象徴として描いたと言ってもいいのではないだろうか。また、バーチャルコミュニティーとしてもう一つ、フレドニアというのが登場する。これについても、実際にネット上に概念的には同種のものが存在しているもののその技術的レベルは作中でのフレドニアには遠く及ばないという意味で、プレイグラウンド同様に、未来の技術の象徴であろう。だがこの二つのバーチャルコミュニティーは、その本質においては対極にあるものだ。資本主義に支配された現実世界を再現したプレイグラウンドに対し、サイバースペース内にある自主自立の国家、自治権をもつアンダーグラウンドのユートピアであるフレドニア。作者は、このフレドニアを登場させることで、ネットの持つ可能性、つまり、現実に支配されない自由な社会というものを本当にネット上に作ることができるのかという問題にも言及しているのである。

また技術に関連するものとして、人間の脳とコンピュータとの関係というのも本作品の一つのテーマとなっている。作中で、チューリングと、暗号解読者の魂として登場するアルベルトは、思考について語る場面でしばしば、コンピュータ用語であるアルゴリズムという単語を口にする。ここでのアルゴリズムとは、人間の脳を機能させている理屈、すなわち、人間の思考がたどる道筋について論理的説明を与えてくれるもの、という意味である。では、脳とはアルゴリズムに従って機能する緻密な機械、いわばコンピュータのようなものなのだろうか。これは本作品の特色の一つでもあるのだが、各章とも、その章での主人公となる人物のモノローグがかなりの部分を占めている。一人一人の思考の動きを克明に映し出すモノローグ。そこで明らかになるのは、登場人物たちの行動の裏にある思いである。だが同時に読者は、同じ一つの出来事をめぐってのそれぞれの思いを俯瞰的に眺めることで、それらの思いがいかに勝手な思い込みに導かれたものであるのかということをも知ることになる。チューリングの最後のセリフの中の、「……本当は、考えるという行為をしたことなど一度もなかったのだ。俺のしていたことは妄想」という言葉はまさに、タイトルの〝チューリングの妄想〟を意味するものである。そしてそれはまた、おそらく、脳というのは、人間的な特質をも持つという意味でコンピュータとは比べることのできないものなのではないのかという、著者からの問いかけでもあるのだろう。

これに加えてもう一点、言い添えておかなければならないのは、本作品が、暗号解読技術および暗号を一つの柱としたものでもあるということだ。暗号解読者たちの霊という設定のアルベルトが、過去の歴史的な暗号にまつわる逸話をその暗号解読者に成り代わって語り続け、読者はそれを追うことで歴史的な暗号解読者たちの足跡をたどることになる。そのなかにはむろん、アラン・チューリングも含まれている。

さらに、これも技術に関わることであるが、技術の進歩と人間というのも本作品のテーマの一つになっている。作中では、コンピュータ化の波についていけずにブラック・チェンバーでも孤立感を深めているチューリングが、アナログ社会から抜けだせず時代に取り残されていく人間の悲哀の象徴として描かれている。いっぽう娘のフラービアは、家族と食事をともにするよりもコンピュータの前にいることを好みプレイグラウンドにのめり込む現代っ子の代表として登場するが、その姿にも読者は、技術の進歩がもたらす家族崩壊という、もう一つの悲哀を読むとることになる。技術の進歩が人間関係を希薄なものにしていくということについては、現実世界での人間関係よりも、プレイグラウンドでのアバター同士の関わりを好む人々の姿を通しても描かれている。ラテンアメリカ諸国というのは元来、家族をはじめとする人間同士のつながりが強い社会である。それがゆえに、技術の進歩によって引き起こされる人間関係の希薄化とそれに伴う孤独感というものを、もしかしたら日本の社会に暮らす私たち以上に人々は、より深刻に感じているのかもしれない。

次に、これも大きなテーマとなっているのが、七〇年代の独裁政権下での暴力の歴史といまのボリビア社会との関わり、そして、グローバリゼーションの波に巻き込まれていくボリビア社会の現実についてである。作中では、チューリングもルスもカルドナも、またアルベルトも、モンテネグロ独裁政権時代に身の回りに起きた出来事や、政権とどう関わったかあるいは関わらなかったのかというそれぞれの行動の結果を引きずったまま現在を生きている。チューリングが独裁政権時代について語る場面の中で、「あの時代、[……] ある者は実際に手を下し、ある者は自分の周りに起きていることに無関心を装うことで、誰もが犯罪者になっていた」というセリフが出てくる。おそらく作者は、その言葉を、ボリビアの社会とそこに暮らす人々がいまだに過去の歴史から逃れられずにいるという事実を象徴するものとしてチューリングに語らせたのであろう。また、〝誰もが、二十年前、民主主義を奪還するために払った犠牲の大きさをいまだに忘れることができずにいる〟というカルドナの言葉も、ボリビアの人々の思いを代弁するものなのだと思う。

グローバリゼーションとボリビア社会という問題については一つ、印象的なフレーズがある。カルドナ判事の回想シーンにでてくるのだが、多国籍企業のグローバラックスを民衆の敵として追い出そうとする市民たちについてバルディビア財務大臣が、「勝負に勝ったつもりになっていても望んでいたものはなに一つ手に入れることができないままなんて、いかにもこの国らしいではありませんか」と口にするのである。これはまさに、いかにして自立した民主主義を目指しながらも経済的発展を追求するのかという、ボリビアを含むいまの中南米諸国が抱えている深い問題を浮き彫りにしている言葉なのではないのだろうか。

最後に、これは全編を通じて作者が問いかけていることでもあるが、人間の良心、というのも大きなテーマとなっている。チューリングは作中で、政治には無関心な、ひたすら上司のアルベルトに命じられるままに暗号解読に励む一人の役人として描かれている。チューリングは、その才能をいかんなく発揮し政権に反対するグループが交わす暗号メッセージを次々に解読し、そのたびに、陰謀に加わっていた反政権活動家らが捕えられ弾圧されていく。だがチューリングはそうした事実には目を向けようとはせず、社会情勢からも身を離し暗号解読に明け暮れる人生を選ぶ。それは、妄想に取りつかれたチューリングにとってなにより大事なのがこの世のすべてをつかさどる神のコードを探すこと、そのために暗号解読を続けること、であるからだ。そうしたチューリングにルスは辛辣な言葉を浴びせるが、チューリングは、自分は命令に従ってやっていただけで弾圧に直接手を下したわけではないと反論する。思考を停止し良心の声に耳を傾けることをやめ、国というマシーンの一部と化すチューリング。その姿は、ハンナ・アーレントがアイヒマンを称して言う「凡庸な悪」に通じるものがあるが、しかし人は、良心の声をまったく無視することはできないものだ。チューリングもまた本当は心の奥に葛藤を抱え続けていることが、しだいに明かされていくのである。

この『チューリングの妄想』は、ソルダン作品の邦訳の第一作目である。新たな世代の作家が新たな視点でいまのラテンアメリカを描いた本作品が、一人でも多くの日本の読者の心に届くことを願っている。

最後に、翻訳上のことについて述べておく。

本作品の初版は二〇〇三年にラ・パスで出版されたが、今回の翻訳では作者であるソルダン本人の意向により、二〇〇五年にブエノス・アイレスで出版された版を底本として使用した。
なお、翻訳の進め方については、服部が日本語訳を行ない、メキシコ生まれでスペイン語を母語とする石川が日本語訳を原文と照らし合わせチェックするという方法を採った。

服部綾乃

＊

本作品 ***El delirio de Turing***（『チューリングの妄想』）は、岐路に立つラテンアメリカ社会が実物大に描かれた作品である。
エドワード・スノーデンやジュリアン・アサンジなどの事件では、機密文書が公開されたことによって世界中に、というより主には各国政府および首相、政治家らに混乱を引き起こした。と同時に、これらの事件が市民のプライバシーの保護、あるいは政府機関の秘密主義についての議論が深まるきっかけになったのも事実である。こうした事件が起こる背景としては、ネットに侵入するハッカーたちの横のつながりがより複雑なものになっていることと、コミュニケーションシステムが地球規模のものになっていることがあげられる。

いっぽう、ラテンアメリカ諸国に、とりわけ本作品の舞台となっているボリビアに目を向けてみると、そこに暮らす人々が、新自由主義とグローバリゼーションへの道を国が突き進むなかでさまざまな変化の波にさらされているという現実がある。たとえば、天然資源の支配権を国が多国籍企業に売却したことで、その資源の恩恵にあずかることのできない国民の割合が飛躍的に増加するということが実際に起きている。そしてボリビアでは、そうした新自由主義的政策およびグローバリゼーションがもたらした負の結果に市民側が対抗するもっとも基本的な手段は、いまもなお、学生たちが火炎瓶を投げバリケードを築くというような直接的な抗議行動である。だが本作品でも描かれているように、その抗議の様相も、ネット社会に深く関わる市民層が生まれてきていることで変化の兆しを見せ始めている。

ボリビア人作家エドゥムンド・パス・ソルダンによる本作品では、ボリビアで相次いでいるそうした政治的社会的な混乱の状況をはじめとして、サイバネティクス的なさまざまな世界、前世期の独裁政権下での歴史がいまのボリビア社会に与えている影響、希薄化していく人間関係といったテーマが複雑に絡み合いながら描かれている。

そういう意味で本作品は、いまのラテンアメリカ諸国のありのままの姿を描いたものであるといえ、読者にとっては、この地域に対するそれまでのイメージ、いまだブームの時代の〝マジック・リアリズム〟の世界にとどまったままのイメージを変えるきっかけになるであろう。

ありのままの姿が描かれているという点についてさらに述べると、ここに登場するボリビアは、伝統を維持していくかあるいはグローバリゼーションへの道を歩むのかの分かれ目に立つ社会の象徴として描かれている。またこの作品に登場する者たちは誰もが個人として、あるいは家族や組織の一員として自分の居場所を探し続けている。それだけではない。登場人物はみな、孤独を内に抱えていて、それぞれの孤独感が、互いのアバターを通しての相手との関わり、娼婦である愛人との関係、過ぎ去った過去へと記憶を遡らせること、人間の正義の追求といったことを通して浮き彫りにされている。

いっぽう読者の方は本作品を通して、ラテンアメリカ社会に暮らす人々にとってもっとも切実な問題がその心の内に抱える孤独、政権への不満、家族のこと、独裁政権下で行なわれた人権侵害の後遺症であるというのは今でも変わらないのにそれを取り巻く社会政治状況が激変しているという現実を、知ることになる。

繰り返しになるが、本作品は、ラテンアメリカ社会のいまをかなり忠実に描き出している作品である。それは、ここに取り上げられている孤独というのがもはや国としての孤独ではなく個人としての孤独であるということにも表れている。ボリビアが、民主的な安定政権ではないという理由で、あるいは経済発展に取り残された国であるという理由で世界的に孤立していたのはすでに過去のことであり、いまのボリビアにとってはむしろ、社会の中で孤独感に苛まされる人が増えているということこそが問題となっているのである。グローバリゼーションにより人も国もつながるようになった。だがいっぽうで、人間関係がこれまでとは違ったものになり、従来の意味でのコミュニティーが失われてきている。本作品では、そうしたボリビアの現実の一面を写し出すものとして、そこでは誰もが対話をするために、あるいは何かと関わりあうために誰かを、何かを絶えず探し続けている社会のさまが描かれているのである。

本作品は、初版の出版は二〇〇三年であり、同年にボリビア国民小説賞を受賞している。さらに、英語をはじめとして数か国語に翻訳されており、作品としては成功を収めたといえよう。

ここで作家ソルダンについて紹介する。ソルダンはMcOndoという文学潮流の一角をなす作家であり、その文学的価値観については、一九九六年にアルベルト・フゲッツ、セルヒオ・ゴメスによって編集・出版された同タイトルの短編集 *McOndo* に作品が掲載されている若手作家たちのそれを共有している。それはむろん本作品にも当てはまることであり、とりわけ、ソルダンが、作中にアメリカの大衆文化の数々を登場させ若者文化および新たなＩＴ技術といった都会的なものを物語の背景として主に取り上げることでガルシア・マルケスのマコンドに象徴される〝マジック・リアリズム〟的なものから距離をおこうとしているという点に現れている。

本作品の文学的特徴としてもうひとつ挙げなければならないのは、さまざまな登場人物を通してさまざまな視点からストーリーを作り上げていくという手法が取られていることであり、これはまさしく、ソルダンが語りの技術ついてはバルガス・ジョサの影響を受けている証拠でもある。ソルダンは、二〇一〇年十月七日に発売された雑誌 *Letras Libres* に発表した論文、〝マリオ・バルガス・ジョサ、もっとも完全なるもの〟の中の、ボラーニョと同世代の作家たちに触れた部分で、「かつては、ガルシア・マルケスより下の世代の作家がマコンドの意味するものすべてに対抗しようとすればするほどその作品の中でのマルケスの存在感がますます強くなっていくということがあった。そしていまは、バルガス・

ジョサの〝すべてが込められている小説〟の概念を否定しようとする若い作家たちがその試みに挑戦するたびに作中におけるジョサの影響がますます強くなっていっている」と述べている。このボラーニョと同世代の作家たちについてのソルダンの見解をもう少し詳しくいうと、ソルダンは、そうした作家たちはミニマリスト的な描き方を文学に取り入れバルガス・ジョサの文学的な考え方と距離を置こうとしているにもかかわらず、たとえばボラーニョの名作『２６６６』でも明らかであるように、ジョサの〝すべてが込められている小説〟の影響から逃れられずにいる、というように見ているのである。

こうした二つの文学的特徴に付随して加えるなら、ボリビアの若手作家ソルダンによる本作品には、これからのスペイン語圏文学の方向性を示すものがはっきりと見受けられる。それは、一言でいえばハイブリッド性である。

ソルダンを含む現代の若手のスペイン語圏作家の作品については、ブーム世代の作家たちの語りの技術と文学的な考え方が受け継がれている一方でそこに描き出されているのは昔とは様変わりしたいまの社会のありのままの姿だという点で、その特色を表すのにこのハイブリッドという言葉がもっともふさわしい気がするのである。

さらに、一般の読者が、十九世紀の文学あるいはブーム世代の作家たちの作品のもつ重厚さを嫌い、気楽な読み物的なものを望んでいるという状況があるのも事実である。こうしたことから、現在のラテンアメリカ文学に関しては、一つの作品の中にさまざまな作風、テーマ、技術、文学に対する考え方が混在しているという解釈が正しいのだろうと思う。

ボリビア生まれの若手作家であるソルダンによる本作品も、まぎれもなくそうした流れのなかにある。暗号解読、バーチャルワールドなどさまざまな要素を含んだスリラー小説であり、そこでは、作風が写実的である、視点が変化する、あるいは主人公となる登場人物が複数いるという特徴が見られ、そういう点で本作品は、まさしくバルガス・ジョサの影響を受けているものである。

また本作品におけるハイブリッド性についていえば、それは、細かなストーリーが絡み合う展開となっている点に如実に表れている。そのため、読者にとっては気楽に読むことのできる作品というわけではないだろう。たしかに、複雑な作品ではある。だが一貫して読者の興味がそがれることはない。

この翻訳を行なうにあたって、私の心にあったのは、ラテンアメリカの新しい時代の作品をより多くの人に知ってもらいたいという思いである。本作品はボリビア人作家、それもその作品についてはまだ広く知られているとはいえない作家の手によるものである。私は、ラテンアメリカの出身者として、いまのラテンアメリカ文学に存在する豊かな才能と多様性を多くの方に紹介したいと考えている。また本作品の出版が、日本ではまだ無名のラテンアメリカ諸国作家の作品を紹介するその道筋をつけるものになることを願っている。そして本作品が、日本において、現在のラテンアメリカの社会や文化、人々の暮らしについての理解が深められるための、また、すでに国際的にも価値を認められている従来のラテンアメリカ文学がさらに広く知られるようになるための一助になることをも願うものである。

石川隆介（訳＝服部綾乃）

【翻訳者紹介】

服部綾乃（はっとり・あやの）

翻訳家。清泉女子大学文学部卒（スペイン語スペイン文学科）。コレッヒオ·デ·メヒコ（メキシコ）に留学（国際関係論）。訳書にモンテロッソ『黒い羊他』（石川隆介との共訳、書肆山田、2006）、モンテロッソ『全集　その他の物語』（石川隆介との共訳、書肆山田、2008）、メルバ·ファルク他『グアダラハラを征服した日本人』（石川隆介との共訳、現代企画室、2010）、レヒナルド・ウスタリス・アルセ『チェ・ゲバラ最後の真実』（石川隆介との共訳、武田ランダムハウスジャパン、2011）。メキシコの詩人アレ·デ·ラ·プエンテ「忘れる　覚えている」の翻訳（詩誌「三蔵 2」第 6 号）など。

石川隆介（いしかわ・りゅうすけ／ Juan Ryusuke Ishikawa）

1974 年メキシコ、グアダラハラ生まれ。ラテンアメリカ文学博士（カリフォルニア大学バークレー校、2005）。慶應義塾大学総合政策学部特別招聘講師を経て、カリフォルニア州立大学 Fullerton 校準教授。訳書にモンテロッソ『黒い羊他』（服部綾乃との共訳、書肆山田、2006）、モンテロッソ『全集　その他の物語』（服部綾乃との共訳、書肆山田、2008）、メルバ・ファルク他『グアダラハラを征服した日本人』（石川隆介との共訳、現代企画室、2010）、レヒナルド・ウスタリス・アルセ『チェ・ゲバラ最後の真実』（石川隆介との共訳、武田ランダムハウスジャパン、2011）。

【著者紹介】
エドゥムンド・パス・ソルダン

Edmundo Paz Soldán（1967 〜）

1967年、ボリビアのコチャバンバに生まれる。1997年にラテンアメリカ文学博士号を取得（カリフォルニア大学バークレー校、2005年）。現在はコーネル大学ラテンアメリカ文学教授。主な小説に *Río fugitivo*（1998年）、*La materia del deseo*（2001年）、*Palacio quemado*（2006年）、*Los vivos y los muertos*（2009年）、*Norte*（2011年）。短編集は、*Las máscaras de la nada*（1990年）や *Amores imperfectos*（1998年）など。作品は英語、フランス語、フィンランド語、トルコ語、ポルトガル語等に翻訳されている。『チューリングの妄想』はボリビア国民小説賞（2002年）を受賞。英語、トルコ語、ポルトガル語に翻訳されている。初期の短編『ドチェーラ』では1997年にファン・ルルフォ短編小説賞を受賞。

チューリングの妄想

発　行　2014年7月31日　初版第1刷
定　価　2800円＋税
著　者　エドゥムンド・パス・ソルダン
訳　者　服部綾乃＋石川隆介
装　丁　加藤賢策（LABORATORIES）
発行者　北川フラム
発行所　現代企画室
東京都渋谷区桜丘町 15-8-204
Tel. 03-3461-5082 Fax 03-3461-5083
e-mail: gendai@jca.apc.org
http://www.jca.apc.org/gendai/
印刷所　中央精版印刷株式会社

ISBN978-4-7738-1417-0 C00997 Y2800E

嘘から出たまこと

マリオ・バルガス・ジョサ著　寺尾隆吉訳
46 判／392p／2010 年／2800 円+税

今と違う自分になりたい――小説の起源はそこにある。嘘をつき、正体を隠し、仮面をかぶる――だからこそ面白い小説の魅力を、名うての小説読みが縦横無尽に論じる。

作家とその亡霊たち

エルネスト・サバト著　寺尾隆吉訳
46 判／232p／2009 年／2500 円+税

作家でありながら書くことを拒否する「バートルビー」の仲間へ――書かないことで名声を確固たるものにしたアルゼンチンの作家の、アクチュアルな文学論。

未来の記憶

エレナ・ガーロ著　冨士祥子、松本楚子訳
46 判／40p／2001 年／3000 円+税

禁じられた愛に走った罪のゆえに罰として石に姿を変えられた女。その物語の背後に広がる時代と村人の生活を複数の声が語る、メキシコの豊穣なる神話的世界。

新世代のラテンアメリカ作家たち

サヨナラ
自ら娼婦となった少女

ラウラ・レストレーポ著　松本／モラーレス訳
46 判／492p／2010 年／3000 円+税

石油と娼婦の街を彩る美しい愛の神話。「コロンビア社会の悲惨さと暴力を描きながら、作品にあふれる民衆の知恵とユーモアの、抗しがたい魅力を見よ」（ガルシア＝マルケス）

崩壊

O. カスティジャーノス・モヤ著　寺尾隆吉訳
46 判／220p／2009 年／2000 円+税

軍事政権、クーデター、内戦、サッカー戦争――中央アメリカ現代史を背景に、架空の名門一族が繰り広げる愛憎のドラマの行方は？ 注目のエル・サルバドル人作家の作品を初紹介。

アフター・ザ・ダンス

エドウィージ・ダンティカ著　くぼたのぞみ訳
46 判／228p／2003 年／2200 円+税

米国で最も注目されるハイチ出身の新進作家が、人を熱狂に誘いこむ祝祭＝カーニヴァルの魅力を描きつくした、詩情あふれる帰郷ノート。カラー写真 11 枚収録。

アフリカの海岸

ロドリゴ・レイローサ著　杉山晃訳
A5 変／156p／2001 年／1800 円+税

捕らわれたフクロウと自由を失ったコロンビア人、羊飼いの少年とパリジェンヌ、モロッコはタンジェの街で一瞬だけ出会い、そのまま離散してゆくものたちの物語。

船の救世主

ロドリゴ・レイローサ著　杉山晃訳
46 版／ 144p ／ 2000 年／ 1600 円+税

耳を澄まし、目を凝らして、ファナティックな人間と組織が陥りやすい狂気の世界を描くロドリゴ・レイローサ。ラテンアメリカ文学に新しい風を呼ぶ作品。

その時は殺され……

ロドリゴ・レイローサ著　杉山晃訳
46 版／ 200p ／ 2000 年／ 1800 円+税

グアテマラとヨーロッパを往復する独自の視点が浮かび上がらせる中米の恐怖の現実。ポール・ボウルズを魅惑したグアテマラの新進作家の上質なサスペンス。

ラテンアメリカ文学

価格はすべて税別表示です。

別荘

ホセ・ドノソ著　寺尾隆吉訳
46判／560p／2014年／3600円+税

小国の頽廃した大富豪一族を見舞った、毎夏を過ごす別荘での常軌を逸した出来事。「ブーム」の立役者であるチリの巨匠の『夜のみだらな鳥』と並ぶ代表作、待望の邦訳。

TTT
トラのトリオのトラウマトロジー

G.カブレラ・インファンテ著　寺尾隆吉訳
46版／608p／2014年／3600円+税

豊饒な言葉遊び、重層的な語り、白紙の挿入や文字の反転など、あらゆる手段を駆使して織りあげた革命前夜のハバナに捧げるオマージュ。翻訳不可能とされてきたキューバの鬼才の代表作。

ペルソナ・ノン・グラータ
カストロにキューバを追われたチリ人作家

ホルヘ・エドワーズ著　松本健二訳
46版／468p／2013年／3200円+税

キューバ・カストロ政権を批判する代表作として世界的に知られるノンフィクション。まさに《記憶の文学》と呼ぶほかない、独自のジャンルを築いたエドワーズ文学の真骨頂。

ぼくは書きたいのに出てくるのは泡ばかり

ペドロ・シモセ著　細野豊訳
46版／144p／2012年／2200円+税

軍政下で亡命を強いられ、「言葉を喪う」哀しみを経て、故国の風景と人びとを謳う。生命の根源にある、男女間のエロスを謳い上げるに至る、ボリビア日系詩人の全軌跡！

澄みわたる大地

カルロス・フエンテス著　寺尾隆吉訳
46版／508p／2012年／3200円+税

方言も俗語も歌も叫びも、沈黙をすら取り込んだ文体、街中から聞こえてくる複数の声の交響によって、「時代の感性」を表現し、人びとの心を鷲づかみした。メキシコ都市小説の原点。

愛のパレード

セルヒオ・ピトル著　大西亮訳
46判／408p／2011年／2800円+税

子ども時代に見聞きした殺人事件の謎を追う作家が、誤解と逸脱を重ねた末にたどりついた「真相」とは？　世界中から亡命者が集った魅惑的なメキシコシティを舞台とする〈疑似〉推理小説。

屍集めのフンタ

フアン・カルロス・オネッティ著　寺尾隆吉訳
46判／328p／2011年／2800円+税

『百年の孤独』のマコンドのように、『ペドロ・パラモ』のコマラのように、南米、某国の架空の小都市、サンタ・マリア。特異な幻想空間のなかで繰り広げられる、壮大な人間悲喜劇。

価値ある痛み

フアン・ヘルマン著　寺尾隆吉訳
46判／132p／2010年／2000円+税

詩が何の役に立つのか？　いくつもの問いを胸にそれでも詩人は書き続ける──なぜなら、言葉は祖国だから。詩は宇宙へと漕ぎ出すための舵だから。

メモリアス
ある幻想小説家の、リアルな肖像

アドルフォ・ビオイ＝カサーレス著　大西亮訳
46判／236p／2010年／2500円+税

盟友ボルヘスの思い出、ヨーロッパ移民の典型というべき一族の歴史と田園生活、そして書物遍歴。幻想的な作品で知られるアルゼンチンの鬼才の意外な素顔。

もうひとつのボリビアの貌

南米ボリビアで、1960 年代から先住民のキャスト、先住民の言語を用いて
映画を武器に植民地主義を告発し続けてきた
ウカマウ集団とホルヘ・サンヒネス監督。
ウカマウ映画の理論と実践からは
本書『チューリングの妄想』で描かれているボリビアとは異なる
ボリビア最深部の貌が浮かび上がる。

『悪なき大地』への途上にて
ベアトリス・パラシオス著　唐澤秀子訳
46 判／156p／2008 年／1200 円+税

ボリビア映画・ウカマウ集団のプロデューサーを務めた女性が描く、アンデスの民の姿。新自由主義経済に喘ぐ民衆の日常を鋭くカットして、小説のように差し出された 18 の掌編。

アンデスで先住民の映画を撮る
ウカマウの実践 40 年と日本からの協働 20 年
太田昌国／編
A5 判／316p／2000 年／3000 円+税

ボリビア・ウカマウ映画集団が「映像による帝国主義論」の創造を経て、先住民世界へ越境する果敢な営為と、自主上映・共同制作という形での日本からの協働実践を総括。

私にも話させて
アンデスの鉱山に生きる人々の物語
ドミティーラ、M. ヴィーゼル著　唐澤秀子訳
A5 判／360p／1984 年／2800 円+税

75 年メキシコ国連女性会議で、火を吹く言葉で官製や先進国の代表団を批判したドミティーラが、アンデスの民の生と戦いを語った、希有の民衆的表現。

DVD ｜最後の庭の息子たち
ウカマウ集団製作、ホルヘ・サンヒネス監督
ボリビア映画／97 分／2003 年／3500 円+税

青年たちは政治家から大金を盗み、義賊を気取って先住民の村に送り届けるのだが……。確たる展望もないままに、あてどなく浮遊する青春群像を描く。『落盤』（1965 年）を同時収録。

DVD ｜鳥の歌
ウカマウ集団製作、ホルヘ・サンヒネス監督
ボリビア映画／102 分／1995 年／3500 円+税

白人による異民族の征服と植民地化に批判的な視点で映画化しようと先住民の村を訪れ、撮影する映画グループ。ところが先住民たちから、「ここから出ていけ！」と迫られ……。

DVD ｜地下の民
ウカマウ集団製作、ホルヘ・サンヒネス監督
ボリビア映画／126 分／1989 年／3500 円+税

首都での生活を打ち切り、異形な仮面を背負って生まれ故郷への孤独な旅を続ける男。アンデスの民俗的伝統や神話的な世界を背景に描かれた一先住民の死と再生の物語。

DVD ｜第一の敵
ウカマウ集団製作、ホルヘ・サンヒネス監督
ボリビア映画／98 分／1974 年／3500 円+税

弾圧を受けるアンデスの先住民たちのもとへ、ゲリラがやってくる。ゲバラの戦いを彷彿させるような 1960 年代の闘争への、批判的な捉え返し。『革命』（1962 年）を同時収録。
